panini BOOKS

AUSSERDEM BEI PANINI ERHÄLTLICH

M. A. CARRICK: DIE MASKE DER SPIEGEL
(Rabe und Rose, Band 1)
ISBN 978-3-8332-4485-8

M. A. CARRICK: STURM GEGEN STEIN
(Rabe und Rose, Band 2)
ISBN 978-3-8332-4570-1

M. A. CARRICK: DAS PFAUENNETZ
(Rabe und Rose, Band 3)
ISBN 978-3-8332-4571-8

Nähere Infos und weitere phantastische Bände unter:
paninishop.de/phantastik/

M. A. CARRICK

STURM GEGEN STEIN

Rabe und Rose 2

Ins Deutsche übertragen von
Kerstin Fricke

panini BOOKS

Bibliografische Information der Deutschen Nationalbibliothek
Die Deutsche Nationalbibliothek verzeichnet diese Publikation
in der Deutschen Nationalbibliografie; detaillierte bibliografische
Daten sind im Internet über http://dnb.d-nb.de abrufbar.

Copyright © 2021 by Bryn Neuenschwander and Alyc Helms
Excerpt from *The Ranger of Marzanna* copyright © 2020 by Jon Skovron
Cover design by Lauren Panepinto
Cover illustration by Nekro
Cover copyright © 2021 by Hachette Book Group, Inc.
Map by Tim Paul

Titel der Englischen Originalausgabe:
»*Mask of Mirrors (Rook and Rose 1)*« (Part 2) by M. A. Carrick,
published January 2021 in the US by Orbit, an imprint of Hachette Book Group,
New York, USA.

Deutsche Ausgabe 2024 Panini Verlags GmbH, Schloßstr. 76, 70176 Stuttgart.
Alle Rechte vorbehalten.

Geschäftsführer: Hermann Paul
Head of Editorial: Jo Löffler
Head of Marketing: Holger Wiest (E-Mail: marketing@panini.de)
Presse & PR: Steffen Volkmer

Übersetzung: Kerstin Fricke
Lektorat: Mona Gabriel
Umschlaggestaltung: tab indivisuell, Stuttgart
Satz und E-Book: Greiner & Reichel, Köln
Druck: GGP Media GmbH, Pößneck
Gedruckt in Deutschland

YDCARR002

1. Auflage, Juli 2024,
ISBN 978-3-8332-4570-1

Auch als E-Book erhältlich:
ISBN 978-3-7569-9965-1

Findet uns im Netz:
www.paninicomics.de

PaniniComicsDE

*Für Adrienne,
die uns immer gut verpflegt hat*

DIE STADT NADEŽRA

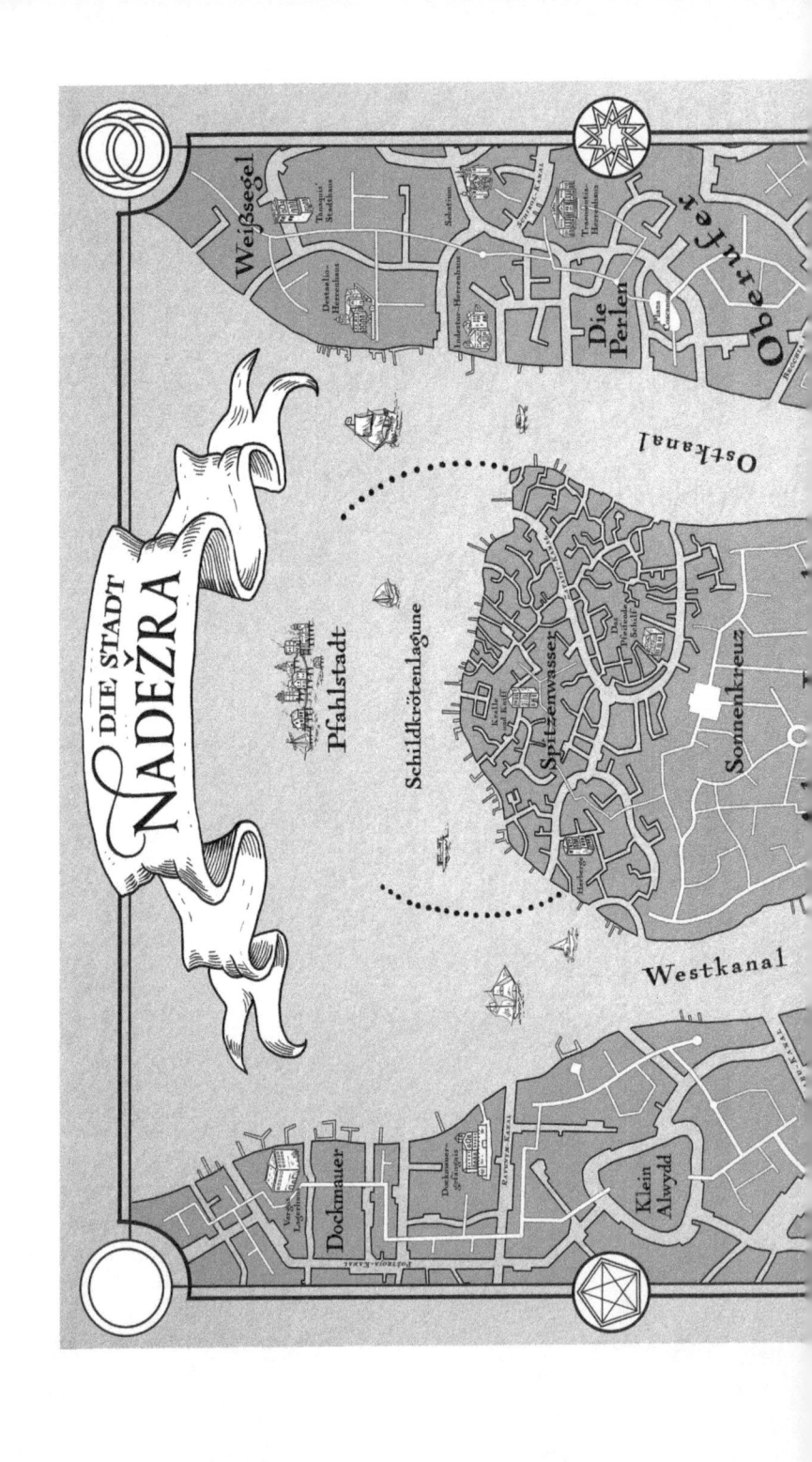

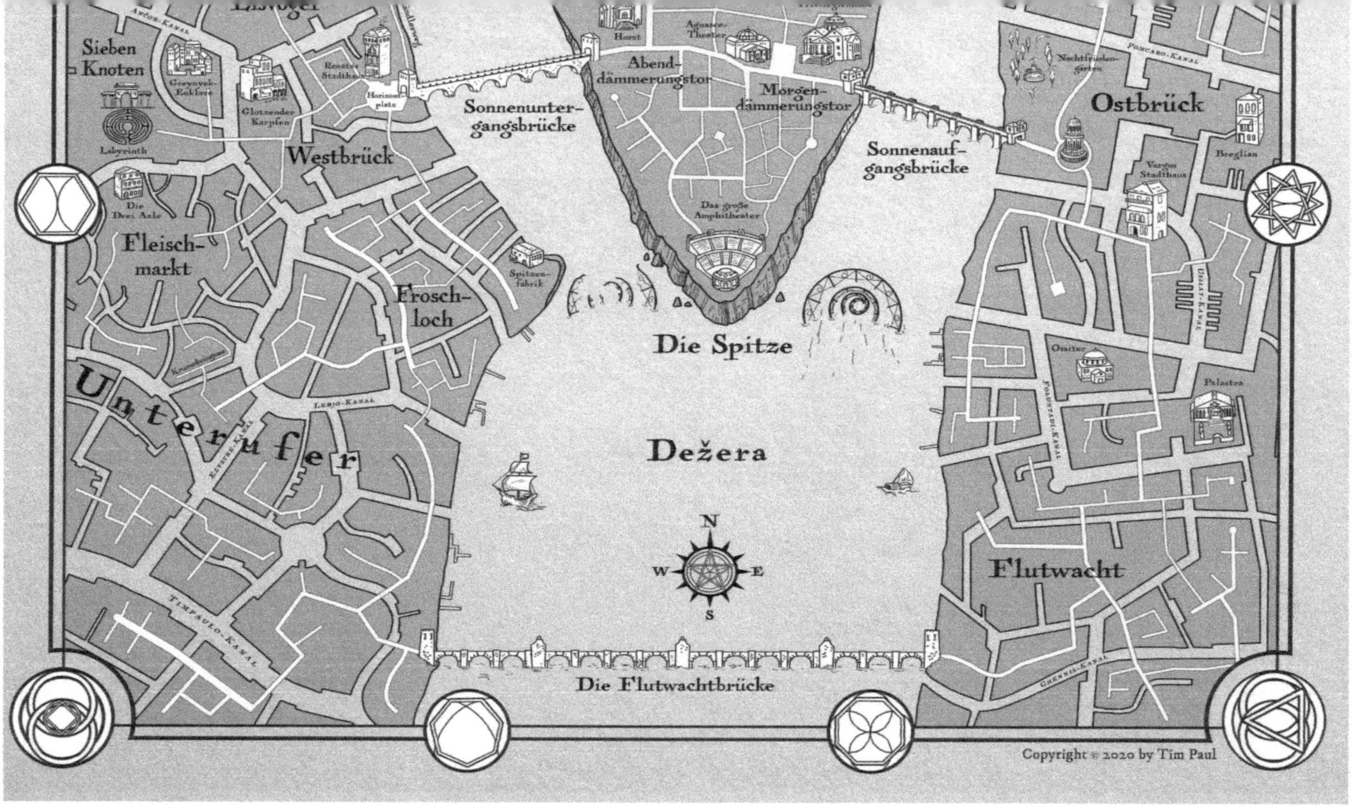
Sieben Knoten
Greyvek-Enklave
Labyrinth
Glotzender Karpfen
Renatos Stadthaus
Horizontplatz
Westbrück
Die Drei Aale
Fleischmarkt
Froschloch
Spitzenfabrik
Unteruufer
Lebjo-Kanal
Timpaulo-Kanal
Sonnenuntergangsbrücke
Horst
Agnasco-Theater
Abenddämmerungstor
Morgendämmerungstor
Das große Amphitheater
Die Spitze
Dežera
N
W
E
S
Sonnenaufgangsbrücke
Nachtfriedengärten
Poncaro-Kanal
Ostbrück
Breglian
Vargas Stadthaus
Ussiat-Kanal
Osaiter
Foluntadi-Kanal
Palastra
Flutwacht
Die Flutwachtbrücke
Ghennis-Kanal

ERSTER TEIL

1

DIE MASKE
DER KNOCHEN

Isla Prišta, Westbrück: 19. Cyprilun

Ren starrte mit leerem Blick in den Spiegel, als es klingelte.
Dieses Mal zuckte sie nicht zusammen. Sie war viel zu müde für die instinktive Furcht, die sie nach der Nacht der Glocken erfasst hatte – und die laut Tess inzwischen Nacht der Höllen genannt wurde. Daher lauschte sie einfach nur, wie Tess den Besucher hereinließ, und presste die Lippen aufeinander, als sie hörte, dass es Vargo war.
Einen Augenblick später drang Tess' Stimme durch die Tür. »Soll ich ihn wegschicken?«
Er hatte ihr die Einladung zur Zeremonie im Privilegienhaus gegeben.
Er dachte, er würde mir einen Gefallen tun.
»Früher oder später muss ich ihm sowieso gegenübertreten«, erwiderte Ren benommen. »Sag ... ihm einfach, dass ich so schnell wie möglich nach unten komme.« Sobald sie es geschafft hatte, ihre Maske aufzusetzen.
Was länger dauerte als gedacht, und Ren bezweifelte, dass sie auch nur annähernd wie Renata aussehen würde, wenn sie sich nicht schon so viele Male zuvor auf diese Weise geschminkt hätte. Endlich sah sie im Spiegel etwas, das sie

zufriedenstellte, daher schnallte sie sich das Messer an den Oberschenkel, raffte ihre Robe und ging nach unten.

Da sie im Anschluss an die Nacht der Höllen mit vielen Besuchern rechnete, hatte Tess eines der benutzbaren Zimmer mit besonderer Sorgfalt hergerichtet. Selbst mit aufgezogenen flussgrünen Vorhängen, sodass man auf die Straße blicken konnte, war es dank des munter im Kamin lodernden Feuers warm im Salon. Das frisch polierte Holz am Kaminsims und an den Wandpaneelen fing das Licht der Bienenwachskerzen ein, und der intensive Geruch nach Mandelöl und Honig hing in der Luft.

Vargo stand mit dem Rücken zur Tür und betrachtete das spätmorgendliche Treiben auf der Straße. Das Pfauenblau seines Mantels passte hervorragend zu den grün-gold gestreiften Sofas und dem bernsteinfarben glänzenden Holz, aber kurz sah Ren nur die Königspfauenspinne, das Tier des Varadi-Clans, in deren Netz sie sich beinahe verfangen hätte.

Er drehte sich um, als sie eintrat, und das Sonnenlicht warf Schatten auf sein Gesicht und verhinderte, dass sie seine Reaktion deuten konnte. Offensichtlich war es ihr nicht besonders gut gelungen, ihre Erschöpfung zu verbergen, denn Vargo eilte an ihre Seite und geleitete sie zu einem Sessel, der weich und einladend aussah.

Danach setzte er sich ihr gegenüber. »Ihr seht aus, als hätte man Euch durch den Fluss geschleift. Ich hätte Euch ja länger ausruhen lassen, aber Tess hat derart beharrlich nach etwas anderem als Stoff verlangt, dass ich mir Sorgen gemacht habe.« Sein Blick wanderte über die Schürfwunden, die nicht einmal die Schminke verbergen konnte. »Ich habe eine ganze Apotheke an Heilmitteln dabei. Und noch mehr Schokolade. Tess bereitet sie gerade zu. Benehme ich mich zu aufdringlich?«

Es war nicht seine Schuld, dass sie vor Anspannung die Schultern hochzog. Aber ihr Verhalten war so oft nichts als ein Schauspiel, dass sie einfach nicht anders konnte, als ihn anzusehen und sich zu fragen, wie viel von dem, was sie da vor sich hatte, eine Maske war. Würde er Sedge wirklich umbringen, wenn Ren ihren Bruder bat, tiefer in Vargos Geheimnisse einzudringen? Oder hatte er diese Brutalität hinter sich gelassen?

Sie hatte ihm nicht geantwortet und das Schweigen dauere schon viel zu lange an. »Bitte entschuldigt. Ich ... habe nicht gut geschlafen.« Sie schüttelte sich, um etwas wacher zu werden, trotzdem wollte ihr nichts einfallen, was sie noch sagen sollte. Unter normalen Umständen hätte sie eine solche Unterhaltung im Schlaf führen können, doch jetzt musste sie ohne ihn auskommen.

Ihr Blick fiel auf seinen Kragen. »Ist Meister Peabody heute nicht bei Euch?«

Vargo schaute kurz zu seiner Schulter. »Nein. Ich bringe doch keine Spinne mit, wenn ich jemanden besuche, der von Albträumen geplagt wird.«

»Oh. Ja. Das klingt vernünftig.« Sie knetete ihre Nasenwurzel. »Mir geht es heute nicht besonders gut.«

»Ich könnte Euch etwas schicken, das dagegen hilft, aber ...« Vargo lehnte sich zurück und betrachtete seine aneinandergelegten Fingerspitzen. »Das wäre vermutlich unklug. Soweit ich hörte, haben sie Asche benutzt. Ich hörte ebenfalls, dass Asche ... nicht mit anderen Drogen kombiniert werden sollte.«

Im Augenblick war sie sich nicht einmal sicher, ob ihr das etwas ausmachte. Sie war so müde, dass sie nur noch weinen wollte. Es kostete sie große Mühe, genug Willenskraft für etwas anderes aufzubringen. »Ihr habt schon von Asche gehört?«

Vargo verzog das Gesicht. »So viel wie wohl jeder andere auch. Sie basiert auf Aža. Das erste Mal habe ich im Suilun davon gehört – und musste der Sache auf den Grund gehen, weil ich zuvor rein gar nichts darüber wusste. Denn ich kontrolliere sie nicht. Und weil ...« Er wandte den Blick ab. »Weil der Aža-Handel in dieser Stadt über mich geht, was bedeutet, dass sie zur Herstellung von Asche meine Vorräte nutzen müssen.«

Dann seid Ihr doch kein so ehrlicher Geschäftsmann, wie Ihr behauptet habt? Es gelang ihr gerade noch, diese Worte nicht auszusprechen. Aža war harmlos. Hätte der Tyrann es nicht verboten und der Cinquerat nicht die offizielle Kontrolle über die Einfuhr, müsste es nicht einmal reingeschmuggelt werden.

Sie sortierte ihre Gedanken sorgfältig und überlegte, was sie ihm problemlos sagen konnte. »Meda Fienola glaubt, man hätte Leato und mir eine doppelte Dosis verabreicht.«

»Das war schnelle Arbeit. Hat sie gesagt, wie ...« Vargos Frage ging in ein selbstkritisches Schnauben über. »Bitte entschuldigt. Ihr wollt jetzt gewiss kein weiteres Verhör über Euch ergehen lassen.«

»Solange Ihr nicht nach den Albträumen fragt, habe ich nichts dagegen.« Die Träume waren gefährlich, die Zeit davor jedoch weniger. »Ich habe nicht die geringste Ahnung, wie sie die Asche in die Becher bekommen haben.«

Die Narbe auf Vargos gerunzelter Stirn ließ ihn zynisch aussehen. »Ich kann mir keinen Grund vorstellen, aus dem er sich selbst unter Drogen setzen sollte, nicht einmal um die Beziehungen zu den Vraszenianern zu beschädigen, muss es aber trotzdem wissen ... Ist zwischen Euch und Mettore Indestor etwas Merkwürdiges vorgefallen?«

Dieses ganze Gespräch kam ihr vor, als müsste sie betrunken über ein Drahtseil balancieren. »Wir haben kein Wort miteinander gewechselt, aber als er mich gesehen hat ...«

Sie schalt sich, weil sie diesen Satz nicht beenden durfte. Vargo hob ruckartig den Blick und musterte sie neugierig.

Mit einem Mal hatte sie eine Inspiration. »Ihr müsst mir versprechen, dass Ihr Euch nicht über mich lustig macht.«

Vargos Lippen zuckten. »Gewiss nicht in Eurer Gegenwart.«

Ärger stieg in ihr auf, doch sie wusste, dass dies vor allem an ihrer Erschöpfung lag und er sie eigentlich nur aufheitern wollte. »Ich ... habe eine Musterleserin aufgesucht. Und sie nach Indestor befragt.«

»Ich wusste nicht, dass Muster in Seteris beliebt sind.« *Oder dass man überhaupt daran glaubt,* schien sein skeptischer Blick ihr zu vermitteln.

»Das sind sie auch nicht. Aber es erwies sich als schlichtweg unmöglich, etwas zu finden, das wir gegen ihn einsetzen können, daher ... Nun ja, ich dachte, ein Versuch kann nicht schaden. Und die Frau, mit der ich gesprochen habe ...« Sie öffnete und schloss die Finger, als würde sie um Worte ringen. Was sogar der Fall war. »Zu diesem Zeitpunkt habe ich ihre Worte abgetan, was mir heute allerdings deutlich schwererfällt.«

»Ihr müsst aufpassen, mit welchen Musterleserinnen Ihr Euch abgebt«, warnte Vargo sie. »Die meisten von ihnen sind nur harmlose Betrügerinnen, aber manche verkaufen ihre Informationen. Era Novrus hat einige von ihnen in ihren Diensten.«

Ihr doch bestimmt auch. Bei der Gnade der Masken – wenn sie nicht bald schlafen konnte, würde sie noch einen dieser Gedanken laut aussprechen. »Falls irgendjemand Geld dafür ausgegeben hat herauszufinden, dass ich mir wegen Haus Indestor Sorgen mache, dann bin nicht ich diejenige, die übers Ohr gehauen wird.«

Vargo runzelte die Stirn. »Was hat sie gesagt, das eine rationale Seterin-Adlige in eine Gläubige verwandeln könnte?«

»Sie hat mich gewarnt, dass Mettore etwas plant, bei dem Magie im Spiel ist – sie wusste jedoch nicht, welcher Art oder warum. Dass er – jetzt oder in der Zukunft – rigoros vorgehen will und einen Wendepunkt erreichen will und dass er eine Macht entfesseln würde, die er nicht kontrollieren kann. Und dass das, was immer er tut, alles für immer verändern kann. Und …«

Obwohl sie hinsichtlich ihrer Informationsquelle lügen musste, fiel es ihr schwer, die nächsten Worte auszusprechen. »Dass ich irgendwie damit zu tun habe. Dass Mettore … mich für irgendetwas braucht.«

»Dass er Euch braucht«, murmelte Vargo und starrte in die Ferne. »Interessant. Ich wüsste zu gern, wie sie auf diese Idee gekommen ist.« Er schien nicht zu glauben, dass sie es aus einem Muster gelesen hatte.

Nachdenklich fummelte er an seinem Kragen herum. »Magie. Inskription? Wenn er etwas tun wollte, das Euch als Fokus benötigt, würde das etwas sehr Schlechtes für Euch bedeuten – Ihr seid kein Gott, der endlos Energie kanalisiert von Lumen. Aber es gibt einfachere und subtilere Methoden, jemanden zu töten, falls das sein Ziel war.«

»Ich bezweifle, dass er so etwas vorhatte … Es war vermutlich eher ein Unfall. Was immer er tut, so scheint er noch nicht fertig zu sein.« Sie konnte ihr Schaudern nicht unterdrücken.

Vargo streckte eine Hand nach ihr aus. Sie zuckte instinktiv zurück, sodass er kurz in einer seltsamen Pose dasaß, bevor er die Hand in den Schoß sinken ließ und eine undurchdringliche Miene aufsetzte.

Doch er sprach weiter, als hätte es die Zurückweisung nie gegeben. »Wie heißt die Musterleserin?«

»Lenskaya.« Viel zu spät fiel ihr ein, dass es schlauer gewesen wäre zu behaupten, sie würde ihren Namen nicht kennen.

»Und wo seid Ihr ihr begegnet? Ich würde gern selbst mit ihr sprechen. So könnte ich mich zumindest vergewissern, dass sie nichts anderes im Schilde führt.«

»Ich, äh ...« *Djek, das habe ich nicht gut genug durchdacht.* »Am Händlerweg. Leato hat mich dorthin geschickt; er war wohl schon einmal dort.« Wenigstens war es Vargos Leutnant Nikory nicht gelungen, ihren Namen in Erfahrung zu bringen, bevor Serrado ihn verjagt hatte. »Aber sie ist wohl nicht immer dort.«

»Lenskaya auf dem Händlerweg.« Er tippte sich mit den Fingern aufs Knie. »Das sollte ausreichen, damit meine Leute sie finden.«

Nicht wenn ich nicht da bin und nicht gefunden werden kann. Aber würde das nicht alles nur noch schlimmer machen? Eine geheimnisvolle Musterleserin hat Renata Informationen gegeben und ist dann verschwunden? Darüber konnte sie jetzt nicht nachdenken – nicht in diesem Augenblick, wo ihr Vargo gegenübersaß. Mit diesem Problem musste sie sich später beschäftigen.

Zuerst musste sie die Beerdigung überstehen.

Wann hatten die Glocken das letzte Mal geläutet? »Ich sollte mich ankleiden«, sagte sie. »Werdet Ihr dort sein? Im Ninatium, meine ich?«

Vargo verstand sein Stichwort, stand auf und verneigte sich leicht. »Ja. Wenn Ihr einen Augenblick Ruhe benötigt, zupft einfach an Eurem linken Ohrläppchen. Ich bin recht geschickt darin, für Ablenkung zu sorgen.«

Das war dasselbe Signal, das sie damals bei den Fingern mit Tess benutzt hatte. *Ich muss Tess unbedingt sagen, dass wir uns etwas anderes ausdenken müssen, damit sie dann nicht beide anmarschiert kommen.* Zudem bedeutete das auch, dass Vargo sie die ganze Zeit im Auge behalten würde.

So, wie sie sich fühlte, konnte sie diese Hilfe wahrscheinlich gebrauchen. »Dafür wäre ich Euch sehr dankbar«, sagte sie, was zur Abwechslung mal die volle Wahrheit war.

* * *

Sieben Knoten, Unterufer: 19. Cyprilun

Die Zeit wurde langsam knapp, als Grey die Wohnung der Familie Polojny erreichte. Er war die letzten beiden Tage in Sieben Knoten beschäftigt gewesen und hatte versucht, die vraszenianischen Clananführer davon zu überzeugen, dass es besser war, sich mit ihm abzufinden als mit jedem anderen, den der Cinquerat zu ihnen schicken würde, und wenn er nicht bald aufbrach, würde er sich vor Leatos Beerdigung nicht mehr umziehen können.

Diesen letzten Versuch wollte er allerdings noch wagen.

Müde klopfte er an die Tür der Polojnys. Die Räume über dem Kerzenmacher in der Grednyek-Enklave waren leer, und die Mütterchen und Väterchen aus der Nachbarschaft hatten ihm berichtet, dass Idusza seit Tagen nicht gesehen worden war. Grey hoffte, sie hier bei ihren Verwandten anzutreffen. Die Alternativen wären vermutlich weitaus schlimmer.

»Die Wache verlangt Einlass«, sagte er auf Vraszenianisch und klopfte erneut. Seine Leute mochten ihn noch so sehr dafür verabscheuen, dass er ein Falke war, doch sie konnten es noch weniger leiden, wenn er es zu verbergen versuchte. »Ich muss mit Idusza Polojny über den Angriff auf die Ziemetse im Privilegienhaus sprechen.«

Die Tür wurde einen Spaltbreit geöffnet, weit genug, damit das apfelrunde Gesicht von Iduszas Mutter zu sehen war, mehr jedoch nicht.

»Geht woanders hin, Wankelknoten. Unsere Idusza war in dieser Nacht zu Hause. Sie hat nichts getan und weiß nichts.«

Grey hätte die Tür am liebsten weiter aufgedrückt und sich mit Gewalt Zutritt verschafft. »Davon bin ich überzeugt«, erwiderte er, wenngleich das gar nicht stimmte. Niemand blieb in der Nacht der Glocken zu Hause, der nicht krank oder gebrechlich war. »Ich bin nicht hinter ihr her, sondern hinter jemandem, den sie vielleicht kennt. Daher will ich nur mit ihr reden und dann bin ich auch schon wieder weg.«

Er musste sich keine große Mühe geben, um ermattet und desinteressiert zu wirken. Das brachte seine Erschöpfung schon mit sich. Die Miene der Frau veränderte sich nicht, aber hinter ihr ertönte eine vertraute Stimme. »Falls Ihr Euren Liganti-Freund sucht, den habe ich nicht gesehen.«

»Mein Liganti-Freund ist tot,« knurrte Grey. »Genau wie der Kiralič und ein halbes Dutzend andere.«

Die Tür schwang weiter auf. Idusza drängelte sich an ihrer Mutter vorbei. »Darüber weiß ich nichts.«

»Nein, aber Ihr ...« Grey schluckte die feindseligen Worte, die ihm auf der Zunge lagen, wieder hinunter. All die anderen Situationen, in denen sein Temperament heute aufgeflammt war, hatte er ebenfalls bewältigt, da konnte er das hier auch noch hinter sich bringen. »Können wir uns vielleicht woanders als auf der Türschwelle unterhalten? Ich habe nur ein paar Fragen. Und wenn ich sie nicht stelle, wird es jemand anders tun.«

Idusza verkrampfte sich, und er bemerkte, wie ihr Blick zur Seite zuckte, als könnte sie ihre Mutter durch den Hinterkopf ansehen. »Folgt mir«, sagte sie schließlich und trat nach draußen.

Sie führte ihn über den überfüllten Platz zu einem der Kanäle und dort zu einem zertrümmerten Steg vor einer nichtssagenden Häuserfassade. Solange sie leise waren, würde man sie auf der Brücke in der Nähe nicht verstehen können. »Redet.«

»Die Ziemetse denken, dass Ihr und Eure Freunde hinter dem Angriff aufs Privilegienhaus steckt«, gab Grey unverhohlen zu.

Idusza versteifte sich. »Sie glauben, wir waren das? Dass wir unsere Ältesten vergiften und so viel Leid verursachen würden?«

»Die Stadnem Anduske will Nadežra wieder in vraszenianischer Hand sehen«, merkte Grey an. »Der Tod des gesamten Cinquerats wäre da sehr hilfreich.« Zwar würde dadurch eher ein neuer Krieg ausgelöst, aber Radikale waren ja nicht unbedingt für ihre gemäßigte Denkweise bekannt.

»Womit wir unser eigenes Volk verraten würden«, fauchte Idusza.

Grey zwang sich, besänftigend die Hände zu heben. »Dass *Ihr* das nicht tun würdet, glaube ich Euch, aber in jeder größeren Gruppe gibt es unterschiedliche Meinungen. Und ...«

Sie verschränkte die Arme fest vor der Brust. »Und?«

Wenn sie ihn diesmal schubsen wollte, würde er ihr lieber ausweichen, da er nicht in den Kanal fallen wollte. »Es gibt noch eine andere Möglichkeit: Dass ihr nicht dahintersteckt ... aber jemand anders euch als passenden Sündenbock benutzt.«

Sie sperrte ungläubig den Mund auf. »Ihr denkt doch nicht ... Nein. *Nein.*«

»Er wäre nicht der erste Schnösel, der lieber früher als später an sein Erbe herankommen will. Hat er irgendetwas getan – Eure Leute ermutigt, Pläne zu schmieden oder Schritte zu unternehmen, die den Anschein erwecken könnten ...«

Weiter kam er nicht. Idusza wedelte mit den Armen, und er trat einen Schritt zurück, doch sie schlug ihn nicht. »Ihr wisst rein gar nichts über ihn. Mezzan verabscheut seinen Vater, das ist richtig, aber er unterstützt unsere Sache. Schon jetzt hat er Dinge getan ...« Sie unterbrach sich und fluchte leise. »Ich bin Euch keine Rechenschaft schuldig. Aber er ist nicht nur mein Liebhaber. Er ist unser Verbündeter und er hat für unsere Sache schon viel riskiert. Außerdem würde er uns nie verraten.«

Grey glaubte nicht einen Moment lang daran, dass Mezzan die Stadnem Anduske und ihre Sache wirklich unterstützte. Was immer er mit Idusza trieb, so musste er einen anderen Plan verfolgen. Doch indem er sie nun weiter bedrängte, würde er rein gar nichts herausfinden und sich nur noch mehr mit ihr streiten.

Damit blieb ihm nur noch eine letzte Spur. »In jener Nacht haben viele Leute im Traum eine junge Frau gesehen. Eine Vraszenianerin, aber keine, die sie kannten. Sie tauchte in mehreren Albträumen auf und hat sogar mit einigen von ihnen gesprochen, darunter mit der Szorsa Mevieny Stravešī und mit Dalisva Mladoskaya Korzetsu, der Enkelin des Kiralič.«

Idusza spuckte aus, bevor er seine Frage stellen konnte. »Selbst wenn ich etwas darüber wüsste – glaubt Ihr allen Ernstes, ich würde sie *Euch* ausliefern?«

Nun konnte sich Grey doch nicht mehr zusammenreißen. »Ja. Weil ich der einzige maskenverfluchte Falke in dieser Stadt bin, der dafür sorgen wird, dass zuerst die Clanältesten mit ihr sprechen, anstatt dass sie gleich in den Horst gezerrt wird.«

Bei seinen Worten zuckte sie zurück. Offiziell hatten die Clans in Nadežra keinerlei Autorität, und das war auch schon seit der Eroberung so. Zu den ständigen Beschwerden unter den Vraszenianern gehörte, dass sie ständig Liganti-Richtern vorgeführt wurden. Aber ihre Delegation war in jener Nacht ebenso verletzt worden wie der Cinquerat – schlimmer sogar, da einer ihrer Anführer gestorben war –, und wenn Grey ihnen die Gelegenheit gab, das Problem zuerst anzugehen, könnte sie das ein wenig besänftigen.

Sobald Caerulet davon erfuhr, wäre das allerdings Greys Tod. Doch er hatte sich schon vor langer Zeit damit abgefunden, dass er höchstwahrscheinlich für seine Stadt sterben würde.

Die Glockentürme erklangen und holten ihn in die Gegenwart zurück. »Denkt darüber nach«, bat er müde. »Die Beerdigung meines Freundes …«

Er konnte den Satz nicht beenden. Iduszas sonst immer so grimmige Miene wurde sanfter. »Geht. Und – möge der Geist Eures Freundes Frieden im Himmel, seine Sippe im Traum und ein neues Leben entlang der Straße finden.«

* * *

Ninatium, Eulenfeld, Oberufer: 19. Cyprilun

Nach der vielfarbigen Pracht des Sebatiums am Vortag wirkte das Ninatium in Eulenfeld am Stadtrand ebenso schlicht wie der Raum zwischen den Sternen. Die Wände waren mit schwarzem Samt verhängt und ließen jedes Geräusch wie ein ehrfürchtiges Flüstern klingen. Das sollte ein Gefühl des Friedens erzeugen und die Hektik und Ablenkungen der Welt aussperren, doch Ren kam es eher wie ein Leichentuch vor.

Dies war kein Ort für Gebete. Wer seiner Lieben gedenken wollte, die weitergezogen waren, oder sich Gedanken über die Grenze zwischen Leben und Tod zu widmen gedachte, suchte eine der kleineren Ninatia in der Stadt auf. Diese diente nur einem einzigen Zweck: die Leichen der Verstorbenen in Asche zu verwandeln.

Ren zuckte schon zusammen, wenn sie nur an das Wort dachte. Leato war mit Asche vergiftet worden und wurde nun zu Asche.

Zusammen mit Tess schloss sie sich der langsamen Prozession der Trauernden an, die über den Pfad der in den Boden eingelassenen Numinata schritt. Der bittere Geschmack in ihrem Mund wollte nicht verschwinden. Die Traementis hatten so wenig Freunde und noch weniger Verwandte, und sie bezweifelte, dass Leatos Beerdigung unter anderen Umständen derart gut besucht gewesen wäre. Aber er war in der Nacht der Höllen ums Leben gekommen – einer von acht Toten und der Einzige, für den sich die Adligen der Stadt interessierten. Bei den anderen handelte es sich um Vraszenianer oder niedere Mitarbeiter des Cinquerats. Wenn die Schnösel also ihre Empörung über das, was passiert war, zur Schau stellen wollten, bekamen sie hier die beste Gelegenheit dazu.

Wäre da nicht die erdrückende Stille im Tempel gewesen, die nur durch den Klang leiser Schritte gestört wurde, hätte sie sich vielleicht über diese Heuchelei aufgeregt. Aufgrund ihrer Erschöpfung fiel es ihr umso schwerer, sich zusammenzureißen, und früher oder später würde sie etwas sagen, das besser ungesagt geblieben wäre. Oder das Messer unter ihrem Rock hervorziehen und es benutzen.

Die Trauernden füllten die Kammer und nahmen auf den bogenförmig aufgestellten Bänken Platz. Die meisten gehörten dem Adel an – sogar Mettore Indestor war gekommen –, aber sie bemerkte auch Vargo unter ihnen, ebenso Tanaquis und Grey Serrado mit ausdruckslosem Gesicht in Paradeuniform und mit einem schwarzen Armband. Renata setzte sich und blickte in die tiefer liegende Kammer in der Raummitte hinab.

Dort unten befand sich in einem Kreis, der von einer einzigen fehlenden Kachel unterbrochen wurde, ein Numinat: eine neunseitige Darstellung aus flüssigem Silber, die so breit war wie die Sonnenuntergangsbrücke. Gebilde innerhalb von Spiralen in Spiralen wirbelten mit verwirrender geometrischer Präzision um das Nonagramm herum: die Kanäle, durch die die Macht des Kosmos fließen würde, sobald der Fokus platziert und der Kreis geschlossen worden war.

Donaia und Giuna standen neben einem Priester in schwarzer Robe; drei kleine Gestalten in einem Bereich, in dem ein gutes Dutzend enger Angehöriger Platz gefunden hätte. Schwarz gekleidet warteten sie und blickten nicht auf zu den Trauergästen, die in den Raum strömten, bis ein Gong den Beginn der Zeremonie verkündete.

Acht Träger brachten die Totenbahre herein, angeführt von Bondiro Coscanum und Oksana Ryvček. Ihnen folgte eine Frau, die ein Begräbnislied sang und zu Anaxnus betete – der Liganti-Name für die Maske der Gottheit, die Ren als Čel Kariš Tmekra kannte, den Bringern von Leben und Tod. Leatos Leichnam war gewaschen und in schwarze Tücher gewickelt worden, sodass man seine tödlichen Wunden nicht mehr sah. Nur sein Kopf ragte heraus, wobei sein prächtiges goldenes Haar ungeachtet des traurigen Anlasses fast schon schmerzhaft hell schimmerte.

Donaias Schluchzen durchbrach die Stille.

Sie stellten die Bahre ans Ende der Hauptspirale des Numinats, und Leatos Mutter und Schwester traten gemeinsam vor, um sich von ihm zu verabschieden, bevor sein Gesicht mit einem Schleier verdeckt wurde. Ren kniff die Augen zu, um es nicht mitansehen zu müssen, und war sich überdeutlich bewusst, dass man sie ebenfalls beobachtete, scherte sich jedoch nicht weiter darum. Da der Ritualbereich unter ihnen lag, kam sie sich vor, als wäre sie abermals im Amphitheater und würde auf die endlose Grube der leeren Quelle hinabblicken, in der sie Leato zum Sterben zurückgelassen hatte.

Wäre Leato Vraszenianer gewesen, hätte sie zumindest Trost darin finden können, dass er so dicht bei Ažerais' Herz gestorben war. Die drei Teile seiner Seele würden von dort aus mühelos ihren Weg finden: die Dlakani zum Himmel aufsteigen, der Szekani als geehrter Vorfahre in Ažerais' Traum verweilen und der Čekani wiedergeboren werden. Aber Leato war kein Vraszenianer gewesen, und wer konnte schon sagen, ob seine Seele den Weg aus dem Traum gefunden und durch die Sphären der Numina gereist war, wie es die Liganti glaubten. Möglicherweise wurden seine Mängel nicht durch Lumens reines Feuer weggebrannt, bevor er die Wiedergeburt erreichte.

Erschauernd verdrängte Ren diesen Gedanken und schlug gerade noch rechtzeitig die Augen auf, um zu sehen, wie der Priester von einem Gehilfen eine mit einem Siegel markierte Scheibe entgegennahm: den Fokus des Numinats, der den Gott der Zerstörung herbeirief, damit er das reinigende Feuer brachte. Er hob sie über seinen Kopf und rezitierte mehrere Gebete, dann trat er vor und legte die Scheibe in die Mitte des Numinats.

Im Anschluss zog er sich aus dem Kreis zurück, der die Zuschauer vor den darin wütenden Kräften schützte, kniete nieder, legte die fehlende Kachel an ihren Platz und schloss den Kreis.

Flammen loderten innerhalb des Rings hoch auf. Die Hitze schlug Ren ins Gesicht. Wieder einmal wurde sie daran erinnert, wie das Heim ihrer Kindheit niedergebrannt war, und dann konnte sie nicht mehr und brach weinend zusammen. Die Last um ihre Schultern war Tess' Arm, die sie zu trösten versuchte, ohne in aller Öffentlichkeit die ihr als Dienstbotin gesetzten Grenzen zu überschreiten, und Ren klammerte sich an dieses Gefühl wie an ein Seil.

Erst als Tess sie anstieß, erinnerte sich Ren daran, dass sie noch einen weiteren Teil des Rituals ertragen musste. Andere hatten sich bereits erhoben und gingen an einem Priester vorbei, der mit einem Tablett voller schwarzer Kerzen bereitstand. Sie folgte ihnen und nahm sich ebenfalls eine. Das Wachs fühlte sich warm und weich an, nachdem es derart nah neben der Hitze des aktiven Numinats gelegen hatte. Nun musste sie den Docht nur noch an die Grenze halten, damit er brannte. Während die Trauernden zu ihren Bänken zurückkehrten, wurden die Lichter zu Sternen in einem Meer aus Schwarz und stellten ein Spiegelbild des Kosmos dar, in den Leatos Funke zurückkehrte.

Jedenfalls glaubten das die Liganti. Trotz der Hitze der Krematoriumsflamme und der Wärme des Kerzenwachses, das auf ihre Handschuhe tropfte, wirkte der Anblick auf Ren wie ein schwacher Trost.

Als die Zeremonie zu Ende war, wollte sie nur noch fliehen. Doch die Menge wurde aus der Kammer in einen Nebenraum geführt, in dem einfache Gerichte bereitstanden. »Ich besorge Euch etwas zu essen«, sagte Tess und eilte von dannen. Da sie ihre Energie nicht durch Schlaf auffrischen konnte, musste Ren zurzeit mehr essen, als sie sich leisten konnten.

Bedauerlicherweise gewährte dies Scaperto Quientis die Gelegenheit, sich zu ihr zu gesellen. Bislang hatte sie es vermieden, mit irgendjemandem zu sprechen, der im Privilegienhaus gewesen war, als sie den mit Asche versetzten Wein getrunken hatten, aber jetzt konnte sie ihm nicht aus dem Weg gehen.

»Alta Renata.« Seine Stimme glich einem tiefen Poltern. »Ich muss mich dafür entschuldigen, dass ich Euch gestern im Sebatium nicht begrüßt habe, aber ich vermute, dass Ihr ebenso wenig in der Stimmung für den Austausch von Höflichkeiten wart wie ich.«

Sie hielt den Mund und versuchte, sich zu erinnern. Gestern? Ja – er war gerade herausgekommen, als Tanaquis sie hereingerufen hatte. Sie wusste nicht, was sie sagen sollte. »Ich bin sehr froh, dass Ihr nicht ertrunken seid, Euer Ehren.« *Djek. Hoffentlich haben die Leute schon darüber getuschelt.* Stimmt – Tanaquis hatte ihr davon erzählt. Sie hatte sich nicht verplappert.

»Ihr habt davon gehört?«, fragte Quientis und kniff die Augen zusammen, um sie kritisch zu mustern. Sie widerstand dem Drang, ihre Haut zu berühren, als könnte sie sich so vergewissern, dass sie als Renata geschminkt war. »Habt Ihr diese Vraszenianerin auch gesehen?«

»Nein, ich ... ich habe nur davon gehört.« Was würde Alta Renata sagen? »Es hörte sich an, als wäre sie gefährlich gewesen.«

»Gefährlich? Nein.« Seine finstere Miene galt allen Anwesenden, dennoch fühlte sie sich davon angesprochen. »Nur so gefährlich wie jemand, der Angst hat – was vermutlich schon gefährlich genug ist. Aber ich glaube nicht, dass sie mir schaden wollte. Vermutlich konnte sie einfach nicht schwimmen.« Er sah Mettore Indestor an. »Aber irgendjemand ist eher darauf bedacht, jemandem die Schuld zuzuschieben, als die Wahrheit herauszufinden. Vermutlich ist es gut, dass Simendis Meda Fienola die Ermittlungen übertragen hat.«

Wollte er ihr damit irgendetwas vermitteln? Sie wusste es nicht, und Tess war noch immer nicht zurückgekehrt, sondern stellte ihr einen Teller zusammen. Ren fing ihren Blick auf und zupfte an ihrem linken Ohrläppchen.

Viel zu spät fiel ihr ein, dass sie mit ihr ein anderes Signal hatte ausmachen wollen.

»Euer Ehren.« Vargo huschte an Renatas Seite, als würde er dorthin gehören. »Alta Renata. Lasst mich Euch das abnehmen.« Er steckte sich seinen Gehstock unter den Arm und nahm ihr die heruntergebrannte Kerze aus der schlaffen Hand.

»Nein, die nehme ich.« Tess war ganz atemlos, nachdem sie mit einem Teller und einem Becher durch den Raum geeilt war. Irgendwie endete die darauf folgende Herumreicherei damit, dass Scaperto die Kerze, Vargo Renatas Teller und Becher und Tess Vargos Gehstock in der Hand hielt.

Womit Renata die Hände frei und einen leeren Magen hatte. Sie merkte, dass sie das Essen anstarrte, bis Quientis plötzlich sagte: »Ich werde diese Kerze an ihren Platz zurückstellen. Habt einen schönen Tag.«

Bei Tess' durchdringendem Blick räusperte sich Vargo. »Anscheinend benötigt Ihr mich nicht länger«, murmelte er, reichte Renata Teller und Becher und nahm seinen Gehstock von Tess entgegen. Er beugte sich vor, was sie kurz für eine Verbeugung hielt, bis sie merkte, dass er sie im schwachen Licht des Tempels genauer musterte. »Auf die Gefahr hin, unhöflich zu erscheinen, muss ich bemerken, dass Ihr recht mitgenommen ausseht. Geht nach Hause. Schlaft Euch aus. Hier gibt es für euch nichts mehr zu tun.«

Wie gern hätte sie seinen Rat befolgt, doch bevor sie dazu kam, hatte Donaia sie entdeckt.

Tess nahm den Teller wieder entgegen, damit Renata Donaia zum Gruß die Hände drücken konnte. »Ihr habt Eure Handschuhe ruiniert«, stellte Donaia fest und drückte mit dem Daumen auf einen weichen Wachsfleck auf Renatas Handrücken.

Nachdem sie so viel Zeit mit der Sorge verbracht hatte, sie könnte das Falsche sagen, verschlug es Ren nun völlig die Sprache.

Donaia redete genug für sie beide. »Danke, dass Ihr gekommen seid. Habt Ihr schon etwas gegessen? Oh, ich sehe, das habt Ihr. Das Essen ist nichts Besonderes, aber Ihr solltet etwas zu Euch nehmen. Ich kann mir vorstellen, dass es hart sein muss nach ... nach den vergangenen Tagen, aber glaubt ja nicht, Eure Jugend würde Euch vor einer schlechten Gesundheit schützen. Ihr müsst auf Euch aufpassen. Es gibt mehr als ...«

»Mutter.« Giuna legte Donaia eine Hand auf den Arm und unterbrach ihren Redefluss. »Ja. Natürlich. Bitte entschuldigt. Es ist nur ... Ihr seht nicht gut aus und ...« Sie stieß seufzend die Luft aus.

»Ihr solltet mich hassen.«

Einen schrecklichen Moment lang war sich Ren nicht sicher, mit welchem Akzent sie das gesagt hatte. Aber Giunas verwirrte Erwiderung »Euch hassen?« und Donaias angespanntes »Das wäre lächerlich« ließen nicht vermuten, dass sie es wie eine Vraszenianerin ausgesprochen hatte.

»Wenn ... ich ihn nicht gebeten hätte, mich zu begleiten ...« *Wenn ich den Raben doch nur dazu gebracht hätte, zuerst ihn zu retten. Wenn ich nicht diejenige wäre, die ich bin.*

»Wenn, wenn, wenn ... Ich dachte, Ihr wärt vernünftiger als Letilia ...«

»Mutter.« Erneut berührte Giuna Donaias Arm, doch ihre Mutter schüttelte ihre Hand ab.

»Nein. Ich habe mich seit dieser Nacht mit genug ›Wenns‹ gegeißelt und bin es leid. Es war nicht meine Schuld und ganz gewiss nicht Renatas.« Donaia wischte sich die Tränen von den Wangen, als wäre sie dieser ebenso überdrüssig wie alles anderen.

»Ich meinte doch nur ... Dass es wohl kaum fair von dir ist, grob zu Renata zu sein, weil sie keine Schuld daran trägt.«

»Sie weiß genau, dass ich das nicht so meine. Nicht wahr?«

Ren wünschte sich vielmehr, dass Donaia es so meinen würde. Dieser fehlende Widerstand, diese nicht existente Bereitschaft, ihr ebenfalls Schmerzen zuzufügen, sorgten dafür, dass sie nichts hatte, woran sie sich festhalten konnte. Deshalb kamen auch ihr abermals die Tränen. »Es tut mir so leid«, stieß sie mit bebendem Atem hervor und rang darum, nicht völlig die Fassung zu verlieren.

Was jedoch unmöglich war, da Donaia nun auch wieder weinen musste und Giunas Atem auch immer ruckartiger kam.

»Ach herrje, jetzt ist es um alle geschehen«, murmelte Tess und sah Giuna an. »Ihr seid mit der Kutsche gekommen, richtig? Wie wäre es, wenn ich sie rufe und Ihr nach Hause fahrt?«

»Ja. D-danke.« Giuna legte einen Arm um ihre Mutter und den anderen um Renata. »Ihr kommt mit uns.«

Donaia umklammerte Renatas Hände noch fester und verhinderte, dass sie sich ihr entziehen konnte. »Selbstverständlich begleitet sie uns.«

* * *

Isla Traementis, die Perlen: 19. Cyprilun

Gerade als Donaia glaubte, sämtliche Tränen vergossen zu haben, überkam sie die Trauer erneut wie eine Woge. Es fing damit an, dass es ihr die Kehle zuschnürte, bevor sich die Trauer in ihrem Bauch ausbreitete. Sie hörte nur noch das Rauschen ihres Bluts, das an die Frühlingsflut des Dežera erinnerte, und dann blieb ihr auch schon nichts anderes übrig, als sich zu krümmen, die Arme um ihren Leib zu schlingen und darauf zu warten, dass es vorüberging.

Sie erinnerte sich noch genau daran, wie sie vor Leatos Geburt in den Wehen gelegen hatte. Damals war sie davon überzeugt gewesen, vor Schmerzen sterben zu müssen. Es war ein zermürbendes und auslaugendes Erlebnis gewesen, das nur dadurch erträglich wurde, dass sie am Ende ihren kostbaren Sohn in den Händen hielt.

Dieser Schmerz war nichts im Vergleich zu den Qualen, die sie nach seinem Tod durchlitt. Doch diese würden nicht enden, da es keinen Leato mehr gab, den sie in den Armen halten konnte, sodass es sich wenigstens gelohnt hätte. Jedenfalls nicht zu Lebzeiten.

Aber sie musste stark sein. Renata war hier und zerfloss vor ungerechtfertigten Schuldgefühlen. Und Giuna hatte auch eine Gelegenheit zum Trauern verdient, denn sie hatte ihren Bruder so sehr geliebt, wie es eine Schwester nur tun konnte. Vielleicht sogar noch mehr, weil sie gemeinsam so viele andere Verluste hatten verkraften müssen.

Die fröhlichen pfirsichfarbenen Polster im Salon wirkten wie eine Verhöhnung von all dem, was sie verloren hatte: ihre Eltern, ihren Gatten, ihre Familie, ihren Wohlstand und ihre Macht und jetzt auch noch ihren Sohn, was schlimmer war als alles andere zusammen.

»Diese Familie ist wahrlich verflucht«, flüsterte sie, während Renata auf der Couch kauerte und Giuna ihnen allen Wein einschenkte. Donaia krallte die Hände in die Rückenlehne ihres Lieblingssessels. Sie bekam einen Wutanfall, drehte sich und warf den Sessel um. Warum war sie nicht stark genug gewesen, um ihre Kinder zu beschützen? Wieder und wieder trat sie gegen den umgefallenen Sessel und ignorierte, dass Klops wimmerte und Giuna versuchte, sie festzuhalten, genoss den Schmerz, der ihr von den Zehen bis zur Hüfte schoss.

»Wir sind verflucht! Und es wird erst aufhören, wenn wir alle tot sind.« Sie wirbelte zu Renata herum und stolperte wie eine Betrunkene, weil ihr der Fuß so wehtat. Dabei war ihr völlig gleich, wie sie aussehen musste mit ihrem geröteten, tränenüberströmten Gesicht und dem Haar, das sich hexengleich aus den Nadeln gelöst hatte. »Ihr solltet gehen. Reist zurück nach Seteris. Der Fluch ist Letilia nicht dorthin gefolgt. Vielleicht könnt Ihr ihm ja ebenfalls entrinnen.«

Renatas Gesicht wirkte wie eine Maske und ihre haselnussbraunen Augen waren tief eingesunken. »Verflucht? Leato sagte …« Sie sprach nicht weiter, räusperte sich und zwang sich sichtlich, den Satz zu beenden. »Er sagte, Ihr hättet so viele verloren. Aber Ihr meint doch nicht wirklich, dass ein Fluch auf Euch lastet?«

»Wie wollt Ihr das sonst erklären?« Donaias Geste beinhaltete mehr als nur ihre Trauerkleidung, den nicht geheizten Salon, den verblichenen Traementis-Glanz. »Ihr seid das einzige Glück, das dieses Haus in den letzten zwanzig

Jahren erlebt hat. Gianco hat immer gesagt, Letilia hätte unser Glück mitgenommen, als sie gegangen ist.«

So schnell, wie ihr Zorn aufgeflammt war, verrauchte er auch wieder und ließ sie erneut ausgelaugt zurück. Ihr Sessel war umgestürzt, und es gelang ihr nicht, ihn wieder aufzustellen. Stattdessen sank sie auf den Boden und kauerte dort wie eine Bettlerin auf der Straße, während sich Klops an ihre Seite schmiegte. Sie schlang die Arme um den Hund und vergrub das Gesicht in seinem Fell. »Leato ist tot. Was außer einem Fluch kann der Grund dafür sein?«

»Bosheit.« Das Wort kam ihr derart scharf über die Lippen, dass Donaia den Kopf hob. Renata hockte sich vor sie und sprach eindringlich auf sie ein. »Jemand hat uns das angetan. Mit Absicht. Mettore Indestor oder ... oder ... Ich weiß nicht, wer. Oder warum. Was derjenige will. Aber hier war nicht die Hand der Götter im Spiel, sondern etwas anderes.«

Donaia nahm das Glas entgegen, das Giuna ihr in die Hand drückte, und starrte in den Rotwein. »Götter, Menschen oder Monster, das Ergebnis ist doch dasselbe. Uns hängt das Unglück an, und ich kann rein gar nichts tun, um es aufzuhalten.«

Sie hob den Kopf und sah Renata in die Augen. Das Mädchen hatte so viel von Letilia, jedenfalls äußerlich. Ihre Freundlichkeit, ihre Intelligenz und ihr Feuer mussten hingegen von ihrem unbekannten Vater stammen. Möglicherweise auch ihr Glück. »Ihr solltet Euch schützen.«

Renata wurde ganz still. Sie schien direkt durch Donaia hindurchzublicken und etwas anderes zu sehen – oder rein gar nichts.

Ihre Stimme wurde tiefer und rauer, die geschliffene Eleganz ihres Akzents bekam Brüche. »Wenn Ihr möchtet, dass ich gehe, dann gehe ich. Denn ich ... ich will Euch keine Last sein, erst recht nicht in einer Zeit wie dieser, wenn Ihr schon genug zu ertragen habt. Aber wenn Ihr das nur um meinetwillen sagt ...« Sie schüttelte den Kopf. »Dann werde ich Euch nicht im Stich lassen.«

Giuna gab ein leises Stöhnen von sich, das Donaias Selbstmitleid durchdringen konnte. Selbstverständlich wäre es ein weiterer Schlag für Giuna, wenn sie jetzt auch noch Renata verlor. Und auch für Donaia, wenn sie ehrlich zu sich war.

Sie umklammerte Renatas Hände, als könnte das Mädchen jeden Augenblick verschwinden. »Um Euretwillen dränge ich Euch zu gehen. Ihr habt Optionen, die besser und sicherer sind – mehr, als Ihr glaubt ...« Sie schüttelte den Kopf. Über ihre Eltern konnte sie jetzt nicht sprechen, nicht nachdem sie ihren Sohn eben erst zu Lumen geschickt hatte. »Aber jetzt ist der falsche Zeitpunkt, um darüber zu sprechen. Ihr wart uns alles andere als eine Last. Bitte vergebt mir. Ich bin nur eine erbärmliche alte Frau, die ...«

Abermals drohten ihr die Tränen zu kommen. Donaia wandte den Kopf und fixierte den Schmutzfleck, der nach ihren Tritten gegen den Sessel zurückgeblieben war. Ihr Fuß pochte und fühlte sich in ihrem Stiefel ganz heiß an. Sie schluckte schwer, weil es ihr die Kehle zuschnürte, und stieß einen Laut aus, der eine Mischung aus Schluckauf und Kichern war. »... die sich anscheinend gerade einen Zeh gebrochen hat. Ein schlechtes Urteilsvermögen ist offenbar noch schlimmer als Pech.«

Diese Worte holten Renata in die Wirklichkeit zurück. Sie bugsierte Donaia in einen Sessel und zog ihr den Stiefel aus, um nach kurzer schmerzhafter, aber effizienter Untersuchung zu verkünden, dass der Zeh nur verstaucht, aber nicht gebrochen sei.

Danach ging sie vor ihr in die Hocke und wirkte viel jünger und verletzlicher, als Donaia sie je gesehen hatte. »Wenn

Ihr nicht verlangt, dass ich gehe ... dann werde ich bleiben. Und einen Weg finden, Euer Glück zurückzuholen.«

* * *

Isla Prišta, Westbrück: 19. Cyprilun

Sedge schien schon darauf gewartet zu haben, dass Tess und Ren nach Hause kamen, denn er klopfte nur wenige Augenblicke, nachdem sie die Küche betreten hatten, an die Tür. *Er wusste genau, dass er lieber nicht im Haus auf uns warten sollte,* dachte Ren. *Allerdings hätte ich ihn in meinem Zustand vermutlich nur verständnislos angestarrt.*

Kaum hatte sich die Tür hinter ihm geschlossen, da verlangte er auch schon zu erfahren: »Warum zum Geier sagt Vargo seinen Leuten, dass sie nach einer Musterleserin namens Lenskaya suchen sollen?«

»Was?« Ren starrte ihn mit offenem Mund an. Dann fiel es ihr schlagartig wieder ein. »Oh, *djek.*« Sie sackte auf die Bank. »Das hatte ich völlig vergessen.«

»Was hattest du vergessen? Was hast du getan, Ren?«

Ren ließ den Kopf in die Hände sinken. Durch den Nebel in ihrem Kopf bekam sie beiläufig mit, wie Tess Sedge etwas erklärte und er daraufhin fluchte. Ren wusste, dass sie etwas sagen sollte, doch ihre Erschöpfung war einfach allumfassend. Sie saß nur wie benommen da, bis etwas, das Tess sagte, zu ihr durchdrang. »Aber sie kann nicht verschwinden. Dann wird er es erst recht wissen.«

»Das könnte schlimmer sein, als hierzubleiben«, entgegnet Sedge. »Vargo glaubt nicht an Muster. Jedenfalls nicht daran, dass sie irgendwie magisch sind. Für ihn sind das nur Frauen, die gut Menschen durchschauen und Informationen vermitteln können. Und jetzt glaubt er, Lenskaya wäre ein

Teil davon. Wenn sie im Fluss verschwindet, lässt er ihn ausheben.«

Ren fing an zu lachen. Das war überhaupt nicht lustig – nicht mal ansatzweise –, doch sie hatte nur die Wahl, zu lachen oder weinend zusammenzubrechen. »Was kann denn schlimmstenfalls passieren? Dass er rausfindet, wer ich bin? Soll er doch. Wen schert es schon, wenn der Betrug endet; ich habe doch nur versucht, mich in ein verfluchtes Haus einzuschleichen. Viel schlimmer kann es doch gar nicht mehr werden.«

»Verflucht?!«, fragten Sedge und Tess gleichzeitig und starrten sie an.

Zitternd stand Ren auf, holte sich eine Decke und ging zum leeren Weinkeller. »Das hat Donaia gesagt. Die Traementis sind verflucht – und ich glaube, sie hat es wörtlich gemeint. Sie gibt Letilia die Schuld daran.« Ren holte das Musterdeck ihrer Mutter und stolperte zurück in die Küche, wo sie sich an Tess und Sedge vorbeidrängte, die ihr gefolgt waren.

Sie setzte sich so nah ans Feuer, wie sie es wagte, ohne in Flammen aufzugehen. *Ich will nicht so enden wie Mama.* Nur dass Ivrina vom Fieber statt vom Feuer verbrannt worden war.

Ren starrte die Karten an. Sie würde sie brauchen, wenn sie sich Vargo als Arenza stellte ... aber nein, aus diesem Grund hatte sie sie nicht geholt. Sie fing an zu mischen.

»Was in aller Welt treibst du denn da?«, fragte Tess.

Das Haus Traementis war keine Person. Konnte man für eine Gruppe oder Institution ein Muster legen? Ren wusste es nicht. Allerdings ging es dabei mehr um eine generelle Frage, daher sah sie keinen Grund dafür, den Drei-Karten-Pfad nicht genauso auszulegen, wie sie es für Leato getan hatte.

Tess kniete sich hin und streckte eine Hand aus, um Ren vom Auslegen der Karten abzuhalten. »Hältst du das wirklich für eine gute Idee? Du hast überhaupt nicht geschlafen, und es geht dir nicht gut – wer kann schon sagen, was du in diesem Zustand sehen wirst?«

»Vargo sagte, Asche wird aus Aža hergestellt«, meinte Ren. »Aža soll Musterleserinnen doch angeblich helfen.« Manchmal. Vielleicht. Sie *glaubten* jedenfalls, das Muster besser zu verstehen, aber Ivrina hatte das stets skeptisch gesehen. Andererseits hatte sie sowieso nie irgendwelche Hilfe benötigt, um die Karten zu sich sprechen zu lassen.

Sedge knurrte leise. »Asche ist ein *Albtraumgift*. Wer sagt, dass es dir die Dinge nicht schlimmer zeigt, als sie sind?«

Abermals lachte sie verbittert auf. »Ich bin mir nicht sicher, ob das überhaupt möglich ist.« Sie schlug Tess' Hand weg und legte drei Karten aus.

Einen Augenblick später war sie auch schon aufgestanden und halb durch die Küche gerannt, bevor Sedge sie festhielt. Instinktiv schlug Ren um sich und wand sich aus seinem Griff. »Nein. Nein. Ich weigere mich – das tue ich ihnen nicht an.«

»Was denn?«, fragte Sedge und hielt die Arme so, dass er möglichst wenig bedrohlich wirkte. »Ihnen ein Muster zu legen?«

»Mich in Ondrakja zu verwandeln«, fauchte Ren. »Im Albtraum hat Mama ein Muster gelegt – *das Gesicht aus Gold* war ich bei den Traementis. Ich habe wie Ondrakja über sie geherrscht und sie zu meinen Fingern gemacht. Donaia hat recht: Sie sind verflucht. All die Zerstörung, die sie erlitten haben, das kann kein Zufall sein. All die Toten, Leato, Gianco, die anderen Verwandten, Letilia, die gegangen ist ... das ist alles dasselbe. Trotzdem geht der Fluch immer weiter. Donaia ist die Nächste.« Das konnte sie in ihren Knochen spüren.

Tess und Sedge tauschten besorgte Blicke. »Ren«, setzte Tess zögerlich an, »ich zweifle nicht an deinem Talent mit den Karten ... aber du hast sie dir noch nicht mal angesehen.«

Das ließ sie erstarren. Tess ging aus dem Weg und zeigte Ren die Karten, die noch immer verdeckt auf den Bodenfliesen lagen.

Ren zitterte am ganzen Körper. Sie hatte sie noch nicht umgedreht, konnte sie aber trotzdem vor ihrem inneren Auge sehen: *die Maske der Asche* für die Gegenwart, *die Maske der Nacht* für den Weg und *das Gesicht aus Gold* für das Ende. Zerstörung, Pech und Untergang.

Sie drehte die Karten um. Alle drei waren so, wie sie sie vorhergesehen hatte.

»Das ist echt beunruhigend«, murmelte Sedge. Dann schüttelte er die Schultern wie ein Hund, der nass geworden war. »Aber du kennst diese Karten. Wahrscheinlich hast du sie schon anhand der Rückseiten erkannt.« Das war nicht unmöglich. Ivrinas Deck war durchdrungen und widerstand Abnutzung besser als die meisten, aber auch nicht vollkommen.

Rens Augen brannten; sie vergaß zu blinzeln. »Muss das denn unbedingt etwas Schlechtes bedeuten?«, fragte Tess zaghaft. »*Das Gesicht aus Gold* steht doch für Wohlstand, oder nicht? Ich weiß, dass es in deinem Albtraum schlimm war, aber hier könnte es doch für etwas anderes stehen. Vielleicht werden sie ja wieder reich.«

Die Antwort, die Ren auf der Zunge lag, schluckte sie schnell wieder herunter. Drei Karten, zwei mögliche Interpretationen jeder Karte. *Die Maske der Asche* war Zerstörung, daran bestand kein Zweifel. Hatte sie nicht erst vor wenigen Stunden mit eigenen Augen gesehen, wie Leatos Leiche verbrannt war? Aber die anderen beiden ... standen sie für Katastrophen und Gier oder für verhindertes Unheil und erneuten Reichtum?

Es musste einen Weg geben, Letzteres herbeizuführen.

Den Traementis zu helfen, statt zuzulassen, dass sie vom Pech in Stücke gerissen wurden. Aber als Ren die Karten wieder einsammelte und die nächste Frage stellen wollte, drückte Tess ihr einen Becher in die Hand. »O nein. Du fasst die Karten erst wieder an, wenn du geschlafen hast. Trink das und dann sehen wir weiter.«

Ren zuckte vor dem Becher zurück, als wäre er eine Viper. »Was ist das? Was willst du mir da antun?«

»Ich will dir dabei helfen, endlich zu schlafen«, antwortete Tess geduldig und fest. »Das hat mir Vargos Arzt gegeben – nachdem ich ihm erzählt hatte, dass du wegen schlechter Träume die ganze Nacht auf den Beinen warst. Ich habe auch noch Kamillentee für dich und Lavendelsäckchen ins Bettzeug gestopft. Du bist im Nullkommanichts im Traumland und morgen geht es dir bestimmt viel besser.«

Es war kein Gift. Wieso sollte Tess sie auch vergiften wollen? Ren stürzte die Medizin hinunter, schnitt bei dem widerlichen Geschmack eine Grimasse und nahm auch alles andere an, was Tess ihr im Anschluss gab.

Doch schon bevor sie sich hinlegte, wusste sie, dass es nicht funktionieren würde. Die Zlyzen hatten sie in ihren Fängen. Sie hatten Leato getötet, aber auch ein Stück von ihr erwischt, und sie würde nie wieder schlafen können.

2

DAS GESICHT
AUS GLAS

Froschloch, Unterufer: 20. Cyprilun

Ren hatte weitaus weniger Übung darin, Arenza zu verkörpern als Renata. Am nächsten Morgen musste sie sich dreimal neu schminken und fluchte die ganze Zeit dabei, bis Sedge endlich verkündete, dass sie so gehen könne. »Willst du das wirklich tun?«, erkundigte er sich, als sie endlich fertig war.

»Du bist doch derjenige, der gesagt hat, er würde nur noch mehr Verdacht schöpfen, wenn ich nicht auftauche«, erwiderte sie grimmig. »Was bleibt mir dann anderes übrig?«

Weglaufen. Aber sie hatte Donaia gesagt, dass sie das nicht tun würde, und Sedge schlug es auch nicht vor. Er kramte nur in einer Tasche und zog eine verbeulte Blechbüchse heraus. »Hab ich Orostin abgenommen. Das sollte dir helfen, auf Zack zu bleiben.«

Sie öffnete die Büchse und stellte fest, dass sie mit Schnupftabak gefüllt war. Ren hatte noch nie welchen genommen, wusste jedoch, wie man das machte: Sie legte sich eine Prise auf den Handrücken und atmete tief ein – um prompt mehrmals hintereinander zu niesen.

Sedge grinste schief. »Versuch, das nicht bei Vargo zu machen.«

Er brachte sie zu einem zwielichtigen Nytsa-Salon in Froschloch – genau der Art von Ort, an dem der Anführer der Hälfte aller Knoten in Nadežra den illegalen Belangen seines Geschäfts nachgehen könnte. Zur vierten Sonne neigten sogar hartgesottene Spieler dazu, sich eine Mütze Schlaf zu gönnen, anstatt Karten zu spielen, doch der Salon war alles andere als leer. Ein halbes Dutzend Männer und Frauen, alle ähnlich gekleidet wie Sedge, lungerten um einen der vorderen Tische herum. Dass sie nicht einmal zur Tür schauten, als Ren hereinkam, ließ erkennen, dass sie sich nicht zufällig hier aufhielten.

Ruß schwärzte die Fenster, sodass im Schankraum ständiges Dämmerlicht herrschte. Vargo saß an der hinteren Wand, und seine feine Kleidung stand im krassen Gegensatz zu dem billigen, mit Weinflecken übersäten Wollstoff auf den Tischen und den rauen Bodendielen. Selbst hier schien er sich lieber elegant herauszuputzen. Aber er hatte seine Handschuhe vergessen, daher konnte man seine vernarbten Fingerknöchel sehen, mit denen er gelangweilt auf der Tischplatte trommelte.

Er wartete nicht einfach nur. Ihm gegenüber saß ein Mann in einem weitaus billigeren Mantel und sprach so leise, dass Arenza es nicht verstehen konnte. Hinter Vargos linker Schulter stand eine stämmige Frau mit ernstem Gesicht und der dunklen Haut einer Isarnah und wirkte so aufmerksam wie ihr Boss gelangweilt. Als sie Sedge hereinkommen sah, stieß sie Vargo an, und er unterbrach sein Gegenüber.

»Ich habe genug gehört. Nimm Varuni mit, um Udelmo daran zu erinnern, dass ich von ihm erwarte, über das gesamte Einkommen aus den Würfelspielen informiert zu werden und nicht nur über den Teil, von dem er glaubt, dass ich davon wissen sollte. Danke, dass du mich darauf aufmerksam gemacht hast, Nikory.«

Arenzas Herz raste. *Nikory.* Sie drückte das Kinn an die Brust und versuchte, den Anschein zu erwecken, sie wäre wegen der Begegnung mit Vargo nervös und nicht etwa ängstlich, sein Untergebener könne sich an die Musterleserin erinnern, die ihn mit ihrem Zweitdeck hatte reinlegen wollen.

So oder so wirkte sie schwach, und es stand außer Frage, dass Vargo das bemerken – und zu seinem Vorteil ausnutzen würde. »Ich hab's mir anders überlegt – Varuni bleibt hier. Sedge kann sich um Udelmo kümmern.«

Sedge hatte immerhin den Vorteil, geschlafen zu haben und sein Zögern so besser kaschieren zu können. Die Gewissheit, dass Sedge in ihrer Nähe sein würde, hatte Ren die Entscheidung, hierherzukommen, sehr erleichtert. Wenn er jetzt ginge, würde garantiert etwas schieflaufen.

Er berührte die Innenseite seines Handgelenks – eine alte Geste von früher, wenn Ondrakja sie aufgeteilt hatte: Das war seine Weise, Ren zu beruhigen. »Humpeln oder bettlägerig?«, wollte Sedge von Vargo wissen.

»Humpeln – vorerst. Es ist ja sein erstes Vergehen.«

Der lässige Tonfall ließ Vargos Antwort nicht weniger grausam erscheinen. Sedge nickte und ging zusammen mit Nikory hinaus, und Vargo lehnte sich auf seinem Stuhl zurück und musterte Arenza. Sein schiefes Grinsen verriet ihr, dass er dieses Theater nur ihretwegen veranstaltete. »Du bist Lenskaya?«

Sie nickte und konzentrierte sich auf ihren Mund und ihre Kehle, um den Akzent richtig hinzubekommen. Je vraszenianischer sie klang, desto besser war ihre Verkleidung. »Worum geht es denn? Wieso hat mich Euer Mann herbringen lassen?«

»Meines Wissens hast du einer Bekannten von mir ein Muster gelegt. Ein höchst *interessantes* Muster.« Er stützte die Ellbogen auf die Tischplatte und presste die aneinandergelegten Fingerspitzen gegen die Lippen. »Alta Renata Viraudax. Erinnerst du dich?«

Selbstverständlich tat sie das; sie dachte den Großteil ihrer schlaflosen Nächte an nichts anderes. »Ja.«

Vargo legte den Kopf schief. »Würdest du mir mehr darüber erzählen?«

Seine leisen Worte enthielten einen drohenden Unterton. »Die Worte einer Szorsa zu ihren Klienten sind privat, aber ich kann es Euch zeigen. Wenn Ihr wünscht.«

»Das tue ich. Setz dich. Bitte.« Er zeigte auf den Stuhl, auf dem Nikory gesessen hatte, streckte eine Hand zu Varuni aus und legte den Forro, den sie auf seiner Handfläche platzierte, dort auf den Tisch, wo eigentlich die Schale der Szorsa stehen sollte. »Das erscheint mir nur fair, selbst wenn die Lesung nicht für mich ist.«

Sie ließ die Münze vorerst dort liegen. Vargo mochte sie als Bestechungsgeld ansehen, aber für sie war es ein Geschenk an Ir Entrelke Nedje, und es hätte gierig gewirkt, es sofort einzustecken. Im Anschluss machte sie sich daran, die Karten auszulegen, wobei sie gar nicht erst versuchte, Aufwand zu betreiben oder besonderes Geschick an den Tag zu legen. Sie legte sie sogar alle oben aufs Deck, um die Gefahr zu minimieren, dass sie mittendrin etwas vergaß. *Gesichter und Masken, steht mir bei.*

Die Vergangenheitsreihe war schnell erledigt. Sie war beim letzten Mal nicht ganz eindeutig gewesen und auch jetzt gewann sie keine neuen Erkenntnisse. Als sie zur Gegenwart kam, wurde sie langsamer. »Hier trifft das Schicksal der Alta auf ein anderes – *Lerche am Himmel* und *die Maske der Narren*. Sie passen zusammen, müsst Ihr wissen, denn sie besagen, dass Eret Indestor Informationen oder Erkenntnisse fehlen. Und ich habe die Alta davor gewarnt, dass es irgendwie mit ihr zu tun haben könnte. Mehr erschloss sich mir allerdings nicht.«

»Sie wusste also, dass er etwas von ihr wollte, als sie reingegangen ist«, murmelte Vargo, betrachtete jedoch eher Arenza als die Karten.

»Nein!« Die Worte kamen ihr ungeplant über die Lippen. »Sie hatte keine Ahnung. Hätte ich das gesehen, denkt Ihr dann nicht, dass ich die Leute gewarnt und versucht hätte, das alles zu verhindern?«

Sie bereute ihren Protest sofort, doch jetzt war es zu spät, und sie konnte ihn nicht mehr zurücknehmen. Vargo kniff die Augen zusammen. »Ich kenne dich nicht. Vielleicht hättest du es getan.« Auch wenn zum Teil Varadi-Blut in seinen Adern floss, wirkte seine Skepsis eher wie die eines beliebigen Liganti-Nadežraners. »Zu schade, dass deine Herrin ihre Warnungen nicht offensichtlicher ausspricht.«

Herrin? Sie bezweifelte, dass er damit auf Ažerais oder die Göttin des Schicksals anspielte, aber wenn er nicht sie meinte, wen dann?

»Was hält die Zukunft für die Alta bereit?«, fragte er und tippte auf die letzte Reihe.

»Das ist nicht ihre, sondern Indestors.« Ihre Finger zitterten, als sie die oberste Reihe umdrehte. »Wie Ihr seht, stammen sieben der neun Karten aus dem Spinnfaden. Das spricht für Magie. *Zwei gekreuzte Straßen* bedeutet, dass er rigoros durchgreifen will – allerdings bezweifle ich, dass damit die Nacht der Höllen gemeint ist. Er will etwas ändern.« Sie tippte auf *Flügel in Seide* und danach auf *Sturm gegen Stein*. »Und dazu ... wird er eine schreckliche Macht freisetzen.«

»Macht beinhaltet meist Numinatria«, sagte Vargo und starrte auf etwas hinter ihrer Schulter. »Aber die Numinatria ist rational und ...«

Eine Bewegung erregte Arenzas Aufmerksamkeit. Sie blickte nach unten und entdeckte eine juwelenfarbene Gestalt von der Größe einer Kinderhand, die über die Armlehne des Stuhls auf sie zuhuschte.

Ein Teil ihres Verstands sagte: *Das ist Meister Peabody.* Trotzdem kreischte sie auf und warf den Stuhl um.

Das war geplant gewesen, davon war sie überzeugt. Aber in diesem Moment spürte sie Spinnenbeine überall auf der Haut und erinnerte sich an die klebrigen Fäden des Netzes, das sie in ihrem Albtraum gefangen gehalten hatte. Das Einzige, was sie in die Realität zurückholte, war das Kichern von Vargos Leuten. Hätte er sie nicht ernst gemustert, wäre ihr Zorn vermutlich mit ihr durchgegangen, und sie hätte ihr Messer gezückt.

»Ach, da bist du ja. Komm her, Peabody.« Vargo duckte sich unter den Tisch. Als er wieder auftauchte, saß die Spinne auf seinem Ärmel – und er hielt eine ihrer Karten zwischen zwei Fingern. »Die hast du wohl fallen lassen.«

Sie hatte die Karten ihrer Mutter mitgenommen, da sie das Muster auch ursprünglich damit gelegt hatte. Als sie die Karte nun in Vargos Hand entdeckte, wurde sie noch wütender. Sie entriss sie ihm mit zitternder Hand – und erstarrte.

»*Die lachende Krähe*«, flüsterte sie. »Kommunikation – Argentet. Era Novrus weiß etwas.«

»Tut sie das.« Vargo drehte sich zu der schweigenden, aber aufmerksamen Varuni um. »Und du hast gesagt, das wäre nur Zeitverschwendung. Anscheinend sollte ich mich mal mit jemandem aus dem Haus Novrus unterhalten.«

Varuni schnaubte und verzog das versteinerte Gesicht in einer seltenen Regung. »Ich werde ein Treffen an einem sicheren Ort arrangieren.«

Vargo schob die Spinne unter seinen Kragen und wandte sich erneut Arenza zu. »Danke, dass du diese Information mit uns geteilt hast. Sollte ich sonst noch etwas wissen?« Er schien zu glauben, dass sie die Karte mit Absicht fallen gelassen hatte, um ihm einen Hinweis zu geben.

Zumindest hat es etwas Gutes bewirkt. Falls er bisher

glaubte, ich hätte Ähnlichkeit mit Renata, muss ihn mein Schrei bei Peabodys Anblick eines Besseren belehrt haben.
Jedenfalls hoffte sie das.
Vargo räusperte sich und holte sie aus ihren Gedanken. Er hatte ihr eine Frage gestellt, doch sie konnte sich beim besten Willen nicht daran erinnern, welche. Ihr Verstand schien sich langsam aufzulösen. »Nein«, antwortete sie in der Hoffnung, nichts Falsches zu sagen.
»Dann werde ich deine Zeit nicht länger vergeuden.« Vargo ließ sich eine weitere Münze von seiner Leibwächterin geben und legte sie neben die erste. »Danke, dass du hergekommen bist, Szorsa … Wie heißt du mit Vornamen?«
»Arenza.« Viel zu spät schoss ihr durch den Kopf: *Djek. Ich hätte lügen sollen.*
»Arenza? Arenza Lenskaya.« Er sprach ihren Namen aus, als würde er ihn kosten. Sein Blick wanderte bedächtig von ihrem Gesicht zu ihren Händen. »Du musst neu in der Stadt sein. In dieser Stadt werden Betrüger derart hart bestraft, dass ich noch keine in Nadežra geborene Szorsa mit zehn unversehrten Fingern gesehen habe. Aber du hast wunderschöne Hände. Nicht wahr, Varuni?«
Die Isarnah-Frau sah Arenzas Hände nicht einmal an. »Ja.«
Mit abermals auf dem Tisch trommelnden Fingern musterte Vargo Arenza derart lange, dass sich der Takt in ihrem Kopf festsetze und zum Rhythmus von schweren Stiefeln wurde, die ihre Verhaftung ankündigten. Um ihr die Fingernägel herauszureißen, ihr die Knochen zu brechen, ihre Handrücken zu markieren, damit alle erkennen konnten, dass sie eine Lügnerin war.
Auf einmal lächelte Vargo. »Aber ich würde niemals zulassen, dass eine Freundin so etwas erdulden muss. Du kannst dich entspannen, Szorsa Arenza. Solange du nicht wieder verschwindest, bewahre ich deine Geheimnisse.«

Weil sie sich noch als nützlich für ihn erweisen konnte. Was immer er auch über Alta Renata denken mochte, so war Arenza Lenskaya für ihn nichts weiter als ein Werkzeug.

»Verstehe«, erwiderte sie und meinte damit ebenso die ausgesprochene wie die unausgesprochene Botschaft.

* * *

Sieben Knoten, Unterufer: 20. Cyprilun

Wenn Vargo nur halb so clever war, wie er sich bei seinen Geschäften mit Renata gab, ließ er Arenza beim Verlassen des Nytsa-Salons verfolgen. Daher ging Ren nicht etwa nach Westbrück und nach Hause, sondern wanderte ziellos durch die Straßen und überlegte, wohin eine echte vraszenianische Musterleserin wohl gehen würde.

Irgendwohin, wo ich mich hinlegen kann. Doch das stand außer Frage.

Sieben Knoten. Nicht alle Vraszenianer in Nadežra lebten dort, aber sehr viele, und in dem Gewirr aus Gassen standen ihre Chancen besser, einen Verfolger abzuschütteln.

Sie hielt im Gehen die Augen offen, aber ihr müder und angespannter Verstand sah jede vierte Person als einen von Vargos Leuten an. Manche glotzten sie an, wenn sie zurückwich, und das machte sie noch unruhiger. Die schmalen Straßen in Sieben Knoten schienen sich um sie herum zusammenzuziehen und erinnerten sie an die Clantiere, die sie durch die Dunkelheit gejagt hatten, an die Spinne in ihrem Netz. Sie hatte sie als männlich eingestuft – wegen Vargo? Warnte sie ihr Musterinstinkt oder war das einfach nur Furcht?

Die Luft schien vor Anspannung zu vibrieren, während

Ren durch die Gassen streifte. Zwischen den dicht an dicht stehenden Dachrinnen sah sie immer wieder die sich am Himmel versammelnden Traumweber, deren Gefieder im Sonnenlicht glänzte. Das steigende Wasser des Dežera brachte Schwärme winziger Mondfische mit sich, von denen sich die Traumweber ernährten, um dann Gräser und Flusskraut zu den tränenförmigen Nestern zu verweben, denen sie ihre Namen verdankten. Ihre Anwesenheit war ein Zeichen dafür, dass das Fest des verschleiernden Wassers bald stattfinden würde. Aber das Büro von Iridet hatte das große Amphitheater abgeriegelt, damit Tanaquis dort herausfinden konnte, ob die Quelle in der Nacht der Höllen eine Rolle gespielt hatte. Möglicherweise würde man den Vraszenianern der Stadt gar nicht erlauben, dort ihre üblichen Feierlichkeiten abzuhalten.

Was hatte Mettore vorgehabt? Sollten die Vraszenianer vergiftet werden, aber irgendwie nicht jene, mit denen sie den Becher teilten? Oder war das alles der Plan von jemand anderem gewesen?

In Rens Traum hatte Ondrakja behauptet, es wäre ihr Werk gewesen. Aber Ondrakja war tot.

Die engen Gassen gingen unverhofft in einen offenen Platz über, der für Sieben Knoten erstaunlich groß war. Menschen in Grau und Silber – den Kiraly-Farben – hielten sich dort auf, von denen sich viele einen bestickten Koszenie-Herkunftsschal um die Schultern oder Hüften gebunden hatten. Der stechende Schmerz, der sie bei diesem Anblick durchfuhr, ließ sie beinahe zusammensacken: Sie hatte keine eigene Koszenie. Was auch bewies, dass sie keine richtige Vraszenianerin war. Zudem war der Schal ihrer Mutter damals zusammen mit all ihren anderen Habseligkeiten gestohlen worden.

Die Hoffnung darauf, ihn zurückzubekommen, hatte Ren in Ondrakjas Fänge gelockt.

Selbstverständlich versammelten sich die Kiraly. Ihr Ziemič war gestorben, und jedes Clanmitglied in der Stadt würde am Tsapekny, dem nach ihrem Clantier benannten Tag, herkommen und um ihn trauern.

Auf der anderen Seite der Menge befand sich ein Gebäude mit Säulen davor. Ren hatte es noch nie betreten, doch sie erkannte den Ort: Dies war das Labyrinth von Sieben Knoten. Während ihrer Kindheit war sie immer ins Labyrinth auf der Alten Insel gegangen, einen winzigen, beengten Ort, der sich unter dem missbilligenden Blick der Liganti noch kleiner zu machen schien. Früher hatte ihr das nichts ausgemacht. Aber wenn sie jetzt dorthin ging, würde das nur Erinnerungen wachrufen, die sie nicht ertragen konnte.

Während sie hier vielleicht Trost fände.

Ren bahnte sich einen Weg durch die Menge, bevor sie es sich anders überlegen konnte, und trat durch die offenen Tore des Labyrinths. Das Gebäude war eine riesige, eckige Kolonnade, wobei jede Säule mit zwei Bildern versehen war: einem Gesicht und der dazu passenden Maske, den beiden Aspekten einer Gottheit. Ihre Münder waren offen, um die Opfergaben der Gläubigen zu empfangen, die um die Gunst des Gesichts oder die Gnade der Maske baten. Ren umkreiste die Kolonnade, wich anderen Gläubigen aus und überlegte, an wen sie sich am besten wenden sollte. Es gab einfach zu viele Götter – zu viele Flüche, die auf ihr, den Traementis, der ganzen Stadt lasteten.

Mit einem Mal überkam sie Verzweiflung, und sie fing an, ihre Geldbörse zu leeren. Ir Entrelke, um Glück zu erbitten, und Ir Nedje, um Schlimmes abzuwehren, Hlai Oslit für Enthüllungen und Gria Dmivro zum Abwenden von Wahnsinn. An Lagrek, um nicht allein zu sein, Nem Idalič, damit sie wieder genas, und Šen Kryzet, damit der Makel der Asche aus ihrem Körper gereinigt wurde. Čel Tmekra, damit er Leatos Seele leite, obwohl er kein Vraszenianer war.

Sie legte eine Münze nach der anderen in die Münder, bis sie keine mehr besaß und einige andere in der Kolonnade Anwesende sie anstarrten.

Ren ignorierte sie und wandte sich dem Labyrinth zu.

Es befand sich im inneren Teil des Gebäudes auf einem großen, nach oben offenen Hof und war mit knöchelhohen Steinen auf einem dichten Grasteppich ausgelegt. Die Baumeister mussten das Labyrinth durchdrungen haben, damit das Gras grün und üppig blieb, ansonsten wäre der Pfad von zahllosen Füßen längst ausgetreten gewesen.

Sie fand den Eingang, holte tief Luft und schloss die Augen. Kurz wurde ihr schwindlig, und als es vorbei war, schlug sie die Augen auf und ging los.

Es war kein Labyrinth wie die Spiegel, durch das sie den Raben gejagt hatte und das verwirren sollte. Vielmehr gab es hier nur einen einzigen Weg, der sich hin- und herwand, nach innen und nach außen führte, die Gläubigen in die Nähe des Zentrums geleitete, nur um hinter der nächsten Biegung eine andere Richtung einzuschlagen. Ihn zu beschreiben war meditativ – anders als das Meditieren im Sitzen, wie man es im Liganti-Tempel machte, sondern eher wie die beruhigende, stetige Bewegung der Straße. Oder des Flusses.

Als Ren noch ein Kind gewesen war, hatte ihre Mutter ein kleines Fadenlabyrinth über ihr Bett gehängt, um schlechte Träume einzufangen. Diesem Pfad zu folgen, sollte das Unglück in die Falle locken, damit man es hinter sich zurücklassen konnte. Was genau hier verblieb, hing davon ab, welcher Gottheit man ein Opfer dargebracht hatte. Ren versuchte, alles hinter sich zu lassen.

Sie bewegte sich mit langsamen Schritten und passte ihre Atmung daran an. Wie lange war es her, dass sie das letzte Mal ein Labyrinth aufgesucht hatte? Jahre, doch wie viele, vermochte sie nicht zu sagen. In Ganllech gab es keine Labyrinthe, und Ondrakja hatte sich über jeden Finger lustig gemacht, der in eins ging. *Nicht seit Mamas Tod,* dachte Ren. Sie hatte es für Ivrina getan, weil es das Einzige gewesen war, was sie damals zu tun vermochte: Die Einäscherung hatte bei einer Massenverbrennung stattfinden müssen, weil sie sich nichts anderes leisten konnte, und sie hatte auch nicht die Kanina für sie tanzen können, um die Vorfahren über ihren Tod zu informieren, so wie es die Kiraly auf dem Platz bald tun würden. Die Vraszenianer konnten Opfergaben allein machen und das Labyrinth allein beschreiten, aber manche Aspekte des Glaubens erforderten eine Gemeinschaft, und sie hatte keine gehabt.

Als sie den runden Platz in der Mitte des Labyrinths erreichte, hob sie den Kopf. Sie war so gut wie allein; die meisten anderen hatten sich zum Eingang zurückgezogen, durch den Musik vom Platz hereindrang. Der Tanz hatte begonnen. Jeder Vraszenianer in Nadežra, der dem Kureč des Clananführers angehörte, schloss sich stampfend und klatschend dem Treiben an, während die anderen Clanmitglieder trauernd zusahen.

Ren atmete zaghaft ein. Man beschritt das Labyrinth, um Frieden zu finden und nicht um sich noch mehr aufzuregen. Doch momentan brauchte es nicht viel, um sie zum Weinen zu bringen oder ihre Wut aufflackern zu lassen. Mit jeder Stunde, die sich der Schlaf nicht einstellen wollte, schien ihr Fundament weiter zu bröckeln.

In der Mitte des Kreises stand eine Schale mit Wasser, die Ažerais' Quelle versinnbildlichte. Ren kniete sich hin, tauchte die Finger hinein und berührte ihre Stirn, während sie leise ein Gebet sprach. Dann stand sie auf und verließ das Labyrinth auf direktem Weg, um ihr Pech darin zurückzulassen.

Jedenfalls in der Theorie.

Allerdings versuchte sie gar nicht erst, ganz hinauszugehen. Im Tempel wimmelte es von Leuten, die sich die Kanina ansahen, und sie wollte sich nicht zu ihnen gesellen – sie wollte nicht sehen, ob es den Tanzenden gelungen war, die Geister der Vorfahren des Ziemič herbeizurufen. Stattdessen ging sie auf einer Seite des Labyrinths tiefer ins Gebäude hinein, wo mehrere zahnlose alte Vraszenianer Talismane knoteten: Rosen als Glücksbringer, Sterne für die Fruchtbarkeit, doppelte Räder sollten Reichtum bringen. Sie starrte die Waren an, ohne wirklich etwas zu sehen, und wartete darauf, dass sich die Menge draußen zerstreute.

Auf einer der Decken lag ein Labyrinth aus roten Fäden, wie man es über ein Bett hängte. Es glich dem Talisman, den sie als Kind gehabt hatte. Zwar besaß sie kein richtiges Bett mehr, nur eine Pritsche vor dem Kamin, die sie sich mit Tess teilte, aber sie konnte sich den Talisman ja trotzdem kaufen und ausprobieren, ob er funktionierte.

Nein, das konnte sie nicht. Als Ren in ihre Geldbörse griff, fiel ihr ein, dass sie den Gesichtern und den Masken all ihr Geld gegeben hatte.

Jemand neben ihr streckte die Hand aus, griff nach dem Labyrinth und reichte dem Verkäufer eine Centira. Als sie das sah, wäre Ren beinahe in Tränen ausgebrochen. Sie biss so fest die Zähne aufeinander, dass ihr Kiefer schmerzte, und wandte sich zum Gehen.

Die junge Frau neben ihr drückte ihr das Labyrinth in die Hand. »Hier.«

Ren starrte es verständnislos an. Dann auch die junge Frau, die sie ruhig musterte. »Erinnerst du dich an mich?«, fragte die junge Frau nach einem Moment des Schweigens.

Wo ist mein Großvater? Bitte, es geht ihm nicht gut! Sperrt mich bei ihm ein!

Der Kiraly-Ziemič war in der Nacht der Höllen gestorben. Die junge Frau vor ihr trug das Kiraly-Grau. Das, was Ren eben gehört hatte, war seine Begräbniskanina, und diese Frau …

»Du warst mit mir in der Zelle«, sagte sie leise. »Und dann bist du verschwunden.«

Panik überkam Ren und schüttelte sie wie ein Terrier eine Ratte. Diese Frau erinnerte sich an sie. Tanaquis hatte gesagt, man würde nach der Vraszenianerin suchen, die von einigen Leuten gesehen worden war – der Frau, die möglicherweise die Verantwortung für die Nacht der Höllen trug. Ren.

»Warte!« Die Kiraly streckte eine Hand nach ihr aus. »Warte, ich ...«

Ren blieb nicht, um den Rest zu hören. Sie rannte los, bahnte sich mit Gewalt einen Weg durch die Menschen, die in die Kolonnade zurückkehrten, durch die Horde der Kiraly, die draußen um ihren Ältesten trauerten, durch Sieben Knoten und aus dem Viertel hinaus, lief nach Westbrück und zu einem Zuhause, das schon vor vielen Jahren verschwunden war.

* * *

Krummbeingasse, Fleischmarkt, Unterufer: 20. Cyprilun

Es gab in Nadežra nur wenige Orte, an denen man wirklich ungestört sein konnte. Vargo hatte bewusst mehrere davon erworben, Häuser, Lagerhäuser und andere Gebäude, die nicht mit seinem Namen in Verbindung gebracht wurden und die er derart unregelmäßig nutzte, dass selbst jemand, der Wache hielt, irgendwann aufgeben musste. Höchst zufrieden stellte er fest, dass der Brief, den er zur fünften Sonne verschickt hatte, vor der siebten beantwortet wurde.

Offenbar verlangte es Iascat Novrus nach mehr.

Dank eines sauberen Zimmers und eines luxuriösen Betts anstelle einer verdreckten Gasse und der Wand des Agnasce-Theaters – und ohne Krise, die sie unterbrach – hatte Vargo alle Zeit, die er brauchte, um Iascat in vielerlei Hinsicht weichzuklopfen, was sich für sie beide als überaus befriedigend herausstellte. Er nutzte die Umstände, und danach lagen sie verschwitzt in den zerwühlten Laken, wobei Iascat träge halb auf Vargo ruhte.

Mit dem Zeigefinger spielte er an den beiden winzigen, mit Radierungen versehenen Scheiben, die an Vargos Bauchnabelpiercing hingen. Bei einem handelte es sich um ein gewöhnliches Verhütungsnuminat; das andere schützte seinen Körper zumindest theoretisch vor Krankheiten. Zwar bezweifelte er, dass es funktionierte, allerdings schadete es ihm auch nicht.

Danach ließ Iascat die Hand nach oben wandern und fuhr die Linien über Vargos Herz nach.

»Das kitzelt«, murmelte Vargo. Im Grunde genommen machte es ihm nichts aus, doch es grenzte an eine Intimität, die er nicht zuzulassen gedachte.

»Ich habe noch nie ein auf die Haut inskribiertes Numinat gesehen.« Iascats Atem wehte über das Tattoo. »Ist das nicht gefährlich?«

Vargo nahm Iascats Hand, damit sie nicht in verbotenes Gebiet vordrang, und drückte seine Lippen darauf. »Das könnte der Fall sein, wenn es nicht nur unsinniges Gekritzel wäre, das ich mir zugelegt habe, weil ich dachte, es wäre einschüchternd.« Bei Iascats erschrockener Miene zuckte er mit der freien Schulter. »Ich war jung. Und dumm.«

Zumindest der letzte Satz stimmte.

Iascat strich über Vargos Unterlippe. »Es fällt mir schwer, dich mir so vorzustellen.«

Vargo schnaubte. »Ich habe mich verändert. Bin erwachsen geworden.« Von dem Jungen von früher war nichts mehr übrig, nicht einmal der Name.

»Das tun wir wohl alle.« Iascat seufzte und drehte sich auf den Rücken, wobei seine Hand aus Vargos Griff rutschte. Er blickte zum Betthimmel aus importierter amethystfarbener arthaburischer Seide hinauf. »Wirst du mich jetzt fragen oder willst du es noch etwas in die Länge ziehen?«

Die Frage riss Vargo aus seinem Dämmerzustand. »Dich was fragen?«

»Was immer du in der Nacht der Glocken von mir wissen wolltest. Als du Fadrin zu mir geschickt hast, um mir zu berichten, wie talentiert – und interessiert – du bist.« Iascat drehte den Kopf zur Seite und sah Vargo mit seinen klaren blauen Augen an. »Ich bin nicht meine Tante, aber ihr Erbe, und wurde nicht erst gestern ins Register eingetragen.«

»Ah.« Es war ihm in der Tat wie eine bemerkenswert einfache Verführung erschienen. Vargo hätte erkennen müssen, dass dies nicht allein auf seinen Charme und Iascats Verlangen zurückzuführen war.

»Schon gut.« Iascat winkte ab, als würde er glauben, Vargo wolle sich entschuldigen, was dieser jedoch gar nicht vorhatte. »Es war schön, sich eine Zeitlang etwas vorzumachen.«

Die Worte kamen zu sorglos und zu einstudiert über seine Lippen. Iascat mochte das Spiel kennen, aber seine geröteten Wangen und das Flattern unter den Liebesbissen an seiner Kehle ließen vermuten, dass er hoffte, Vargo würde es abstreiten.

Das Einzige, was Vargo ihm stattdessen bieten konnte, war Ehrlichkeit. Er mochte zwar mehr zu gewinnen haben, wenn er den Unschuldigen spielte und Iascat etwas vormachte, aber … »Caerulet.«

Iascat konnte nicht verhehlen, dass er zusammenzuckte. Vargo setzte sich auf und zog die Decke über seinen Schoß, wobei er sich mehr über seine Empfindlichkeit ärgerte als darüber, dass Iascat diesen Augenblick der Sentimentalität ausgelöst hatte. »Ich weiß, dass das Haus Novrus Mettore Indestor nicht leiden kann, und hatte gehofft, dich davon überzeugen zu können, dass es zu unserem beiderseitigen Besten wäre, wenn du mir einige deiner Geheimnisse anvertraust.«

Iascat richtete sich auf und setzte sich auf die Bettkante. Winzige Leberflecke sprenkelten die elfenbeinfarbene Haut auf seinem Rücken, als hätte Vargo ihn mit Schlamm aus Froschloch beworfen. »Wenn du glaubst, meine Tante würde nicht längst alle Informationen, die sie besitzt, im Kampf gegen ihn einsetzen, dann bist du doch nicht so gerissen, wie die Gerüchte behaupten.« Er stand auf und suchte seine auf dem Boden verteilten Kleidungsstücke zusammen.

»Mir stehen Wege offen, die deine Tante nicht beschreiten kann.«

»Wie den Erben des Hauses zu ficken?« Iascat zog seine Hose hoch. »Viel Glück dabei. Du bist nicht sein Typ.«

Hinter der Verbitterung schien sich eine nützliche Information zu verbergen. »Ach nein? Und wer ist Mezzans Typ?«

Als Iascat am Verschluss seiner Weste herumnestelte, kniete sich Vargo hin und berührte ihn an der Hüfte. Nach kurzem Zögern drehte sich Iascat wieder zu ihm um und ließ sich von Vargo helfen. »Bis vor Kurzem hätte ich auf zickige Gesellschaftsdamen getippt.«

Damit konnte er Marvisal meinen, was Vargo allerdings bezweifelte. »Sibiliat Acrenix«, sagte er und war dankbar dafür, dass sich Alsius nicht in seine Gedanken einmischte. Das Haus Coscanum mochte über die nadežranische Gesellschaft herrschen, aber das Haus Acrenix war jedermanns Freund. Eine solide Allianz mit Indestor wäre verheerend. »Was hat sich geändert?«

»Er hat eine Frau kennengelernt. Eine Vraszenianierin. Eine Aufrührerin. Mit Freunden bei der Stadnem Anduske.«

Vargo hatte sich etwas zu sehr entspannt und nicht auf seine Selbstbeherrschung geachtet, daher schnaubte er ungläubig. Iascat reagierte mit plötzlichem Zorn, schob die Finger in Vargos Haar und packte fest zu. »Das habe ich mir nicht ausgedacht. Er schleicht sich schon seit letztem Jahr aus dem Haus, um sich mit ihr zu treffen. Leato Traementis war ihm auf die Schliche gekommen. Ist schon sehr praktisch, dass er es niemandem mehr erzählen kann, findest du nicht auch?«

Vargo sah Iascat ins Gesicht, doch seine Haut war zu hell und seine Augen wirkten zu klar, als dass er ihn täuschen wollte. »Und deine Tante nutzt das nicht aus, weil ...«

»Weil es kein besonders nützliches Druckmittel ist, wenn Mezzan es auf Befehl seines Vaters macht.« Iascat ließ ihn los und sank in einen Ohrensessel, um sich die Stiefel anzuziehen. »Wovon ich ausgehe. Mezzan mag hübsche Frauen, doch er ist nicht aufmüpfig genug, um sich seinem Vater zu widersetzen und es sich mit einer vraszenianischen Rebellin gemütlich zu machen. Das ergibt nur Sinn, wenn er damit etwas bezweckt, und solange wir nicht wissen, was das ist, können wir mit der Information nichts anfangen.«

Vargo ging alles andere durch, was er bisher in Erfahrung gebracht hatte, und versuchte, eine Verbindung zu finden. Die Produktion von Asche in der Spitzenfabrik in Froschloch. Die Nacht der Höllen. Die Mühe, die sich Caerulet gemacht hatte, um Renata im Privilegienhaus zu haben, und das darauf folgende Chaos. Die Warnung von heute Vormittag, dass Indestor eine Art von Magie freisetzen wollte. Etwas Katastrophales.

»Arbeitet eine Musterleserin namens Lenskaya für deine Mutter?«

»Nicht dass ich wüsste. Wieso?«

Vargo schüttelte den Kopf. Es war wenig überraschend, dass Iascat nicht alle Geheimnisse seiner Tante kannte, störte ihn aber trotzdem. Wieso wies Lenskaya ihn auf Novrus hin, wenn sie nicht für das Haus arbeitete?

Er hätte mehr als eine einzige Faust losschicken sollen, um der Szorsa zu folgen, hoffte jedoch, dass Dněče hilfreiche Informationen für ihn hatte, sobald Vargo hier fertig war.

Iascat hob seinen Mantel auf und schob die Arme hinein. »Ich hoffe, dass diese Information eine adäquate Bezahlung für deine Dienste darstellt«, sagte er und mühte sich mit seinen Handschuhen ab.

Vargo verkniff sich ein Grinsen. Iascat war zu verletzt und zu wütend, als dass seine Beleidigung schmerzhaft gewesen wäre. Er rutschte vom Bett und fuhr sich mit einer Hand über die Brust, sodass Iascat gar nicht anders konnte, als ihn mit großen, aufrichtigen Augen anzusehen. »Hast du mir vorhin nicht zugehört? ›Gegenseitige Vorteile‹ bedeutet eine dauerhafte Beziehung.«

Iascat wehrte sich nicht, als Vargo seine Hand nahm und ihm half, die Handschuhe anzuziehen. »Je länger das hier geht, desto wahrscheinlicher ist, dass meine Tante ... dem ein Ende setzen wird.«

Dir. Vargo wusste, was Iascats Warnung bedeutete. Diesen Weg einzuschlagen, war von Anfang an ein kalkuliertes Risiko gewesen. Sein Schutz beruhte vor allem darauf, dass ohnehin schon jeder das Schlechteste von ihm erwartete. Es brachte gewisse Freiheiten mit sich, als Abschaum zu gelten.

Er drückte einen Kuss auf Iascat Novrus' behandschuhte Handfläche. »Dann sollten wir unsere gemeinsame Zeit so gut wie möglich nutzen.«

* * *

Isla Prišta, Westbrück: 20. Cyprilun

Sorgsam hängt Tess das Labyrinth, das Ren bei ihrer Flucht aus Sieben Knoten wegzuwerfen vergessen hatte, über ihre Pritsche – auch wenn es wahrscheinlich nicht helfen würde.

»Das reicht jetzt«, sagte sie abrupt und klatschte in die Hände, als wäre Rens Schlaflosigkeit nur ein besonders staubiges Regal, das etwas mühsamer zu reinigen war. »Ich suche Vargos Arzt auf, und jetzt komm mir bloß nicht damit, dass es mitten in der Nacht ist. Wir wollten dich im Bett sehen, aber da bist du nicht, wieso sollte ich ihn dann also schlafen lassen?«

Während sie das sagte, wickelte sie sich in das gestreifte Wollstück, das jede Ganllechyn-Frau von der Kindheit bis ins hohe Alter trug, um sich vor Kälte und Feuchtigkeit zu schützen. Ren wusste, dass es zum Protestieren zu spät war, erwiderte aber trotzdem: »Das haben wir doch schon versucht. Und wir können es uns nicht leisten ...«

»Vargo schon. Und er hat gesagt, dass er bezahlt.« Tess schob Ren das Haar aus der Stirn und drückte ihr einen Kuss auf die Schläfe. »Ich bin gleich wieder da. Ruh einfach ein wenig die Augen aus, während ich weg bin. Wenn ich Glück habe, schläfst du ein, sobald ich die Tür hinter mir geschlossen habe. Läuft das nicht immer so?«

Ren rang sich ein mattes Lächeln ab, wenngleich Tess' gezwungener Optimismus sie nicht überzeugte. Ihre Erschöpfung war von Angst in Resignation umgeschlagen: Sie ging davon aus, dass das ihr Tod sein würde.

Was sie Tess jedoch nicht sagen konnte.

Sobald Tess weg war, setzte die leere Küche Ren zu. Sedge war für Vargo unterwegs und hatte nur lange genug vorbeigeschaut, um sich zu vergewissern, dass sie das Treffen überlebt hatte. Sobald sie allein war, wanderte ihr Blick immer wieder zur Tür, und sie wartete darauf, dass jemand anklopfte, sie eintrat. Was wäre ihr lieber: für ihre Verbrechen gehängt zu werden oder nach und nach aufgrund von Schlaflosigkeit zu vergehen?

Erschauernd berührte sie den Griff ihres Messers. Danach wickelte sie sich in eine Decke und wanderte durch das Haus.

Die ungenutzten Räume waren auch nicht besser. Tücher schützten die Möbelstücke vor Staub, und es fiel kaum Mondlicht herein, sodass Ren nur zurechtkam, indem sie die dunkleren Schatten von den helleren unterschied. Sie zitterte ununterbrochen. Der Fluss stieg immer höher, die Traumweber bauten ihre Nester, es wurde langsam Frühling und wärmer, aber in ihrem Inneren schien es nichts als Eis zu geben.

Das Haus war recht neu und enthielt keinerlei Dekorationen, die ihm Leben einflößen würden, sondern erinnerte Ren eher an das uralte und schimmlige Gebäude auf der Alten Insel, das Ondrakja als Herberge ausgegeben hatte, um die Kinder als ihre »Mieter« zu bezeichnen, wann immer ein Falke nachfragte, dem sie dann noch eine Geldbörse in die Hand drückte, damit er sich mit dieser Antwort zufriedengab. Eine halbwegs plausible Lüge und regelmäßiges Bestechungsgeld, mehr brauchte es nicht, damit die Falken sie in Ruhe ließen.

Ren wusste noch genau, wie sie nachts auf Zehenspitzen durch das Haus geschlichen war und versucht hatte, auf keinen der anderen Finger zu treten, wie sie gelernt hatte, welche Bodendielen knarrten und welche sich so weit durchbogen, dass man daran hängen bleiben konnte. Den Gang hinunter lag Ondrakjas Salon, und Ren hatte nichts, was sie ihr geben konnte. Ondrakja würde sehr wütend werden ...

Ondrakja ist tot. Und ich halluziniere.

Es war dumm gewesen, die Küche zu verlassen. Im Rest des Hauses war sie auch nicht sicher, aber hier war es sehr viel kälter. Sie sollte in die Küche zurückgehen und auf Tess warten. Irgendwie war sie bis ins obere Stockwerk gelangt; langsam ging sie die Stufen hinunter und fragte sich die ganze Zeit, warum sie überhaupt so vorsichtig war. Welchen Unterschied würde es schon machen, wenn sie kopfüber die Treppe hinunterstürzte?

In der Küche schien die Glut im Kamin gefährlich rot zu pulsieren. Oder warnend. Die Tür fiel zu, und Ren wusste, dass sie nicht allein war.

Sie schleuderte die Decke weg und zog ihr Messer, um rein aus Instinkt zuzustechen. Harte Finger legten sich um ihr Handgelenk, und ein plötzlicher Schmerz zwang sie, das Messer fallen zu lassen. Ren konnte sich losreißen und Tess' Knüppel packen, aber die dunkle Gestalt blockte ihren panischen Schlag ab, riss sie herum und nahm ihr den Knüppel ab. Sie tastete nach einer anderen Waffe, war vor Verzweiflung halb blind; ein Stück altes Brot geriet ihr in die Finger, gefolgt vom Brotmesser, doch sie wusste, dass es ihr nichts nutzen würde: Der Albtraum war wahr geworden.

Er nahm ihr das Brotmesser ab und trat näher, und Ren zog sich zurück, bis sie mit der Ferse irgendwo hängen blieb und auf die Pritsche vor dem Kamin fiel. Hektisch suchte sie nach etwas anderem, womit sie sich verteidigen konnte, fand jedoch nichts.

Ihr Angreifer kniete über ihr und packte ihr Kinn mit einer behandschuhten Hand. Rens Schrei kam ihr vor lauter Entsetzen nicht über die Lippen. Anstatt zuzuschlagen, drehte er ihren Kopf in Richtung Feuer – zum Licht.

Die plötzliche Helligkeit brannte in ihren Augen. Als er sie wieder zu sich umdrehte, sah sie nur tanzende Schatten. »Du bist nicht Arenza«, knurrte er. »Oder ... vielleicht doch. Aber du bist auch ... Wer in aller Welt bist du?«

Sie hatte keine Antwort. Fand keine Worte. Sie bestand nur aus Angst, von innen wie von außen, und bekam keinen Ton heraus. Die Silhouette kam ihr bekannt vor: Es war die verhüllte Gestalt des Raben.

Er ließ ihr Kinn los und zerrte sie auf die Beine. »Und ich dachte, du wärst nur ein Opfer. Zur falschen Zeit am falschen Ort. Aber vielleicht stimmt es ja doch, was sie sagen – und du hast die Nacht der Höllen ausgelöst.«

»Nein!« Sie versuchte, sich ihm zu entziehen, hatte in ihrem geschwächten Zustande jedoch nicht die geringste Chance. »Ich schwöre ...«

Sein Griff wurde immer schmerzhafter, und sie wusste, dass sie blaue Flecken am Arm zurückbehalten würde. »Wieso hat es dann aufgehört, als ich dich rausgeholt habe?«

Jetzt waren seine Hände das Einzige, was sie noch auf den Beinen hielt. Denn sie konnte es nicht leugnen: Sie war der Grund dafür, dass die Albträume angefangen hatten, und durch sie hatten sie auch wieder aufgehört. Die Ursache dafür verstand sie bislang nicht, aber sie wusste, dass es so sein musste.

»Hast du nichts zu sagen?«, fuhr er sie an. »Sollen wir es mit einer anderen Frage versuchen? Wohin ist ›Alta Renata‹ verschwunden? Keiner, der auf Aža war, hat sie gesehen. Wie konnte sie sicher wieder rauskommen, während der Traementis-Erbe gestorben ist? Warum warst *du* stattdessen bei ihm?« Ein behandschuhter Daumen wischte über ihre Wange, doch zur Abwechslung gab es keine Schminke, die sie schützen konnte. »Die Antwort ist jetzt wohl offensichtlich, nicht wahr? Daher ist die eigentliche Frage, was für ein Spiel du spielst und für wen!«

»Das tue ich nicht! Ich ... ich ...« Mehr brachte sie nicht heraus. Sie atmete zu schnell und kämpfte gegen die Tränen an, weil es dem Raben völlig egal sein würde, ob sie weinte; er würde eher denken, sie wollte an sein Mitleid appellieren. »Falls du glaubst, ich hätte das freiwillig durchgestanden – hätte *Leato* all dem ausgesetzt ... Ich habe versucht, ihn rauszuholen, das schwöre ich, aber die Zlyzen ...«

Jetzt konnte sie sie wieder sehen, wie sie ihn bei lebendigem Leib zerfetzten. Sie war zusammen mit dem Raben in der Küche, aber gleichzeitig im Amphitheater, in der Quelle, mit Leato weit über und tief unter ihr, der schrie und starb. Und sie konnte ihn nicht retten. Wäre sie klüger oder schneller gewesen, nicht zur Spitze gelaufen, hätte den Wein nicht getrunken, das Privilegienhaus nicht betreten ...

Wäre sie nicht Ren.

Der Rabe ließ sie los, und sie brach auf dem Boden zusammen und machte sich ganz klein, als könnte sie sich so schützen. Sie hatte das Gefühl zu ertrinken und glaubte, den Raben aus weiter Ferne reden zu hören – nicht mit der harten, wütenden Stimme wie zuvor, sondern sanfter. Er sagte immer wieder dieselben Worte. Sie konnte nichts erwidern, sondern nur am ganzen Leib zittern, war gefangen in ihren Erinnerungen und der Angst, bis die Flut in Ebbe überging und sie am Ufer zurückblieb.

Ihr Gesicht und ihr Körper waren schweißnass. Ihre feuchte Kleidung ließ sie die Kälte im Raum noch deutlicher spüren und das Haar klebte ihr an der Stirn. Der Rabe kniete auf der anderen Seite der Küche, weit genug entfernt, dass ihr Platz zur Flucht blieb – wenn sie denn jemals die Kraft zum Aufstehen fand.

Aber er war nicht gegangen. Und er hatte ihr nicht wehgetan. Sie war verletzlicher gewesen als jemals zuvor, doch er hatte einfach gewartet, bis sie sich erholte.

Er hatte gewartet ... und ihr einen Becher Wasser in die Nähe ihrer Knie gestellt.

Sie griff mit beiden Händen danach und zitterte so stark, dass sie schon glaubte, ihn nicht festhalten zu können. Dann trank sie, zwang das Wasser ihre enge Kehle hinunter. Stellte den Becher wieder ab.

»Besser?«, fragte er sanft. »Gut genug, um mir die Wahrheit zu sagen? Vielleicht warst du wirklich nicht diejenige, die allen Asche gegeben hat – aber kannst du mir aufrichtig versichern, dass du nichts damit zu tun hattest?«

»Ja.« Sie war zu erschöpft zum Lügen. »Ich ... Die Szorsa, der ich begegnet bin, und die Statuen im Privilegienhaus – sie haben gesprochen. Mettore Indestor wollte mich aus irgendeinem Grund dabeihaben ... aber ich glaube nicht, dass er das so geplant hatte.« Schließlich war er zusammen mit allen anderen mitgerissen worden. »Ich wurde während des großen Traums gezeugt, daher fiel ich hindurch, als ich den Wein – die Asche – getrunken habe. In den Traum. Und ich habe alle mit mir hineingezogen.«

Sie hatte geglaubt, keine Tränen mehr zu haben, doch nun rannen ihr einige über die Wangen. »Ich wollte niemandem schaden, aber es ist meine Schuld.«

»Deine Schuld«, wiederholte der Rabe. Er stand auf, und sie zuckte zusammen und warf beinahe den Becher um. Aber er ging nur am anderen Ende der Küche auf und ab, und seine Hände zuckten, als wäre er im Zwiespalt. Doch er hielt Abstand zu ihr und berührte auch das Schwert an seiner Seite nicht.

»Warum?«, fragte er nach einer Weile. »Warum tust du das – Renata, Arenza, wer immer du bist? Was erhoffst du dir davon?«

Geld. Die Antwort, die sie noch vor einer Woche gegeben hatte, kam ihr plötzlich hohl vor. Zudem entsprach sie nicht länger der Wahrheit.

Ihr Lachen klang für sie eher wie ein Schluchzen. »Ich wollte mich sicher fühlen.«

Alles in ihrem Leben war schiefgegangen, von dem Brand, der ihr Zuhause zerstört hatte, bis hin zu ihrer verzweifelten Flucht aus Ganllech, und alles wäre besser gewesen, wenn sie nur das Geld gehabt hätte, um die Dinge in Ordnung zu bringen. Danach sehnte sie sich am allermeisten: nach der Sicherheit, Probleme auch überleben zu können.

Etwas verdeckte ihr die Sicht, und kurz glaubte sie schon, nicht mehr richtig sehen zu können. Aber es war nur eine Decke – die, die sie während der Rangelei fallen gelassen hatte. Verwirrt blickte sie auf und stellte fest, dass der Rabe ihr die Decke hinhielt.

»Du zitterst. Ich würde ja das Feuer schüren, aber ...«

Aber es war schon sehr heiß in der Küche. Tess heizte mehr, als sie es sich leisten konnten, denn so viele Mäntel und Decken sie auch um Ren wickelte, ihr wurde einfach nicht warm. Sie nahm die Decke trotzdem entgegen und legte sie sich um. »Das würde sowieso nichts bringen.«

»Warum? Bist du krank?«

»Ich habe nicht geschlafen ... seit dieser Nacht.«

Er wich einen Schritt zurück, als wäre ihre Schlaflosigkeit ansteckend. »Das ist drei Tage her.«

Ren verzog den Mund. »Vier, wenn man den Tag davor mitzählt. Und ich habe jede Glocke gezählt. Ich bin völlig erschöpft und habe sogar Medizin genommen ...« Ein Zucken ihrer Hand unter der Decke sollte auf den Labyrinthtalisman deuten, der an einem Nagel hing. »Nichts funktioniert. Ich kann nicht schlafen.«

»Hast du mal mit jemandem darüber gesprochen?« Er beäugte das Fadenlabyrinth. »Mit jemandem, der mehr ausrichten kann als ein Bindfaden?«

So wie er das sagte, hörte es sich einfach an. Aber das Chaos in ihrem Inneren ließ sich nicht erklären. Es fühlte sich an, als würde das Eingestehen einer Sache dazu führen, dass sie alles zugab – und vor Entsetzen brachte sie kein Wort heraus.

Die Alternative bestand darin, so weiterzumachen wie bisher, bis es sie umbrachte. Doch trotz ihrer morbiden Gedanken hatte sie im entscheidenden Augenblick mit allem gekämpft, was ihr zur Verfügung stand, um am Leben zu bleiben.

»Ich werde es versuchen«, wisperte sie.

»Gut.« Er trat zur Küchentür. »Sobald du dich besser fühlst, setzen wir dieses Gespräch fort. Denn wir sind noch lange nicht fertig.«

Es überlief Ren eiskalt, als er aus der Küche huschte. Einen gefühlten Atemzug später drang abermals kalte Luft herein – als Tess die Küche betrat und den Nebel aus ihrem Schal klopfte.

»Uff! Was für ein unhöflicher Mann. Als ob die Menschen nur krank werden, wenn es ihm in den Kram passt. Ich musste die halbe Straße zusammenschreien, bevor er mir geben wollte, was ich verlangt habe.« Mit triumphierender Miene hob sie einen klappernden Korb hoch.

Dann setzte sie ihn hastig ab. »Was ist los? Stimmt was nicht? Mutter und Tante, was hast du mit der Küche gemacht?«

Ren blinzelte und schaute sich um. Tess' Nähkorb war umgefallen, der Brotkasten stand offen und sein Inhalt lag überall herum, der Tisch stand nicht mehr an seinem Platz.

Tess kniete sich vor Ren. Ihre Hände, die nach ihrem Ausflug zum Arzt kalt waren, fühlten sich auf Rens Haut trotzdem warm an, als sie ihre Stirn befühlte und Ren die Tränen von den Wangen wischte. »Was ist passiert? Was kann ich tun?«

»Der Rabe.« Ren hustete und versuchte, sich von der Decke zu befreien. »Er war hier. Ich ... habe ihn angegriffen. Wir haben geredet. Er ist gegangen.«

»Er war hier?« Tess sah sich um, als könnte einer der Schatten der Gesetzlose sein. »Woher wusste er, dass er hier suchen muss? Was hat er ...« Sie erstarrte und sah zu den Rucksäcken neben der Tür hinüber. »Müssen wir verschwinden?«

Ren hätte nicht einmal dann weglaufen können, wenn die Wache wirklich auf dem Weg gewesen wäre, um sie zu verhaften. Sie hatte im Kampf gegen den Raben ihr letztes Feuer verbraucht. »Nein. Ich werde die Medizin nehmen, die du mitgebracht hast, aber ...« Sie nahm Tess' Hände und war sich überdeutlich bewusst, wie wenig Kraft sie noch hatte. »Morgen müssen wir es jemandem sagen. Donaia. Tanaquis. Wem auch immer. Wir schaffen das nicht alleine.«

Tess sackte in sich zusammen und lehnte die Stirn gegen Rens. »Oh, der Mutter sei Dank. Auf dem Rückweg habe ich dasselbe gedacht, aber ...«

Aber sie waren so daran gewöhnt, allein zurechtzukommen. Jemand anderem zu vertrauen und die eigene Schwäche zuzugeben, war schwer – und es half im Allgemeinen nicht weiter, denn wer würde ihnen schon helfen?

Doch jetzt sah die Sache vielleicht anders aus.

»Gleich morgen früh gehen wir zum Traementis-Herrenhaus«, erklärte Tess und wickelte Ren erneut in die Decke ein.

3

DREI HÄNDE VEREINT

Isla Traementis, die Perlen: 21. Cyprilun

Donaias Fuß schmerzte. Obwohl er verbunden war und hochgelagert wurde, pulsierte darin ein dumpfer Schmerz, wann immer sie ihn belastete. Doch sie war dankbar für diesen Schmerz, denn er lenkte sie von der schrecklichen Trauer über den Verlust ihres einzigen Sohnes ab.

Außerdem war sie unendlich dankbar für ihre einzige Tochter. Giuna kannte sich in der Politik und im Geschäftsleben nicht aus, jedenfalls bei Weitem nicht so gut, wie es bald nötig sei würde ... aber als Donaia versuchte, ihrer Tochter die Zügel wieder aus der Hand zu nehmen, hatte Giuna entschieden erklärt, dass sie Donaia lieber helfen würde, als sich in ihrem Zimmer zu verkriechen.

Danach hatten sie beide erst einmal geweint. Am nächsten Morgen waren sie trockenen Auges in Donaias Studierzimmer gegangen und hatten sich der Privilegienarbeit gewidmet, die nicht warten konnte, bis es ihnen passte.

Giuna senkte das goldene Haupt über eine Beschwerde von Era Destaelio, dass sich der Handel durch die Veränderungen im Westkanal von Weißsegel im Osten wegverlagern würde. Donaia beschäftigte sich derweil mit einer Anfrage vom Büro des Iridet, wo man wissen wollte, welcher Inskriptor für das Ersatznuminat vorgesehen war – doch es fiel ihr schwer, sich zu konzentrieren. Immer wieder fiel ihr Blick auf Giuna, und sie kämpfte gegen den Drang an, ihr einziges noch verbliebenes Kind fest an sich zu drücken.

Als Colbrin an die Tür klopfte, schrak sie zusammen. Es konnte noch nicht Zeit fürs Mittagessen sein, oder? »Alta Renata ist hier«, verkündete der Majordomus. »Mit ihrem Dienstmädchen.«

Das hätte eigentlich eine gute Nachricht sein sollen. Selbstverständlich besuchte Renata sie, sogar während der neun Tage der strengen Trauer, denn sie stand der Familie nahe genug, um dazuzugehören. Aber als sie Colbrins Gesicht sah, zog sich Donaias Magen besorgt zusammen.

Sie erkannte den Grund dafür, kaum dass er Renata ins Studierzimmer geführt hatte. Obwohl sie eher warm als modisch gekleidet war, zitterte sie. Ihr Dienstmädchen hatte sich beim Schminken alle Mühe gegeben, jedoch nicht verbergen können, wie matt Renatas Haut und Haar aussah und dass sie lilafarbene Ringe um die blutunterlaufenen Augen hatte. Das Mädchen musste sie beim Gehen stützen, und es hatte fast den Anschein, als könnte sich Renata zwischen Tür und Sofa verlaufen.

Giuna gab ein ersticktes Seufzen von sich. »Cousine ...«

»Bitte verzeiht, Era Traementis«, sagte Renata, kaum dass sie auf den Kissen saß, und verzichtete auf die übliche Begrüßung. »Ich habe mir die Freiheit erlaubt, noch jemanden herzubitten.«

Da die Tür des Studierzimmers noch offen stand, konnte Donaia das Läuten an der Tür hören. Colbrin warf ihr einen verwirrten Blick zu, und als sie nickte, verschwand er, um den Besuch hereinzulassen.

»Renata, Ihr seht ...« Giuna konnte die schmerzhafte Wahrheit nur mit Mühe zurückhalten. »Braucht Ihr etwas?«

Das Dienstmädchen ersparte ihr die Antwort. »Eine Decke wäre schön, falls Ihr eine zur Hand habt. Und hätte die Era etwas dagegen, wenn ich das Feuer schüre? Es ist recht kalt hier.«

Nicht ansatzweise so kalt wie im Winter, aber Donaia nickte. Sie schob Klops zu Renata, und der Hund legte sich wie ein tröstender Fußwärmer vor sie, während das Dienstmädchen das Feuer schürte und Giuna eine Decke von dem Stapel nahm, den Donaia in einem Schrank aufbewahrte.

Als sie damit fertig war, führte Colbrin auch schon die nächste Besucherin herein. »Tanaquis?« Rein aus Gewohnheit streckte Donaia grüßend die Hände aus. »Worum geht es hierbei?«

Renata setzte sich mit sichtlicher Mühe auf. »Ich kann seit der Nacht der Glocken nicht mehr schlafen.«

Wie ein Meereswind, der den Sturm noch schlimmer machte, entwickelte sich die ungute Vorahnung zur ausgemachten Angst.

Donaia musste sich am Rand ihres Schreibtischs abstützen, um nicht hinzufallen. *Nicht schon wieder. Nicht auch noch sie!*

Lumen sei Dank bewahrte Tanaquis einen kühlen Kopf. Sie setzte sich Renata gegenüber und schlug eine neue Seite ihres Notizbuchs auf. In ihren Augen funkelte ein Wissensdurst, der als Reaktion auf diese Worte seltsam fehl am Platze wirkte – aber gleichzeitig irgendwie tröstlich. »Wenn Ihr sagt, dass Ihr nicht schlafen könnt, wie genau meint Ihr das? Und seit wann genau? Wie fühlt es sich an? Was habt Ihr schon alles unternommen?«

Renata antwortete ihr mit schwankender Stimme, wiederholte sich jedoch mehrmals und verlor den Faden. Nach einer Weile übernahm ihr Dienstmädchen das Reden und berichtete in einem forschen Tonfall, der ihre Angst jedoch nicht ganz verbergen konnte. Donaia hatte sie nur für eine talentierte Schneiderin gehalten, aber ihre Loyalität und Sorge erinnerten sie an Colbrin.

»Wir dachten, es wären nur die Nerven der Alta – und dass es vorübergehen würde«, schloss das Dienstmädchen. »Aber es hört nicht auf, und ich mache mir große Sorgen um sie.«

»Ja, wenn man zu lange nicht schläft, kann es zu irreparablen Schäden kommen«, bemerkte Tanaquis geistesabwesend und ohne mit dem Schreiben innezuhalten.

»Tanaquis!«, fauchte Donaia. Sie mochte eine liebe Freundin sein, aber manchmal vergaß sie, dass andere die Welt nicht als Rätsel sahen, das es zu lösen galt.

Tanaquis blinzelte und schien aus ihrer Gedankenwelt zurückzukehren, als sie Donaias Empörung bemerkte. »Oh, bitte verzeiht«, murmelte sie, wenngleich Donaia hätte wetten können, dass Tanaquis nicht einmal wusste, wofür sie sich entschuldigte. »Unsere erste Aufgabe sollte darin bestehen, Alta Renata von ihrer Schlaflosigkeit zu befreien.«

»Ja, so ist es.« Donaia setzte sich neben Renata und nahm ihre Hand. »Was schlagt Ihr vor?«

»Üblicherweise würde ich das Geburtshoroskop der Person berechnen und mit dem Tag vergleichen, an dem die Schlaflosigkeit begonnen hat, aber ...«

»Verstehe«, fiel Donaia Tanaquis ins Wort, bevor sie weitersprechen konnte. »Giuna, warum bringst du Renatas Dienstmädchen nicht in die Küche? Lass die Köchin einen Korb zusammenstellen, den sie mitnehmen kann. Wir sollten zumindest dafür sorgen, dass sie alles hat, was sie braucht.«

»Aber ...« Als sie Donaias durchdringenden Blick sah, nickte Giuna nur. »Ja, Mutter. Gehen wir, Tess.«

Renata umklammerte kurz Tess' Hand, als würde ihre einzige Stütze verschwinden. Tess fuhr mit dem Daumen über die Innenseite von Renatas Handgelenk und ging mit Giuna hinaus.

Donaia erkannte, dass Renata ihre letzte Kraft zusammennahm. »Ihr habt etwas gefragt. Bitte entschuldigt, aber mein Verstand ist wie ein Sieb. Was wolltet Ihr wissen?«

Diesmal wartete Tanaquis auf Donaias Nicken, bevor sie fortfuhr. »Ich habe auf Donaias Bitte bereits Euer Geburtshoroskop berechnet. Und es war ... seltsam. Habt Ihr es zufällig zur Hand, Donaia?«

»Selbstverständlich.« Donaia ließ Renatas Hand los und holte das Horoskop aus ihrer Schreibtischschublade. Tanaquis entrollte es und ging die Berechnungen kurz durch, bis ihr Renatas glasiger Blick zu verstehen gab, dass sie genauso gut Enthaxn sprechen konnte.

»Daher macht es den Anschein ...«, sagte Tanaquis. »Ich weiß nicht, wie ich das höflich ausdrücken soll. Es kommt mir höchst unwahrscheinlich vor, dass Ihr im Colbrilun geboren wurdet. Habt Ihr Euch möglicherweise geirrt?«

»Im Colbrilun?« Renata runzelte die Stirn. »Nein, ich wurde im Equilun geboren.«

»Bedeutet das, dass Ihr in Nadežra gezeugt wurdet? Vor Letilias Abreise? Vielleicht während des verschleiernden Wassers?«

Die schnell aufeinanderfolgenden Fragen verwirrten Renata sichtlich. »Gezeugt in ... Ich ... Was? Ja, natürlich.«

Donaia umklammerte ihre Hand. *Tanaquis hatte recht.*

Aber sie kannte auch Tanaquis' Blick. In solchen Augenblicken erinnerte sie Donaia an einen Fischadler, der zum tödlichen Sturzflug ansetzte. Sie würde fragen, wer Renatas wahrer Vater war, und das in einem Moment, in dem Renata zu geschwächt war, um ihr etwas vorzugaukeln. Da Renata auf einmal sehr flach atmete, schien sie erkannt zu haben, dass ihr etwas herausgerutscht war.

Es war offensichtlich, dass sie Giuna in Bezug auf ihr Geburtsdatum angelogen hatte. Den Grund dafür kannte Donaia nicht – und in diesem Augenblick war er auch egal. Ihre Schutzinstinkte setzen ein. »Tanaquis«, fauchte sie.

Sie konnte die Frage förmlich auf Tanaquis' Zunge sehen, aber nach einem Herzschlag schluckte die Astrologin sie widerstrebend hinunter. »Am neunundzwanzigsten? Tagsüber?« Als Renata matt nickte, kritzelte Tanaquis weitere Notizen in ihr Buch. »Ich werde das Horoskop sofort erstellen.«

Sie war schon halb aus der Tür, als sie sich an das eigentliche Problem zu erinnern schien. »Oh, und ich lasse Euch ein Mittel schicken, das Ihr ausprobieren solltet. Bisher hat sonst niemand von diesen Symptomen berichtet, aber ich habe versucht, so viel wie möglich über Asche in Erfahrung zu bringen. Kann Euer Dienstmädchen lesen und schreiben? Gut. Ich schicke Euch Anweisungen, wann und wie viel Ihr nehmen müsst. Bittet sie, Eure Reaktionen festzuhalten. Ich melde mich heute Abend wieder bei Euch.«

Als sie hinauseilte, ließ sie die Tür offen.

»Bitte entschuldigt.« Donaia strich über Renatas Arm. »Manchmal ist sie sehr ... fokussiert. Was eigentlich etwas Gutes ist.«

»Danke.« Das Wort war sehr leise und eigentlich keine Antwort auf das, was Donaia gesagt hatte. »Ich ... ich hätte es Euch früher erzählen sollen, aber ...« Sie rieb sich mit einer Hand über die Wange. »Ich bin es nicht gewohnt, Hilfe zu bekommen.«

Sehr lange Zeit hatte Donaia Letilia um ihret- und Giancos willen gehasst. Nun wurde dieser Hass noch weiter verstärkt. Wie jemand ein Kind in die Welt setzen und es nicht schätzen konnte, überstieg Donaias Verstand.

Sie schlang die Arme um Renata und zog sie an sich. »Selbstverständlich kannst du zu uns kommen. Wir kümmern uns um dich.« Leato war so gastfreundlich gewesen und hatte sich so gefreut, dass Renata in ihr Leben getreten war. Jetzt schämte sich Donaia, dass sie so lange gebraucht hatte, um seiner Meinung zu sein.

Sanft strich sie Renata übers Haar und kämpfte gegen die Tränen. »Ich werde dich nicht auch noch verlieren.«

* * *

Isla Prišta, Westbrück: 21. Cyprilun

Die Welt wurde immer surrealer und schien in weite Ferne zu rücken, als müsste sie den Arm ewig weit ausstrecken, um das nächste Objekt zu berühren. Als Tess in Rens Blickfeld auftauchte, schien ihre Stimme vom anderen Ende eines Tunnels zu kommen. »Hauptmann Serrado ist an der Tür. Ich habe ihm gesagt, dass du krank bist, aber er meinte, es wäre dringend.«

Serrado. Panik legte sich wie eine Schlinge um ihren Hals – sicher war er hier, um sie zum Horst zu bringen. Aber Tess beruhigte sie, und ihr Ganllechyn-Akzent gab Ren Halt. Sie setzte sich mühsam auf und rückte der Welt durch bloße Willenskraft ein Stück näher. »Ich werde ihn empfangen. Wo ist der Schnupftabak von Sedge?«

Tess musste sie förmlich zum vorderen Salon tragen, da Ren immer wieder seitlich gegen die Wände sackte. Als sie den geduldigen Hauptmann hereinführte, kam ihr seine Paradeuniform wie eine Bedrohung vor, die nicht einmal seine besorgte Miene zu lindern vermochte.

»Donaia hat mich gewarnt, dass Ihr krank seid, aber ich ...« Er räusperte sich. »Ich werde mich kurzfassen.«

Der Hauptmann stand so stocksteif da, als müsste er Meldung machen. »Era Traementis meinte, dass Ihr nicht schlafen könnt, und ich habe mir die Details bei Meda Fienola bestätigen lassen. Seit einigen Monaten ermittle ich in einer ähnlichen Sache, bei der es um Menschen – Kinder – geht, die nicht schlafen können.«

Wie der Junge, den sie auf der Alten Insel gesehen hatte. Hoffnung regte sich in ihr. »Wisst Ihr, was man dagegen tun kann?« Sie hatte monatelang öfter mit Renatas als mit ihrer eigenen Stimme gesprochen, was ihr jetzt half, da sie den Seterin-Akzent ohne jegliche Mühe beherrschte.

Als er den Blick senkte, hatte sie ihre Antwort schon, bevor er den Mund aufmachte. »Leider nicht.«

Sie sackte aufs Sofa zurück. *Niemand weiß es.* »Dann bin ich also am Arsch.«

Serrado zuckte bei dem Schimpfwort nicht einmal zusammen. »Ihr seid weitaus gesünder, als es die anderen Opfer waren. Das ist bestimmt gut.«

Die anderen Opfer. Eine Hand, die an ihrem Kleid zupfte, matte Augen in einem ausgemergelten Gesicht. Eine ebenso leere Stimme, die sagte: *Ich kann nicht schlafen.*

Serrado, der in Spitzenwasser ein totes Kind in den Armen hielt.

Kurz war das Kind Tess oder Sedge oder einer der anderen Finger, und Ren war dreizehn oder zehn oder acht und blickte dem Tod ins Auge, der sie erwartete. Sie konnte nicht schlafen, weil sie ein Kind der Straße war und ihren Knoten verraten hatte. Dies war das Unheil, das sie deswegen erwartete und das sie nun zu guter Letzt einholte.

Serrados Stimme durchbrach die Halluzination, bevor sie sich richtig manifestieren konnte. Er fluchte auf Vraszenianisch. Als sie wieder zu sich kam, stand er in einiger Entfernung zögernd da, und auf einmal war Tess mit einer Decke und tröstenden Worten bei ihr und hielt sie in den Armen, da sie unkontrolliert zitterte.

Jedenfalls hatte sie für Ren tröstende Worte übrig. Serrado konnte von Glück reden, dass sie ihm nicht den Kopf abriss. »Wenn Ihr nichts Nützliches mehr zu sagen habt, könnt Ihr gehen«, fuhr Tess ihn an, als ihr die ausdrucksvollen Schimpfworte ausgegangen waren.

Er kniete sich hin, um sie nicht länger zu überragen, und sprach eindringlich auf sie ein. »Was immer diesen Kindern zugestoßen ist, wurde nicht von Asche verursacht und ist auch keine körperliche Krankheit. Das müsst Ihr wissen, damit man Euch helfen kann. Und vielleicht kann ich jetzt, wo die Alta betroffen ist, weitere Mittel anfordern, um die dafür verantwortliche Person zu finden. Die Kinder sagen, eine alte Frau hätte sie entführt – sie nennen sie Mütterchen Lindwurm. Habt Ihr so jemanden gesehen?«

Seine Worte durchzuckten sie, und sie hatte das Gefühl, erneut in den leeren Brunnen zu stürzen. *Eine alte Frau.* Erst als Serrado etwas erwiderte, wurde ihr bewusst, dass sie diese Worte laut ausgesprochen hatte. »Ihr wisst von ihr?«, fragte er.

Seit der Nacht der Höllen hatte sich die Welt auf der anderen Seite einer Glasscheibe befunden. Das Glas war Renata, und es schien mit jeder unbedachten Handlung ihrerseits weiter zu zersplittern. »Da war eine alte Frau ...«, stammelte sie. »In ... in meinen Albträumen. Sie sagte, sie hätte das getan, sie hätte uns alle vergiftet, aber ...«

»Sie sagte, sie hätte Euch vergiftet? Was noch?« Nun sprach er leiser, aber nicht weniger eindringlich. »Habt Ihr Meda Fienola davon erzählt?«

Was hatte sie in ihren Bericht geschrieben? Sie erinnerte sich nicht mehr. »Sie ... Da waren diese ... Kreaturen.« Ihr Schaudern ließ sich schlichtweg nicht unterdrücken. »Skelettartig, aber nicht aus Knochen. Schwarz wie verbranntes Holz. Aber sie hat sich nicht als Mütterchen Lindwurm bezeichnet. Sie sagte, ihr Name wäre Ondrakja.«

»Zlyzen«, flüsterte er, und sein Akzent klang nach vraszenianischem Rauch. »Man nennt sie Zlyzen.«

Bei diesem Wort erschauerte sie wieder, doch so merkte er nicht, dass sie das längst wusste. »Was sind das für Kreaturen?«

»Monster. Aus den alten Geschichten. Sie ernähren sich von ...« Serrado stockte. Als er weitersprach, war seine Stimme nur noch Nadežranisch. »Träumen. Das wird jedenfalls behauptet. Und es gab mal eine Kinderbande in Spitzenwasser, die von einer Frau namens Ondrakja angeführt wurde. Aber sie war nicht alt, und sie ist schon seit fünf Jahren tot.«

Er stand auf und wirkte, als hätte er neue Energie dazugewonnen. »Das ist mehr, als ich vorher hatte. Ich werde mit Meda Fienola reden. Ihr ruht Euch jetzt besser aus.«

In der Stille, die auf sein Verschwinden folgte, hallte eine einzige Frage durch Rens Verstand, bis Tess sie schließlich laut aussprach. »Könnte sie ... überlebt haben?«

Die letzten Ereignisse mochten wie Nebel aus Rens Verstand verschwinden, doch das galt nicht für die alten. »Der Apotheker hat mich gewarnt, keinesfalls mehr als drei Tropfen zu nehmen. Ich habe ihr neun gegeben. Sie muss tot sein.« Aber ihre Worte klangen selbst in ihren Ohren eher wie eine Hoffnung denn wie eine Gewissheit.

Eine Hoffnung, die noch bedeutungsloser klang, als Tess sie wiederholte. »Sie muss tot sein. Hat der Hauptmann das nicht eben selbst gesagt? Ondrakja war nicht alt. Sie mag innerlich eine fiese alte Vettel gewesen sein, aber das sah man ihr nicht an.«

Zwei Jahre auf der Straße hatten Ivrina deutlich altern lassen, und Ren hatte gesehen, was aus Leuten wurde, die eine schwere Krankheit überlebt hatten. Das Gift allein konnte zwar nicht erklären, wie ihr Ondrakja im Albtraum erschienen war – aber das war Ažerais' Traum, in dem die äußerliche Erscheinung die innerliche widerspiegelte. »Sie könnte es gewesen sein«, flüsterte sie. »Und wenn sie es war ...«

»Dann kannst du deswegen erst etwas unternehmen, wenn du wieder gesund bist«, erklärte Tess, als wäre das damit entschieden. Sie legte Ren einen Arm um die Taille und half ihr auf die Beine. »Und jetzt nach unten mit dir. Hoffentlich hat Meda Fienola nicht nur ein Händchen für Astrologie.«

* * *

Isla Prišta, 21.-24. Cyprilun

Im Laufe der nächsten Tage schrumpfte Tess' Welt immer weiter, bis sie von einer Glocke zur nächsten lebte.

Am Abend brachte ein Kurier die Medizin von Tanaquis nebst Anweisungen, wie man diese an ein Numinat binden konnte. *Das wird bedauerlicherweise keine angenehme Erfahrung,* schrieb sie in ihrer Nachricht, *aber ich hoffe, dass durch das Austreiben der verbliebenen Asche aus Eurem Körper das Problem beseitigt werden kann.*

Tess war zutiefst verängstigt, dass sie die Aktivierung eines Numinats in den Sand setzen könnte. Sie las sich die Anweisungen mehrmals durch und wusste ganz genau, dass ihr nur wenig Zeit blieb, bis die verstärkende Wirkung des Numinats die Effizienz des durchdrungenen Abführmittels beeinträchtigte. Außerdem musste sie Ren durch die Küche jagen und dazu zwingen, es zu nehmen, denn eine Zeitlang sah Ren sie als Ondrakja, die gekommen war, um sie aus Rachsucht zu vergiften. In gewisser Hinsicht war es gut, dass Ren so wenig Kraft wie ein krankes Kätzchen hatte, denn so konnte Tess sie festhalten und ihr das Tonikum mit Gewalt einflößen, solange die Wirkung noch nicht verpufft war.

Jeder Zweifel, ob die Wirkung noch vorhanden war, verschwand kurze Zeit darauf, als Ren speiübel wurde und sie sich übergeben musste. Mutter und Tante – und Giunas gesundem Menschenverstand – war es zu verdanken, dass der Korb, den Tess aus dem Traementis-Herrenhaus mit nach Hause nehmen durfte, mehrere Gläser mit salziger Knochenbrühe enthielt. Ren dazu zu bringen, die Brühe und etwas Wasser zu sich zu nehmen, erwies sich allerdings als noch schwieriger, als ihr das Abführmittel einzuflößen. Notgedrungen wartete Tess, bis ihre Schwester im Delirium war, um ihr dann ein vraszenianisches Schlaflied vorzusingen, das zu jenen gehörte, die Ren von ihrer Mutter gelernt hatte. Danach überredete sie »ihre kleine Renyi«, so viel von der Brühe zu trinken, wie es nur ging.

»Das wird dir guttun«, flüsterte Tess, der es die Kehle zuschnürte. Ren lag gekrümmt auf der Seite, war so schlaff wie Flussgras und starrte mit glasigen Augen ins Feuer. Die Dunkelheit hinter ihren Lidern schien sie nur noch ruheloser zu machen.

Das Abführmittel wirkte nicht, was Tess pflichtbewusst per Bote meldete, da sie es nicht wagte, von Rens Seite zu weichen. Am nächsten Tag traf eine weitere Portion davon ein. Tess schrieb Meda Fienola eine Nachricht und schilderte ihr, wohin sie sich das Mittel stecken konnte – um das Papier sogleich zu verbrennen. Stattdessen schickte sie das Medikament mit einer kurzen Notiz wieder zurück: *Sie kann nicht mehr geheilt werden, wenn Ihr sie vorher umbringt.*

Sie war sehr stolz darauf, dass sie sich derart zurückgehalten hatte.

Danach wurde es immer schwerer. Giuna stand vor der Tür und wollte Tess bei der Pflege helfen, und Tess fand nur mit Mühe und Not einen guten Grund, sie wieder wegzuschicken. Kaum hatte sie die Tür geschlossen, klingelte es erneut – ein weiterer Kurier, diesmal ohne Toniken und nur mit einer Nachricht von Meda Fienola, die schrieb, dass sie noch einmal mit Hauptmann Serrado gesprochen hatte und aufgrund seiner Erfahrungen zu dem Schluss gekommen war, dass die Medizin das Problem nicht zu lösen vermochte.

Da Renata nicht schlief, konnte Tess ebenfalls nicht schlafen. Sie wagte es nicht, auch nur einzunicken, da die Halluzinationen und Paranoia Renata derart unberechenbar machten. Früher oder später würde sie jedoch die Erschöpfung übermannen – doch was sollte sie dann tun?

Sie hätte vor Erleichterung beinahe geweint, als Sedge an die Küchentür klopfte. »Auf Vargos Befehl, ist das zu fassen?«, meinte er beim Hereinkommen.

Tess starrte ihn panisch an. »Wie hat er es herausgefunden?«

»Dass sie krank ist? Wahrscheinlich von dem Arzt, den du terrorisiert hast. Aber Fienola hat auch mit ihm gesprochen, weil sie von dir wusste, dass er euch Medikamente schicken ließ.«

»Aber wieso schickt er ausgerechnet dich?«

»Ich weiß ein bisschen was über Leute, die Asche genommen haben«, antwortete Sedge mit finsterer Miene, wollte jedoch nicht genauer darauf eingehen.

Dank seiner Anwesenheit konnte sie die Nacht durchschlafen, musste die Pritsche dafür jedoch in den Salon tragen. Am nächsten Morgen half Sedge ihr, Ren ins Tuatium in den Perlen zu bringen, wo Fienola ein Numinat vorbereitet hatte, von dem sie glaubte, es könnte der Alta beim Schlafen helfen. Das Einzige, was Tess dazu sagen konnte, war, dass es nicht so aufwendig und chaotisch verlief wie das Eintrichtern des Abführmittels.

Eine weitere schlaflose Nacht. Ein weiterer Tag ohne Antworten. Sedge wurde zu Vargo gerufen, weil Vargo mit den Traementis gesprochen hatte und Serrado mit Fienola, und Tess versuchte, sich nicht verrückt zu machen, weil alle miteinander redeten, ohne dass sie es mitbekam. Und Ren es nicht mitbekam, denn Ren war diejenige, die stets das Ruder in der Hand hielt. Wobei sie jetzt nicht einmal ansatzweise dazu in der Lage gewesen wäre.

Tess konnte ihre Schwester nicht mehr allein in der Küche lassen, nicht einmal für einen Moment – Ren hatte in ihrem immer stärker werdenden Delirium versucht, aus dem Haus zu entkommen, als Tess sich kurz erleichtern gegangen war. Damit blieb nur noch der Weinkeller, und Ren wehrte sich wie eine Wildkatze.

»Du wagst es, mich einzusperren, du sippenlose Schlampe? Für diese Behandlung schicke ich dir die Wache auf den Hals!« Die Worte hätten von Renata stammen können, wurden jedoch mit Rens kehligem Akzent ausgesprochen.

Tess fing Rens herumwedelnde Hand auf, bevor sie ihr einen weiteren Kratzer verpassen konnte. »Das wirst du nicht tun.«

»Ach nein? Vielleicht lasse ich dich einfach deportieren, damit sich jemand anders mit dir rumschlagen muss. Bei deiner Familie hat das ja auch gut funktioniert.«

Mit einem Schubser ließ Tess Ren in den Weinkeller stolpern, schloss schnell die Tür und verriegelte sie. »Das meinst du nicht so«, flüsterte sie zu leise, als dass Ren sie durch das dicke Holz hätte hören können. Andererseits waren die Worte auch gar nicht an Ren gerichtet. »Sie meint das nicht so.«

Unter normalen Umständen sah Tess die Küche als tröstlichen Ort an. Sie war das Zentrum jedes Ganllechyn-Hauses, und einige der Orte, an denen Tess als Kind gelebt hatte, bestanden aus kaum mehr als einer Küche und einigen Schlafnischen in den Wänden. Aber die Küche des Stadthauses war viel zu fein und auch zu leer, nachdem Ren erst einmal eingesperrt war. Die Stickproben, die Tess stolz an die Wand gehängt hatte, schienen sie jetzt zu verspotten. Wie viele Küchen hatte sie schon gesehen, war von Tanten und Onkeln zu Cousins und bloß angeheirateten Verwandten weitergereicht worden? Bis der Letzte von ihnen sie auf ein Schiff nach Nadežra verfrachtet hatte, nur damit sie dann bei ihrer Ankunft in Klein-Alwydd herausfand, dass ihr Großonkel einige Monate zuvor am Schlammfieber gestorben war, sodass sie nun ohne Weg nach Hause dastand – und ohne Familie, die sie aufnehmen konnte.

Eine Stickprobe an der Küchenwand stand für ein Zuhause: etwas, das Tess bisher nie gehabt hatte. Doch es war ein gestohlenes Zuhause, das auf Lügen gebaut worden war ... und aufgrund einer schicksalhaften Nacht schien es nun in sich zusammenzufallen.

»Du benimmst dich wie eine rührselige dumme Kuh. Hör sofort damit auf.« Erbost wischte sie sich die Tränen von den Wangen. Vielleicht halfen ihr ja etwas Ruhe und frische Luft. Sie schabte die Krumen aus dem Brotkasten und ging hinter das Haus, um die Finken zu füttern.

Ihr Herz schlug schneller, als sie sah, dass sich jemand auf dem Kanalweg näherte. *Pavlin.* Und sie war ein verweintes Wrack und zu erschöpft, um sich groß darum zu scheren.

Tess gab sich die größte Mühe, rasch die Beweise für ihr Selbstmitleid zu beseitigen, aber als er es bemerkte, beschleunigte er seine Schritte. »Ist etwas passiert?«, erkundigt er sich, legte sein in ein Tuch eingewickeltes Bündel auf die Kanalmauer und berührte zaghaft ihre Wange. Seine Finger fühlten sich kühl an und sie hätte sich nur zu gern von ihm trösten lassen.

Heiratet einen Mann, der gutes Essen mit nach Hause bringt, dann müsst ihr wenigstens nie aus Liebe hungern. Bei der Erinnerung erschauerte Tess. Auf einmal hatte sie aus einem ganz anderen Grund heiße Wangen, was sie nicht weniger zu einer dummen Kuh machte. Das Täuschungsmanöver mit Ren machte derartige Hoffnungen unmöglich. Es war ja nicht so, als ob sie ihm die Wahrheit sagen konnte.

»Du musst doch frieren«, sagte er und wollte den Mantel ausziehen, den sie ihm umgenäht hatte. Das war das erste von mehreren Teilen im Laufe der vergangenen Wochen gewesen – Mäntel, Westen, ein für mehr Bequemlichkeit durchdrungener Gürtel – im Austausch für all das Brot, das er vorbeibrachte.

»Nein, behalt deinen Mantel. Ich bin bloß müde. Die Alta ist krank, und außer mir gibt es niemanden, der sich um sie kümmern kann.«

»Das habe ich gehört, darum bringe ich das hier vorbei. Dann hast du immerhin eine Sorge weniger. Ich habe auch ein paar der Gewürzkuchen dazugelegt, die du so magst.«

Tess nahm das Bündel entgegen und ihr kamen schon wieder die Tränen. Sie hatte ihn zuletzt vor der Nacht der Glocken gesehen. »Danke«, sagte sie leise und wusste selbst nicht, warum es ihr derart viel bedeutete, dass er jetzt, inmitten des ganzen Chaos, bei ihr vorbeischaute. Möglicherweise war es dasselbe wie bei den Stickproben und den Gewürzkuchen – ein tröstlicher Augenblick, der nur für sie bestimmt war.

Bevor sie es sich anders überlegen konnte, stellte sie sich auf die Zehenspitzen und drückte ihm einen Kuss auf die Wange. Sie spürte seine weiche Haut noch auf den Lippen, als sie ein Stück zurückgewichen war. »Ich … ich sollte zur Alta zurückgehen«, stammelte sie und eilte ins Haus, bevor sie noch mehr Dummheiten machte.

Und vielleicht lächelten die Gesichter ja doch endlich, denn als es das nächste Mal klopfte, war es ein Bote von Tanaquis, die ihr ausrichten ließ, dass sie möglicherweise eine Lösung gefunden hatte.

* * *

Tuatium, die Perlen: 25. Cyprilun

Sedge und Vargo trafen zeitgleich mit Rens Sänfte im Tuatium ein, hinter der Tess keuchend herlief. Sedge zwang sich, auf Vargos Nicken zu warten, bevor er zum Helfen hinübereilte.

»Vargo glaubt, ich hätte mich in dich verguckt, also wunder dich nicht, wenn ich dich manchmal komisch anschaue«, raunte er Tess zu, während Ren in der Sänfte kauerte und Tess ihr versichern musste, dass alles in Ordnung war und dass sie bald Schlaf finden würde. »War es schwer, sie herzuschaffen?«

»Drei Fluchtversuche unterwegs, und sie hat inzwischen auch Angst vor dem Tageslicht.« Tess nahm Rens rechten Arm und Sedge den linken, und zusammen gelang es ihnen, Ren aus der Sänfte zu bugsieren.

Vargo davon zu überzeugen, ihn statt Varuni mitzunehmen, hatte einige Mühe gekostet, aber die Stunden, die Sedge in Alta Renatas Haus verbracht hatte, gaben ihm genug gute Gründe. Vargos Annahme, Sedge könnte ein Auge auf Tess geworfen haben, schadete in dieser Hinsicht ebenfalls nicht, sondern war sogar ein seltener Lichtstreif, denn Sedge wollte Ren und Tess das alles auf keinen Fall ohne ihn an ihrer Seite durchstehen lassen.

Daher ertrug er das Bad, die Rasur, den Haarschnitt und das Nägelschneiden, die der Preis für den Zutritt waren, und gab sein Bestes, um sich in der einengenden Kleidung, die einem Dienstboten angemessen war und die bei der ersten körperlichen Auseinandersetzung zerreißen würde, nicht zu sehr zu winden. Er versuchte, nicht das Gesicht zu verziehen, als er dabei half, Ren durch das Heiligtum zu tragen. Von Liganti-Tempeln hatte er noch nie viel gehalten. Hier gab es nichts zu stehlen und Schlägereien waren ebenfalls verboten, und die geraden Linien und sorgsam angelegten Mosaike bewirkten, dass er sich schäbig und ungepflegt vorkam. Selbst jetzt, wo er geschniegelt und gebügelt hier war, kam er sich vor wie ein Mann in einem sehr schicken Sack.

Sie brachten Ren in eine Bibliothek, in der schon mehrere elegant gekleidete Schnösel warteten: Meda Fienola, Era Traementis und Alta Giuna. Hinter ihnen stand dieser Falke, der immer wieder in Rens Albträumen vorkam – Hauptmann Serrado. Er warf nur kurz einen Blick zu ihnen herüber, und Sedge spürte, wie das ungesunde Misstrauen, das zwischen den Falken der Wache und Vargos Spinnen vorherrschte, in gegenseitige Abneigung umschlug.

Fienola wartete nicht einmal, bis sich alle gesetzt hatten, bevor sie zur Ordnung rief. »Alta Renata leidet unter etwas, das eher eine Krankheit des Geistes denn des Körpers zu sein scheint. Meine Tests und Berechnungen deuten an, dass sie beim Verlassen des Reichs der Gedanken – das die Vraszenianer als Ažerais' Traum bezeichnen – etwas von sich zurückgelassen hat. Ein Teil ihres Geists ist dort zurückgeblieben.«

Sie richtete die nächsten Worte an Ren, obwohl zweifelhaft war, dass Ren sie überhaupt verstand. »Es entspricht nicht ganz der Wahrheit, dass Ihr nicht schlafen könnt, Alta Renata. Im Augenblick gibt es für Euch keinen Unterschied zwischen Schlafen und Wachsein.«

Für Sedge hörte sich das wie gequirlte Hundescheiße an, da er den Großteil der letzten acht Tage mit eigenen Augen gesehen hatte, dass Ren nicht schlafen konnte. Die Schnösel schienen es hingegen zu glauben.

Serrado räusperte sich. »Meda Fienola und ich sind hinsichtlich der Begriffe nicht ganz einer Meinung, aber es passt ungefähr zu dem, was mein Volk darüber denkt. Unsere Seelen bestehen aus drei Teilen, und einer dieser Teile – Renatas Szekani – ging in Ažerais' Traum verloren.«

»Daher besteht die offensichtlichste Lösung darin«, schaltete sich Fienola ein, »ihren träumenden Verstand vom Rest abzuspalten. Sie würde zwar nie wieder träumen können, wäre jedoch zu erholsamer Ruhe in der Lage …«

»Nein!«, schrie Ren und sprang auf. Sie fuhr mit einer Hand unter ihren Rock, wo sie normalerweise ihr Messer aufbewahrte. Sedge dankte Tess innerlich, dass sie seinen Rat befolgt und alle spitzen Gegenstände weggeschlossen hatte; danach trat er vor und hielt Rens Arme hinter ihrem Rücken fest, wobei nur Tess so stand, dass sie sehen konnte, wie er die Innenseite ihres Handgelenks berührte. *Wir sind hier. Wir passen auf dich auf.* Ren sackte schluchzend zusammen.

»Keine Sorge, Alta Renata«, raunte Tess ihr ins Ohr und versuchte, sie zu beruhigen. »Ich lasse Eure Mutter aus Seteris herholen, wenn sie das auch nur versuchen. Alta Letilia wird derartigen Unsinn unterbinden, davon bin ich überzeugt.« Sedge ahnte, was sie damit bezweckte. *Erinnere dich an Letilia. Erinnere dich an den Plan. Erinnere dich daran, wer du angeblich bist.*

Sobald Ren sich beruhigt hatte, hob Alta Giuna zaghaft eine Hand. »Könnte sie ins Reich der Gedanken zurückkehren und das fehlende Stück holen? Vielleicht könnten wir ihr eine weitere Dosis Asche geben ...«

»Nein!« Das Wort drang aus jeder Kehle mit Ausnahme von Rens. Vargos Glucksen brach das darauf folgende Schweigen. »Wer hätte gedacht, dass sich die hier Versammelten in einem Punkt einig sein könnten?«

»Asche ist unbekannt«, erklärte Fienola. »Das macht sie unvorhersehbar und gefährlich. Offenbar ermöglicht sie es Menschen, körperlich jenseits der Grenze zwischen hier und dem Reich der Gedanken zu agieren, aber selbst wenn sie nicht mit Haut und Haar hineingezogen werden, gestaltet sich das Erlebnis oft negativ. Ich schlage daher experimentelle Numinatria vor. Das ist auf andere Art ebenfalls gefährlich ... könnte jedoch unsere einzige Lösung sein.«

»Ich dachte, Numinatria dienen zur Kanalisierung von Energie und nicht, um zwischen kosmischen Reichen zu reisen«, warf Vargo ein – als wäre er nicht in Wirklichkeit ein besserer Inskriptor als die Hälfte der im Dienste Iridets stehenden Priester.

»Die Kunst ist weitaus vielseitiger, als viele denken, Meister Vargo. ›Ich habe meinen Kompass, mein Lineal, meine Kreide, mich. Mehr brauche ich nicht, um den Kosmos zu kennen.‹ Diese Worte sind nicht nur ein Ritual zu Beginn eines Numinats. An dem Punkt, wo Illi zu Illi wird, besteht der Sinn der Numinatria darin, Erleuchtung durch Lumen zu suchen.« Fienolas Lächeln wirkte herablassend, sodass sich Sedge instinktiv anspannte. Wären sie in Froschloch, hätte er ihr auf einen Fingerzeig von Vargo hin die Fresse poliert.

Aber es gab einen guten Grund dafür, dass Vargo der Boss war: Er nahm Beleidigungen nicht ernst, solange er dadurch etwas erreichen konnte. »Ach wirklich«, murmelte Vargo. »Interessant.«

Sedge musste sein Lachen durch ein Husten verbergen. Wie gelang es Varuni bloß, immer ernst zu bleiben, wenn sie Vargo dabei half, die Schnösel bei ihrem eigenen Spiel zu schlagen?

Die ahnungslose Fienola nickte. »Was sich in diesem Fall als nützlich erweisen könnte. Es gibt meditative Numinata, die es einem Inskriptor erlauben, den Geist vom Körper zu trennen und die vielen Reiche des Kosmos zu beschreiten. Ich habe die Berichte über Mirscellis' Experimente gelesen und bin zu der Überzeugung gelangt, dass diese Technik auch für das Reich der Gedanken einsetzbar sein sollte – den Ort, an dem ein Teil von Renatas Geist gefangen ist.«

Sie sah sich im Raum um. »Giuna hat trotzdem nicht ganz unrecht. Jemand muss ihn holen … aber nicht Renata.«

»Ich werde gehen«, schlug Tess sogleich vor. »Ich kenne die Alta am längsten und besser als jeder andere.«

»Eure Loyalität ist lobenswert«, erwiderte Fienola, »aber ein Verständnis der meditativen Praktiken wäre erfolgversprechender …«

»Ich bin recht gut mit Durchdringungen …«

Era Traementis schaltete sich auf nicht unfreundliche Weise ein. »Würden wir ein Kleid nähen, wärt Ihr die Erste, an die wir uns wenden würden. Aber ich glaube – hoffe –, dass Tanaquis sich selbst vorschlagen wollte.« Sie warf Fienola einen flehenden Blick zu. »Oder irre ich mich?«

»Das wäre faszinierend«, sagte Fienola langsam und ließ den Blick gedankenverloren durch den Raum schweifen. Dann schüttelte sie sich und kehrte in die Gegenwart zurück. »Aber nein. Das, was ich vorschlage, beinhaltet eine Veränderung des Numinats, nachdem sich die Seele des Suchenden abgelöst hat, um sie zurückzurufen. So etwas würde ich keinem anderen Inskriptor anvertrauen.«

Sedge wusste, warum sich Tess freiwillig gemeldet hatte. Wer konnte schon sagen, wie Ren in Ažerais' Traum aussehen würde? Tess und er waren die Einzigen, die das sicher übernehmen konnten. Doch bevor ihm ein guter Grund einfallen wollte, beugte sich Hauptmann Serrado vor und flüsterte Era Traementis etwas zu.

Sie sah ihn erstaunt an. »Ihr?«

Nun wandte sich Serrado an alle. »Ich hatte schon genug Aža, um mit Ažerais' Traum vertraut zu sein. Und ich war in der Nacht der Glocken mitten im Geschehen und kann mir vorstellen, was mich erwartet – und was die Asche möglicherweise mit Alta Renata gemacht hat. Wenn Ihr mich wählt, bringt Ihr weder Tess noch Eure Familie in Gefahr.«

Djek. In der Hälfte von Rens Halluzinationen kam Hauptmann Serrado mit mehreren Falken durch die Tür gestürmt, um sie zu verhaften. Aber das konnte Sedge wohl kaum laut aussprechen.

Dann kam ihm eine Idee. »Wenn es darum geht, wer entbehrlich ist und Erfahrungen mit Aža hat, dann sollte ich gehen. Wahrscheinlich weiß ich doppelt so viel darüber wie ein

Falke.« Er warf Serrado einen höhnischen Blick zu. »Selbst wenn es ein vraszenianischer ist.«

Sedge tat so, als würde er Vargos misstrauischen Blick nicht bemerken. In Wahrheit hatte Sedge in seinem ganzen Leben erst zweimal Aža genommen: einmal, um sich an die Finger zu binden, und erneut, als er sich den Nebelspinnen angeschlossen hatte. Einer der Gründe, warum er in Vargos Knoten derart weit aufsteigen konnte, war, dass er kein Aža mehr anrührte, was auch alle wussten. Er warf Tess seinen besten schwülstigen, liebestrunkenen Blick zu und hoffte, überzeugend zu wirken.

»Alta Renata wäre bestimmt geschmeichelt, dass sich sogar Fremde um ihr Wohlergehen sorgen«, kommentierte Vargo trocken, faltete die Hände und sah Fienola an. »Allerdings wüsste ich einen einfacheren Weg, das zu entscheiden. Ihr habt die Berechnungen durchgeführt; wäre es möglich, unsere Geburtstrigone zu berechnen, um herauszufinden, wer die besten Chancen hat, Renatas Geist zu finden und sicher zurückzukehren?«

»Durchaus«, antwortete Fienola.

»Dann lasst den Kosmos entscheiden, wer am besten geeignet ist. Wann habt Ihr Geburtstag, Hauptmann Serrado?«

Der Falke musterte ihn skeptisch. »Am vierzehnten Lepilun. Ich wurde nachts geboren.«

»Sedge?«

Maskenverdammter Vargo. Sedge wünschte sich sehnlichst, genügend Astrologiekenntnisse zu haben, um ein Datum nennen zu können, das Fienolas Anforderungen entsprach, wusste aber auch, dass Vargo die Lüge dennoch erkannt hätte. »Reicht das Jahr auch?«, fragte Sedge geknickt. »Das kann ich ungefähr raten.«

»Wir sollten das nicht dem Zufall überlassen. Tess?«

»Wir berechnen die Daten in Ganllech nicht auf dieselbe

Weise, aber ich habe es mal als den vierundzwanzigsten Suilun ausrechnen lassen. Tagsüber.«

Nachdem auch Era Traementis und Alta Giuna ihre Geburtstage genannt hatten, fügte Vargo hinzu: »Und ich wurde am zwanzigsten Colbrilun tagsüber geboren. Eignet sich einer von uns?«

Sedge starrte seinen Boss an, der trügerisch entspannt auf seinem Stuhl saß. Vargo verstand eine ganze Menge von Astrologie – und er tat nie etwas, ohne einen Plan zu haben.

Der verdammte Vargo war eine mutterlose Flussratte und wusste sein Geburtsdatum ebenso wenig wie Sedge. Was in aller Welt hatte er vor?

Fienola hatte sich die Daten aufgeschrieben, murmelte vor sich hin und kritzelte in ihrem Notizbuch herum. Abgesehen vom Kratzen ihres Stifts und Rens unheimlichem Summen war nichts zu hören.

»Die Prime in Illi mit Einfluss von Uniat. Alter in Tuat, beeinflusst von Tricat«, erklärte Fienola nach einer Weile. »Herzlichen Glückwunsch, Meister Vargo. Anscheinend ist Euch der Kosmos hold.«

Er verbeugte sich sitzend. »Sein Vertrauen ehrt mich.«

»Mir gefällt das trotzdem nicht.« Fienola starrte ihre Berechnungen irritiert an, als hätten sie sie verraten, und musterte danach Hauptmann Serrado. »Falls das Ganze irgendwie mit Ažerais' Traum zu tun hat, wäre ein Vraszenianer möglicherweise besser geeignet.«

Sedge ballte hilflos die Fäuste. Er konnte Probleme nicht leiden, die sich nicht mit Gewalt lösen ließen. Serrado wäre sogar noch schlimmer als Vargo – aber ihm fiel kein Weg ein, wie er einen der beiden aufhalten konnte.

»Ich verstehe Euer Zögern«, sagte Vargo. »Könnten wir uns kurz unter vier Augen unterhalten?«

Eine Handbewegung hielt Sedge davon ab, ihnen zu folgen, als Vargo und Fienola den Raum verließen. Sedge konnte nichts tun, außer besorgte Blicke mit Tess zu tauschen – bis er merkte, dass Serrado sie beobachtete, den er daraufhin wütend anstarrte.

Als die beiden zurückkehrten, verriet Fienolas Miene Sedge alles, was er wissen musste. Die dicke Spinne hatte sie ordentlich eingewickelt.

»Nach gründlicher Überlegung halte ich meine Berechnungen für korrekt«, verkündete sie mit geröteten Wangen und leuchtenden Augen. »Meister Vargo wird mich bei diesem Ritual unterstützen.«

Da alle anderen einverstanden waren, blieb Sedge nichts anderes übrig, als Ren in eine große Kammer zu tragen, die von normalen Lampen erhellt wurde – ohne Durchdringungen oder Numinata. Ein Kreis aus Platinum war in den glatten Schieferboden eingelassen, und darin befand sich die Spirale, die Vargo als Spira aurea bezeichnete. Fienola hatte mit Kreide bereits weiße Linien und Kreise auf den Boden gezeichnet – hauptsächlich Kreise, die sich überlappten, so wie Vargo es zu Beginn jedes Numinats tat, das Sedge ihn je hatte anfertigen sehen.

Auf Fienolas Anweisung überquerte Sedge die Linien, ohne sie zu berühren, und legte Ren in einer Hälfte des größten Sets aus sich überlappenden Kreisen ab. Vargo zog seinen Mantel aus und setzte sich in die andere Hälfte.

»Wie wollt Ihr sicherstellen, dass sie nicht mittendrin wegläuft?«, fragte Sedge. »Vielleicht sollte ich bei ihr bleiben.«

»Das wird nicht nötig sein und wäre auch nicht ratsam«, antwortete Fienola geistesabwesend und verglich die Linien mit einer kleineren Version des Numinats in ihrem Notizbuch. »Für ein Tuat werden zwei Personen benötigt, keine drei, und ich habe den Eindämmungskreis verstärkt. Nichts kann hinein- oder hinausgelangen.«

Das gefiel Sedge sogar noch weniger, aber Vargo wirkte unbesorgt. Außerdem gingen Sedge die Ideen aus.

»Na gut. Ihr habt hier das Sagen«, murmelte er und ließ Ren in ihrem Kreis sitzen, nachdem er ein letztes Mal die Narbe an ihrem Handgelenk berührt hatte. Dann setzte er sich mit verschränkten Armen und verspannten Schultern an den Rand des Numinats.

»Dann können wir anfangen.« Fienola schloss den Kreis.

* * *

Das Reich der Gedanken

Zum ersten Mal seit Jahren war Vargo allein.

Kein Alsius. Nicht einmal ein Körper. Serrado hatte möglicherweise sogar recht damit, dass die Seele aus verschiedenen Teilen bestand, denn er fühlte sich, als hätte er alles abgelegt, was er von Alsius erhalten hatte, und stünde mit einem dünnen Faden da, der sich ins unendliche Nichts erstreckte.

Aber er hatte nicht Jahre mit der Beobachtung von Spinnen verbracht, ohne sich einige Tricks abzugucken. Daher ließ er sich von diesem Strang leiten, bis er auf etwas traf, das dichter war als das Nichts. Etwas, so dicht wie Gedanken. Das Reich der Gedanken. Der Traum von Ažerais.

Er glitt hinein und fand sich in kühles silbriges Licht getaucht, stand auf den Stufen des Tuatiums am überlappenden Rand eines derart riesigen Vesica piscis, dass es die gesamte Welt zu umfassen schien.

Das Licht kam aus der anderen Hälfte des Gebildes und war hinter einer Glasscheibe versiegelt, die so dünn wie eine Seifenblase schien. Vargo presste eine Hand dagegen, doch sie war kühl, glatt und unnachgiebig. Das war Alsius' Welt, nicht Vargos ... und ohne Alsius würde er auch nicht auf die andere Seite gelangen.

»Das erschwert die Sache deutlich.« Das Glas ließ Vargos Worte widerhallen. Obwohl sie eng miteinander verbunden waren, wusste Alsius häufig mehr als Vargo. Dieses fehlende Wissen kam ihm nun vor wie verschwundene Zähne, Teile seines Selbst, von denen er eben erst erkannt hatte, dass sie ihm gar nicht gehörten, weil sie nicht mehr da waren. In den wenigen Stunden, die ihnen für die Planung dieses Irrsinns geblieben waren, hatte keiner von ihnen daran gedacht, was es für Vargo bedeuten würde, auf sich allein gestellt zu sein und auf Alsius' Wissen und Weisheit verzichten zu müssen.

Vargo war sich nicht einmal sicher, wer er ohne die Leitung des alten Mannes überhaupt war.

»Das werden wir jetzt wohl herausfinden«, murmelte er und wandte dem Tuatium und Alsius' Welt den Rücken zu.

Vargos Welt bestand nicht aus Licht. Die Straßen von Nadežra breiteten sich wie ein trübes Netz vor ihm aus und waren voller wandelnder Schatten und Augen, die wie Messer im Dunkeln aufblitzten. Alles hier wartete nur auf einen Moment der Schwäche – den passenden Zeitpunkt zum Zuschlagen. Die Last dieser Blicke war körperlicher Natur und bestand zu gleichen Teilen aus Hunger und Hass. Er erschauerte und zog seine Robe fester um sich in dem nutzlosen Versuch, sie abzuwehren.

Diese Robe ähnelte ganz und gar nicht dem bernsteinfarbenen Samtmantel, den er zu Fienolas Besprechung getragen hatte. Auch nicht der perlenbesetzten Dekadenz aus der Nacht der Glocken. Der Stoff schimmerte nicht, sondern sah dumpf und fadenscheinig aus. Ein Kleidungsstück, das sich rasch lüpfen oder öffnen ließ, je nachdem, welcher Teil seines Körpers gekauft worden war. Billige Zinnglocken priesen leise klimpernd die Ware an, und seine Fingernägel waren schmutzig und abgebrochen, als hätte er damit schon über unzählige Steinmauern gekratzt.

Vargo schauderte. Ohne Alsius wäre das möglicherweise sein Schicksal gewesen: nicht Herr des Unterufers, der Nadežra seinem Willen unterwarf, sondern ein Flittchen, das das Einzige verkaufte, was es besaß, um zu überleben. Bei diesem Gedanken wurde ihm ganz anders, und er zog sich die Robe mit wütenden Bewegungen aus, zerriss den dünnen Stoff und schleuderte ihn beiseite.

Die Robe verschwand, kaum dass er sie losgelassen hatte – und tauchte an seinem Körper wieder auf.

»Verdammt noch mal«, beschimpfte Vargo die Dunkelheit um sich herum. »Du kannst mir anziehen, was du willst, aber das bin ich nicht.«

Doch eine verräterische Stimme in seinem Kopf wisperte: *Ach nein?* Er hatte so etwas selbst gedacht, als er Mettore gegenübersaß und Renata Viraudax für ein Privileg verkaufte. Weil es ihn seinen eigentlichen Zielen näher brachte. Nur weil er nicht mit Münzen bezahlt und jemandem seinen Körper ausgeliefert hatte, änderte das nichts an der Wahrheit.

In der wirklichen Welt konnte er jede Fassade vortäuschen, die ihm beliebte, hier wurden sie ihm jedoch alle entrissen und in einer Glaskugel eingesperrt, die alles enthielt, was er Alsius verdankte.

Die Kälte, die dieser Gedanke hervorrief, ließ ihn zittern. »Ich hab keine Zeit für diesen Mist«, sagte er leise. Das lag nicht nur daran, dass das Reich der Gedanken ihn anscheinend wie ein billiges Flittchen zu kleiden gedachte. Vielmehr hatte er auch den Namen erkannt, den Fienola erwähnt hatte: Mirscellis, ein Seterin-Inskriptor, der vor der Eroberung durch den Tyrannen in Nadežra gelebt hatte. Vargo erinnerte sich nicht an viele Details – Alsius kannte sie vermutlich alle –, aber er wusste, dass die Experimente des Mannes im Reich der Gedanken damit geendet hatten, dass sein Geist sich dort verlor. Und zwar für immer.

Er hatte nicht die Absicht, lange genug zu bleiben, um dieses Risiko einzugehen. Aber wie in aller Welt sollte er Renata finden?

Fienola hatte gesagt, Renatas Albtraum hätte sie nach Seteris geführt, doch seine Umgebung sah mehr oder weniger wie Nadežra aus. Allen war im Privilegienhaus Asche gegeben worden; wenn sie einen Teil von sich verloren hatte, befand er sich vielleicht noch dort.

Als Vargo am Unterufer entlang in Richtung Sonnenaufgangsbrücke ging, veränderte sich die Stadt um ihn herum. In einem Moment bestanden die Inseln der Perlen in der Tat aus Perlen, bevor sie sich in schlammige grüne Felder verwandelten, als wäre dies noch immer uraltes Farmland. Beim Übergang nach Ostbrück bogen sich die Häuser um ihn und schienen die Isla Čaprila förmlich zu umarmen, wobei die Inselmitte ein offener Platz war. Um ihn herum liefen geisterhafte, halb existente Vraszenianer und winkten einer Karawane hinterher, die über die Brücke in der Nähe fuhr. *Ein Kureč*, dachte Vargo, dem die Ähnlichkeit der Gesichter auffiel. In der Anfangszeit von Nadežra hatten vraszenianische Familien die Inseln für ihre eigenen Leute geschaffen, wobei in den unterschiedlichen Häusern verschiedene Zweige lebten.

Zaghaft betrat er die Brücke und ging jedes Mal etwas schneller, wenn sich die Steinplatten in Holzbretter verwandelten und umgekehrt. Das führte zu einem recht würdelosen Sprung, als er die Alte Insel erreichte und sich die Brücke in einen Strahl der frühen Morgensonne verwandelte.

Das Licht, das alles auslöschte, als wäre es nicht einen Moment zuvor noch da gewesen, ließ ihn im Nadežra des Tyrannen zurück. Vargo hastete mit gesenktem Kopf weiter und hoffte, dass ihn keiner der Phantomsoldaten, die ihn umringten, als niederes Flittchen erkannte – oder ihn gar zum Tyrannen brachte.

Dummerweise war er jedoch auf direktem Weg zum Privilegienhaus, das damals die Festung des Tyrannen gewesen war. *Bitte verändere dich, bevor ich dort ankomme*, flehte Vargo innerlich, fast wie ein Gebet.

Er bezweifelte, dass ihm irgendwelche Götter zuhörten, aber im Privilegienhaus herrschte das ihm bekannte bürokratische Treiben, als er es erreichte. Vargo huschte durch die Menschenmassen zur Audienzkammer – und stellte erschrocken fest, dass sie so leer war, wie das Vorzimmer überfüllt gewesen war.

Doch da sich alles so schnell veränderte, nahm er nichts davon als gegeben hin. »Renata?«, rief er laut.

Der Name schien zu verhallen, kaum dass er ihm über die Lippen gekommen war. Trotzdem versuchte Vargo es erneut. »Renata? Seid Ihr hier? Ren…«

Ein Schimmern erregte seine Aufmerksamkeit. Ihre Traumwebermaske aus Prismatium – die er ihr bei der Herbstgloria gekauft hatte – lag auf einer Bank.

Vargo erklomm die Stufen. Bildete er sich das nur ein oder fühlte sich das Metall warm an, als hätte sie die Maske eben erst abgenommen?

Auf jeden Fall war sie solide, im Gegensatz zu allem anderen hier. Falls das Reich der Gedanken jedoch nicht den fehlenden Teil ihres Geists in eine Maske verwandelt hatte, war er seinem Ziel, sie zu finden, keinen Schritt näher.

»Seid Ihr da drin?«, fragte er die Maske und kam sich töricht vor. Er bekam keine Antwort. Seufzend hielt sich Vargo die Maske vor das Gesicht, als könnte er Renata so herbeibeschwören.

Was nicht geschah. Allerdings veränderte sich der Traum um ihn herum.

Er stand noch immer im Privilegienhaus. Nur schien jetzt alles ein wenig zu schillern, so wie Aža oder die Federn eines Traumwebervogels … Alles außer einer Spur am Boden. Diese schillerte zwar ebenfalls, jedoch eher dunkel und trübe. Wie Asche.

Was sagten die Szorsa bei ihren Lesungen immer? *Das Gute und das Böse davon und das, was keines von beidem ist.* Aža war das Gute. Asche das Böse. Dieser Ort war keines von beidem – oder beides.

Vargo setzte sich die Maske auf und folgte der Spur. Sie führte ihn aus dem Privilegienhaus und über die Alte Insel. Dann, als hätte er beim Gehen nicht aufgepasst – was ihm niemals passierte –, war er auf einmal in Spitzenwasser und stand vor der rauchenden Ruine einer kleinen Häuserreihe an der Uča Mašno.

Einen Augenblick lang befürchtete er schon, es würde bedeuten, dass sie hier gestorben war, und bekam einen trockenen Mund. Aber das, was da aus der Asche ragte, war kein Knochen, sondern eine Musterkarte. Vargo kniete sich hin und zog sie heraus. Das eingefallene Gesicht auf der *Maske des Elends* starrte ihm mit leerem Blick entgegen.

Verwirrt betrachtete er die Karte. *Die Maske des Elends* stand für Armut und Verlust – so viel wusste er –, gehörte jedoch nicht zu den Karten, die Lenskaya ihm gezeigt hatte. Wieso hatte er dann das Gefühl, dass er wissen müsste, was das bedeutete?

Hier gab es keine Antworten, aber die dunkle Spur führte weiter, und er folgte ihr.

Dieses Mal wusste er, dass sich der Traum seltsam verhielt. Er konnte sich nicht daran erinnern, die Sonnenuntergangsbrücke überquert zu haben, doch auf einmal waren die Straßen um ihn herum so vraszenianisch, als hätte Kaius Rex sie niemals erobert. Er war in Sieben Knoten, und aus dem Dunkel hörte er die Rufe der vraszenianischen Clantiere – den Schrei einer Eule, das Kläffen eines Fuchses und das bedrohliche Aufstampfen eines Pferdes warnten ihn, sich nicht weiter zu nähern.

Die Varadi-Spinne gab selbstverständlich kein Geräusch von sich. Als ihn die Aschespur zu einem Netz führte, entdeckte er in den Spinnweben eine weitere Karte. Ein Wolf schlief unter einem blühenden Busch oder erweckte zumindest den Anschein; ein Auge war zu einem wachsamen Schlitz geöffnet und seine Schnauze mit Blut befleckt.

Vargo konnte sich nicht erinnern, wofür *Vier Blütenblätter fallen* stand. Dennoch stellte sich abermals dieses nagende Gefühl ein, dass es hier eine Bedeutung gab und er nur zu dumm war, um sie zu erkennen.

Der Weg brachte ihn schlagartig in ein heruntergekommenes Stadthaus, die Art von Gebäude, die Vargo nur zu gut kannte. Auf dem Teppich vor einem hochlehnigen Stuhl entdeckte er die umgedrehte Karte *Schwert in der Hand*. Danach ging es in den Zellentrakt des Horsts, wo *die Maske des Chaos* zwischen eisernen Gitterstäben steckte. Schon war er wieder im Privilegienhaus ...

Einen Moment lang glaubte er schon, es wäre alles ganz umsonst gewesen. Doch dort, wo die fünf Statuen des Cinquerats stehen sollten, befand sich nur eine einzige: die alte vraszenianische Holzstatue einer Szorsa. Sie hielt *Sturm gegen Stein* in der Hand.

Vargo betrachtete verwirrt das aus dem Holz geschnittene, rätselhafte Gesicht und erinnerte sich daran, wie es gewesen war, anderen zuzuhören, die bedeutungsvolle Gespräche führten, denen er nicht folgen konnte. Er hatte sich ein Informationsnetzwerk aufgebaut, das es mit Argentets aufnehmen konnte, damit er dieses Gefühl nicht mehr erleben musste. Daher schätzte er es gar nicht, dies im Reich der Gedanken erneut zu erleben.

Er ging weiter und landete in einem Studierzimmer, das nicht Mettore Indestor gehörte, aber seine Farben und Embleme aufwies. In einer Ecke schien sich *das Gesicht aus Glas* zu verstecken, dann drehte er sich um und befand sich im selben Raum, nur mit Traementis-Abzeichen und dem *Gesicht aus Gold* auf dem Stuhl, der Donaia Traementis gehören musste.

Weiter ging es nach Westbrück und in das Stadthaus, das er vermietet hatte. Im Licht des brennenden Feuers des Kamins in der Küche entdeckte er *Drei Hände vereint*, wobei die Karte in einem Blutfleck am Boden lag – nicht ihr Blut, wie er hoffte. Inzwischen hatte er acht Karten; neun war Ninat und Tod und Enden. Bei einer Musterlesung wurden neun Karten ausgelegt – und dies war eines der wenigen Dinge, in denen sich Numinatria und Muster ähnelten.

Die Aschespur führte nach oben. Ihr Zuhause – konnte es wirklich so einfach sein? Allerdings wirkte das Haus, als wäre es seit hundert Jahren verlassen ... oder hätte noch nie einen Bewohner gehabt. Alles war mit Tüchern und Nebel bedeckt, als würde es selten gesehen und noch seltener benutzt. Nur der vordere Salon sah anders aus, denn hier gab es Gold und harte Kanten, denn es war ein Ort zum Vorzeigen, eine Schönheit, deren einziger Zweck darin bestand, nützlich zu sein.

Sah sie sich selbst so? Als Fassade, hinter der es nichts als Leere gab?

Hier stieß er nicht auf die neunte Karte. Stattdessen führte ihn die sich windende, ekelhafte Aschespur zurück zur Alten Insel und zur Spitze. Ins Herz der Stadt der Träume: dem großen Amphitheater und zu Ažerais' Quelle.

Allerdings gab es hier keine Quelle, sondern nur einen Ring aus Steinen rings um eine leere Grube, und zwischen zwei Steinen steckte *Ertrinkender Atemzug*.

Die letzte Karte. Die Spur endete hier. Doch Vargo war allein.

Er nahm die Prismatiummaske ab, aber auch das ließ Renata nicht auftauchen. Hätte er an diesem verdammten Ort Kreide und Kompass dabeigehabt, wäre er damit aktiv geworden, doch außer den Karten in seinen Händen besaß er nichts.

Muster waren die Magie der Vraszenianer. Muster waren die Magie von Ažerais. Muster waren hier der Schlüssel.

Über Muster wusste er so gut wie gar nichts.

Seufzend hängte sich Vargo die Maske ans Handgelenk, drehte sich zur leeren Quelle um und legte die Karten in Dreierreihen aus, und zwar in der Reihenfolge, in der er sie gefunden hatte. Zu spät erkannte er, dass er es falsch gemacht hatte: Szorsa legten immer zuerst die rechte Karte jeder Reihe aus, dann die linke und zuletzt die mittlere, womit sie ihren Worten folgten. *Das Gute und das Böse davon und das, was keines von beidem ist.* Er hatte sie der Reihe nach hingelegt.

Was offenbar richtig war, oder der Traum hatte entschieden, dass er immerhin fast ins Schwarze getroffen hatte. Denn als Vargo die letzte Karte ablegte, erhob sich Nebel um ihn herum, der in ein sanftes Licht getaucht war, das aus seinem Rücken kam.

Vargo war durch und durch Nadežraner. Er tat jede Andeutung, seine besondere Faszination von Spinnen könnte auf eine entfernte Verbindung zu den Varadi hindeuten, spöttisch ab. Dennoch gelang es ihm nicht, sich jetzt umzudrehen und sich Ažerais' Quelle außerhalb des großen Traums anzusehen. Denn er hatte hier eigentlich nichts zu suchen und wollte die Macht nicht beleidigen, die möglicherweise erschienen war.

Als er sich räusperte und aufstand, umwirbelte ihn Nebel. »Seid Ihr hier?« Keine Antwort. »Falls Ihr es seid, spiele ich mit Euch nicht Such-mich-doch.«

»Such-mich-doch.«

Eine Wiederholung seiner Worte, jedoch nicht mit seiner Stimme. Ihr Flüstern waberte durch die Luft und war kaum greifbarer als der Nebel. Eine Anleitung? Oder nur ein Echo?

Seufzend schloss Vargo die Augen. »Uniat.«

Er dachte an das Kinderspiel, doch bevor er mit dem Zählen anfangen konnte, antwortete ihm bereits ihr Flüstern. »Tuat.«

Als wollten sie ein Duell ausfechten. »Tricat«, sagte er, bevor die Traumwelt dies herbeiführen konnte.

»Quarat«, erwiderte sie, und er atmete erleichtert auf.

»Quinat.«

»Sessat.«

»Sebat.« Zog er sie zu sich heran? Oder vergeudete er nur kostbare Zeit?

»Noctat.«

»Ninat.« Er schlug die Augen auf und machte einen zaghaften Schritt, dann einen zweiten. Der Nebel waberte wie Seide um ihn herum.

»Illi«, sagten sie gleichzeitig, und der Nebel nahm die Gestalt einer Frau an.

Einer Gestalt, die noch verschwommener war als die Phantome des Traums. Sie war ihm zugewandt, schien ihn jedoch weder zu sehen noch zu erkennen – was angesichts seiner Kleidung vielleicht auch ganz gut war, fand er. Als er nach ihr greifen wollte, fuhr seine Hand durch sie hindurch wie durch Dunst.

»Na, großartig. Und wie soll ich Euch hier rausschaffen?«, murmelte Vargo. Tanaquis und er hatten angenommen, es würde ausreichen, sie zu finden, was ihm jetzt sehr töricht vorkam.

Der Nebel ließ die Schönheit der geisterhaften Form weicher aussehen und sie jünger und verletzlicher erscheinen. Oder fühlte sie sich nur so, weil sie sich hier verlaufen hatte? Zumindest ähnelte sie nicht ihrem momentanen Zustand in der realen Welt, wo sie blutunterlaufene Augen und blutleere Lippen hatte. Dieses Bild hatte sich in sein Gehirn gebrannt, denn sie hatte ausgesehen wie die *Maske des Elends*.

Die Maske des Elends. Als er nach unten schaute, waren die neun Karten verschwunden. Aber sie hatten ihn bis hierher gebracht.

Was wusste er noch über Muster? Nicht besonders viel. Vor allem, dass es sich dabei um einen Haufen Metaphern über Textilien handelte: Schiffchen und Spindeln, Weben ... Und Fäden.

Vargo stieß die Luft aus und konzentrierte sich. Anstelle einer Schale voller Nebel stellte er sich das Amphitheater so vor, wie ein Varadi es sehen musste: als Kreis, den ein großes silbernes Netz überspannte und in dessen Mitte er stand.

Der Nebel verwandelte sich in Spinnweben so fein wie Spitze. Vargo hielt Ausschau nach dem Faden, der ihn mit Renatas geisterhafter Gestalt verband, und löste ihn von allen anderen.

Er war durchtrennt worden. Alle Fäden um sie herum waren lose.

Da war es kein Wunder, dass sie nicht zurückkehren konnte.

Vargo biss die Zähne zusammen. Na gut. Die Leute bezeichneten ihn als Spinne, oder? Und Spinnen schufen ihre eigenen Fäden.

Er streckte die linke Hand aus und konzentrierte sich. Zwar hatte er nicht die geringste Ahnung, woraus die Fäden bestanden, und befürchtete, das später zu bereuen ... aber er brauchte Renata, und die Alternative bestand darin, hier rumzusitzen und darauf zu warten, bis sich seine Seele dauerhaft gelöst hatte und Tanaquis den elenden Falken herschickte, um sie beide zu retten. Ein silberner Faden löste sich aus seiner Handfläche und schwebte durch die Luft auf sie zu.

Sie sah ihn, hob die linke Hand, ahmte seine Geste nach, und der Faden berührte ihre Handfläche ...

* * *

Tuatium, die Perlen: 25. Cyprilun

::Du bist wieder da! Wie war es? Faszinierend, nehme ich an. Dafür war es hier recht ruhig. Allerdings mag ich diese Fienola – und ihre Kreidezeichnungen sind sehr präzise.::

Das Aufwachen kam ihm vor, als würde er aus sehr tiefem Wasser auftauchen. Vargo spürte seinen Körper, der steif war vom zu langen Sitzen, ein Bein fühlte sich taub an, da es die ganze Zeit gebeugt gewesen war, und er hatte Kopfschmerzen und einen trockenen Mund. Aber dies war mehr als seine übliche Distanz von seinem Fleisch. Nach und nach gewöhnte er sich wieder daran, als würde er sich Kleidungsstücke anziehen, die er lange nicht getragen hatte, und er schlug gerade noch rechtzeitig die Augen auf, um zu sehen, wie Tanaquis den Fokus vom deaktivierten Numinat nahm.

Sobald sie das getan hatte, liefen Tess, Giuna und Donaia gleichzeitig auf Renata zu wie Kugeln, die von einer Schleuder abgefeuert worden waren, während sich Sedge und Serrado zurückhielten und so taten, als würden sie nicht den Hals recken. Vargo, der immer noch auf dem Boden saß, konnte zwischen den Röcken der Frauen hindurch Renata sehen, die in der anderen Hälfte des Vesica piscis lag, der sie miteinander verband, zusammengerollt wie ein Kätzchen … und so laut schnarchte wie ein Dockarbeiter.

::Gut gemacht::, sagte Alsius zufrieden.

»Meister Vargo.« Tanaquis stand mit Stift und Notizbuch in der Hand vor ihm. »Wenn Ihr bereit seid, hätte ich gern Euren Bericht.«

4

DAS PFAUENNETZ

Die Perlen und Ostbrück, 27.-29. Cyprilun

Ren trieb aufwärts und wusste nicht, wo Träume endeten und die Realität begann. Sie fühlte sich, als wäre sie in eine Wolke eingewickelt, und tauchte sogar einmal weit genug auf, um körperliches Unbehagen zu empfinden, doch das wolkenhafte Gefühl ging nicht weg.

Als sie endlich ein Auge aufschlug, erkannte sie auch den Grund dafür. Sie lag auf einer dicken Matratze unter einer schweren Decke und hatte ein Daunenkissen unter dem Kopf.

Ihr erster Versuch, sich aufzusetzen, ließ ihre Gliedmaßen gerade mal zucken. Doch das reichte, um Tess in ihrem Blickfeld auftauchen zu lassen – Tess mit dem Abdruck eines Stuhlpolsters auf der Wange, als hätte sie im Sitzen geschlafen. Erleichterung und Unsicherheit sprach aus ihrem Blick. »Ren?«, flüsterte sie. »Wie fühlst du dich?«

Ihr Verstand klärte sich ebenso langsam, wie sie erwacht war. Rens Erinnerungen verschmolzen miteinander und glichen einer Masse aus erschöpften Tagen und Nächten. Das Privilegienhaus. Die darauf folgenden Schrecken. Und dann das nicht enden wollende Grauen, nicht schlafen zu können.

Bis jetzt.

Bei ihrem zweiten Versuch, sich aufzusetzen, kam sie weiter, doch Tess drückte sie zurück ins Kissen. »Wenn du so weit bist«, flüsterte sie, »dann kann ich das Schminkzeug holen. Ich habe mein Bestes gegeben, aber du solltest lieber ein paar Korrekturen vornehmen. Wir sind im Traementis-Herrenhaus.«

Das dringende Bedürfnis, den Abort aufzusuchen, schenkte ihr die nötige Motivation, sich aufzusetzen und sich von der Tür abzuwenden.

Während Ren die vorherige Schminke abwischte und ihre Maske wieder auftrug, erklärte Tess ihr, was sie verpasst hatte: Tage des Deliriums und der Schwäche und das numinatrische Ritual, das sie letztendlich geheilt hatte.

»*Vargo?*«, fragte Ren und hielt mit halb geschminkten Augen inne, um Tess anzustarren.

»Er war sehr besorgt. Wie wir alle.«

Darüber würde sie später nachdenken müssen. Sie hatte einen ganzen Tag geschlafen und fühlte sich trotzdem, als wäre Sedge in seinen Stiefeln über sie hinweggetrampelt – insbesondere der Rippenbereich schmerzte, was, wie Tess ihr erklärte, vom Abführmittel kam, wobei sie sich nicht erinnerte, eins genommen zu haben. Doch das schien das Schlimmste zu sein, was an sich schon an ein Wunder grenzte.

Ren befand sich im Traementis-Herrenhaus, weil die andere Alternative das Tuatium gewesen wäre und Donaia die Auseinandersetzung gewonnen hatte. »Sie haben nicht zugelassen, dass ich dich nach Hause bringe«, berichtete Tess. »Tanaquis wollte dich im Auge behalten.«

Was wenig überraschend war. Zudem fand Ren es auch richtig. Tess hatte schon jetzt die Arbeit von zwanzig Frauen erledigt und sie die ganze Woche versorgt; trotz ihrer verschwommenen und bruchstückhaften Erinnerungen wusste sie das mit Gewissheit. Es war gefährlich, so viel Zeit im Haus eines anderen zu verbringen, aber Tess hatte es geschafft, Renatas Gesicht gut genug zu erhalten, damit es niemandem auffiel – und da Ren nur auf ihr Kissen gesabbert hatte, konnte sie dabei kaum etwas falsch gemacht haben.

Sobald Tess den Rest der Welt hereinließ, wurde es auf andere Art verschwommen. Donaia und Giuna weinten vor Erleichterung, danach verschlang Renata eine gewaltige Mahlzeit, während ein Bote zu Tanaquis geschickt wurde. Donaia blieb die gesamte folgende Untersuchung an Renatas Seite, als wollte sie sie vor irgendetwas beschützen, was Ren ein wenig seltsam vorkam. Erst als Tanaquis wieder gegangen war, bekam Tess die Gelegenheit, ihr zu verraten, dass sie aufgrund ihrer Schlaflosigkeit offenbar ihren wahren Geburtsmonat verraten hatte.

Nun ergab auch die unterdrückte Frage in Tanaquis' Augen Sinn, und Ren fluchte innerlich. Wie sollte sie das nur erklären?

Doch auch dieses Problem konnte vorerst warten. Sie schlief erneut ein – diesmal unruhiger in dem zu weichen Bett mit dem erstickenden Kissen – und wachte auf, um wieder etwas zu essen, gefolgt von noch mehr Schlaf, wobei sie jeden Forro pries, den sie für durchdrungene Schminke ausgegeben hatte, die nicht aufs Kissen abfärbte.

Am zweiten Tag stand sie trotz der Proteste aller auf, zog sich an und ging den Mann besuchen, der ihr das Leben gerettet hatte.

Ihre Erinnerungen an die vergangene Woche schienen darauf zu beharren, dass Nadežra in den Klauen eines mörderischen Winters lag, aber die Straßen waren vom morgendlichen Sonnenschein erhellt und das Trillern der Traumweber, die im Frühling in den Norden zogen, lag in der Luft. Das Wasser in den Kanälen stieg und die Flussflut brachte das Fest des verschleiernden Wassers immer näher. Renata zog die Vorhänge der Sänfte auf und atmete die süße Oberuferluft tief ein. Zum ersten Mal, seitdem sie den mit

Asche versetzten Wein getrunken hatte, fühlte sie sich wieder lebendig.

Was sich möglicherweise bald ändern würde. Tanaquis hatte sich darüber beschwert, dass Vargos Bericht bedauernswert wenig Details enthielt, und Tess sagte, dass Sedge sogar noch weniger gehört habe. Was immer Vargo in Ažerais' Traum gesehen hatte, behielt er allem Anschein nach für sich.

Schließlich verloren Informationen, mit denen man andere erpressen konnte, ihren Wert, wenn man sie mit zu vielen Leuten teilte.

Vargos Stadthaus war nahezu identisch mit Renatas und lag auf der anderen Flussseite in Ostbrück. Als sie an die Tür klopfte, wurde ihr von der dunkelhäutigen Frau geöffnet, die sie schon mehrfach bei Vargo gesehen hatte, deren Name Ren jedoch nicht einfallen wollte. Sie war auch bei Vargo gewesen, als er sich mit Arenza getroffen hatte, schien sie jedoch nicht wiederzuerkennen – ihre Miene blieb ausdruckslos, als sie fragte: »Ja?«

»Alta Renata Viraudax. Ich möchte zu Meister Vargo.«

Die Frau erwiderte ungerührt ihren Blick. »Er ist nicht zu Hause.«

Das konnte die Wahrheit sein oder die eingeübte Lüge einer Dienstbotin. »Könnt Ihr mir sagen, wo er ist oder wann er wieder hier sein wird?«

»Nein.«

»Schon gut, Varuni.« Vargos vertrauter Bariton erklang, bevor er im Türrahmen auftauchte. Sein Haar war zerzaust, und er trug einen flussblauen Morgenmantel, der nicht ganz so dekadent – und auch sehr viel blickdichter – war wie sein Kurtisanenkostüm aus der Nacht der Glocken, und darunter eine Hose im vraszenianischen Stil. »Für Alta Renata bin ich immer zu sprechen.«

Fast rechnete Renata damit, einen angesäuerten Blick abzubekommen, doch die Frau sagte nur »verstanden« und trat beiseite.

Varuni ging davon, und Vargo schob die Hände in die Taschen seines Morgenmantels – möglicherweise um seine nackten Hände zu verbergen. »Solltet Ihr wirklich schon auf den Beinen sein? Ihr seht zwar um Welten besser aus als bei unserer letzten Begegnung, aber Ihr hattet schon vor der Erkrankung eine schwere Woche.«

Seine Miene war undurchdringlich, allerdings benahm er sich nicht wie ein Mann, der sich über ein Druckmittel freute oder vor Kurzem herausgefunden hatte, dass er von einer Flussratte reingelegt worden war. Die Anspannung in ihren Schultern ließ ein wenig nach, und es gelang ihr, so etwas wie ein unbeschwertes Lächeln aufzusetzen. »Sosehr ich mein Kopfkissen auch zu schätzen weiß, möchte ich doch lieber mein Leben wieder aufnehmen.«

»Dann sollte ich Euch nicht länger hier herumstehen lassen.« Er neigte einladend den Kopf und führte sie in einen kleinen Salon im hinteren Teil des Hauses. Das nach Süden gerichtete Erkerfenster fing das Morgenlicht ein und kanalisierte es durch ein wärmendes Numinat, das ins Glas eingelassen war, und zwischen zwei pflaumenfarbenen Samtsofas stand eine Teekanne auf einem niedrigen Tisch. »Bitte setzt Euch. Hättet Ihr gern einen Tee? Er müsste noch warm sein.«

Selbstverständlich war er noch warm, da die Kachel unter der Kanne ebenfalls inskribiert war. Einen derart umfangreichen Einsatz der Numinatria hatte sie selbst in den feinsten Herrenhäusern nicht gesehen.

Die dicken Kissen schmiegten sich um sie, als sie Platz genommen hatte. Renata nahm eine Tasse Tee entgegen, legte die Finger darum und wusste nicht, was sie sagen sollte. Sie konnte die Personen, denen sie ihr Leben verdankte, an einer Hand abzählen: Tess, Sedge, Leato und der Rabe. Und nun gehörte auch Vargo dazu.

Ihr Versuch, diese Dankbarkeit in Worte zu fassen, klang seltsam formell. »Meines Wissens habe ich Euch dafür zu danken, dass ich noch am Leben bin.«

»Ihr müsst mir nicht danken.« Vargo räusperte sich. »Das ist das Mindeste, was ich Euch schuldig bin, nachdem ...«

Er hielt den Kopf gesenkt und rührte Honig in seinen Tee, doch seine steife Haltung sprach für sich. Sie gab sich die Schuld an Leatos Tod. Machte sich Vargo wegen dem, was ihr zugestoßen war, etwa Vorwürfe?

»Ihr wusstet nicht, dass mir Gefahr droht«, sagte sie zögerlich.

Als er sich aufrichtete, wirkte seine Miene abermals unleserlich. »Erinnert Ihr Euch an irgendetwas? Ich meine aus der vergangenen Woche, nicht aus ... *dieser Nacht.*«

Die Nacht der Höllen. »An sehr wenig«, gab sie zu. »Genauer gesagt bin ich mir nicht sicher, wie viel von dem, woran ich mich erinnere, real ist und wie viel Halluzination. Nach Leatos Beerdigung wird alles sehr verschwommen.«

»Was ist mit dem Reich der Gedanken?«

In seinen Worten schien eine leise Drohung mitzuschwingen. Beinahe hätte sie ihren Tee verschüttet, als sie die Tasse abstellte. Sie hatte sich solche Sorgen gemacht, was er möglicherweise gesehen haben könnte, dabei war er fast ebenso exponiert gewesen wie sie. Befürchtete er etwa, sie könnte etwas Bestimmtes gesehen haben? »Falls Ihr damit meint, ob ich mich an irgendetwas erinnere, das Ihr getan habt, muss ich die Frage verneinen. Ich weiß nur, dass Ihr mir zuliebe ein Risiko eingegangen seid.«

Die Morgensonne fiel auf sein Profil, als er den Kopf abwandte. Er hatte sich noch nicht rasiert und das Licht ließ unerwartet rote Bartstoppeln erkennen. »Haltet mich bitte nicht für einen Helden. Ich wollte nur die beste Advokatin in ganz Nadežra nicht verlieren.«

Wenn sie die Frage direkt stellen musste, dann konnte sie

auch auf jegliche Subtilität verzichten. »Ich bin sehr froh, dass Ihr mich immer noch als das seht, denn ich mag mir gar nicht vorstellen, was Ihr während meiner Krankheit von mir gesehen habt – oder im Reich der Gedanken.«

Nun sah er sie doch wieder an, und sie glaubte, ein leichtes Zucken der Mundwinkel zu erkennen. »Ihr müsst Euch keine Sorgen machen, Alta Renata. Ich kenne den Wert eines bewahrten Geheimnisses.« Sein Lächeln verschwand. »Und ich bin Euch gefolgt, weil ich mir nicht sicher war, dass die anderen das Eure bewahren werden.«

Bevor sie überhaupt wusste, was sie davon halten sollte, stand er auf. »Habt Ihr schon etwas gegessen? Habt Ihr Hunger?« Er deutete auf einen kleinen Tisch vor dem Erkerfenster und reichte ihr einladend die Hand.

Zwar hatte sie nicht gelogen, als sie sagte, dass sie sich nicht an Ažerais' Traum erinnerte, doch in diesem Moment blitzte ein Bild vor ihrem inneren Auge auf: Vargo, der in einem Meer aus Nebel stand und eine Hand ausstreckte, aus der ein silberner Faden herauskam.

Und ein anderer Mann, der das Seil festhielt, an dem sie aus der Grube gezogen wurde.

Rein aus Reflex legte sie ihre behandschuhte Hand in seine bloße, während sie innerlich ins Wanken geriet. Vargo geleitete sie zum Tisch und verließ dann den Salon, um das Essen zu holen, sodass sie allein mit erhobener Hand zurückblieb. *Ein bewahrtes Geheimnis.* Ihr Flüstern klang geisterhaft durch die Luft. »Der Rabe …«

Die Vorstellung war absurd. Vargo war ein Verbrecherfürst vom Unterufer. Sedge hatte sie vor seiner Unbarmherzigkeit gewarnt.

Aber Sedge hatte auch gesagt, dass sich Vargo in letzter Zeit verändert habe.

Seriöse Geschäfte. Der Ersatz des Flussnuminats. Und die Suche nach Beweisen gegen Indestor – das waren alles Dinge, die der Rabe auch tun würde. Sie hatte seine Abscheu gegen die Schnösel und ihre feine Gesellschaft mit eigenen Augen gesehen, dabei spielte er gleichzeitig ihr Spiel mit. Er konnte durchaus in Mettores Studierzimmer eingebrochen sein, nachdem die Traementis die Verlobungsfeier verlassen hatten. Er konnte sich in der Nacht, in der Mezzan das Duell verlor, in Spitzenwasser aufgehalten haben. Er konnte sogar der Mann im Spiegellabyrinth gewesen sein; wenn die Kapuze des Raben durchdrungen war, galt das vermutlich auch für den Rest seiner Kleidung, was den schnellen Wechsel von Verkleidungen ermöglichen würde.

Er konnte in der Nacht, nachdem sie dumm genug gewesen war, sich ihm als Arenza zu zeigen, in ihrer Küche aufgetaucht sein.

Als seine Stimme hinter ihr ertönte, zuckte sie zusammen. »Ich hatte nicht mit Besuch gerechnet, daher gibt es nur Tolatsy – Reisbrei mit Pilzen, Zwiebeln und geräuchertem Schweinefleisch. Das ist mehr oder weniger der Hauptbestandteil jedes vraszenianischen Frühstücks. Aber es ist gut und macht satt.«

Von der Schüssel in seiner Hand stieg der Duft von Wärme und Zuhause auf. War dieses Gericht als eine Art Spott gedacht, der auf Rens wahre Herkunft anspielte? Nein, wer immer der Rabe auch war, so musste er gewissenhaft darauf achten, seine Identität zu verbergen, und würde sie nicht in einem unbedeutenden Moment preisgeben.

Vargo stellte die Schüssel auf den Tisch, nahm Peabody von der Rückenlehne einer Couch und setzte sich die Spinne auf die Schulter. »Ich habe noch etwas anderes für Euch. Meda Fienola wollte sie konfiszieren – sie war regelrecht fasziniert, dass es mir gelungen ist, sie aus dem Reich der Gedanken mitzubringen –, aber ich habe ihr mitgeteilt, dass keine Dame ohne Maske sein sollte.«

Der Inhalt der Tasche von Vargos Morgenmantel verfing

sich im Stoff, als er ihn herausholen wollte, doch sobald sie ein Stück davon sah, wusste sie, worum es sich dabei handelte.

Die Prismatiummaske.

Ihr stockte der Atem, und ihre Hände zitterten abermals, als sie die Maske entgegennahm. »Ich dachte, ich würde sie nie wiedersehen.«

»Sie hat mich zu Euch geführt«, berichtete Vargo. »Sie und eine Reihe von Musterkarten. Das Reich der Gedanken ist ... ein interessanter Ort.«

Sie musste sich zwingen, nicht länger mit dem Daumen über den federbesetzten Rand der Maske zu streichen, und legte sie auf den Tisch. Vargo hatte ihr einen hervorragenden Ansatz geliefert, und sie gedachte, ihn zu nutzen. Während Vargo zwei Schalen und Löffel aus dem Sideboard nahm, setzte sie sich auf einen der Stühle und fragte: »Habt Ihr die Musterleserin gefunden, von der ich Euch erzählt habe?«

»Das habe ich.« Vargo reichte ihr eine Schale und nahm mit der anderen in der Hand ihr gegenüber Platz. Seine Miene wirkte derart gelangweilt, als würden sie über das Wetter sprechen. »Sedge hat sie gefunden. Das ist einer meiner Männer; ich weiß nicht, ob Ihr Euch an ihn erinnert. Ich habe ihn zu Euch geschickt, sobald ich herausfand, dass es Euch nicht gut geht. Aber gebt mir bitte Bescheid, falls er Tess belästigt, dann suche ich eine andere Beschäftigung für ihn.«

Sie blinzelte verwirrt. *Belästigt?* Tess hatte nichts Derartiges erwähnt. »Er stellt gewiss kein Problem dar. Konnte die Musterleserin Euch weiterhelfen?« Sie erinnerte sich daran, dass eine Karte zu Boden gefallen war, als sich Arenza vor Peabody erschreckt hatte, wusste jedoch nicht mehr, welche Karte es gewesen war oder ob Vargo mit Renata darüber gesprochen hatte. Das Problem daran, dass sie Dinge vergessen hatte, war vor allem, dass sie nicht mehr wusste, wie viel genau in Vergessenheit geraten war.

Vargo tat sich etwas Tolatsy in die Schale. »Das wird sich noch zeigen. Sie hat mich auf Era Novrus' Spur gebracht, allerdings weiß ich bisher nicht, ob sie überhaupt für Novrus arbeitet. Und als ich dem nachging, stieß ich auf interessante Gerüchte: Angeblich hat Mezzan Indestor eine vraszenianische Geliebte, möglicherweise sogar auf Befehl seines Vaters.«

Er wusste von Idusza? »Es gibt Gerüchte, eine Vraszenianerin wäre in die Nacht der Höllen verwickelt gewesen. Könnte das diese geheime Geliebte gewesen sein?« Bevor Vargo die Gelegenheit zum Antworten bekam, sprach sie auch schon weiter. »Aber nein, denn es heißt, sie wäre mit dem Raben zusammen gesehen worden. Ich kann mir zwar durchaus vorstellen, dass Mezzan aus Boshaftigkeit gegenüber seinem Vater den Cinquerat vergiften würde, ebenso wie ich mir vorstellen kann, dass der Rabe dies aus Abscheu vor dem Adel tun würde, aber ich glaube nicht, dass die beiden irgendwie durch eine Vraszenianierin miteinander verbunden sein könnten.« Sie nahm sich ebenfalls etwas Tolatsy und rührte nachdenklich darin herum.

Die Narbe in Vargos Braue wurde kurz sichtbar und verschwand sofort wieder. »Ihr könnt Euch vorstellen, dass der Rabe so etwas tun würde? Zugegeben, er hasst den Adel – aber im Allgemeinen ignoriert er die Vraszenianer. Oder tut ihnen zumindest nichts.«

»Was ist mit dieser Geschichte, dass er einen Vraszenianer getötet haben soll?«

Er erstarrte. »Meint Ihr damit den Fiangiolli-Brand? Unfälle können immer passieren, selbst wenn es etwas mit dem Raben zu tun hat.«

»Ihr glaubt also, es wäre ein Unfall gewesen«, stellte sie fest. »Vielleicht nicht der Brand an sich, aber der Tod des Mannes.«

Sein Gesicht hätte ebenso gut eine Maske sein können,

die leise Neugier widerspiegelte, aber nicht mehr, als man bei einem unerwarteten Thema an den Tag legen würde. »Warum interessiert Ihr Euch dafür? Wenn ich mich recht erinnere, habt Ihr schon einmal danach gefragt.«

Und Ihr habt Euch beim letzten Mal sehr merkwürdig verhalten. Als wäre das für ihn ein sensibles Thema.

Ren holte tief Luft und sah ihm in die Augen, wobei sie ihren Blick so klar wie möglich hielt. Wenn er der Rabe war, dann hatte er sich in jener Nacht in ihrer Küche aufgehalten und würde sie jetzt verstehen; andernfalls dachte er eben, sie wäre von diesem legendären Gesetzlosen, der ihr den Handschuh abgenommen hatte, fasziniert. »Weil ich gern wissen würde, was für eine Art von Mann der Rabe ist.«

Er wandte den Blick nicht ab. Es war ein Spiel: Wer konnte mehr in Erfahrung bringen, wer verbarg sein Wissen besser. Vargo beendete es mit einem kurzen Runzeln seiner vernarbten Stirn. »Wie ich sehe, habe ich meinen Platz als Euer Held wieder verloren. Das ist vermutlich auch besser so. Er eignet sich weitaus besser dafür.« Er griff nach seinem Löffel und hob ihn wie zu einem Trinkspruch. »Genießt Euer Tolatsy, bevor es kalt wird.«

* * *

Isla Traementis, die Perlen: 28. Cyprilun

Ren fand bald auf die harte Tour heraus, dass sie sich zu früh überanstrengt hatte. Als sie ins Traementis-Herrenhaus zurückkehrte, hatte sie eigentlich vorgehabt, Donaia für ihre Gastfreundschaft zu danken und sich dann in ihr Stadthaus zurückzuziehen; stattdessen wollte sie sich nur einen Moment ausruhen und wachte mehrere Stunden später wieder auf. Erst dann fiel ihr auch wieder ein, dass sie Tess fragen wollte, was in aller Welt Vargo damit gemeint hatte, dass Sedge sie belästigen könnte.

»Wusstest du das nicht? Sedge ist meinem weiblichen Charme erlegen.« Tess setzte ein affektiertes Lächeln auf und drapierte sich auf der Bettkante, als würde sie für ein Gemälde posieren. Dann machte ihr Kichern den Eindruck prompt zunichte. »Die Blicke, die er mir zugeworfen hat ... Du solltest ihm ein paar Tricks beibringen, damit er weiß, was er tut, wenn er sich wirklich mal in jemanden verguckt.«

Endlich ergab das alles Sinn, nachdem Tess ihr erklärt hatte, dass sie diese Ausrede nutzten, damit Sedge sie öfter aufsuchen konnte. Angesichts ihres Schwurs würde es an Inzucht grenzen, wenn Tess und Sedge miteinander schliefen, außerdem wusste Ren nicht, ob sie das verkraften würde. »Aber was ist mit Pavlin?«, fragte Ren neckend.

Tess errötete so sehr, dass man ihre Sommersprossen kaum noch sehen konnte. »Wie ich sehe, geht es dir schon viel besser. Und jetzt halt still, sonst schicke ich dich mit halb fertiger Frisur nach unten.«

Als Ren endlich zu Tess' Zufriedenheit frisiert war, ging sie nach unten und ließ sich ein letztes Mal von Tanaquis untersuchen, die sich ausgiebig Notizen zu ihrem Zustand machte. Danach wandte Ren sich an sie. »Meda Fienola, wenn Ihr vielleicht noch einen Moment bleiben könntet, würde ich gern mit Euch und Era Traementis sprechen.«

Tanaquis lehnte sich auf ihrem Stuhl zurück und musterte sie aufmerksam. »Natürlich.«

Sie hatte sich bei ihren Fragen auf Renatas Schlaflosigkeit konzentriert und keine anderen Themen angesprochen, doch es war offensichtlich, dass sie ihre Neugier kaum zügeln konnte. Die drei Frauen setzten sich in Donaias Studierzimmer, und sobald die Tür geschlossen war, holte Renata tief Luft.

»Ich muss mich wirklich bei Euch entschuldigen, Era Traementis. Vor einigen Monaten, als mich Giuna fragte, wann ich geboren wurde, habe ich ... nun ja, gelogen. Das war keine böse Absicht, doch ich hatte mich mein Leben lang daran gewöhnt zu behaupten, ich sei im Colbrilun auf die Welt gekommen ... und nachdem ich das erst einmal gesagt hatte, wusste ich nicht, wie ich Euch die Wahrheit gestehen sollte.«

Donaia und Tanaquis tauschten Blicke. »Wir dachten schon ... Aber das ist nicht weiter wichtig. Wieso habt Ihr gelogen?«

Tess hatte auch noch etwas anderes mitgenommen, als sie Ren ins Tuatium brachte, gewissermaßen als Glücksbringer. Jetzt steckte es in Rens Tasche, und sie schickte ein Stoßgebet zu den Göttern und zog es heraus.

Es war das Musterdeck ihrer Mutter.

»Vor zwei Jahren habe ich das hier auf einer Agora in Seteris entdeckt. Ich wusste nicht, was es war – für mich sah es nur interessant aus, und es mag seltsam klingen, aber ich hatte das Gefühl, dass ich es haben muss.« Sie lächelte verlegen. »Nachdem ich es gekauft hatte, erfuhr ich, dass es sich um ein vraszenianisches Musterdeck handelt. Ich hielt es für einen albernen Aberglauben und einen netten Zeitvertreib für meine Freundinnen und mich und habe ein paar Lesungen für sie gemacht. Aber dann fand Mutter es heraus.«

Renata sah Donaia in die Augen. »Noch nie zuvor habe ich sie so wütend erlebt. Sie hätte die Karten beinahe ins Feuer geworfen; ich konnte sie gerade noch davon abhalten. Als ich wissen wollte, warum sie sich so aufregt, erzählte sie mir, dass sie mit ein paar Freunden bei einer Szorsa gewesen war, bevor sie Nadežra verlassen hat.«

So etwas machten gelangweilte junge Adlige nun mal – was auch ihr Ausflug mit Sibiliat und den anderen bezeugte. »Ich weiß nicht, was die Frau zu ihr gesagt hat, aber Mutter gab zu, sie noch mehrmals aufgesucht zu haben, und zwar allein und heimlich. Worüber sie auch gesprochen haben mögen, so wurde Mutter irgendwie dazu überredet, Aža zu nehmen und ins Amphitheater zu gehen, als das Fest des verschleiernden Wassers anstand ... und dort traf sie einen Mann.«

Sie verzog die Lippen abermals zu einem schiefen Grinsen. »Mutter behauptet, er wäre schöner gewesen, als es sich in Worte fassen lässt, und er müsste ein Gott gewesen sein, doch ich denke, dass es eher am Aža lag. Sie lag bei ihm und stellte kurz darauf fest, dass sie ein Kind erwartete.«

Nachdem sie bereits einen anderen Geburtsmonat zugegeben hatte, war eine derartige Enthüllung nun sicher nicht mehr ganz so überraschend. Aber der Blick, den die beiden Frauen tauschten, wirkte nicht im Geringsten erstaunt, sondern eher so, als hätten sie längst mit so etwas gerechnet.

Was genau wissen sie? Keine der beiden sagte etwas, daher blieb Renata nichts anderes übrig als weiterzusprechen. »Was selbstverständlich eigentlich gar nicht hätte passieren dürfen. Mutter beharrt darauf, dass sie ihr Empfängnisverhütungsnominat nicht einmal im Rausch verloren hat; aber wir werden wohl nie genau erfahren, wie das möglich war. Als sie mich jedoch an jenem Tag mit dem Musterdeck erwischte, schwor sie, dass es die Schuld der Szorsa gewesen war. Dass die Frau irgendetwas getan hatte, um ihr Schicksal zu verändern und die Schwangerschaft herbeizuführen – als ob der vraszenianische Aberglaube stärker wäre als die Numinatria!«

»Das ist definitiv nicht möglich«, erwiderte Tanaquis. »Aber Numinata können schlecht inskribiert sein, und wenn der Mann selbst keines besaß ...«

Renata seufzte. »Was immer auch der Fall sein mochte, Mutter geriet jedenfalls in Panik. Nach allem, was ich von Eret Quientis gesehen habe, gehe ich davon aus, dass er mich pflichtbewusst registriert hätte, sobald sie verheiratet gewesen wären ... doch das hätte nicht zu der Geschichte gepasst, die Mutter sich zurechtgelegt hatte. Sie wäre keine gefeierte Schönheit mehr gewesen, der alle Herzen zu Füßen lagen, sondern die Verlobte eines fantasielosen Langweilers, die sich im Aža-Rausch im großen Amphitheater einem Fremden hingegeben hatte. Diese Vorstellung konnte Mutter nicht ertragen. Daher beschloss sie, dass ihr nichts anderes übrig blieb, als nach Seteris durchzubrennen und ihren wunderschönen Liebhaber dort zu suchen.«

»Dann war der Mann, bei dem sie gelegen hat, Eret Viraudax?«, fragte Donaia verwirrt.

»Wohl kaum.« Renata schnaubte verbittert. »Der Mann, den ich immer als meinen Vater angesehen hatte, war noch nie außerhalb der Grenzen von Seteris. Er war bloß ein reicher Altan, dem meine Mutter gefiel und der ihre Fantasien ertrug. Sein Reichtum oder ein Mann, der vielleicht nicht einmal in Seteris lebte und vielleicht kein Vermögen oder keine Position besaß, selbst wenn es Mutter gelänge, ihn zu finden ... Da blieb ihr wohl keine große Wahl. Sie hat Vater überredet, mich als sein eigenes Kind anzunehmen, und seitdem allen – mich eingeschlossen – erzählt, ich wäre im Colbrilun auf die Welt gekommen, um die Tatsache zu verbergen, dass ich gar nicht seine Tochter bin, sondern in Nadežra gezeugt wurde.«

Renata sackte in ihren Sessel zurück, als wäre ihr ein großer Stein vom Herzen gefallen, indem sie die Wahrheit gesagt hatte. »Danach beschloss ich, herzukommen und zu versuchen ... Nun, ich wollte sehen, was ich herausfinden kann. Allerdings bin ich mir jetzt nicht mehr sicher, was ich wirklich will.« Sie sah Donaia abermals in die Augen. »Es tut mir sehr leid, Era Traementis. Das, was ich bei unserer ersten Begegnung sagte, dass ich mir eine Aussöhnung mit meiner Mutter wünsche – das war völliger Blödsinn. Bevor das passiert, versinken beide Monde im Nordmeer. Aber ich brachte es nicht über mich, einer Fremden die Wahrheit einzugestehen, und nachdem ich erst einmal angefangen hatte … wusste ich nicht mehr, wie ich aufhören sollte.«

»Man kann Euch die Torheit Eurer Mutter wohl kaum vorwerfen.« Donaia fuhr sich mit einer Hand übers Gesicht. »Allerdings bin ich sehr erleichtert, dass Ihr nicht so töricht wart, auf eine Aussöhnung zu hoffen.«

Tanaquis sah aus, als wollte sie sich noch mehr Notizen machen. »Ihr habt also gehofft, Euren Vater zu finden? Oder zumindest etwas über ihn zu erfahren? Es gibt hier noch einige andere Seteriner außer Euch, aber mit denen habt Ihr offenbar nicht gesprochen.«

»Was hätte ich sie denn fragen sollen?«, entgegnete Renata mit ironischem Unterton. »›Erinnert Ihr Euch zufällig daran, vor etwas über zwanzig Jahren eine verwöhnte junge Alta geschwängert zu haben?‹ Nein, als ich hier ankam, ging mir schnell auf, wie unmöglich das ist.«

Sie musste irgendwie das Thema wechseln, bevor die beiden noch weiter auf ihre Lüge eingingen. Zu ihrem Glück – falls man das denn so bezeichnen konnte – gab es da noch etwas, womit sie sie auf andere Gedanken bringen konnte. Allein deswegen hatte sie das Musterdeck überhaupt mitgebracht.

»Es gibt da noch etwas anderes, worüber ich mit Euch sprechen muss, wobei ich mich gleich vorab dafür entschuldigen muss, dass ich das jetzt anspreche, wo Ihr in Trauer seid. Neulich nach der Beerdigung habt Ihr, Era Traementis, gesagt … Ihr habt gesagt, Haus Traementis wäre verflucht. Und ich … ich stand zu dieser Zeit neben mir, daher könnte es sein, dass es allein auf meiner Schlaflosigkeit beruhte, aber …« Sie legte eine Hand auf die Karten. »Ich habe ein Muster für Eure Familie gelegt. Und ich glaube, dass Ihr in der Tat verflucht seid.«

Sie sprach schnell weiter, bevor eine der beiden Frauen zu einer Erwiderung ansetzen konnte. »Mir ist bewusst, wie absurd das klingt. Doch seitdem ich diese Karten gekauft habe ... Vielleicht ist doch etwas an Mutters Worten dran, dass diese Musterleserin ihr und mein Schicksal manipuliert hat. Ich hatte immer das Gefühl, die Karten würden zu mir sprechen. Allerdings haben sie das nie so deutlich getan wie in jener Nacht, als ich sie fragte, ob Haus Traementis unter einem schlechten Stern steht.«

Es war ein Risiko, überhaupt eine Verbindung zu Mustern einzugestehen, weil das schließlich eine rein vraszenianische Tradition darstellte. Allerdings war ihr kein anderer Weg eingefallen, wie sie Tanaquis irgendeinen Hinweis auf die Rolle geben konnte, die sie bei der Nacht der Höllen gespielt hatte, und wie sie Donaia zu warnen vermochte – wenn sie nicht erneut einer Szorsa namens Arenza Lenskaya die ganze Schuld geben wollte.

Donaia presste die Finger tief in die Kanten der Couch. »Gianco hat immer gesagt, seine Schwester hätte das Glück mitgenommen, aber ... Könnte uns diese Musterleserin verflucht haben?« Ihr Blick zuckte zu Tanaquis. »Ist so etwas überhaupt möglich?«

Tanaquis' Blick erinnerte Renata an den einer Eule – klug und distanziert. »Im Kosmos ist alles möglich. Man muss nur das richtige Numen kennen und wissen, welche Macht man anzurufen hat.« Sie schüttelte sich, hob ihr Notizbuch hoch und schlug eine neue Seite auf. »Die Vraszenianer glauben, dass Kinder, die während der Nacht des großen Traums gezeugt werden, eine besondere Verbindung zu Mustern besitzen. Zwar wurdet Ihr dafür drei Jahre zu früh gezeugt, aber angeblich ist die Quelle im Reich der Gedanken die ganze Zeit vorhanden. Wenn ich bedenke, was in letzter Zeit mit Aža und Asche alles passiert ist, gibt es eine mögliche Verbindung. Habt Ihr jemals ...«

»Wie können wir herausfinden, ob dem so ist?«, fiel Donaia ihr ins Wort. »Wie beseitigen wir den Fluch, bevor er uns noch jemanden nimmt?« Sie drehte sich mit großen Augen zu Renata um. »Haben Euch diese Karten irgendeinen Hinweis gegeben?«

Renata schüttelte den Kopf. »Ich kann es gern erneut versuchen, aber ... das übersteigt meine Fähigkeiten.« Was durchaus der Wahrheit entsprach.

»Das sollte nicht nötig sein«, erklärte Tanaquis brüsk. »Wir müssen zuerst Eure Behauptung bestätigen – was nicht heißen soll, dass ich an Euren Worten zweifle, Alta Renata, aber Muster sind bestenfalls unzuverlässig. Ich muss darüber hinaus einige neue Horoskope erstellen. Donaia, ich benötige Daten – nicht nur von Geburten, sondern auch Registrierungen, Todesfällen und jedem anderen bedeutenden Ereignis –, und das für die gesamte Traementis-Linie bis zurück zu dem Fest des verschleiernden Wassers, bei dem Alta Renata gezeugt wurde.«

Sie klappte ihr Notizbuch entschieden zu und nahm Donaias und Renatas Hand. »Ich habe noch nie einen Fluch aufgehoben, kann mir diese Herausforderung aber auf keinen Fall entgehen lassen. Wenn es möglich ist, Euch zu retten, dann werde ich das tun.«

* * *

Fleischmarkt und der Horst: 28. Cyprilun

»Ich schwöre bei Ninat«, beschwerte sich Kaineto bei Ecchino, »wenn dieser Biss sich entzündet, gehe ich runter in die Zellen und schlage dem Mädchen alle Zähne aus. Die Zunge der verdammten Flussratte sah so faul aus, dass sie mich bestimmt mit irgendwas angesteckt hat.«

Grey war daran gewöhnt, die Beschwerden seiner Männer auszublenden. Er tat sein Bestes, um die tatsächlichen Misshandlungen einzudämmen, aber wenn es darum ging, Kaineto grundlegenden Anstand beizubringen, stand man auf verlorenem Posten. Doch als Grey auf dem Weg zu seinem Büro war, verstellte Ecchino die Stimme, sodass sie schrill und hoch klang, und sagte: »Ich bin Arkady Bones und leite den größten Knoten in Fleischmarkt!«

Grey wirbelte herum, packte Kainetos Arm und unterbrach das allgemeine Gelächter. Auf der Hand seines Leutnants zeichneten sich mehrere verschorfte Bissspuren ab, die recht tief aussahen. »Ihr habt Arkady Bones verhaftet?«

»Ich hab sie heute Morgen dabei erwischt, wie sie die Stufen des Privilegienhauses geschändet hat. Sie hat mit Kreide ein Bild gemalt von Seiner Gnaden, wie er nackt von einer Menge gesteinigt wird.« Kaineto riss seinen Arm mit frechem Achselzucken los. »Und so was sollen wir doch unterbinden, nicht wahr, *Herr*?«

Da hatte er recht – insbesondere, weil Mettore seine beachtliche Macht dafür eingesetzt hatte, sicherzustellen, dass dieser Teil seines persönlichen Albtraums nicht bekannt wurde. Aber Kinder sollten nicht in diese Zellen eingesperrt werden.

Zwei Glocken später hatte er Arkady rausgeholt, die stinksauer war und jedem Falken, an dem sie auf dem Weg zum Eingang vorbeikamen, Rache schwor. Als sie Kaineto sah, verspannte sie sich und wollte sich schon auf ihn stürzen, doch Grey packte ihre Schulter nur umso fester. »Versuch, nicht erneut verhaftet zu werden, bevor wir überhaupt draußen sind«, zischte er.

»Der Kerl ist ein arschgesichtiger Wichsgeier«, zischte Arkady laut genug, dass eine Gruppe von Tischlern, die gerade die neuen Eingangstüren einhängten, sie erschrocken anstarrten.

Kommandantin Cercel tauchte hinter ihnen auf. »Gibt es ein Problem, Serrado?«

»Der da hat gesagt, wenn ich wie ein Dockmauergauner fluche, sperrt er mich auch bei ihnen ein.« Arkady zeigte Kaineto die gebleckten Zähne, bevor Grey dazu kam, die Situation zu erklären. »Der Pisser wollte, dass die mich vergewaltigen.«

»Ist dem so.« Cercels Ton glich vereistem Stahl. »Danke für die Information. Hauptmann Serrado wird sich darum kümmern.«

Als ob Grey dazu in der Lage gewesen wäre. Lud Kaineto stammte aus einer einflussreichen Delta-Familie und machte sich wichtig, als wäre er ein richtiger Adliger und nicht nur ein Angehöriger der Oberschicht. Cercel hatte ihn Grey unterstellt, um zu verhindern, dass er die Autorität der Wache missbrauchte – doch letzten Endes war Grey eben Vraszenianer. Hätte er Kaineto so diszipliniert, wie der Mann es verdiente, wäre es ein Wunder, wenn er dafür nur sein Hexagrammabzeichen verlor.

»Aber das beantwortet meine Frage nicht«, fuhr Cercel fort. »Wohin bringt Ihr sie, Hauptmann?«

»Zurück nach Sieben Knoten. Sie gehört zur Kiraly-Delegation.«

Cercel zögerte. War ihr aufgefallen, dass es in Arkadys dreckigem Haar keinen einzigen Zopf gab? Rasch fügte er hinzu: »Ich fand, dass angesichts ihrer Verluste ein wenig Nachsicht angebracht ist. Und weil sie bislang mit uns kooperieren.« Wobei Letzteres hart erkämpft war. Im Allgemeinen blieben sie bis nach dem Fest des verschleiernden Wassers in der Stadt, doch über die Hälfte der Clans sprach sich inzwischen dafür aus, schon vorher abzureisen.

»Ja«, bestätigte Arkady. »Ich war Opas Liebling. War ein echt harter Schlag, als er ins Gras gebissen hat. Aber hey, wenigstens durfte ich zwei Tage in dem Loch verbringen, in dem er verreckt ist – hey!«, fuhr sie Grey an, als er wieder fester zupackte.

»Das ist nicht hilfreich.«

Cercel trat hüstelnd beiseite. »Sagt ihren Leuten, sie sollen sie aus weiterem Ärger raushalten.«

Grey nickte und bugsierte Arkady durch die Tür. *Fast geschafft,* dachte er – zu früh. Mettore Indestor kam die Stufen heraufgestampft und zog einen Keil aus Sekretären und Lakaien hinter sich her.

Djek. Grey schob Arkady hinter sich und tat sein Bestes, um mit dem Schatten der Tür zu verschmelzen, die die Tischler gerade aufhängten.

Das hätte auch geklappt, da Indestor an ihnen vorbeieilte, ohne sie eines Blickes zu würdigen, aber dann war Arkadys große Klappe doch schneller als ihr gesunder Menschenverstand. »Hm. Angezogen sieht er gar nicht mehr so lustig aus.«

Kurz glaubte Grey, dass dies ihr Tod wäre und seiner gleich mit. Aber Indestor schien die Worte ob der laut fluchenden Handwerker nicht gehört zu haben – nur ihren Tonfall –, da er ihnen einen genervten, aber keinen wutentbrannten Blick zuwarf. Das reichte jedoch aus, um ihn von seinem Kurs abzubringen, woraufhin Greys Herz immer schneller schlug.

»Wer ist das?«, verlangte Indestor zu erfahren und starrte Arkady und nicht etwa Grey finster an.

Cercel versuchte, seine Aufmerksamkeit zu erregen. »Ein Kind aus der vraszenianischen Delegation. Es hat sich verlaufen. Der Hauptmann bringt es zu seinen Leuten zurück.«

Indestor brummte und musterte Arkady misstrauisch. »Eine dreckige kleine Stechmücke, was? Wenig überraschend.«

Der Blick, mit dem er Grey bedachte, war auch nicht freundlicher. »Was ist mit Euch? Es ist über eine Woche her.

Die Iridet-Frau hat keine Antworten gefunden, was bedeutet, dass wahrscheinlich die Vraszenianer schuld an allem sind. Wenn Ihr nichts Nützliches für mich habt, dann sollte ich vielleicht jemand anderen an Eure Stelle setzen.« Er sah erneut Arkady an. »Oder eine der ihren festhalten – vielleicht bringt sie das ja zum Reden.«

»Herr!« Cercel schaltete sich ein, bevor Grey reagieren konnte. »Die Delegation hat bisher kooperiert. Wenn wir anfangen, ihre Kinder einzusperren, werden die meisten von ihnen abreisen, und dann finden wir die Verantwortlichen erst recht nicht schneller. Gebt uns noch etwas Zeit; ich verspreche, dass ich bald Antworten für Euch habe.«

Grey hielt ebenso den Atem an wie Arkady. Den Gesichtern war es zu danken, dass sie vernünftig genug war, jetzt den Mund zu halten. Ein frecher Blick, und Indestor hätte sie zurück in die Zelle gesteckt.

»Na gut«, stieß Indestor hervor. »Aber keiner von ihnen verlässt die Stadt, solange wir keine Antworten haben. Und mögen sie auch noch so klein sein.«

Die Handwerker hatten den ersten Türflügel eingehängt und standen unsicher herum, da Indestor die andere Seite blockierte. Schon richtete sich seine Wut gegen sie. »Warum ist das noch nicht erledigt? Können meine Leute denn nicht mal eine verdammte Tür reparieren?«

Grey erkannte seine Gelegenheit, und da Cercel ihren Rückzug sicherte, legte er Arkady beide Hände auf die Schultern und schob sie die Stufen vor dem Horst hinunter.

»Jetzt weiß ich, warum alle Falken braun sind«, sagte sie, als sie in Richtung Fleischmarkt eilten. »Das liegt daran, dass ihr dem Schlammlecker abwechselnd in den Arsch kriecht.«

* * *

Unterufer und Alte Insel: 29. Cyprilun

Sedge war überrascht, als er Ren am Fuß der Sonnenuntergangsbrücke als Arenza gekleidet und geschminkt antraf. Für das, was sie vorhatten, konnte sie nicht als Renata herumlaufen, aber ... »Ist das nicht gefährlich?«, fragte er und scheuchte das Mädchen weg, das ihm frisch erblühte Rosen von Ažerais verkaufen wollte. »Sagtest du nicht, dass man nach dir sucht?«

»So ist es auch«, gab Ren zu. Sie hatte eine Rose gekauft und drehte die violette Blüte zwischen den Fingern. »Aber ich musste mich mit Idusza treffen.«

»Dann hast du hoffentlich was Nützliches erfahren.«

»Ich habe ihr mehr gegeben als bekommen.« Ren grinste. »Wusstest du, dass sie Eret Quientis' Salpeter stehlen wollen?«

Sedge rieb sich die Augen. Von Rens Plänen bekam er manchmal ziemliche Kopfschmerzen. »Der Salpeter, für den du durch ganz Nadežra laufen musstest? Und jetzt hilfst du jemandem, ihn zu stehlen?«

»Idusza hat mir vor der Nacht der Höllen gesagt, dass sie das Muster um Rat fragen will. Heute konnte ich es ihr endlich legen. Wenn sich die Dinge, die ich ihr erzählt habe, als unheimlich präzise herausstellen, wird ihr Vertrauen in meine Fähigkeiten unerschütterlich sein – und vielleicht vertraut sie mir dann genug, um mir von Mezzan zu erzählen.« Rens schiefes Grinsen verriet Sedge, dass »unheimlich präzise« kein Zufall war. Hin und wieder glaubte er, seine Schwester schaffte es nicht mal, einen Faden anzusehen, ohne sich zu überlegen, was für nützliche Knoten sie daraus machen konnte.

Da sein Leben jedoch schon genug Knoten enthielt, wechselte er das Thema. »Du siehst besser aus.«

Das war nicht ganz das, was er eigentlich meinte, aber

es gab keine passenden Worte, um das auszudrücken: *Du hast ausgesehen wie eine wandelnde Leiche, als ich dich das letzte Mal gesehen habe; schön, dass du nicht tot bist.* Ren nickte nur – sie verstand ihn am allerbesten – und führte ihn durch die Menge, die sich auf der Brücke drängte, in Richtung Alte Insel.

»Bilde ich mir das nur ein«, meinte sie und ging um das klappernde Gepäck eines Topfverkäufers herum, »oder weiß dein Boss mehr über die Numinatria, als er zugibt?«

»Er konnte diese Fienola jedenfalls recht schnell überzeugen.« Letzten Endes war alles gut ausgegangen, aber das stundenlange Warten in dieser Kammer war schon verdammt grauenvoll gewesen. Er hatte sich Sorgen gemacht, dass Vargo Ren nicht zurückbringen würde; dass es ihm gelang und Sedge seinen Boss dann umbringen musste, weil er die Wahrheit über Ren herausgefunden hatte; dass *Vargo* nicht zurückkam und Varuni Sedge deswegen umbrachte und sich seinen Skalp als Perücke aufsetzte.

»Sei froh darüber«, fügte Sedge hinzu. »Die meisten Leute in den Banden können Illi nicht von Uniat unterscheiden, aber Vargo ... Wusstest du, dass er Ertzan Buschs Bande übernommen hat, ohne einen einzigen Knochen zu brechen? Er hat nur eines seiner Bilder mit Kreide auf den Boden eines leeren Lagerhauses gemalt und sie aushungern lassen, bis sie ihn als Boss akzeptiert haben.«

Jetzt konnte man erkennen, warum es auf der Brücke so langsam voranging: Zwei Wagen standen einander gegenüber, und keiner war bereit, den anderen durchzulassen. Ren betrachtete sie einen Moment und sah dann Sedge fragend an, und als er nickte, sprang sie aufs Brückengeländer und umging die Wartenden, wobei er ihr dicht auf den Fersen blieb. »Hast du auch ein Mal auf seiner Brust bemerkt? Ich glaube, es ist ein Numinat, konnte aber keine Details erkennen.«

Sedge wartete, bis sie die Menge hinter sich gelassen hatten und auf der Abenddämmerungsseite des Flusskanals in der Böschung landeten, bevor er fragte: »Wann hast du das gesehen?« Ren war im Allgemeinen zu vorsichtig, um sich mit jemandem wie Vargo einzulassen, mochte sich der Mann auch noch so gut kleiden.

»In der Nacht der Glocken«, antwortete sie trocken. »Hast du sein Kostüm denn nicht gesehen?«

Sedge schnaubte. »Viel gab es da ja nicht zu sehen. Aber ja, einige von uns kennen das Tattoo. Es gab vor zwei Jahren einen Aufstand in Froschloch und Vargo hat eine Flasche gegen den Hals gekriegt. Varuni musste das Blut mit seinem Hemd aufsaugen. Wir dachten alle schon, er wäre so tot wie Ninat, aber am nächsten Tag stolzierte er wieder herum, als wäre er der verdammte Kaius Rex. Ich hab allerdings keine Ahnung, ob das mit dem Tattoo zusammenhängt. Er behauptet, es wäre nur Gekritzel.« Andererseits war Vargo wie Ren und log wie kaum ein anderer.

Ren schwieg, und sie liefen die Böschung entlang, wobei der stinkende Matsch bei jedem Schritt an ihren Stiefeln kleben blieb. In einer Woche würde die Flut hier alles überschwemmen, der Fluss würde am Rand der Insel lecken und in die Straßen und Häuser von Spitzenwasser fließen.

Aber in diesem Jahr vielleicht nicht. Das Fulvet-Büro setzte Arbeitstrupps entlang der Kanäle ein, die Sandsäcke auftürmten, um das Wasser zurückzuhalten. Es schien fast so, als würde sich Eret Quientis doch für das interessieren, was westlich der Sonnenaufgangsbrücke passierte.

Sandsäcke konnten hier unten am Flussufer nicht viel ausrichten, aber bei Ebbe war es kein allzu großes Wagnis – selbst wenn der Schatten des Horsts über ihnen aufragte. »Konnten wir nicht durch das Morgendämmerungsloch reingehen? Da riecht es besser und wir wären nicht fast vor der Tür der Wache.«

»Ich bin hier in der Nähe in Quientis' Traum gelangt«, erwiderte Ren abgelenkt. »Sedge ... Nach dem Albtraum bist du ins Haus gekommen und hast gesagt, du hättest die ganze Nacht nach Vargo gesucht. Wo war er?«

Sedge runzelte die Stirn. »Was sollen die vielen Fragen über Vargo?« Nicht über Vargos Geschäfte oder über seinen Ruf, sondern über den Mann.

Sie waren nicht die Einzigen am Ufer. Barfüßige Kinder suchten im Schlamm nach allem von Wert, das von oben runtergeworfen oder flussabwärts geschwemmt worden war. Ren wartete, bis sie an den Kindern vorbei waren und fast den tropfenden Eingang eines der Tunnel erreicht hatten, bevor sie sich zu Sedge umdrehte.

»Ich würde dich ja bitten, dich nicht über mich lustig zu machen, aber du wirst es trotzdem tun. Aber ich ...« Sie verzog das Gesicht und sprach schnell weiter. »Ich muss herausfinden, ob er der Rabe sein könnte.«

Damals als Finger hatten sie ein Spiel namens »Erkenn die Lüge« gespielt, bei dem jedes Kind eine Geschichte erzählte und die anderen erraten mussten, welcher Teil davon gelogen war. Ren war darin immer die Beste gewesen. Trotzdem hatte Sedge es manchmal durchschaut – nicht etwa, weil er wusste, wann sie log, sondern weil er erkannte, wann sie die unverblümte Wahrheit sagte.

»Das ist echt dein Ernst.«

Dann fing er an zu lachen. Er lachte so heftig, dass er sich krümmte. Er lachte, bis er Seitenstechen bekam. Mehrmals versuchte er, sich zu beruhigen, weil sie immer genervter wirkte, nur um doch wieder lachen zu müssen.

»Ich bin keine Straßengauklerin, die sich das aus dem Ohr zieht«, sagte sie, als sie es leid war. »Mir ist durchaus klar, wie unwahrscheinlich das ist, aber ...«

Sedge gelang es, sein Schnauben in ein Keuchen zu verwandeln, als sie ihm ihre Gründe darlegte. Die waren gar nicht mal so dumm – hätte sie von irgendjemand anderem als Vargo gesprochen, wäre er sogar geneigt gewesen, ihr zuzugestehen, dass an der These etwas dran war. Aber – *Vargo!*

Als er das anmerkte, erwiderte Ren: »Du hast mir selbst gesagt, dass er sich in letzter Zeit verändert hat. Vielleicht ist das der Grund dafür. Und es könnte erklären, warum er so entschlossen war, derjenige zu sein, der mir hilft ... weil er mein Geheimnis kennt und es schützen will.«

Das war Rens wahres Talent: Bei ihr klangen unglaubwürdige Dinge derart vernünftig, dass man nach weiteren Details suchte, die dazu passten. Vargo war in der Tat ziemlich zugeknöpft gewesen und hatte nicht verraten, was in Ažerais' Traum passiert war. Außerdem hatte er sich darauf vorbereitet und diese ach-so-unschuldige Frage über die Astrologie gestellt sowie ein falsches Geburtsdatum parat gehabt.

Sedge kniff die Augen zu und schüttelte den Kopf. Der Rabe war ein Held, der sich gegen die Schnösel stellte. Der Rabe war *Sedges* Held seit seiner Kindheit. Wie konnte er ihr das begreiflich machen? »Vargo kontrolliert die halbe Insel und den Großteil des Unterufers. Er *muss* nicht noch der Rabe sein.«

Trotzdem bahnten sich Rens Argumente den Weg in Sedges Verstand. Beispielsweise die Nacht der Höllen. Vargo hatte sich Varunis Obhut entzogen, als er mit Fadrin Acrenix weggegangen war. Zugegeben, danach war irgendetwas mit dem Novrus-Schnösel passiert, doch das konnte höchstens ein paar Glocken gedauert haben. Wo hatte Vargo den Rest der Nacht gesteckt?

»Bei den Masken, Ren.« Sedge trat gegen einen zerbrochenen Topf, der halb im Schlick steckte. »Wieso musstest du mich damit so durcheinanderbringen?«

Sie gab ein verärgertes Schnauben von sich. »Ich hatte gehofft, du könntest mir etwas Klarheit verschaffen. Mir ist bewusst, wie unwahrscheinlich das klingt, aber wir wissen beide, dass es den Raben schon seit Jahrhunderten gibt. Es kann nicht die ganze Zeit ein und dieselbe Person gewesen sein; selbst der Tyrann ist gealtert. Aber vielleicht wird mehr als nur die Kapuze und der Name weitergegeben – vielleicht ist auch eine Art Geist darin verwickelt.«

Er hatte gesehen, wie die Vraszenianer ihre toten Ahnen mit einem Tanz anriefen, und Fienola hatte gesagt, ein Teil von Rens Seele wäre in Ažerais' Traum zurückgeblieben. Daher war alles denkbar. Außerdem ...

Sedge lief es eiskalt den Rücken hinunter, und das hatte nichts mit dem Flusswind zu tun. »Vargo führt manchmal Selbstgespräche. Dabei murmelt er nicht nur vor sich hin – es ist eher, als würde man nur eine Seite einer Unterhaltung hören.«

Ren erstarrte. »Tut er das?«

Schon jetzt konnte Sedge die Fragen erkennen, die sich in Rens Kopf ballten wie eine Flutwelle hinter einem Damm. Aber zu seinem Erstaunen tat sie sie mit einer Handbewegung ab. »Ich würde dich ja danach fragen, was er sagt ... aber du bist Vargo verschworen, daher lasse ich es.«

Sedges Magen zog sich zusammen. »Ich ... ja. Stimmt.«

Ren schnitt eine Grimasse. »Du hast mir schon mehr erzählt als du solltest. Tut mir leid ...«

»Nein, das ist es nicht. Es ...« Sedge rang mit sich. Das war kein Verstoß gegen das Knotenband ... jedenfalls nicht direkt. Und das war das ganze Problem.

Sie war seine Schwester. Sie hatte seinetwegen Ondrakja verraten.

»Vargo ist uns nicht verschworen.«

Ren rutschte beinahe auf dem schlammigen Ufer aus. »Wie bitte?«

»Er hat sich niemandem verschworen. Keinem von uns. Alle Knoten, die er kontrolliert, machen das, aber er nicht.« Sedge zog seinen Ärmel weit genug hoch, damit sie den blauen Seidentalisman an der verknoteten Kordel um sein Handgelenk sehen konnte, das Emblem seiner Mitgliedschaft bei den Nebelspinnen. Zwar war er nicht verpflichtet, ihn offen zu tragen, aber Sedges Arbeit ließ wenig Platz für Raffinesse. »Die meisten Leute glauben, dass es so läuft – selbst die in seinen Knoten … Dass wir seinen Leutnants Treue schwören und er sich mit ihnen im Schwur verbindet. Aber so ist das nicht.«

Zwar unterschieden sich die Schwüre der Knoten von Bande zu Bande, aber einiges hatten sie doch gemein. Beispielsweise tat man seinen Knotenbrüdern und -schwestern Gefallen, stellte keine Fragen und machte keine Schulden – und Vargo sagte einem nicht mal die Uhrzeit, ohne dafür etwas zu verlangen.

Wie den Schutz der Knotengeheimnisse vor Außenseitern … und das Teilen der Geheimnisse unter den Mitgliedern.

Ren verzog die Lippen zu einem lautlosen Fluch. Es war gute fünf Jahre her, dass Vargo damit angefangen hatte, das Unterufer zu übernehmen – aber wenn er damals schon der Rabe gewesen war oder gewusst hatte, dass er es bald werden würde, konnte er das unmöglich anderen verraten.

Na ja, möglich wäre es schon. Nur weil Leute einen Eid schworen, bedeutete das noch lange nicht, dass sie sich immer daran hielten. Die Finger hatten ständig Geheimnisse voreinander gehabt, allerdings eher Kleinigkeiten, keine so große Sache wie *Ich bin der verdammte Rabe.*

Ein Stück entfernt ertönte ein Platschen. Zwei der Plündererkinder prügelten sich, und eins war eben ins Wasser gefallen. Noch stand das Wasser nicht sehr hoch, aber das würde sich bald ändern. »Wenn du nicht ertrinken willst, sollten wir da reingehen«, sagte Sedge.

Ren band ihre Röcke hoch, kramte in ihrer Tasche herum und wickelte einen kleinen leuchtenden Stein aus. »Den habe ich mir aus dem Traementis-Herrenhaus ›geborgt‹«, sagte sie, als Sedge sie fragend musterte. »Ich lege ihn hinterher wieder zurück.«

Der Stein war weitaus besser als eine Fackel oder eine Lampe. Aber seit wann versprach Ren, Dinge zurückzugeben, die sie gestohlen hatte? Er stellte die Frage nicht laut, sondern straffte nur die Schultern, drehte sich zum Tunnel um und führte sie in die Tiefen.

* * *

Die Tiefen, Alte Insel: 29. Cyprilun

Ren hasste die Tiefen.

Diesen Namen hatte man den Tunneln gegeben, die sich wabenartig unter Nadežra erstreckten, insbesondere unter der Alten Insel. Ursprünglich waren sie als Teil des Abflusssystems für die Feuchtgebiete entstanden, mit der Zeit dann überdacht und in Abwasserkanäle für die Gebäude darüber verwandelt worden, bis sie – zumindest in den ärmeren Vierteln – derart verfallen waren, dass sie diesen Zweck nicht länger erfüllten. Danach waren sie nur noch Katakomben: Verstecke für die Verzweifelten und unterirdische Straßen für jene, deren Geschäfte man nicht sehen sollte.

Zumindest im Herbst und Winter. Jedes Jahr im Frühling ertranken hier unten Menschen, wenn der Wasserstand des Flusses stieg und sie zu lange blieben und in Kammern eingeschlossen wurden, aus denen sie nicht mehr entkommen konnten. Wenn Ren und Sedge nicht aufpassten, würde die Flut dasselbe mit ihnen machen.

Aber im Traum war sie hier unten gewesen, nachdem sie aus der Herberge ausgebrochen und durch die Träume anderer gewandert war.

Wenn Ondrakja noch lebte, könnte sie sich in den Tiefen aufhalten.

Der numinatrische Lichtstein, den sie aus dem Traementis-Herrenhaus mitgenommen hatte, tauchte die mit Schleim bedeckten, einsturzgefährdeten Mauern in einen stetigen Schimmer. Das Wasser reichte ihnen bis zu den Knöcheln und verbarg gerade genug, dass Ren und Sedge sich notgedrungen an den Wänden festhalten mussten, um nicht das Gleichgewicht zu verlieren. Sie zuckte zusammen, als sie die feuchte, weiche Schicht unter ihren Fingern spürte, und schalt sich sogleich innerlich. *Ist sich die Alta jetzt etwa zu fein für so was?*

»Wo lang?«, fragte Sedge leise und ohne sich zu ihr umzudrehen. Er ging voraus, um bedrohlich zu wirken oder jeden umzuhauen, der den Hinweis nicht begriff, und er wollte nicht, dass die Helligkeit des Steins ihn blendete.

»Ich weiß es nicht«, gab sie zu. »Ich konnte ja schließlich keine Karte zeichnen.«

Er grummelte einen kaum hörbaren Fluch und ging langsam weiter.

Zeit, Entfernungen, Realität – alles verschwamm in der tropfenden Dunkelheit. Sedge wedelte mit der Hand vor sich, um Spinnweben zu beseitigen, und Ren markierte ihren Weg mit einem Stück Kreide, damit sie erkennen konnten, wo sie schon gewesen waren und wie sie wieder hinausgelangten.

»Erinnerst du dich, wie genau es ausgesehen hat?«, fragte Sedge. Ren konnte noch fast aufrecht stehen, doch er musste sich ducken und schützend eine Hand heben, damit er sich nicht versehentlich den Kopf an einem hervorstehenden Stein stieß.

»Da waren Nischen. Solche, in denen die Nadežraner angeblich die Asche aufbewahren, damit die Flut sie nicht wegschwemmt. Und die Ratten … Die konnten es überhaupt nicht leiden, dass ich dort war.«

»Nischen sind meist in den natürlichen Abschnitten, richtig?« Sie gelangten an eine Kreuzung. Sedge zögerte, zuckte dann mit den Achseln und nahm den Tunnel, der sie in die ältesten Teile der Tiefen führte, die direkt in den Stein der Spitze geschlagen worden waren. »Vielleicht halten sich die Menschen genau wie die Ratten davon fern. Muss ja einen Grund dafür geben, dass ich noch nie davon gehört habe.«

Je weiter sie gingen, desto mehr schien die Schwärze Ren zu erdrücken, bis sie den Eindruck hatte, das schwache Licht des Steins wäre kaum mehr als ein Flackern. Obwohl sie sich unentwegt sagte, dass der Dežera die Tunnel so früh noch nicht überfluten würde, musste sie immer wieder daran denken, wie das Wasser sie durch diese Tunnel mitgerissen hatte. Wie lange waren sie schon hier unten? Selbst die normale Flut würde sie stundenlang hier einsperren. Die Korridore veränderten die Echos ihres Atems und ihrer Schritte, bis Ren sich nicht mehr sicher sein konnte, ob sie wirklich allein waren. Hinter jeder Kurve rechnete sie schon fast damit, sich einem Messer gegenüberzusehen ... oder etwas Schlimmerem.

Als sie die ersten Nischen erreichten, blieb Sedge stehen. »Ich seh nichts«, sagte er heiser. »Das muss eine Sackgasse sein. Lass uns umdrehen. Die Flut kommt eh bald.«

Ren wollte ihm schon zustimmen, als sie stutzte.

»Nichts«, stimmte sie ihm leise zu. »Keine Ratten. Keine Spinnen.«

Sie hob den Lichtstein vor die Wand und betrachtete sie. Daran schien etwas Violettes und Fauliges zu schimmern, das sie zögernd mit einer Fingerspitze berührte.

Schon im nächsten Moment krümmte sie sich würgend und zog die Hand durch das flache, dreckige Wasser, als könnte sie dadurch Haut und Verstand reinigen. »Bei allen Höllen«, keuchte sie. »An den Wänden – *fass sie ja nicht an!*«

Sedge hockte sich neben sie. »Was ist das?«

»Zlyzenblut«, antwortete sie. »Es erzeugt Angst und hält die Leute fern – und auch die Ratten und Spinnen.« Sie zwang sich, den Kopf zu heben und tiefer in die Finsternis zu spähen. »Wir gehen in die richtige Richtung.«

»Zlyzen? Ich dachte, die wären nur Teil der Halluzination gewesen.« Sedge fuhr sich mit den Händen über die Oberschenkel, obwohl er das Blut überhaupt nicht berührt hatte. Als er weitersprach, klang seine Stimme so hoch wie früher als kleiner Junge. »*Verdammt!* Ich wette, es waren Zlyzen. Vargo wird durchdrehen.«

Seine Worte konnten ihre Furcht nicht lindern. »Was waren Zlyzen?«

»Hm?« Sedges umherhuschender Blick landete auf ihr. »Scheiße. Vergiss, dass du das gehört hast. Wir ... wir haben jemanden an die Asche verloren. Er wurde zerfetzt – von jemandem aus dem Traum, schätze ich. Der, dem das passiert ist, hat sich aus meinem Griff gelöst, als wäre ich gar nicht da, und sich dabei die Schulter ausgerenkt. Er starb, bevor einer von uns etwas unternehmen konnte.« Er rieb sich mit den Händen übers Gesicht. »War ja irgendwie klar, dass die verdammte Ondrakja sich mit Zlyzen anfreundet – als wäre sie nicht allein schon albtraumhaft genug. Komm weiter. Aber bleib dicht bei mir.« Er stapfte los, doch weitaus langsamer als zuvor, was nichts damit zu tun hatte, dass ihnen das Wasser inzwischen bis zu den Waden reichte.

Sie mussten sich jetzt weit unter der Spitze befinden, und die Steine über ihren Köpfen waren natürlich und keine von Mörtel zusammengehaltenen Blöcke. Die Nischen zeichneten sich in regelmäßigen Abständen an den Wänden ab – und dann enthüllte ihnen Rens schwankendes Licht eine Veränderung.

Eisengitter vor den Nischen.

Sedge fluchte leise. »Hat die Irre die Zlyzen eingesperrt?«

Ren drängelte sich an ihm vorbei und hob den Lichtstein vor eine Nische, um hineinzuspähen. Die Gitter standen offen, und die Löcher waren alle leer – *den Gesichtern sei Dank* –, aber in einer Nische entdeckte sie ein paar Lumpen. Sedge stieß zischend den Atem aus, als sie die Hand zwischen die Gitterstäbe steckte.

Die Lumpen waren zur vagen Gestalt eines Menschen verknotet – dies war eine Puppe, die sich nicht groß von der unterschied, die Ren für Tess kurz nach deren Eintreffen bei den Fingern gemacht hatte.

»Nein«, flüsterte Ren entsetzt. »Hier sperrt sie die Kinder ein.«

In der darauf folgenden Stille hörte sie eine Stimme, die zur gekrächzten Parodie eines Liedes anhob.

*»Finde sie in deinen Taschen,
Finde sie in deinem Mantel,
Wenn du nicht aufpasst,
Findest du sie an deiner Kehle ...«*

Im tiefsten Schatten regte sich etwas. Der schwache Lichtschein von Rens Stein fiel auf die Kanten und Winkel von Gliedmaßen, die verwittert und gekrümmt wie getrocknete Äste aussahen, zerrissene, dreckige Kleidungsstücke, die nicht einmal ein Lumpensammler mitgenommen hätte, brüchiges Sumpfgrashaar und den mit schlaffer Haut bespannten Schädel einer alten Frau, die aus den finstersten Feuergeschichten entsprungen zu sein schien.

Mütterchen Lindwurm. Kein Wunder, dass die Kinder sie so nannten.

Dennoch konnte Ren in den Knochen ihres Gesichts, in den langen roten Fingernägeln, die über die Wand klackerten, und dem verschmierten Lila auf ihren Lippen, das an Farbe erinnerte, die zerstörten Überreste von Ondrakja erkennen.

Sedge stieß ein würgendes, verängstigtes Stöhnen aus.

»Was habt ihr gefunden, meine kleinen Freunde?«, krächzte Ondrakja. Ihre Augen schienen zu groß für ihr Gesicht zu sein und wirkten, als könnten sie jeden Moment aus den Höhlen fallen. Als das Licht von Rens Stein darauf fiel, glänzten sie wie Katzenaugen bei Nacht. »Kommt näher, kommt näher, damit ich euch sehen kann.«

Ren hätte sich nicht einmal rühren können, wenn sie gewollt hätte. Ihr war, als wäre ein Albtraum zum Leben erwacht, und das nicht nur wegen des Zlyzenbluts an den Wänden. »Du solltest tot sein. Ich habe dich getötet.«

Als Reaktion bleckte das Weib die spitzen Zähne. »Du hast mich nicht gut genug getötet, kleine Renyi. Und ich habe Sedge anscheinend nicht gut genug getötet. Wir sind alle gescheiterte Mörder.« Ihre Stimme mochte gebrochen sein, aber die Worte klangen ganz nach Ondrakja. Ihr Krächzen ging in ein geisterhaftes Lachen über. »Oder vielleicht auch nicht. Schließlich habe ich deinen Freund getötet. Du hättest nicht weglaufen sollen. Es ist immer besser, einfach zu bleiben und seine Strafe zu ertragen, als zuzulassen, dass andere verletzt werden.«

Leato. Ren schmeckte auf einmal Galle.

Ondrakja kam langsam näher und trat ins Licht, als müsste sie sich erst vergewissern, dass es sie nicht verbrennen würde. Dabei redete sie weiter – sie hatte den Klang ihrer eigenen Stimme schon immer geliebt. »Ich hätte ihn retten können, wenn ich es gewollt hätte. So, wie ich mich gerettet habe. Ich hätte ihm das Blut geben können.« Als sie die Finger von der Wand nahm, glänzte die widerliche purpurne Masse daran, und Ondrakja leckte sie ab. »Oder ich hätte ihm kleine Träume eingeflößt und meinen Freunden ein Festmahl bereitet. Sie werden davon fett, von den Albträumen, um diese dann auszubluten und andere damit zu füttern.«

Inzwischen war sie nur noch eine Armeslänge entfernt

und nahe genug, dass Ren ihren Gestank riechen konnte, trotz des Moders und Schimmels in den Katakomben.

»Und dann gibt es dich, kleine Renyi.« Ondrakjas Stimme verhärtete sich. »Die kleine, verräterische Schlampe, die sich gegen ihren Knoten wendet. Träumst du noch immer von dieser Nacht? Ist es für dich ein süßer Traum? Die süßen Träume mögen sie am liebsten. Die nach Essen, Familie und Wärme duften. Je süßer der Traum, desto bitterer der spätere Albtraum.«

Ren spürte, wie sich Sedge hinter ihr verspannte. Das war die Konfrontation, die sie vor fünf Jahren nicht gehabt hatten: Sedge gegen Ondrakja, seine wachsende Größe und Kraft gegen ihre Grausamkeit und Erfahrung und die Jahre des gewohnheitsmäßigen Gehorsams. Als sie seinen Talisman durchschnitten und ihn aus dem Knoten geworfen hatte – als er begriffen hatte, dass sie ihn töten wollte –, war er schon zu gebrochen gewesen, um sich zu widersetzen.

Jetzt war er nicht gebrochen.

»Aber wo ist die andere?«, fragte Ondrakja, deren brüchige Stimme unverhofft zur Parodie von Freundlichkeit umschlug. Sie presste sich die klauenhafte Hand an die Brust. »Ihr wart immer zu dritt. Wo ist die kleine Tess?« Sie zog das Acrenix-Medaillon unter ihren Lumpen hervor, das sie Ren im Albtraum abgerissen hatte und auf dem die drei Tricats prangten. »Wir müssen immer alles in Dreiergruppen machen. Hast du mir das hier deshalb gegeben? Ich kann euch nicht angemessen bestrafen, wenn ihr nicht alle hier seid.«

Im Keller der alten Herberge gab es einen kleinen Raum, in den Ondrakja ungehorsame Finger eingesperrt und ihnen gesagt hatte, dass die Zlyzen sie in diesem dunklen, feuchten Raum bald holen würden. Aber Ren und Sedge waren nicht länger die Kinder von früher, die sich aus Furcht vor Ondrakjas Zorn ganz klein machten.

»Lass verdammt noch mal meine Schwestern in Ruhe«, knurrte Sedge – und stürzte vor.

Er war jetzt größer und stärker und sie eine verkümmerte Hülle ihres früheren Ichs. Im Lauf zückte er zwei Messer – doch Ondrakja rammte ihn lässig mit einer Hand gegen die Eisenstäbe eines Käfigs.

»Aber, aber«, säuselte sie. »Es ist völlig egal, ob du ein kleiner Finger oder eine Faust bist – dem Boss deines Knotens drohst du nicht. Hier ist nur Platz für einen Verräter.«

»Du bist nicht mehr mein Boss.« Sedge sprang auf und hatte noch einen Dolch in der linken Hand, aber Ondrakja hielt seinen Arm fest und verdrehte ihn. Trotz seines Schmerzensschreis konnte Ren hören, wie sein Handgelenk brach.

Sie durfte nicht einfach wie erstarrt dastehen, während Ondrakja ihn ein weiteres Mal umbrachte.

Daher zog sie ihr Messer und ging auf Ondrakja los. Anstatt sich der übernatürlichen Kraft der Frau zu stellen, duckte sie sich unter Ondrakjas freier Hand hindurch und stieß ihren Dolch nach oben in dem Versuch, sie in der weichen Grube zwischen Rippen und Arm zu treffen. Die Hexe zuckte jedoch schnell wie eine Schlange zurück, und das einzig Gute an der Attacke war, dass sie Sedge losließ. Er zog mit der unverletzten Hand ein weiteres Messer und warf es, aber Ondrakja ging der Klinge mühelos aus dem Weg, indem sie einen Schritt nach hinten machte.

»Was für rebellische kleine Kinder.« Sie seufzte. »Möchtet ihr eure Mutter denn nicht zurückhaben?«

»Du bist nicht unsere Mutter«, spie Ren aus. Das war eine Maske, die sich Ondrakja niemals aufgesetzt hatte: Sie war die Anführerin ihres Knotens, doch sie hatte nie versucht, sich zu ihrer Familie zu machen. *Ich hätte sie Jahre früher vergiftet, wenn sie das getan hätte.*

Ondrakja zog einen Schmollmund. »Liegt es daran, dass ich so aussehe?« Sie zupfte an ihren Lumpen und der fleckigen, pergamentartigen Haut an ihren Armen. »Keine Sorge, mir geht es bald wieder besser – das hat er mir versprochen. Dann können wir endlich wieder eine Familie sein. Jetzt wollt ihr das zwar nicht, bald jedoch schon.« Ihre Zähne glänzten im schwachen Licht. »Ich kann euch dazu bringen.«

Ihre Gewissheit war noch beunruhigender als ihre Worte. »Das kannst du verdammt noch mal vergessen«, zischte Sedge trotz seiner Schmerzen, aber Ondrakja schnalzte nur mit der Zunge.

»Ihr werdet es schon sehen. Ich komme euch holen, euch alle drei, und dann bestrafe ich euch so, wie ihr es verdient. Wie es eine gute Mutter tun sollte.«

Zuerst glaubte Ren, das Licht des Steins in ihrer Hand würde schwächer werden. Aber nein, es veränderte sich nicht: Ondrakja war es, die verblasste, ins Nichts überging, als bestünde sie aus Rauch.

Ren wagte noch eine letzte verzweifelte Attacke, aber ihr Messer fuhr nur durch die Luft, wo eben noch Ondrakja gewesen war. Als wäre sie nichts als ein weiterer Albtraum gewesen.

5

DER RUF DES AŽA

*Ostbrück, Weißsegel und
Abenddämmerungstor: 29. Cyprilun*

Vargos Repertoire an Flüchen hätte sogar Tess beeindruckt. »Nur ihr beide. Allein in den Tiefen. Während die Fluten bereits einsetzen. Ihr habt eine Ausrede dafür, dass Euch die Gefahr nicht bewusst war, aber Sedge ...« Sein Blick versprach eine schlimme Strafe.

Sie hatte ihm so gut wie alles erzählt, nachdem sie lange genug im Stadthaus Halt gemacht hatte, um die Verkleidung zu wechseln und Sedge Tess zu überlassen, damit sie seine Knochen richtete. Das Zlyzenblut, die Käfige der Kinder, die unnatürliche Kraft, sogar dass Ondrakja sich in Luft aufgelöst hatte – alles bis auf Ondrakjas Schwur, Ren für ihren Verrat zu bestrafen.

»Gebt mir die Schuld, nicht Eurem Mann«, setzte sie hastig hinterher. »Ich habe ihm gesagt, dass ich auch allein gehen würde, wenn er mich nicht hinführt. Eine Unbesonnenheit, die ich jetzt bereue. Wir können von Glück reden, dass er nichts Schlimmeres als ein gebrochenes Handgelenk erlitten hat.«

»Und er kann von Glück reden, dass Euch nichts zugestoßen ist. Und damit meine ich nicht nur die Fluten; Ihr habt

Euch noch immer nicht ganz erholt. Habt Ihr denn nicht gewusst, wie dreckig es da unten ist? Ihr könntet krank werden.« Vargo zuckte zurück, als könnte er sich durch mehr Abstand vor einer Ansteckung schützen.

»Ich habe mich danach gründlich abgeschrubbt.«

Das schien ihn nicht zu beruhigen. »Ich vermute, dass Indestor hinter der Ascheproduktion steckt, aber dass eine Verrückte in den Tiefen lauert, die Kinder stiehlt und dafür benutzt ... und Monster? Wie kann das sein?«

»Sie sagte, die Zlyzen würden fressen und fett werden.«

Er trommelte mit den Fingern auf der Armlehne seines Stuhls, was Meister Peabody offenbar als Zeichen dafür ansah, dass er unter dem Kragen hervorspähen durfte. Vier perlenglänzende Augen richteten sich auf Renata. »Die Wände«, sagte Vargo. »Sie waren mit Zlyzenblut bedeckt?« Er setzte Peabody auf den Tisch, stand auf und holte ein Bündel aus locker gebundenen Papieren, das er vor ihr auf den Tisch legte. »Das Blut an den Wänden ... Könnten darunter Numinata gewesen sein? Sah irgendetwas so aus?«

Vargos »so« machte nicht viel her. Er hatte Skizzen aus nicht miteinander verbundenen Linien; Notizen in einer weitaus ordentlicheren Handschrift als Tanaquis mit Bemerkungen wie *Vesica piscis* und *präzise genug für Ninat?* und *wer zum Henker nutzt Ekhrd zur Einschätzung der Regression???* Selbst als er sie gitterförmig auslegte, um ihr das ganze Gebilde zu zeigen, fehlte mehr, als dass etwas zu sehen war.

Die pulsierende Angst hatte es ihr erschwert, das Blut auch nur anzusehen, aber sie hatte sich genug eingeprägt, um mit Bestimmtheit den Kopf zu schütteln. »Es waren nur Spritzer, nichts Genaues. Meines Wissens benötigt die Numinatria Konzentration und eine ruhige Hand; und ich bezweifle, dass diese Verrückte dazu fähig ist.« Renata blickte von den Papieren auf. »Warum fragt Ihr? Was ist das?«

Seufzend sammelte Vargo alles wieder ein und stieß den Papierstapel auf den Tisch, um ihn auszurichten. »Ich habe die Überreste einer Aktivität in Froschloch entdeckt. Das war noch davon übrig.« Er legte den Kopf schief. »War das Blut schillernd? Ähnelte es Traumweberfedern, nur dass es faulig wirkte?«

»Es war violetter als Traumweberfedern. Aber ja, es schien leicht zu schimmern.« Sie rieb mit dem Daumen über ihre Fingerspitze, als wäre ein Überrest noch immer da.

»Wir haben auch etwas Ähnliches gefunden. Es sah widerlich aus, schien jedoch nichts Ungewöhnliches zu bewirken. Sie gibt also Kindern Aža, lässt die Zlyzen ihre Träume fressen und nimmt dann das Zlyzenblut und verwandelt es mithilfe eines Numinats in Asche. Ihr habt gesagt, sie wäre verschwunden – könnte sie ins Reich der Gedanken übergegangen sein?«

»Ich gehe fast davon aus. Wir wissen, dass es möglich ist, da es uns allen in der Nacht der Höllen passiert ist. Aber es wirkte beinahe so, als könnte sie es nach Belieben tun. Wir haben nicht die geringste Ahnung, wo sie ist ... oder wann sie wieder auftauchen wird.«

Vargo warf ihr einen säuerlichen Blick zu. »Dank Euch werde ich heute Nacht Albträume haben, Alta Renata. *Ihr* seid nicht mit Geschichten über Zlyzen aufgewachsen, die Euer Gehirn fressen, während Ihr schlaft.«

Wenn er der Rabe wäre, dann wüsste er, dass sie durchaus mit solchen Geschichten aufgewachsen war, aber an seiner Stelle hätte sie dennoch dasselbe gesagt, um sie von seiner Spur abzubringen. *Ich werde noch verrückt, wenn ich ständig zu erraten versuche, was er weiß.*

Vargos Gedanken waren schon weitergezogen. »Indestor hat einen Inskriptor, der zu den Dingen in der Lage ist, die diese Mütterchen-Lindwurm-Hexe nicht kann. Und Ihr sagt, sie hätte angedeutet, dass sie zusammenarbeiten würden.« Geistesabwesend fuhr er über den Rand seiner Notizen. »Aber warum?«

Renata lehnte sich auf ihrem Stuhl zurück. In dieser Nacht in Mettores Studierzimmer hatte er nach einer weiteren Dosis verlangt und gesagt, er müsse etwas ausprobieren – hatte er damit Asche gemeint und sie allein für Renata nutzen wollen? Falls Ondrakja im Anschluss *sämtliche* Weinbecher vergiftet hatte, würde das die doppelte Dosis erklären, die sie zu sich genommen hatte.

»Irgendjemand verkauft Asche auf der Straße«, merkte sie an. »Mütterchen Lindwurm? Oder sein Inskriptor? Allerdings glaube ich, dass Indestor sie für andere Zwecke benötigt.« Für etwas Magisches, wenn dieses Muster der Wahrheit entsprach. »Was würde passieren, wenn man ein Numinat mit Asche malt?«

Vargo verstummte und dachte über ihre Frage nach. Sie beobachtete das kaum merkliche Zucken seiner Kiefermuskeln und Lippen. *Er führt manchmal Selbstgespräche,* hatte Sedge gesagt.

»Nichts, schätze ich«, antwortete er nach einer Weile. »Die Pulverform ist inaktiv, solange es nicht verschluckt wird. Ich könnte es versuchen ... würde aber lieber davon absehen.«

»Tut das nicht!« Die Worte kamen ihr vehementer als beabsichtigt über die Lippen.

Vargo hob Peabody hoch und verstaute ihn wieder unter seinem Kragen. »Keine Sorge, Renata. Ich gehöre nicht zu den Menschen, die unnötige Risiken eingehen.«

Dieser kurze Hauch der Vertrautheit, als Vargo nur ihren Vornamen benutzte, klang in Rens Ohren nach, als sie sein Stadthaus verließ und sich auf den Weg machte, um Tanaquis ebenfalls Bericht zu erstatten. Ihr war allerdings schleierhaft, ob er das absichtlich gemacht hatte oder ob es ein Versehen gewesen und ihm entgangen war.

Vargo blinzelt vermutlich nicht mal aus Versehen.
Trotzdem musste sie den ganzen Weg nach Weißsegel darüber nachzudenken.

Tanaquis' Stirnrunzeln reichte aus, um diese Gedanken aus ihrem Kopf zu vertreiben. »Ihr habt nichts davon gesagt, dass Ihr in Eurem Albtraum die Tiefen gesehen habt.«

»Ich weiß und ich muss mich dafür entschuldigen.« Renata verschränkte die Finger. »Dieser Teil ... Ich habe nach meinem richtigen Vater gesucht, hatte jedoch das Gefühl, das nicht einmal in einem vertraulichen Bericht zugeben zu können. Jetzt ist mir bewusst, dass es besser gewesen wäre – aber mir bleibt noch, Euch im Nachhinein alles anzuvertrauen. Und ich versichere Euch, dass Ihr nun wirklich alles wisst.« Das war schon wieder eine Lüge, aber wenn sie Tanaquis noch mehr mitteilen musste – beispielsweise das, was sie im Privilegienhaus bei den Statuen gespürt hatte –, konnte sie immer noch behaupten, das dank der Musterkarten erfahren zu haben.

Die Astrologin ließ sie einen neuen Bericht schreiben, was Renata auch pflichtbewusst tat und darauf achtete, Ondrakja darin zu erwähnen. Danach biss sie die Zähne zusammen, straffte die Schultern und ging zum Horst.

Sie hatte nicht erwartet, Hauptmann Serrado derart dicht vor sich zu sehen, als er seine Bürotür öffnete, und er, der nur in Hemdsärmeln und Weste vor ihr stand, schien auch nicht mit Besuch gerechnet zu haben. »Alta Renata«, sagte er verblüfft. »Kann ich Euch helfen?«

»Ich muss etwas melden«, erwiderte sie. »Es hat mit Euren Ermittlungen hinsichtlich der verschwundenen Kinder zu tun.«

Er musterte sie noch verdutzter. »Und da kommt Ihr zu mir? Ihr hättet mich auch zu Euch rufen lassen können.«

Dieser Gedanke war ihr nicht einmal gekommen und sie verfluchte sich innerlich.

Serrado trat einen halben Schritt zurück. »Bitte kommt herein – und entschuldigt die Enge.«

Sofort begriff sie, warum er so nah vor ihr gestanden hatte. Wäre da nicht das Fenster gewesen, hätte sie sein »Büro« für einen umfunktionierten Wandschrank halten können. Ein Stapel aus Hauptbüchern hinter der Tür verhinderte, dass sich diese ganz öffnen ließ, und weitere lagen auf dem einzigen Besucherstuhl. Als Serrado Anstalten machte, sie wegzuräumen, hielt sie ihn davon ab. »Macht Euch keine Mühe; ich kann stehen bleiben. Ich wollte Euch erzählen, dass ich mich auf die Suche nach der alten Frau gemacht habe, über die wir schon gesprochen haben.«

Er erstarrte. »Ihr seid am Unterufer herumgelaufen?«

Wenn das so weiterging, würde man Alta Renata gewiss bald für verrückt halten ... »Nein, ich war an dem Ort, den Ihr als die Tiefen bezeichnet.«

Ein Papierstapel landete auf dem Boden.

Abgesehen von diesem kurzen Zucken stand er wie versteinert da, während sie zum dritten Mal Bericht erstattete. Als sie fertig war, stützte er die Fäuste auf den Schreibtisch und schien mit sich zu ringen – sie vermutete, dass ihm Worte auf der Zunge lagen, die eine Alta nicht hören sollte. *Er hätte bei Vargos Schimpftirade dabei sein sollen.* »Und Ihr sagt, Vargos Mann kennt den Weg?«

»Ja, aber er hat sich das Handgelenk gebrochen.« Was Sedge von nichts abhalten würde.

»Ich rufe sogleich meine Leute zusammen.« Er nahm seinen Patrouillenmantel vom Haken und zog ihn an. »Wenn es ihm gut genug geht – und Vargo es gestattet –, kann er uns den Weg zeigen. Andernfalls ...« Er beäugte ihren Surcot, der zu Ehren des Frühlings farngrün und mit einem silbernen Schilfmotiv und Fischreihern bestickt war. »Vielleicht könntet Ihr mir eine Karte zeichnen.«

»Wir haben Kreidemarkierungen an den Wänden hinterlassen, und falls alle Stricke reißen, müsst Ihr einfach direkt in die Richtung gehen, vor der Ihr Euch am meisten fürchtet«, erwiderte sie bedrückt. »Aber, Hauptmann ... Falls die alte Frau wirklich in der Lage ist, in das überzugehen, was Ihr als Ažerais' Traum bezeichnet, wie wollt Ihr sie dann festnehmen?«

Ihre Worte ließen ihn innehalten. Serrado lehnte sich an seinen Schreibtisch, als wäre ihm der Wind aus den Segeln genommen worden, und rieb sich die Augen. Er sah aus, als hätte er seit der Nacht der Höllen auch nicht viel mehr geschlafen als sie.

»Das ist ein erschreckend logisches Argument. Die Ältesten wissen vielleicht weiter. Oder Szorsa Mevieny.« Er schüttelte seufzend den Kopf. »Da die Flut kommt, sollten wir vor allem dafür sorgen, dass sie dort keine weiteren Opfer festhalten kann, anstatt in der Hoffnung, sie zu erwischen, untätig zu warten.«

Er verlagerte das Gewicht, und Renata ging auf, dass er sein Büro nicht verlassen konnte, solange sie ihm den Weg versperrte.

Sie wollte schon hinausgehen und öffnete die Tür, doch er legte eine Hand dagegen und drückte sie wieder zu. »Alta«, sagte er so leise, dass man ihn auf dem Korridor nicht verstehen konnte. »Ihr solltet etwas wissen ... Als ich mich zum ersten Mal nach Mütterchen Lindwurm – Ondrakja – erkundigt habe, stellte ich fest, dass jemand ihren Verhaftungsbericht aus dem Hauptbuch gerissen hat. Als sollte verborgen werden, dass sie jemals hier war. Nur wenige Personen haben Zugang zu unseren Archiven. Wenn es einer der anderen Offiziere war ...«

»Was Ihr jedoch nicht glaubt«, erkannte sie.

Sein Blick wirkte betroffen. »Ich habe das, was Ihr mir über die alte Frau, die Ihr gesehen habt, und ihre Behauptung, sie hätte alle vergiftet, gemeldet. Eret Indestor stimmte der Theorie etwas zu bereitwillig zu für einen Mann, der eigentlich gar nicht wissen dürfte, wer sie ist.«

Ihr Herz schlug so laut, dass Serrado es vermutlich hören konnte. Sie hatte weder Serrado noch Tanaquis erzählt, dass Ondrakja im Albtraum gesagt hatte, sie wolle Indestor büßen lassen. Das war eine Anschuldigung, für die sie in der Henkersschlinge landen konnte, wenn sie keine Beweise besaß. Aber nun hatte sie einen Falken – jemanden, der der Caerulet-Autorität unterstand –, der seinen Vorgesetzten indirekt beschuldigte.

Einen vraszenianischen Falken. Dem Indestors Hass auf sein Volk nicht entgangen sein konnte.

Beinahe wäre ihr ein höchst unangebrachtes Kichern entfleucht. Einen Moment lang sah sie ein unvorstellbares Bild vor ihrem inneren Auge: Derossi Vargo, Meister der Spinnen, und Grey Serrado, Wachhauptmann, die sich verbündeten, um Mettore Indestor das Handwerk zu legen.

Es grenzte bereits an ein Wunder, dass die beiden Männer das Treffen, bei dem ihre Schlaflosigkeit geheilt werden musste, überstanden hatten, ohne einander an die Gurgel zu gehen. Sollten sie allerdings beide bereit sein, mit ihr zusammenzuarbeiten ... dann konnte sie das ausnutzen.

»Hauptmann«, sagte sie leise. »Ich vertraue darauf, dass Ihr das nicht an Ohren gelangen lasst, die nichts davon erfahren sollten – aber ich glaube, Eret Indestor steckt hinter einer ganzen Reihe von Machenschaften. Ich gehe davon aus, dass Leato und ich seinetwegen eine doppelte Dosis Asche bekommen haben; und ich glaube, dass er für die Produktion der Asche verantwortlich ist, auch wenn ich den Grund dafür bisher nicht kenne. Wenn ich mehr herausfinde und Beweise beschaffe ... würdet Ihr mir dann helfen?«

Er stand so dicht vor ihr, dass sie den Kopf in den Nacken legen musste, um ihm in die Augen zu sehen. Seine Antwort fiel bedächtig und neutral aus. »Ich kann keine Anschuldigung gegen einen Adligen vorbringen, das darf nur jemand aus dem Adelsstand. Aber da Ihr mit den hiesigen Gesetzen vermutlich nicht ganz vertraut seid, lasse ich Euch gern die Kopien relevanter Statuten in Euer Stadthaus bringen.«

Ihr Herz schlug noch schneller. »Vielen Dank, Hauptmann Serrado«, erwiderte sie und öffnete die Tür.

* * *

Isla Prišta, Westbrück: 29. Cyprilun

Der Salon in Renatas Stadthaus war an Gediegenheit kaum zu überbieten, von dem Teppich von der Abenddämmerungsstraße, der sich unter Giunas Slippern herrlich dick anfühlte, bis hin zu jeder Vase, Schachtel oder Statuette auf dem Kaminsims oder den Regalen. Während sie wartete, sah sich Giuna einige Dinge genauer an: eine schlanke, rehartige Kreatur aus schwarzem Stein, der derart auf Hochglanz poliert war, dass sie ihr umgekehrtes Spiegelbild im Rumpf des Wesens sehen konnte, einen mit lilafarbenen Irisblüten bemalten Fächer, wobei die Blütenblätter schimmerten, da Perlenstaub in die Farbe gemischt worden war, ein poliertes Kistchen, das eine zarte Melodie von sich gab, solange sich der Schlüssel drehte. Alles stand für den edlen Geschmack der Besitzerin.

Und alles waren Geschenke, die Renata von ihren Bewunderern erhalten hatte.

Nachdem sie tagelang ihrer Mutter beigestanden hatte, war Giuna endlich dazu gekommen, ihrer Trauer in Sibiliats Armen freien Lauf zu lassen. Im Anschluss daran fühlte sie sich leer und ausgelaugt, wie eine zerbrechliche Hülle, die keinen weiteren Schlag verkraften konnte. Doch je länger sie sich im Salon umschaute, desto mehr rechnete sie mit einem solchen.

Als Renata in einem immergrünen Morgenmantel eintrat, hatte Giuna vor lauter Sorge fast schon ihre Handschuhe ruiniert. Renata ergriff ihre Hände trotzdem mit derselben aufrichtig wirkenden Wärme, die sie an den Tag legte, seitdem sie in Nadežra weilte. »Giuna, meine Liebe. Was ist denn los?«

»Meine Liebe« klang in Giunas Ohren irgendwie falsch und so, wie es andere benutzten, wenn sie sich ihr gegenüber herablassend verhielten. Nicht dass Renata so etwas jemals getan hätte. So würde sie sich nicht verhalten.

Oder doch?

»Es ist nichts«, antwortete Giuna. »Mir ist nur aufgefallen, dass die Glasskulptur nicht mehr da ist, die Ihr bei der Gloria gekauft habt und die zu meiner passt.«

Trotz ihrer gespielten Fröhlichkeit kamen ihr die Tränen. Leato hatte sie an jenem Tag geneckt. Das hatte er zwar immer getan, aber an diesem Tag hatte er sich überaus brüderlich gezeigt, um Renata zu beeindrucken.

»Oh«, murmelte Renata. »Die Skulptur steht in meinem Schlafzimmer.«

Eine durchaus glaubhafte Erklärung. Es gab keinen Grund, misstrauisch zu sein.

Abgesehen davon, dass Sibiliat Giuna mehr als genug Gründe gegeben hatte.

»Darf ich sie sehen?« Das war nun wirklich eine seltsame Bitte. Giuna suchte rasch nach einer Ausrede. »Ich musste an diesen Tag auf der Gloria denken und wie glücklich wir damals waren und dass Leato ...« Mehr bekam sie nicht heraus. Sie brachte es nicht über sich, den Namen ihres Bruders bei einer Lüge einzusetzen, und kam sich schrecklich vor, weil sie es auch nur versuchte. *Es tut mir so leid, Leato. Aber ich muss es wissen.*

Renata zuckte zusammen. »Ach, Giuna, als ich krank war, ist mein Schlafzimmer ... Nun, es gibt nun wirklich keinen schönen Anblick ab.«

Sie hatte eigentlich nur die Skulptur und nicht den Raum sehen wollen, doch Renatas Weigerung – bevor sie überhaupt darum gebeten hatte – gab ihr den Rest.

»Dann vielleicht das Esszimmer?«, schlug Giuna vor und versuchte nicht länger, etwas vorzutäuschen. »Das Studierzimmer? Die Bibliothek? Oder vielleicht die Küche, da Ihr dort angeblich schlaft?«

Renata erstarrte. Mehr geschah nicht: Ihr Gesicht blieb gefasst, sodass man ihr den Schreck nicht ansehen konnte. Zwei Herzschläge vergingen, dann ein dritter – und erst dann reagierte sie. Ihre Kehle arbeitete kurz, bevor sie die Sprache wiederfand. »Oh, Lumen. Giuna, ich ...«

»Dann stimmt es also«, flüsterte Giuna. Ein naiver Teil von ihr hatte gehofft, Sibiliat würde aus Eifersucht lügen. Dass die Person, die Sibiliat in Renatas Stadthaus geschickt hatte, während Renata bewusstlos im Traementis-Herrenhaus im Bett lag, nichts Außergewöhnliches hatte finden können.

Aber Renatas Reaktion bestätigte es. »Wir haben Euch vertraut, und ...« Giuna unterdrückte ein Schluchzen und wandte sich zum Gehen.

Doch dann blieb sie stehen. Es gab niemanden mehr. Leato war tot und ihre Mutter trauerte auch so schon genug. Nun oblag es Giuna, sich um diese Angelegenheit zu kümmern. Sie drehte sich wieder zu Renata um und rang um Fassung. »Mit wem arbeitet Ihr zusammen? Mit Meister Vargo? Was wollt Ihr von uns?«

»Nein, ich ...« Renata griff hinter sich, fand einen Sessel und sank hinein. »Ich arbeite nicht mit Vargo zusammen – oder mit jemand anderem. Ich bin nur ...«

Sie vergrub das Gesicht in den Händen. Das Schweigen schien sich wie eine Kluft zwischen ihnen zu erstrecken. Nach einer Weile hob Renata den Kopf. »Würdet Ihr Euch bitte setzen? Dann kann ich versuchen, es Euch zu erklären.«

Alle behaupteten, Giuna wäre zu weich. Naiv. Fischchen, hatte Leato sie immer genannt. Und Sibiliat sagte kleines Vögelchen zu ihr. Donaia hatte Leato gestattet, einen Teil des Pechs, das ihre Familie ereilt hatte, zu schultern, doch beide waren der Ansicht gewesen, es wäre besser, Giuna im Dunkeln tappen zu lassen.

Früher mochten sie vielleicht recht gehabt haben, doch damit war es vorbei. Giuna setzte sich, verschränkte die Arme und versuchte, sich zu wappnen. »In Ordnung. Erklärt es mir.«

»Einiges davon weiß Eure Mutter bereits – auch wenn ich sie anfänglich ebenfalls angelogen habe, aber nicht einmal sie weiß ...« Mit einer hilflosen Geste bezog Renata das ganze Haus ein. Nicht nur den eleganten Salon, sondern auch alle anderen Räume, die Sibiliats Worten zufolge mit Stoffen verhängt und staubig waren. Alle, bis auf die Küche, in der die feine Alta Renata Viraudax auf dem Boden schlief.

Giuna lauschte mit verkrampftem Kiefer, während Renata ihre Geschichte erzählte. Die teilweise unbekannte Wahrheit über ihre Empfängnis und der wahre Grund, aus dem sie nach Nadežra gekommen war. »Ich hatte bei meiner Ankunft nur sehr wenig Geld«, gab Renata zu. »Mein Vater ist längst nicht mehr so wohlhabend wie damals, als meine Mutter ihn geheiratet hat, aber das hat damit wenig zu tun; sie haben mir verboten, hierherzukommen, daher musste ich davonlaufen. Und ja – ich gebe es zu: Ich kam in der Hoffnung her, mich wieder den Traementis anzuschließen. Denn ich wusste von Euch nur das, was Mutter mir erzählt hatte: dass es eine reiche und mächtige Familie ist, der die Last einer weiteren Cousine nichts ausmachen würde.«

»Ihr müsst sehr enttäuscht gewesen sein.« So enttäuscht, wie es Giuna nun war. Sie versuchte gar nicht erst, ihre Verbitterung zu verbergen. »Und jetzt, wo Leato tot ist, steht Euch der einfachste Weg in unser Register nicht mehr offen.«

»Nein«, widersprach Renata eindringlich. »Ich habe nie versucht, das durch Heirat zu erreichen. Lumen möge mich verbrennen, Giuna – wenn ich so kaltherzig wäre, hätte ich Euch nach seinem Tod dann nicht den Rücken zugewandt und wäre abgereist? Als Vargo mich ansprach, ging ich auf seinen Vorschlag ein, weil ich der Ansicht war, dass das Haus Traementis davon profitieren würde. Ja, ich bin nach Nadežra gekommen in der Hoffnung, einfach von Eurem Reichtum leben zu können, und darauf bin ich nun wirklich nicht stolz. Aber selbst vor dem Albtraum hatte sich das längst gerändert, und seitdem …«

Sie sprach nicht weiter und starrte ins Leere. War ihre Trauer nur gespielt? Sibiliat hatte Giuna schon vor Monaten darauf hingewiesen, dass Renata die Menschen um sie herum hervorragend zu manipulieren wusste. Dass sie andere dazu brachte, sie zu mögen, während sie gleichzeitig nicht die Wahrheit über sich sagte.

»Es tut mir so leid.« Renata sprach so leise, dass Giuna es kaum hören konnte. »Ich weiß, dass ich Euch verletzt habe, noch dazu in einer Zeit, in der dies das Letzte ist, was Ihr gebrauchen könnt. Jetzt bleibt mir nur der Versuch, es wiedergutzumachen.«

Der Drang, sie zu trösten, war stark. *Weich. Naiv.* Giuna ballte die Fäuste, biss die Zähne zusammen und widerstand. »Wie.«

Zum ersten Mal, seitdem sie zu ihrer Erklärung angesetzt hatte, sah Renata Giuna in die Augen. »Eure Mutter hat neulich etwas gesagt. Nach L… Nach der Beerdigung Eures Bruders. Und damit lag sie richtiger, als sie vermutet hatte: Eure Familie ist in der Tat verflucht. Ich kenne den Grund dafür nicht, bin jedoch davon überzeugt, dass Euer ständiges Pech nicht nur Zufall ist, was ich ihr auch gesagt habe. Momentan versuche ich zusammen mit Meda Fienola, den Fluch zu brechen. Sobald das geschafft ist …« Sie schien in sich zusammenzusinken. »Danach werde ich wieder für Euch im Privilegienhaus als Advokatin tätig sein, wenn Ihr das wünscht. Andernfalls ... werde ich einfach verschwinden.«

Ein Fluch. Giunas Verbitterung schlug in eiskalte Furcht um. Wieso hatte ihre Mutter ihr nichts davon erzählt?

Das war jedoch eine Frage, die sie Donaia und nicht Renata stellen musste. Tatsächlich gab es jetzt eine ganze Menge Dinge, die Giuna mit ihrer Mutter besprechen musste, und solange sie das nicht getan hatte, würde sie auch nicht entscheiden können, wie es weitergehen sollte.

Sie stand auf und hielt sich schnurgerade, was Sibiliat stolz gemacht hätte. »Danke für Eure Aufrichtigkeit. Ich finde allein hinaus.«

Als sie hörte, wie Renata Luft holte, wappnete sie sich. Renata würde sie fragen, wie sie es herausgefunden hatte, was Giuna jedoch nicht preisgeben wollte, um Sibiliat nicht zu verraten.

Doch nach dem leisen Ausatmen folgte nur: »Es tut mir aufrichtig leid, Alta Giuna.«

Die Entschuldigung bewirkte, dass Giuna nachdenklich zur Isla Traementis zurückkehrte. Möglicherweise lag es auch am Titel. Sie hatte sich so gefreut, als Renata anfing, sie nur mit dem Vornamen anzusprechen. War das ebenfalls nur Berechnung gewesen?

Wusste Leato davon? Sie hatte vergessen, diese Frage zu stellen, und konnte nur hoffen, dass dem nicht so gewesen war.

Giunas Vater war gestorben, als sie noch zu jung gewesen war, um sich gut an ihn zu erinnern, aber sie kannte die Geschichten über die vergangenen Generationen ihrer Familie. Die Traementis waren wegen ihrer Rachefeldzüge ebenso legendär gewesen wie für die Grausamkeit, mit der sie jene vernichteten, die sie betrogen hatten.

Sie mochte sich gar nicht vorstellen, was sie mit Renata gemacht hätten – und das würde sie auch nicht tun.
Weich. Naiv.
Giuna weigerte sich, das als etwas Schlechtes anzusehen.
»Colbrin«, sagte sie, als der Majordomus ihr die Tür öffnete. »Mir ist aufgefallen, dass es in Renatas Haus recht kühl ist. Schickt ihr doch bitte einige Schütten Kohle.« Sie war schon auf dem Weg ins Studierzimmer ihrer Mutter, als ihr noch etwas einfiel. »Ach ja, und auch eine Matratze.«

* * *

Isla Prišta, Westbrück: 30. Cyprilun

Der folgende Vormittag brachte eine seltsame Fülle an Lieferungen mit sich. Die erste kam aus dem Traementis-Herrenhaus, und bei ihrem Anblick überkam Ren der seltsame Drang, in Tränen auszubrechen, allerdings wollte sie nicht, dass der Diener sich fragte, wieso sie wegen Kohle und einer Matratze sentimental wurde.

Obwohl keine Nachricht dabeilag, war die Botschaft eindeutig. Was immer Giuna jetzt auch über sie denken mochte, so schien sie ihr gegenüber nicht völlig feindselig eingestellt zu sein. Und das war mehr, als Ren sich hatte erhoffen können.

Kurz darauf wurden mehrere Körbe von Vargo gebracht, die diverse Lebensmittel zusammen mit hilfreichen Anmerkungen enthielten, wie diese sie vor allen möglichen Krankheiten schützen konnten, die sie sich möglicherweise in den Tiefen zugezogen hatte. Sedge musste laut lachen, als Ren ihn danach fragte. »Der Mann fürchtet nicht viel, verabscheut aber kranke Menschen. Hey, so habt ihr Geld gespart und eine volle Speisekammer.«

Da hatte er recht. Danach folgte der letzte und verblüffendste Gegenstand – ein in schlichtes Papier gewickeltes Paket, das vor der Dienstbotentür lag. »Etwas von Pavlin?«, mutmaßte Ren, als Tess es hereinbrachte.

»Falls es Brot ist, dann hat jemand vergessen, es zu backen.« Tess legte das Paket auf den Tisch. »Es ist sehr schwer.«

Ren wickelte es zaghaft aus und keuchte auf, als sie den Inhalt erblickte: Es war ein wunderschön bestickter vraszenianischer Schal, wie ihn eine angesehene Szorsa tragen würde. Ein sehr schwerer Schal noch dazu, und sie musste ihn erst befühlen, bevor sie den Grund dafür herausfand: In die Säume waren sieben äußerst geschickt verborgene Wurfmesser eingenäht.

»Das ist wirklich ein sehr schönes Stück.« Tess rieb den Stoff zwischen den Fingern und bewunderte das durchdrungene Versteck der Messertaschen. Als sie den Schal auseinanderfaltete, fiel etwas Weißes zu Boden.

Darauf stand in schräg stehender Schrift eine knappe, präzise Nachricht. *Damit du nicht länger waffenlos bist. Wir treffen uns vor dem Drei Aale in Fleischmarkt. Fünfte Erde. Wir müssen unser Gespräch noch beenden.*

Ren schlug das Herz bis zum Hals. Es gab keine Unterschrift oder irgendein Zeichen ... trotzdem war der Absender offensichtlich.

Trotz ihrer Begeisterung über die hervorragende Handwerksarbeit entging Tess nicht, dass Ren auf die Bank sank. »Was ist?«

Wortlos zeigte Ren ihr die Nachricht. Tess biss sich auf die Unterlippe. »Was hast du vor?«

»Hingehen«, antwortete Ren resigniert. »Was bleibt mir anderes übrig?«

Ein plötzlicher Gedanke bewog sie dazu, Vargos Anweisungen erneut zu studieren. Die Handschrift auf den beiden Nachrichten war alles andere als identisch – alles andere wäre jedoch auch enttäuschend gewesen –, aber sie hatte einfach nachsehen müssen.

Vor dem Treffen mit dem Raben galt es jedoch, eine andere Verabredung einzuhalten.

* * *

Grednyek-Enklave, Sieben Knoten:
30. Cyprilun

Idusza lachte erfreut und goss einen ordentlichen Schluck Zrel in den Tee, der so schwarz wie Flussschlamm war. »Deine Karten haben die Gesichter der Skeptischen vor Scham erröten lassen, Szorsa. Noch kein Diebstahl ist jemals so leicht über die Bühne gegangen. Es war, als hätten die Hunde den Füchsen ins Hühnerhaus geholfen.«

Sie saßen in der Wohnung über dem Kerzenmacher beisammen und Arenza hörte sich Iduszas Bericht über den Diebstahl des Salpeters an. Sie lehnte den angebotenen Zrel ab und gab passende erfreute und amüsierte Geräusche von sich, während ihr Idusza von einem Wachmann berichtete, den ein sitzen gelassener Liebhaber ablenkte, einer Tür mit einem defekten Riegel und dem Salpeter an genau der zuvor von Arenza beschriebenen Stelle.

Arenza nippte an ihrem Tee. »Das Muster hat dich gut geleitet. Ich war nur die Botin.«

Eher die Architektin. Dank Renatas vorheriger Zusammenarbeit mit Quientis hatte Ren ganz genau gewusst, wo der Salpeter gelagert wurde und wie er geschützt war; dank einiger dezent beeinflussender Worte und einem vorbereiteten Deck für Idusza waren die Anfälligkeiten leicht als göttliche Inspiration zu verkaufen.

»In diesen Zeiten kann unser Volk solche Boten gut gebrauchen.« Idusza presste sich den Rand der Tasse an die Lippen und musterte Arenza. »Das hat Andrejek auch gesagt und er will dich kennenlernen.«

Idusza hatte schon seit ihrer ersten Begegnung eine mögliche Rekrutierung für die Stadnem Anduske angedeutet, aber hierbei ging es um mehr. Arenza ließ sich ihr Erstaunen anmerken. »Aber – ich bin eine Fremde. Er ist ein gesuchter Mann, denn sowohl die Ziemetse als auch der Cinquerat ist hinter ihm her. Da trifft er sich doch bestimmt nur mit Leuten, denen er vertraut.« Zu denen anscheinend auch Idusza gehörte. War es Mezzan allen Ernstes gelungen, jemanden ausfindig zu machen, der derart hoch in der Befehlskette der Stadnem Anduske stand?

»Er vertraut mir und ich vertraue dir.« Idusza leerte ihre Tasse und stellte sie beiseite. Als sie sich vorbeugte, schwang ihr Zopf durch die Luft, und nicht einmal ihre weichen, rundlichen Wangen vermochten ihre harten Worte zu mildern. »Wir kämpfen seit Jahrzehnten darum, das zurückzubekommen, was uns gehört. In der langen Zeit haben wir ganz vergessen, dass es auch Ažerais' Besitz ist. Die Ziemetse sind nutzlos; sie haben die Pattsituation mit Nadežras Eroberern akzeptiert. Wir gehen mit unseren Feinden anders um als sie. Aber du hast mir etwas ins Gedächtnis gerufen – deine Hilfe hat uns alle daran erinnert: dass dies die *gesegnete* Stadt unserer Göttin ist. Wie sollen wir sie ohne ihren Segen zurückbekommen?«

»Ihr geht mit euren Feinden anders um, aber trotzdem ...« Arenza unterbrach sich und zog den Kopf ein. »Bitte entschuldige. Das habe ich dir schon einmal vorgehalten.«

Idusza verzichtete auf den Tee und goss nur etwas Zrel in ihre leere Tasse. »Mezzan hatte genug Gelegenheiten, mich zu verraten, und er hat keine davon genutzt. Er unterstützt uns. Und ... er ist nützlich.«

Nützlich. Hatte die Stadnem Anduske von Mezzan vom Salpeter erfahren? Vermutlich nicht, da Quientis dieses Handelsprivileg schon seit Jahren besaß.

Arenza hielt den Mund und wartete. Der einzige Grund, aus dem sie sich mit Idusza abgab, bestand darin herauszufinden, was Mezzan vorhatte, aber bislang widersetzte sich die Frau allen Versuchen, mehr über diese Beziehung herauszubekommen. Allerdings schwang jetzt etwas Verunsicherung in ihrer Stimme mit, und sie betrachtete den Zrel in ihrer Tasse, statt ihn zu trinken.

Erst nach einer Weile sprach Idusza weiter. »Meine Beziehung zu Mezzan ist ... kompliziert. Meine Mutter behauptet, ich würde ständig gegen ihren Rat handeln und Dinge tun, die ihr nicht gefallen. Ich vermute, dass es bei ihm und seinem Vater ähnlich ist, und hatte gehofft ...« Sie verstummte und schüttelte den Kopf. »Das ist unwichtig. Deine Karten weisen uns den Weg – daran zweifle ich nicht mehr –, und sie halten ihn für ein Problem. Aber wir brauchen ihn noch ein bisschen länger.«

Arenzas Herz schlug schneller. Idusza wandte sich nicht gegen ihren Liebhaber, zumindest noch nicht ... aber so viel wie jetzt hatte sie noch nie gesagt. »Aber wofür braucht ihr ihn? Würde er euch öffentlich unterstützen, könnte ich ja verstehen, warum man Caerulets Sohn in seiner Nähe behält. Aber er hüllt sich in Schweigen.«

»Hältst du es für Zufall, dass der Wache im letzten Jahr rein gar nichts gegen uns gelungen ist? Mezzan lenkt sie ab, wenn wir es am dringendsten brauchen. Ich werde den anderen sagen, dass sie vorsichtig sein müssen – und mich selbst auch daran halten –, aber er ist zu wertvoll, als dass wir ihn jetzt aufgeben könnten.«

Noch ein bisschen länger, hatte Idusza gesagt. Was hatten sie vor? Und noch viel wichtiger, welche Bedeutung hatte es für Indestor?

Idusza erweckte den Anschein, als hätte sie schon zu viel gesagt. Arenza schenkte ihnen noch etwas Tee ein. »Dann hoffe ich, dass Ažerais über euch wacht und eure nächsten Schritte segnet.«

* * *

Fleischmarkt, Unterufer: 30. Cyprilun

Wie alle Elendsviertel Nadežras schlief auch der Fleischmarkt nie, sondern ruhte nur die Augen aus. Als Ren an einem Hauseingang vorbeikam, regte sich ein Lumpenbündel, und der ausgezehrte Mann darunter starrte sie ebenso hungrig wie misstrauisch an. Zwei Flittchen, die an einer Ecke arbeiteten, beäugten sie ähnlich kritisch, aber nicht so hungrig; sie konnten ihre Kundschaft gut einschätzen und erkannten sofort, dass von ihr weder Münzen noch Interesse zu erwarten waren.

Sie trug dieselbe unscheinbare dunkle Hose und den Mantel im Liganti-Stil, in denen sie sich zu Beginn ihres Plans umgeschaut hatte, und hielt ein Taschentuch bereit, falls sie ihr Gesicht verbergen musste. Wenn der Rabe damit rechnete, dass sie den Schal trug, den er ihr geschickt hatte, hätte er sie nicht zum Fleischmarkt gebeten, denn ein so feiner Stoff würde hier nur ruiniert oder gestohlen.

Allerdings war sie mit so vielen Messern bewaffnet, wie sie nur irgendwie hatte unterbringen können.

Das *Drei Aale* stand am Ende einer Sackgasse gegenüber der aufgegebenen Werkstatt eines Wagenmachers, deren riesiger Eingang mit Brettern zugenagelt war. Eine ähnliche Umgebung hätten die Finger genutzt, um betrunkene Gäste beim Verlassen einer Ostretta auszunehmen. Lauerte der Gesetzlose hier irgendwo auf sie? Ren stand zögernd im Schatten und hielt nach verdächtigen Bewegungen Ausschau.

Hier ist nicht mal eine Ratte zu sehen.

Blieb nur noch das *Drei Aale*, das kaum weniger verlassen wirkte als die Werkstatt. Ein Schild hing von der Traufe herunter, und wenn Ren die Augen zusammenkniff, konnte sie gerade so drei Schlingen ausmachen, die mit abblätternder grauer Farbe auf das von schwarzem Schimmel zerfressene Holz gemalt worden waren.

Fleischmarkt lag sehr weit von ihrem alten Territorium auf der Insel entfernt. Hier kannte sie weder die Straßen noch die besten Verstecke und schnellsten Fluchtwege. Auch die Leute kannte sie nicht und wusste nur, was Sedge ihr erzählt hatte. Vargo kontrollierte Teile des Viertels, aber nicht alles.

Der ferne Klang der Glocken verriet ihr, dass ihr noch anderthalb Stunden bis zum Treffen blieben. Das sollte ausreichen, um dem Betrunkenen vor dem Hauseingang einen nicht verwässerten Zrel im *Drei Aale* zu kaufen und sich seine Sicht der Gegend erklären zu lassen. Danach betrieb sie ein wenig Aufklärung und vergewisserte sich, dass sie mehrere gute Routen kannte, um notfalls schnell zu verschwinden – falls sie vor der Wache fliehen musste, vor Vargos Leuten, vor dem Raben … Die Asche war zwar vollkommen aus ihrem Körper verschwunden, doch die Angst war geblieben, als hätte sie sich in ihren Knochen festgesetzt.

Sie brauchte einen Platz zum Beobachten und Warten. Aus alter Gewohnheit schaute sie nach oben: Die dicht an dicht stehenden Häuser in den Elendsvierteln von Nadežra boten auf den Dächern gute Aussichtspunkte und verborgene Nischen, um sich darin zu verstecken. Eine schmale Lücke zwischen zwei Gauben des Wohnhauses am Eingang der Gasse sah am vielversprechendsten aus; von dort hätte sie die gesamte Gasse und einen Großteil der Dächer in der Nähe im Blick.

Die einzige Schwierigkeit bestand darin, dort hinaufzugelangen. Alte Gewohnheiten legte man zwar nur schwer ab, doch bedauerlicherweise galt dasselbe nicht für verkümmerte Kletterfähigkeiten.

Ein lautstarker Streit im Gebäude kam genau zur rechten Zeit, um ihre Geräusche beim Erklimmen des Gebäudes zu übertönen. Ren legte sich in den geschützten Platz zwischen den Gauben, schob die bloßen Hände unter die Arme, um sie zu wärmen, und versuchte, nicht an Flüche zu denken.

»Das ist mein Platz.«

Nur die Tatsache, dass sie schon fast damit gerechnet hatte, er würde sich von hinten an sie heranschleichen, verhinderte, dass sie reflexartig ein Messer zog. »Dann habe ich mir ja einen guten ausgesucht.«

Als sie sich umdrehte, lehnte der Rabe am schrägen Dach einer Gaube und war weit genug entfernt, dass sie sogar noch eine Fluchtmöglichkeit hatte. Die Kapuze senkte sich – eine Zustimmung? Ein Gruß? Ren mochte gut darin sein, andere zu durchschauen, aber selbst sie stieß bei Schatten an ihre Grenzen. »Du bist früh dran«, stellte er fest.

Als wäre er nicht ebenfalls drei Glocken vor der vereinbarten Zeit hergekommen. *Wenn nicht sogar noch früher.* Wie lange hatte er sie schon beobachtet? »Aus Neugier«, erklärte sie und merkte selbst, wie angespannt ihre Stimme klang. »Als Ihr sagtet, dass wir unsere Diskussion fortsetzen würden, hatte ich mit etwas anderem gerechnet als damit, mitten in der Nacht nach Fleischmarkt gebeten zu werden.«

»Ich hatte an einen Tee bei *Ossiter* gedacht, konnte jedoch keinen Tisch reservieren.«

»Ihr hättet auch einfach an meine Tür klopfen können, damit wir uns wie zivilisierte Menschen unterhalten.«

In ihren Worten schwang ein wenig von Renatas Spitzfindigkeit mit. Das war unter diesen Umständen vielleicht nicht besonders schlau, allerdings glaubte sie, ein leises Lächeln bei ihm auszumachen. »Du hast eine merkwürdige Meinung von mir, wenn du glaubst, ich würde irgendwo anklopfen.«

Er hockte sich zwischen die Gauben und hielt sich an den Rändern fest, um nicht gegen Ren zu rutschen, als die Tür des *Drei Aale* geöffnet wurde und wieder zufiel. Ein Vraszenianer taumelte mit schwingenden Armen heraus und lehnte sich erst zur einen, dann zur anderen Seite, bis sein Rücken knackte und er erleichtert aufatmete.

Ein Passant hätte ihn für einen Gast gehalten, der sich bloß die Beine vertreten wollte, doch er interessierte sich viel zu sehr für die leere Straße – und die Dächer über ihm.

»Die zivilisierte Unterhaltung muss warten«, murmelte der Rabe. »Es gibt einen Grund, aus dem ich dich heute hergebeten habe.«

Sie musterte den Mann verwirrt. »Was hat das zu bedeuten?«

»Ich muss in die alte Wagenmacherei, aber sie wird die ganze Zeit beobachtet. Der Mann da unten hält heute Nacht Wache. Könntest du dich lange genug mit ihm anfreunden, damit ich in die Werkstatt gelangen kann?«

Zumindest wusste sie beim Raben, dass »anfreunden« nicht »töten« bedeutete. Aber er hatte sie mit einer Anspielung auf ihr letztes Gespräch hergebeten – und jetzt verlangte er, dass sie stattdessen etwas für ihn tat?

Er hatte ein Druckmittel gegen sie in der Hand, was er ganz genau wusste. Daher blieb ihr kaum eine andere Wahl, als sich zu fügen. »Wie lange soll ich ihn ablenken?«

»Lange genug, dass ich nicht gesehen werde. Eine halbe Glocke?«

Sie verzog das Gesicht. »Warum? Was ist denn da drin?«

Während sie miteinander flüsterten, kehrte die Wache in die Ostretta zurück. Sobald der Mann weg war, antwortete der Rabe: »Eine Druckerpresse.«

»Und?«

»Und hoffentlich auch die aufrührerischen Flugblätter, die die Stadnem Anduske damit druckt.«

»Vraszenianische Radikale. Nicht gerade Eure üblichen Opfer.« Ren wusste, dass sie lieber den Mund halten und tun sollte, was er verlangte, aber ein leichtsinniger Instinkt trieb sie dazu, sich nicht unterkriegen zu lassen. »Oder liegt es daran, dass sich eine von ihnen mit Mezzan Indestor eingelassen hat?«

Die Kapuze des Raben wandte sich ihr ruckartig zu. »Na, das ist doch mal ein interessantes Gerücht. Wer hat dir das verraten?«

Wie lange würde es dauern, bis Schuldgefühle und Trauer ihr zusetzten? »Leato«, flüsterte Ren und versuchte, Trost in der Tatsache zu finden, dass der Rabe nichts von ihren Informationen über Idusza gewusst hatte. *Wenigstens habe ich noch ein paar Geheimnisse.* »Er hat ihr nachspioniert – und nach etwas gesucht, das er gegen Indestor verwenden kann.«

»Wahrscheinlich ist es doch eher Indestor, der hier andere ausnutzt«, meinte der Rabe, stand auf und reichte ihr die Hand. »Bist du dabei? Oder muss ich dem guten Mann da unten einen sehr unschönen Abend bescheren?«

Sie blickte an seiner Hand vorbei unter die Kapuze. In Mettores Studierzimmer hatte sie die durchdrungene Tarnung der Geheimtür entdeckt, indem sie so getan hatte, als wüsste sie, dass sie dort war. Dieser Trick ließ sich bei der Verkleidung des Rabens jedoch nicht einsetzen. Obwohl sie sich sagte *Das ist Vargo,* konnte das Gesicht in der Dunkelheit jedem gehören, von Colbrin bis hin zur Kiraly-Enkelin.

Sie stand auf, ohne seine Hand zu ergreifen. »Na gut.«

Peinlicherweise benötigte sie seine Hilfe, um vom Dach auf die Straße zu gelangen. Neun Tage ohne Schlaf hatten ihrer Kraft und Ausdauer einen gehörigen Dämpfer verpasst. Als ihr Fuß die gesprungenen Pflastersteine der Gasse berührte, ließ der Rabe ihre Hand jedoch nicht los. »Auf der

Rückseite der Werkstatt befindet sich ein kleines Fenster. Für mich ist es zu klein, aber du könntest hindurchpassen. Ich lasse es für dich offen.«

Das erstaunte Zucken ihrer Finger konnte ihm nicht entgangen sein. »Ich dachte, ich soll den Mann nur ablenken.«

»Würde ich nur eine Ablenkung brauchen, hätte ich dich nicht hergebeten«, erwiderte er und war verschwunden.

Rens Atem ging unsteter, als ihr lieb war. Zugegeben: Er war der Rabe. Wenn er eine Wache nicht selbst ablenken konnte, sollte er seine Kapuze besser an den Nagel hängen. Aber was sollte dieses Spielchen mit ihr?

Da er weg war, würde sie keine Antworten mehr bekommen. Ren richtete ihren Mantel und ging ihre Optionen durch. Für eine konventionelle Ablenkung war sie falsch gekleidet, und wenn der Wachmann auch nur einen gesalzenen Hering wert war, würde er so etwas ohnehin ignorieren. Sie konnte im *Drei Aale* eine Schlägerei anzetteln, aber ...

Ein Windstoß ließ das Schild an den verrosteten Angeln wackeln. Ihr fiel wieder ein, was der Betrunkene über die Ostretta und ihre Geschichte gesagt hatte, und zum ersten Mal seit dem Lesen der Nachricht des Raben umspielte ein richtiges Lächeln ihre Lippen.

Kurz darauf war Ren heilfroh, die Fluchtwege ausgekundschaftet zu haben, und als sie zum Wagenmacher zurückkehrte, war sie völlig außer Atem. Das vom Raben erwähnte Fenster ließ sich zwar durchaus erreichen, allerdings musste er ein ziemlicher Optimist sein, wenn er glaubte, dass sie da durchpasste. So schnell würde sie jedoch nicht aufgeben, daher erklomm sie die Mauer und wand sich irgendwie hindurch, was ihr einige blaue Flecke einbrachte und sie einen Knopf kostete.

Als sie landete, hörte sie ihn sagen: »Ich bin beeindruckt. Bei genauerem Betrachten war ich mir nicht mal sicher, dass dort eine Katze durchpasst.« Der Rabe lehnte an der hinteren Wand der Werkstatt neben diversem Schreinerwerkzeug, Radspeichen und -achsen.

»Ihr hättet mir ja helfen können«, murmelte Ren und wischte sich den Staub von der Kleidung.

»Und mir das Beobachten einer Meisterin in Aktion entgehen lassen?« Die Kapuze bewegte sich von einer Seite zur anderen und er kam um einen Stapel verrotteter Pappkartons herum auf sie zu. »Ich habe den Aufruhr draußen mitbekommen. Gut gemacht, wenngleich etwas lauter als erwartet.«

Er holte einen kleinen Leuchtstein hervor, der an einer kurzen Kette befestigt war, und wickelte ihn sich ums Handgelenk. War das der Stein, den er auch im Indestor-Herrenhaus bei sich gehabt hatte? Oder war er so reich wie Vargo und konnte sich zahllose numinatrische Gegenstände für jeden Bedarf kaufen?

»Hilf mir mal«, bat der Rabe und griff nach den Kartons.

Sie verbargen eine kleine Druckerpresse, neben der sich ein Stapel Flugblätter befand, die nach Papierbrei und frischer Tinte rochen. Er zog eins heraus und hielt es so, dass sie beide den vraszenianischen Text lesen konnten.

»›Die Liganti haben unser Nest wie Kuckucke übernommen. Wir müssen sie aushungern‹«, las er vor. »›Novrus hat sich Ažerais' Quelle einverleibt. Wir dürfen sie nicht füllen ... Dann sehen wir, wie es den Geiern ergeht, wenn sie keine Knochen zum Abpicken finden ...‹ Da konnte sich wohl jemand nicht für eine Metapher entscheiden.«

»Sie wollen, dass die Leute dem Fest des verschleiernden Wassers fernbleiben?« Ren runzelte die Stirn. In einem normalen Jahr hätte das durchaus Sinn ergeben. Da Argentet die kulturellen Belange der Stadt und damit auch das Amphitheater und den Zugang zur Quelle kontrollierte, wurde für das Recht, sich dort aufzuhalten, Geld verlangt. Selbst in den Jahren, in denen sich die Quelle nicht für den großen Traum manifestierte, bezahlten die Vraszenianer dafür, an ihrem heiligen Ort feiern zu dürfen. Das Geld sollte angeblich für die kulturellen Institutionen und Veranstaltungen der Stadt eingesetzt werden, doch in Wirklichkeit landete ein Großteil davon in den Taschen desjenigen, der den Argentet-Sitz innehatte – was schon seit Langem einen Stein des Anstoßes darstellte.

Aber die Leute waren wütend gewesen, als Iridet das Amphitheater nach der Nacht der Höllen für die Ermittlungen geschlossen hatte. Erst vor zwei Tagen hatte Tanaquis ihn davon überzeugen können, es wieder zu öffnen – und jetzt verlangte die Stadnem Anduske, dass sich die Leute fernhielten? »Sostira wird außer sich sein.«

Das Flugblatt in der Hand des Rabens zerknitterte, als er die Faust ballte. »Eine Freundin von Euch, Alta Renata?« Trotz seiner sanft klingenden Worte enthielten sie eine Drohung, die zuvor nicht da gewesen war, und Ren stockte der Atem. Sie hatte das ohne nachzudenken ausgesprochen – und zwar wie eine Adlige.

Der Rabe faltete das Flugblatt zusammen, steckte es in seinen Mantel und ließ den Blick durch die Werkstatt schweifen. Seine Stimme entspannte sich wieder. »Aber Novrus und Indestor sind keine Freunde. Trotzdem erscheint es mir unwahrscheinlich, dass er die Stadnem Anduske dafür nutzt. Es sei denn, er hofft darauf, dass Novrus hart gegen die Vraszenianer vorgeht, weil sie das Amphitheater nicht besuchen.«

»Es wäre ziemlich schwierig, Leute deswegen zu bestrafen – aber sie würde schon Wege finden, ihnen zu schaden, wenn sie es wirklich will.« Ren schob eine dreckige Segeltuchplane zur Seite und entdeckte darunter einen Stapel leeren Papiers, das zum Bedrucken bereitlag. »Möglicherweise will er Novrus auch nur lähmen. Doch das könnte er auch auf andere Weise tun, ohne dass sein Sohn mit einer Vraszenianierin ins Bett geht.«

Eine Kiste mit Druckerstempeln klapperte, als der Rabe sie zur Seite schob. »Was will er also?«, murmelte er so leise, dass Ren vermutete, er hätte die Frage eher an sich selbst gerichtet.

»Vielleicht will er die Stadnem Anduske provozieren, damit sie etwas tut, wofür er sie bestrafen kann. Aber das passt nicht ins Bild. Ich habe ein Muster für Met... Eret Indestor gelegt. Was immer sein Plan auch sein mag, er beinhaltet Magie.« Sie entdeckte einen Krug mit Farbe, öffnete ihn, schnüffelte daran und versuchte, einen Hauch von Asche auszumachen. »Das hier ist keine Magie.«

»Es sei denn, sie haben herausgefunden, wie man schlechte Rhetorik durchdringt.« Er sah zurück zum Eingang und dem Brett, das er gelöst hatte, um sich Zutritt zu verschaffen. Zwar befand es sich wieder an seinem Platz, würde einer genaueren Überprüfung jedoch nicht standhalten. »Wie lange wird der Wachmann in etwa noch beschäftigt sein?«

Sie schnaubte und leichte Belustigung stahl sich trotz der Anspannung in ihre Stimme. »Das hängt davon ab, ob ich versehentlich einen Bandenkrieg ausgelöst habe. Offenbar waren sie sehr stolz auf dieses Schild.«

Laut ihres betrunkenen Informanten war das *Drei Aale* früher einmal das *Drei Räder* und nach dem Wagenmacher benannt gewesen, bevor der Aufstieg eines Knotens, der sich die Aale nannte, den Besitzer der Ostretta dazu bewog, seine Allianz mit ihnen zu verkünden und das Schild notdürftig anzupassen. Im Augenblick erweckte es den Anschein, als hätte der Wachmann, der für die rivalisierenden Schlammwerfer arbeitete, das Schild gestohlen.

»*Versehentlich.*« Der Rabe gluckste und untersuchte die Presse, wobei er mit der behandschuhten Rechten über den Rahmen fuhr, als könnte er irgendwie die Flugblätter lesen, die hier zuvor gedruckt worden waren. »Vielleicht sollten dich diese Leute einstellen, damit du für sie schreibst.«

Das klang fast so, als sollte es ein Kompliment sein. Sie entdeckte noch weitere Flugblätter auf einem Tisch – und eine Schublade, die in die Seite eingelassen war und auf deren Griff kein Staub lag. Als Ren die Schublade aufzog, kam ein weiterer Druckrahmen zum Vorschein, der schon Text enthielt.

»Wir sollten ... Hast du was gefunden?«

»Noch eine Druckplatte.« Sie rieb mit einem Daumen über die Lettern, der sauber blieb. »Sie ist noch nicht benutzt oder sehr gründlich gereinigt worden.«

Der Rabe trat näher, aber nicht nahe genug, dass sie im Licht seines Steins die Buchstaben erkennen konnte. »Das ist eine Lesung, die mich sehr interessieren würde. Welche Opfergabe soll ich darbringen, Szorsa Arenza?« Das leise Geräusch konnte durchaus ein Lachen sein, und er hob eine Hand. »Meines Wissens sind Handschuhe eine gültige Währung, aber bei diesen handelt es sich bedauerlicherweise um Erbstücke.«

Ren versuchte, ihn nicht anzustarren. Bot er ihr eine Art Handel im Austausch gegen die Druckplatte an?

Ihr gingen mehrere Antworten durch den Kopf. *Ich will wissen, ob Ihr Vargo seid und mit mir spielt wie eine Katze mit einer dreibeinigen Maus. Ich möchte eine Information, die mir Macht über Euch verleiht, so wie Ihr Macht über mich habt.*

Doch all das war nicht das, was sie am meisten begehrte.

Sie hatte ganz trockene Lippen bekommen und leckte darüber. »Ich will wissen, was Ihr mit mir vorhabt, wo Ihr jetzt so viel über mich wisst.«

Die Hand des Rabens verschwand im Schatten seiner Kapuze, als würde er sich das Kinn reiben. »Du meinst, ob ich dich auffliegen lasse. Nein. Es wäre ziemlich heuchlerisch von mir, wenn ich die geheimen Identitäten anderer enthülle, findest du nicht auch? Wenn die Adligen töricht genug sind, dich in ihrer Mitte aufzunehmen, ist das ihr Problem.«

Bei seinen Worten erschauerte sie, jedoch nicht aus Angst, sondern weil sie überrascht war. »Ihr ... Aber ...«

Jeder ihrer auf der Straße geschärften Instinkte sagte ihr: *Aber was Ihr wisst, ist eine Waffe.* Er konnte sie einsetzen, um sie zu kontrollieren.

Und doch klang es nicht so, als hätte er das vor.

Er seufzte. »Pass mal auf ... Wie soll ich dich nennen?«

Die Frage war tiefgehender, als sie hätte sein sollen. Wenn sie als Renata oder Arenza geschminkt und gekleidet war, trug sie eine Maske und spielte vor der ganzen Welt eine Rolle; nur Tess und Sedge sahen sie wirklich. Aber der Rabe hatte bei dem Hinterhalt in ihrer Küche all diese Masken entfernt und die wahre Person hinter den Lügen enthüllt.

Womit ihr nur eine Antwort blieb. »Ren.«

»Ren. Was du treibst, geht nur dich allein etwas an. Ich glaube nicht, dass du die Nacht der Höllen ausgelöst hast, und du gehst gegen Indestor vor. Daher kannst du aufhören, dich gegen diesen Tisch zu drücken, als würdest du dich am liebsten darunter verstecken. Ich werde dich nicht ausliefern oder das gegen dich verwenden. Abgemacht?« Er spuckte in seinen Handschuh und reichte ihr die Hand.

Sie hielt sich am Tisch fest, während die Welt um sie herum zu tanzen schien und die Details an neue Positionen rutschten. Der Schal voller Messer. Die Nachricht, die sie nach Fleischmarkt bat. Das unverschlossene Fenster. *Würde ich nur eine Ablenkung brauchen, hätte ich dich nicht hergebeten.*

Der Rabe wollte sie nicht erpressen, sondern diese Nacht in der Küche wiedergutmachen.

Ren spuckte in ihre Handfläche und schüttelte seine Hand. Das Leder seines Handschuhs schmiegte sich an ihre Haut; sie spürte seinen festen Griff und packte ebenso fest zu. »Abgemacht.«

»Gut.« Das Licht an seinem Handgelenk ließ ein Lächeln

erkennen, als er den Hals reckte, um auf die Druckplatte hinter ihr zu blicken. »Darf ich jetzt mal sehen?«

Sie wischte sich die Hand ab, hob die Platte hoch und hielt sie gut fest, damit sie ihr nicht aus den zitternden Fingern rutschte. Es war auch so schon schwierig genug, den umgekehrten Text zu lesen, da ihr Vraszenianisch arg eingerostet war. Und dass sich ihr vor Erleichterung der Kopf drehte, machte die Sache ebenso wenig besser wie der Rabe dicht neben ihr. Sie hatte gerade erst wenige Zeilen entschlüsselt, als er das Wort ergriff.

»Es geht nicht nur darum, das Amphitheater zu meiden. Sie berufen eine Versammlung im Privilegienhaus ein.« Als er ausatmete, spürte sie den Luftzug neben ihrem Ohr. »Das wären sehr viele Vraszenianer an einem höchst falkenlastigen Ort.«

Ren entdeckte das Datum in einer eigenen Zeile. »Der fünfunddreißigste Cyprilun. Also in fünf Tagen. Wenn sie den Leuten zu früh Bescheid sagen, wird die Wache sie davon abhalten, daher werden sie das Flugblatt bestimmt erst kurz vor diesem Tag verteilen.«

Der Rabe fuhr mit einem Finger über den Text. »Gibt es einen besseren Weg, ein Massaker herbeizuführen, als einen Protest zu planen?«

Und gab es einen besseren Weg, einen Protest seriös wirken zu lassen, als wenn ihn jene organisierten, die den Cinquerat hassten?

»Aber ...«

Der Klang von Stiefeln auf den Pflastersteinen schnitt ihr das Wort ab, bevor sie dem Raben erzählen konnte, was Idusza über Mezzan gesagt hatte. »Leg sie zurück«, verlangte der Rabe rasch. »Und verschwinde durchs Fenster.« Er stellte sich zwischen Ren und die Tür. »Ich halte ihn auf.«

Sie zögerte nicht und legte die Druckplatte genau so in die Schublade, wie sie sie vorgefunden hatte. Dann rannte sie zum Fenster und stemmte einen Fuß gegen die Wand, um sich abzustützen und so den Fensterrahmen zu erreichen. Zwei weitere Knöpfe lösten sich, als sie hindurchkroch, doch jetzt kam es eher auf Geschwindigkeit denn auf Vorsicht an, und sie zog sich draußen bei der Landung auf dem Boden weitere Prellungen zu.

Aus dem Inneren der verlassenen Werkstatt hörte sie einen lauten Ruf, ein Lachen, ein Handgemenge und das Krachen von zerberstendem Holz, und dann war sie auch schon zu weit weg, um noch mehr zu hören.

* * *

Isla Prišta, Westbrück: 30. Cyprilun

Tess hatte hoch und heilig geschworen, dass sie noch wach sein würde, wenn Ren von ihrem Treffen mit dem Raben zurückkehrte, aber als Ren die Küchentür aufdrückte, lag ihre Schwester ruhig und tief schlafend auf der neuen Matratze. Nadel und Stoff waren ihr aus den Händen gefallen und zeugten von ihrer Entschlossenheit, und das Feuer war noch nicht runtergebrannt, daher musste sie erst vor Kurzem eingenickt sein.

Vorsichtig nahm Ren die Nadel weg, bevor sich Tess noch drauflegte. Die Matratze nahm erschreckend viel vom Küchenboden ein, aber sie hatten es für klüger gehalten, hier zu schlafen, als eines der oberen Schlafzimmer auch noch zu heizen, außerdem besaßen sie ohnehin kein anständiges Bettzeug. Sie deckte Tess zu, zündete eine Kerze neben dem Kamin an, suchte einige Sachen zusammen und ging nach oben.

Nicht in den Salon; das war Renatas Territorium. Stattdessen betrat sie das ungenutzte Esszimmer, nahm den Staubschutz vom Tisch und legte so eine Ecke frei, an der sie arbeiten konnte.

Nachdem sie langsam ausgeatmet und ihren Fokus nach innen gerichtet hatte, hielt sie das Deck in den Händen und dachte an den Raben: einen Wirbelwind mit schwarzem Mantel in Spitzenwasser, der spöttisch ihren Handschuh als Pfand verlangte. Eine glänzende Klinge in der Dunkelheit von Mettores Studierzimmer und dann ein warmer Körper hinter ihr im geheimen Schrank – die Erinnerung daran, dass hinter dem Schatten eine echte Person existierte. Ein Hinterhalt in ihrer Küche, dessen Wut sie zusammenbrechen ließ, um dann geduldig und sogar recht mitfühlend zu reagieren. Ein Schal voller Messer und eine Einladung, ihm zu helfen.

Ein Faden in der Dunkelheit, wenn alles verloren war. Eine Hand, die zu ihr nach unten ausgestreckt wurde, um sie vor dem Tod zu retten.

Der Rabe. Ein Geheimnis innerhalb eines Mysteriums in einem Mantel, den sie ihm nur zu gern vom Leib reißen würde – um ihn auf dieselbe Weise bloßzustellen, wie er es bei ihr getan hatte. Nicht, um ihn anderen zu enthüllen; sie wollte es einfach nur wissen. Damit sich ein Gleichgewicht zwischen ihnen einstellte und sie sich nicht allein auf sein Wort verlassen musste.

Rens Hände wussten, was zu tun war. Sie mischte die Karten und murmelte die Gebete, die Ivrina ihr vor so vielen Jahren beigebracht hatte. Gebete, die sie nach dem Tod ihrer Mutter nur ein einziges Mal in ihrem Albtraum gesprochen hatte. Aber das Muster war heilig, und wenn sie wollte, dass ihr die Götter und die Clanvorfahren ihren Segen gaben, musste sie ihnen Respekt zollen.

Im Licht der Kerze legte sie das Muster des Raben und drehte die unterste Kartenreihe um.

Asche hatte ihren Gedanken Klarheit verliehen und eine verquere Version dessen erschaffen, was einige Szorsa mithilfe von Aža zu erreichen versuchten. Dies war etwas anderes. Muster waren keine Sache der Vorhersehbarkeit; sie hatten mit Intuition zu tun und dass man die Verbindung zwischen den Dingen spürte. In ihrem ruhigen Verstand schienen die Fäden zu summen; der Spinnfaden für *Sprung zur Sonne*, der Webfaden für *die lachende Krähe* und der durchtrennte Faden für *Ungebrochenes Schilf*.

Sie hatte gehofft, das Muster würde ihr die Person unter der Kapuze enthüllen, was bislang nicht der Fall war – dies galt dem Raben selbst.

Hier war irgendetwas hinter der durchdrungenen Verkleidung; der Rabe war mehr als die Männer und Frauen, die diesen Namen getragen hatten. Jemand hatte ihn geschaffen, war das enorme Risiko eingegangen, den Raben ins Leben zu rufen. Und er hatte damit Erfolg gehabt – allerdings auch einen Preis dafür zahlen müssen. Die Schilfstücke zu den Füßen der Gestalt auf *Ungebrochenes Schilf* verrieten Ren, dass mehr als nur ein paar Raben wegen der Last, die sie trugen, ums Leben gekommen waren. Die Rolle war größer als eine Person und ließ den Menschen darin stärker erscheinen, als er sonst wäre; die Tarnung der Kapuze war nur ein kleiner Teil dessen, was diese Verkleidung für denjenigen, der sie trug, bewirkte. Aber sie machte die Person nicht unverletzlich.

Man konnte nicht behaupten, die Identität des Raben wäre niemals enthüllt worden. Auf der *lachenden Krähe* waren zwei Vögel zu sehen und die Rolle musste irgendwie weitergegeben werden. Aber man bewahrte das Geheimnis nicht nur, weil man sich dazu entschloss. Der Rabe selbst, was immer er auch war – Geist, Seele, etwas Einzigartiges – zwang sie zum Schweigen. Und auch dafür zahlte man einen Preis.

Es folgte seine Gegenwart, das Gute und das Böse davon und das, was …

Ein stechender Schmerz schoss durch ihren Schädel, als sie die mittlere Karte umdrehte, und vor Rens Augen verschwamm alles. Sie versuchte, die Augen zusammenzukneifen, sich zu konzentrieren, aber es gelang ihr nicht, das Bild oder die Worte zu erkennen, und der Schmerz wurde immer schlimmer, bis sie die Karte schließlich wieder umdrehte und keuchend dasaß.

Idiotin.

Selbstverständlich war der Rabe davor geschützt, dass seine Identität entdeckt wurde. In ihrer Arroganz hatte sie sich eingebildet, ihre Gabe würde ausreichen, um das zu überwinden.

Ren konzentrierte sich auf ihre Atmung, um das Pochen hinter ihren Augenlidern zu dämpfen und wieder einen klaren Kopf zu bekommen, an den Ort der Ruhe zurückzukehren, an dem sie die Fäden des Musters spürte. Sie beäugte die Rückseite der Karte und fragte sich, ob sie diese anhand der geringen Abnutzungsspuren, die sich im Laufe der Jahre angesammelt hatte, wiedererkennen würde. *Oder ich gehe das ganze Deck durch und finde heraus, welche Karte fehlt.*

Nein. Sie war schon genügend Risiken eingegangen. Sollte der Rabe sein Geheimnis behalten.

Aber es brachte Pech, ein Muster mittendrin abzubrechen, und die anderen beiden Karten in der Gegenwart bereiteten ihr keine Schmerzen beim Ansehen. Das weggeworfene Buch auf *Zehn Münzen singen* erinnerte sie an den Druckrahmen in der Schublade. Großzügigkeit. Die Identität des Raben blieb verborgen, was jedoch noch lange nicht bedeutete, dass er keine Verbündeten hatte. Sein Vorgehen in dieser Nacht an ihrer Seite, das war etwas Gutes gewesen, wenngleich es nach kurzer Zeit zu Ende gewesen war.

Auf der anderen Seite der nicht umgedrehten Karte: *die Maske der Narren.*

Diese Karte hatte in Mettores Muster an derselben Stelle gelegen.

Wie ihm fehlten auch dem Raben wichtige Informationen. Bei Mettore hatte es sich direkt auf Ren bezogen: eine Frau, die in der Nacht des großen Traums gezeugt worden war, und das, wofür auch immer er sie brauchte. Hier sah die Sache anders aus ... aber sie spürte dennoch eine Art Verbindung, die jedoch zu schwach war, um sich genauer ergründen zu lassen. Etwas Gefährliches. Etwas, das über den aktuellen Raben hinausging und die vorherigen ebenso wie die nächsten einbezog.

Hätte sie die zentrale Karte sehen können, wäre sie vermutlich schlauer gewesen. So blieb ihr keine andere Wahl, als weiterzumachen.

Die Maske der Würmer war schon immer die Karte gewesen, die sie am wenigsten mochte, schon lange bevor die Krankheit ihre Mutter getötet hatte. Wenn sie die sich windenden Kreaturen, die sie formten, sah, wurde ihr übel, und als Kind hatte sie davon Albträume bekommen. Heute spürte sie, wie sie sich durch Nadežra wanden wie ein Gift, das die Stadt zerfraß.

Kein neues Gift, obwohl sie in der Zukunft lag. Nein, die Position in der Mitte der Reihe – das, was weder gut noch böse war; manchmal aber auch beides – verriet ihr, dass sich etwas daran veränderte. Das musste mit dem Grund zu tun haben, aus dem der Rabe überhaupt existierte. Jeder kannte ihn als Feind des Adels, eine zum Scheitern verurteilte Prüfung seiner Macht, doch das war noch lange nicht alles. Er hatte ein Ziel, einen Auftrag. Der Kampf gegen dieses Gift, was immer es auch sein mochte. Und wenn es sich änderte ...

Rechts daneben *der bernsteinfarbene Diamant*, links *das Versprechen der Perle*. Eine Chance, eine Verpflichtung zu erfüllen, oder das Risiko, sich umsonst angestrengt zu haben. Wenn alles gut lief, konnte der Rabe seinen Auftrag abschließen – endlich das beseitigen, weswegen der Gesetzlose von Nadežra zum Leben erweckt worden war.

Andernfalls hätten alle Generationen von Raben versagt. Sie hatten sich im Schatten für den Kampf gegen den Adel und den Cinquerat abgemüht, ohne dass ihre Namen oder das, was sie geopfert hatten, je bekannt geworden waren. Doch alles wäre umsonst gewesen.

Ren rezitierte das Schlussgebet und räumte die Karten weg. Sie mischte das Deck sieben Mal gründlich, um das Kartenschicksal zu verbergen, das sie nicht hatte sehen dürfen. Danach saß sie mit dem Kopf in den Händen da, massierte sich die Schläfen und fühlte sich, als wäre ihr Gehirn durch einen Fleischwolf gedreht worden.

Das Muster hatte ihr nicht das verraten, was sie unbedingt wissen wollte: wer der Rabe war.

Aber es hatte ihr auf gewisse Weise mitgeteilt, was sie wissen *musste*. Solange sie sich den Raben nicht zum Feind machte, hatte er keinen Grund, sie zu verraten. Und nach allem, was sie gesehen hatte – weit mehr als das, was die Legenden behaupteten –, würde sie ihm vielleicht sogar helfen können.

Ein leises Knacken ließ sie erkennen, dass Tess aufgewacht war; einen Augenblick später stand ihre Schwester mit müden Augen und in alle Himmelsrichtungen abstehenden Locken im Türrahmen. »Was machst du da?«

Durch das Fenster sah Ren die messerscharfe Halbmondform des aufsteigenden Paumillis. Es war beinahe Morgen. Wie lange hatte sie sich in den Feinheiten des Musters verloren?

»Nach Antworten suchen.« Sie hob die Karten auf. »Lass uns in die Küche gehen, dann erzähle ich dir alles, was ich weiß.«

Zweiter Teil

6

DAS HERZ
DES LABYRINTHS

Isla Prišta und Isla Traementis: 31. Cyprilun

Ein Bote läutete zur gottlosen Zeit der zweiten Sonne am nächsten Morgen und überbrachte eine Nachricht von Tanaquis. Sie glaubte, einen Weg gefunden zu haben, wie sich Renatas Behauptung eines Fluchs beweisen ließe, und wollte jede Person, die auf irgendeine Weise mit dem Haus Traementis in Verbindung stand, gründlich unter die Lupe nehmen, um herauszufinden, wie weit das Pech reichte. Aus diesem Grund bat sie Renata ins Traementis-Herrenhaus – den letzten Ort, den Ren momentan betreten wollte.

»Was ist mit Giuna?«, fragte Tess und biss sich auf die Unterlippe. »Ob sie etwas gesagt hat?«

»Wer weiß«, erwiderte Ren grimmig. »Wir werden es vermutlich bald herausfinden.«

Colbrin behandelte sie auf jeden Fall so wie immer, nur dass er sie und Tess in den Ballsaal und nicht in den Salon oder ins Studierzimmer führte. Ren stellte erleichtert fest, dass ein großes Numinat, das Tanaquis mit Kreide auf den polierten Boden gemalt hatte, sie von den Erinnerungen an Leato ablenkte, die hier über sie hereinbrachen. Die Astrologin begutachtete gerade ihr Werk und wurde von den Dienstboten beobachtet, die leise murmelnd an der Seite warteten. Und was Giuna anging …

Das Mädchen zögerte bei Renatas Anblick, straffte dann die Schultern und trat näher. »Ich habe nichts gesagt«, teilte sie leise mit. »Mutter braucht nicht noch einen Schock. Was bedeutet, dass Ihr mich am besten weiter Giuna nennt und ich Renata zu Euch sage.«

Rens Anspannung ließ ein wenig nach. Sie hatte sich schon gefragt, wie sie in dieser Hinsicht verfahren sollte: Sie wollte Giuna nicht mit der üblichen Vertrautheit beleidigen, andererseits sollte sich Donaia auch nicht fragen, warum sie erneut derart förmlich miteinander umgingen. Aus diesem Grund hatte sie vorgehabt, Giunas Namen einfach gar nicht auszusprechen.

»Danke«, erwiderte Renata. »Und … vielen Dank auch für das, was Ihr geschickt habt.«

Giunas Wangen röteten sich und natürlich nahm Tanaquis genau in diesem Moment die Welt um sich herum wieder wahr. »Fühlt Ihr Euch nicht gut, Alta Giuna?«

Giuna presste sich die Finger auf die erhitzte Haut und schüttelte den Kopf. »Ich bin nur nervös. Ich … ich verbrenne doch nicht, wenn ich hier hineintrete, oder?«

Ihre Frage ließ alle verstummen, denn es war noch keine zwei Wochen her, dass Leato im Ninatium eingeäschert worden war.

Renata räusperte sich. »Ich fange an. Es sei denn, Meda Fienola möchte eine bestimmte Reihenfolge einhalten?«

»Hmm? Nein, das ist in Ordnung. Stellt Euch hierhin.« Tanaquis tippte auf die Mitte eines Vesica piscis auf der Sonnenseite der Spirale. Danach zog sie eine kleine Schere aus der Tasche ihres Sucots. »Und ich benötige eine Haarsträhne von Euch.«

»Das übernehme ich!«, fauchte Tess, bevor Tanaquis auch nur in Renatas Nähe kommen konnte. »Wenn es Euch nichts ausmacht.« Da Tess stets ihr Nähzeug dabeihatte, löste sie vorsichtig eine Locke aus den Haarnadeln, band und schnitt sie ab und reichte sie Tanaquis.

Die Teilnahme an einem numinatrischen Ritual stellte sich als erstaunlich langweilig heraus. Renata musste nur an einer Stelle stehen, die Tanaquis ihr zeigte, während die Astrologin ihre Locke an einen anderen Punkt legte, den Fokus platzierte und den Kreis des Numinats schloss. *Bei einer Kleideranprobe muss ich mich wenigstens hin und wieder bewegen und die Arme heben.*

Auf einmal bemerkte sie, dass auf der anderen Seite des Numinats eine kleine Rauchwolke aufstieg. Während sie hinsah, zuckte eine Flamme in die Luft und ihr Haar verbrannte.

Tanaquis machte sich eifrig Notizen, bevor sie den Kreis unterbrach. »Danke, Alta Renata. Möchtet Ihr als Nächste, Alta Giuna?«

Während Tess Giuna eine Haarsträhne abschnitt, traf Donaia ein. Sie wirkte sehr verändert; ihr kastanienbraunes Haar sah stumpf aus, als hätte sie es mit Puder gerichtet, anstatt es zu waschen, und auf ihrem Surcot hingen Hundehaare, da sie zum Trost offenbar Klops gestreichelt hatte.

»Ihr habt schon angefangen? Was habe ich verpasst?« Sie rümpfte die Nase. »Und was riecht hier so?«

Bevor Renata antworten konnte, hatte Tanaquis den Fokus schon wieder aufgestellt. Der Geruch nach verbranntem Haar wurde intensiver, als auch Giunas Locke in Flammen aufging.

Renatas Magen zog sich zusammen. Bedeutete das Verbrennen der Haare, dass die Person verflucht war? *Aber ich bin kein Mitglied von Haus Traementis.* Was sie jedoch nicht aussprechen konnte, und trotz Donaias und Giunas Fragen gab Tanaquis keine Antworten – sie unterbrach nur das Numinat und bat Donaia als Nächste hinein.

Donaias Haar verschwand in einer aufblitzenden weißen Flamme.

Im Anschluss mussten sich Colbrin und die anderen Dienstboten erst Tess' Schere und danach Tanaquis' Test stellen. Ihre Haare verbrannten nicht. »Faszinierend«, murmelte Tanaquis, nachdem alle – sogar Tess – an der Reihe gewesen waren.

»Was. Ist. Faszinierend?«, stieß Donaia zwischen zusammengebissenen Zähnen hervor.

Endlich blickte Tanaquis von ihren Notizen auf und zeigte auf die Dienstboten. »Ich glaube, sie werden nicht länger benötigt. Nur Ihr und die Altas Giuna und Renata.«

»Ich?« Renata konnte das Zittern ihrer Stimme nicht verhindern. »Aber ... ich bin kein Mitglied von Haus Traementis. Jedenfalls nicht von Rechts wegen.« *Und auch nicht durch Blutsbande.* Sie mochte mit ihnen in Verbindung stehen ... doch das galt auch für die Dienstboten.

Tanaquis wartete, bis Colbrin, Tess und die anderen hinausgegangen waren, bevor sie ihr Notizbuch zuklappte. »Macht fließt durch Kanäle. Manchmal ist ein Kanal eine rechtliche Verbindung, manchmal Blut, manchmal etwas anderes. Das von mir erschaffene Numinat saugt die Macht des Fluchs in den Teil des Bilds, in dem sich die Haare befinden. Wenn die Testperson verflucht wurde, verbrennen die Haare. Andernfalls gibt es keine abzusaugende Macht und dem Haar geschieht nichts. Ich habe es an mir selbst getestet und es ist nichts passiert.«

Donaia umklammerte Renata und Giuna so fest, dass sie blaue Flecke zurückbehalten würden. »Und das bedeutet ...«

»Alta Renatas Karten haben recht. Ihr seid verflucht – und noch dazu ist es ein sehr mächtiger Fluch. Er ist bei Euch am stärksten und bei den beiden Altas etwa gleich stark.«

Sie mussten Donaia zu einem der Stühle helfen, auf den sie sackte. Sie ließ Renata los, um ihre Tochter an sich zu drücken, und Ren musste sich die größte Mühe geben, um nicht ins Wanken zu geraten. Tanaquis' Ausführung erklärte rein gar nichts; es gab überhaupt keine Verbindung zwischen ihr und den Traementis, jedenfalls keine, die das Brennen der Haare begründet hätte.

Wie im Namen aller Götter könnte ich verflucht sein?

Möglicherweise, weil sie Ondrakja und ihren Knoten verraten hatte. Allerdings erklärte das nicht den Fluch der Traementis, die ganz gewiss keiner Straßenbande angehört und erst recht nicht den ihr geleisteten Eid gebrochen hatten. *Und Ondrakja ist nicht mal tot,* dachte Ren panisch. Was ihren Verrat allerdings nicht wettmachte.

Dann kam ihr ein anderer Gedanke. Ivrina hatte ihr nie verraten, wer ihr Vater war. Es wäre doch furchtbar ironisch, wenn Ren ein Haus infiltrieren wollte, zu dem tatsächlich eine Blutsverwandtschaft bestand.

Daran glaubte sie nicht einen Moment, denn das wäre ein viel zu großer Zufall. Zudem war das auch gar nicht das dringendste Problem. »Und was können wir jetzt tun, Meda Fienola?«

»Das ist der interessante Teil.« Tanaquis lächelte zuversichtlich. »Jetzt finden wir heraus, wie wir die Macht abblocken und zurück zu ihrer Quelle schicken können.«

»Und dann?« Die Frage kam von Donaia, die noch immer schützend die Arme um ihre Tochter gelegt hatte. »Sind wir dann wieder sicher?«

Tanaquis nickte mit sanftem Lächeln. »Das verspreche ich Euch, Donaia. Ich werde dem ein Ende setzen.«

* * *

Dockmauer und Ostbrück: 31. Cyprilun

Ren hatte den Geruch nach verbrannten Haaren noch immer in der Nase, als sie die Flusstreppe nach Dockmauer hinabstieg. *Ich wollte, was sie haben. Jetzt habe ich ihren Fluch.*

Eine der Wachen vor Vargos Lagerhaus verbeugte sich, bevor sich Renata überhaupt vorstellen konnte, und führte sie zu einem kleinen Nebengebäude. Die Tür eines kleinen Büros stand offen, und darin entdeckte sie den langgliedrigen vraszenianischen Lihosz, den sie schon bei ihrem letzten Besuch gesehen hatte und der Vargo ernst anstarrte.

»Wir wollen aufbrechen, sobald das Fest des verschleiernden Wassers vorbei ist«, sagte er auf Vraszenianisch. »Ohne Verzögerung oder hinter einem Liganti-Schneckenzug, der uns nur aufhalten würde.«

Vargos Hand war auf dem Schreibtisch zu sehen, und er trommelte einen schnellen Rhythmus mit den Fingern, während er in derselben Sprache antwortete: »Meine Wachen werden bereit sein.«

Da bemerkte der Karawanenanführer Renata. »Ihr habt noch mehr Besuch.«

»Renata?« Vargo tauchte im Türrahmen auf und sein erstauntes Lächeln ließ den Verbrecherfürsten und durchtriebenen Händler kurz verschwinden. Ein Räuspern des Karawanenführers änderte dies schlagartig. »Ich meine *Alta*.«

»Bitte entschuldigt die Störung.« Renata hätte sie gern noch länger belauscht.

»Das ist nicht weiter schlimm«, erwiderte der Karawanenführer auf Liganti. »Wir waren ohnehin fertig. Meister Vargo.«

»Ča Obrašir Dostroske.« Vargo sah dem Karawanenführer hinterher und bat Renata sodann in sein Büro.

Sie behielt ihre ausdruckslose Miene bei, als sie ihm gegenüber Platz nahm. »Wachen« waren nichts, was er auf legalem Weg bereitstellen konnte – aber sie sprach ja angeblich kein Vraszenianisch. »Worum ging es da eben?«, erkundigte sie sich.

»Um etwas, das ich mit Euch besprechen wollte.« Vargo verstaute ein Blatt Papier in einer Ledermappe. »Mir wurden vom Haus Coscanum die Verwaltungsrechte eines Söldnerprivilegs erteilt. Und ich gehe stark davon aus, dass meine Beziehung zu Euch etwas damit zu tun hat.«

Trotz der Schmeichelei rüttelte sie die Information auf. »Ihr verwaltet ein weiteres Privileg?«

»Kein Grund, eifersüchtig zu werden«, sagte Vargo amüsiert. »Ich habe dafür keinen anderen Advokaten eingesetzt, denn für mich gibt es nur Euch. Eret Coscanum kam zu mir.«

Unverhofft verschwand seine spielerische Art. »Geht es Euch gut? Ihr wirkt ... angespannt.«

Offenbar konnte sie ihre wahren Gefühle nicht so gut verbergen wie erhofft. »Es gibt schlechte Neuigkeiten«, berichtete Renata. »Es geht um eine persönliche Angelegenheit und das Haus Traementis, also nichts, was Euch Sorgen bereiten müsste.« *Es sei denn, der Fluch rafft uns alle dahin.*

»Wenn ich irgendwie helfen kann ...« Er ließ das Angebot im Raum stehen, runzelte jedoch die Stirn, als wäre er damit unzufrieden, und spielte mit dem Ende der Lederschnur herum, die um die Mappe gewickelt war. »Wäre eine Ablenkung hilfreich? Was immer Euch hergeführt hat, lässt sich gewiss auch bei einem Glas Wein besprechen. Es sei denn, Ihr seid heute Abend schon verabredet.«

Sie hatte nichts anderes vor, als vor sich hinbrütend zu Hause herumzusitzen. Eigentlich war sie in geschäftlicher Absicht hergekommen, da ihr an diesem Morgen aufgefallen war, dass sie dieselbe Münze ein drittes Mal ausgeben konnte, indem sie Vargo bat, Quientis' »verschwundenen« Salpeter zu finden. *Ich lasse ihn für Quientis freigeben, helfe der Stadnem Anduske, ihn zu stehlen, und gewinne Quien-*

tis' Vertrauen zurück, indem ich ihm den Salpeter wiederbeschaffe.

Aber sie war die vielen Bürden, die sie trug, so dermaßen leid. Die Vorstellung, diese für eine Weile zu vergessen und sich zu amüsieren, war äußerst verlockend. »Was schwebt Euch vor?«

Er erhob sich und verbeugte sich schmunzelnd vor ihr. »Wollen wir uns bei einem Kartenspiel messen?«

»Das kommt ganz darauf an.« Renata ließ sich von ihm ins Freie führen, wo er einen Jungen losschickte, um eine Sänfte zu holen. »Kann Euer Stofflager dafür aufkommen, wenn Ihr verliert?«

Der Kartensalon, in den sie mit Vargo ging, war nicht mit dem zu vergleichen, den sie mit Leato im Suilun nach der Begegnung mit dem Raben besucht hatte. Anders als das *Klaue und Kniff* befand sich das *Breglian* am Oberufer und rühmte sich einer eher feineren Klientel. Anstelle von vraszenianischen Vorhängen gab es hier eine Säulenfassade, ein luftiges Atrium und eine Balkonrotunda im Inneren. Zahlreiche Tische waren für öffentliche Spiele vorgesehen, allerdings fehlten hier die lautstarken Wetten und Zechgelage, die man aus den meisten Nytsa-Salons kannte. Der Großteil der Alkoven auf der Galerie im ersten Stock war besetzt, und dort wurde hinter zugezogenen Vorhängen gespielt, aber nach ein paar leisen Worten und einem derart diskret zugesteckten Bestechungsgeld, dass es Renata beinahe entgangen wäre, führte man sie die geschwungene Treppe hinauf in eine Nische, die praktischerweise gerade – sehr schnell – geräumt wurde.

Der Wirt hielt Renata den Vorhang auf. Als sie sich umdrehte, um sich zu vergewissern, dass Vargo ihr folgte, sah sie ihn auf der letzten Treppenstufe stolpern und sich die Hand an ein Knie legen, als müsste er es stützen.

Er kommentierte seinen Fehltritt nicht und auch Renata sagte kein Wort dazu. Allerdings beobachtete sie aus dem

Augenwinkel, wie er die Vorhänge halb zuzog und sich setzte, und bemerkte, dass er vor allem sein rechtes Bein belastete und das linke schonte, als würde ihm das Knie Schmerzen bereiten.

In der Stadt hieß es, die Wache hätte den Raben in der vergangenen Nacht aus Fleischmarkt gejagt, und er wäre nur durch einen Sprung – oder laut bösen Zungen einen Sturz – von einem Dach entwischt.

Vargo zog seine Handschuhe aus und griff nach einem Hausdeck. »Wisst Ihr, wie man Sechser spielt? Wir können aber auch Nytsa spielen.«

Sechser war ein Spiel voller Lügen und Risiken, Nytsa hingegen sanfter und am besten für zwei Spieler geeignet – zudem war es ein traditionell vraszenianisches Spiel. »Ich kenne die Grundlagen von Nytsa, was Ihr vermutlich wisst, da Ihr stets ein gut informierter Mann seid.«

Er reagierte nicht darauf, aber sie hörte das leise Schnauben eines unterdrückten Lachens, als er die Karten mischte. Vargo teilte die Karten wie ein geübter Spieler aus: ohne übertriebenes Gehabe, wenngleich die simple Geschicklichkeit seiner mit Narben bedeckten Hände ihren eigenen Reiz besaß. Renata musste den Blick mit Gewalt davon abwenden, als er den Stapel vor ihr abstellte. »Hebt Ihr ab?«

Sie zog sich ebenfalls die Handschuhe aus und kam der Aufforderung nach, wobei sie den Gesichtern dankte, dass fünf Monate ausgereicht hatten, um ihre Hände weicher werden zu lassen – und dass sie nie Letilias Spülmädchen gewesen war. Nicht nur das Spielen an sich machte dies zu einem skandalösen Zeitvertreib, sondern vielmehr die Tatsache, dass sich ein Kartendeck unmöglich mischen ließ, wenn man Seidenhandschuhe trug, die auch das Spielen nicht leichter machten.

»Ich bin sehr erleichtert, dass Iridet zugestimmt hat, das Amphitheater wieder zu öffnen.« Das leise Geräusch der Karten auf dem Tisch untermalte Vargos Worte. »Es wäre wirklich schade gewesen, wenn Ihr in Eurem ersten Jahr hier ein richtiges Fest des verschleiernden Wassers verpasst hättet.«

Renata griff nach ihren Karten und fächerte sie vor sich auf. Falls sich darin ein Muster verbarg, erkannte sie es nicht. Sie nahm *Morgen- und Abenddämmerung* aus ihrer Hand und legte die Karte zu *Schildkröte im Panzer* auf den Tisch, nahm daraufhin beide an sich und teilte eine Karte vom Nachziehstapel auf den Tisch aus. Da sie keinen Treffer hatte, war Vargo an der Reihe. »Ich dachte, ein richtiges Fest des verschleiernden Wassers findet nur alle sieben Jahre statt.«

»Das ist der große Traum – der für Euch interessanter wäre, wenn Ihr Vraszenianerin wärt.«

Der Mann hatte entweder unglaubliches Glück, oder sie sollte anfangen, in seinen Ärmeln nach versteckten Karten zu suchen, da er im zweiten Zug *Schlafende Wasser* ablegte. Freie Karten hatten im Allgemeinen keinen eigenen Wert, aber diese konnte sowohl Kombinationen mit dem *Gesicht des Webens* und dem *Gesicht der Sterne* bilden – die er sich beide im vorherigen Zug gesichert hatte.

Wenn Ihr Vraszenianerin wärt. Sollte das eine Anspielung sein?

»Nytsa«, sagte er und legte eine weitere Karte aus dem Stapel auf den Tisch. Selbstverständlich wollte er weiterspielen. Sie hatte nur noch vier Karten auf der Hand, die nicht miteinander kombinierbar waren, daher gab sie sich mit dem Verlust dieser Partie zufrieden.

»Wenn die Gerüchte, die mir zu Ohren gekommen sind, stimmen«, fuhr er fort, »dann könnte das Fest dieses Jahr weniger spektakulär als sonst werden.«

Bei der zweiten Partie hatte sie mehr Glück und konnte sowohl eine Karte aus der Hand als auch eine gezogene ergänzen. Wenn Ir Entrelke ihr noch eine weitere freie Karte aus dem durchtrennten Faden gewährte, bevor Vargo eine Kombination gelang, könnte sie es gerade so schaffen. Leider lagen keine auf dem Tisch. »Was für Gerüchte? Muss ich mir Sorgen machen?«

Vargo legte *ein sich ausbreitendes Feuer* ab, aber sie durfte erst danach greifen, wenn er die Finger weggenommen hatte. Allerdings fuhr er über die Karte, als würde er sich diesen Zug noch einmal überlegen. »Seit der Nacht der Höllen haben wir wohl alle Grund zur Sorge. Die Stadnem Anduske – vraszenianische Radikale – warnen die Leute, dass sie sich vom Amphitheater fernhalten sollen, und man spricht von einem Protest im Privilegienhaus.« Rasch zog er die Hand zurück und betrachtete seine Karten, statt ihr in die Augen zu sehen. »Jedenfalls berichten das meine Leute. Ich lasse sie die Ohren nach Gerüchten offen halten, denn man weiß nie, was einem die Geschäfte verderben kann.«

Sie legte *Sturm gegen Stein* zu der von Vargo abgelegten Karte und sagte: »Finis.« Ihre Kombination war ein kurzer Faden und nur einen Punkt wert – verdoppelt auf zwei, da Vargo Nytsa erklärt hatte –, aber so nahm sie ihm acht Punkte, die er für seine Kombinationen erhalten hätte. Mit philosophischem Seufzen gab Vargo die Partie auf.

»Wir schweifen schon wieder ins Geschäftliche ab«, stellte er fest und mischte die Karten. Seine Miene wirkte mit einem Mal ein wenig verschmitzt und durchtrieben. »Und wenn ich mich recht erinnere, hatte ich Euch eine Ablenkung versprochen.«

Danach tat er nicht länger so, als wäre das Spiel kein Vorwand, um mit ihr zu flirten. Seine mit Kajal umrahmten Augen ruhten weitaus häufiger auf ihr als auf ihren Händen, seine Stimme, seine übliche gedehnte Sprechweise schlug in ein vielschichtigeres Brummen um, und wenn er eine Karte ablegte, tat er es mit leicht schwungvoller Bewegung oder kurzem keckem Zögern.

Anfangs versuchte sie noch, es zu ignorieren. Falschspieler nutzten solche Tricks, um ihren Betrug zu verbergen; sie hatte das auch schon gemacht, zuletzt beim Sechserspiel gegen Leatos Freunde. Aber an diesem Abend spielte sie ehrlich und recht schlecht, und soweit sie es erkennen konnte, galt für Vargo dasselbe. Immerhin brachte er sie auf angenehmere Gedanken und lenkte sie von Radikalen und Flüchen ab.

Da dem so war, konnte sie sich nach und nach entspannen. Nach einer Weile reagierte sie immer kecker auf seine Witze und erwiderte seine Seitenblicke mit einem Lächeln. Sie spielten schließlich nur um Jetons, nicht um Geld. Es gab keinen Grund, wachsam zu bleiben. Zugegeben, er manipulierte sie – aber aus keinem ruchloseren Grund als dem einfachen, aufrichtigen Vergnügen am Flirten. Sie konnte sich nicht daran erinnern, wann sie das letzte Mal die Gelegenheit bekommen hatte, das zu genießen.

Vermutlich nie.

Diese Erkenntnis setzte ihr zu. Sie griff nach dem Deck, um die Karten zu mischen, und Vargo legte seine Hand auf ihre. Seine Schwielen fühlten sich auf ihrer handschuhweichen Haut rau an. »Das waren einundzwanzig Punkte«, bemerkte er. »Ist Euch das gar nicht aufgefallen?«

Sie hatte zwar die letzte Partie gewonnen, aber nicht die ganze Zeit mitgerechnet. »Oh.« Dann, als Vargo die Hand auf ihrer liegen ließ, musterte sie ihn fragend. »Ich vermute ja fast, dass Ihr mich habt gewinnen lassen, da ich weiß, dass ich nicht gut spiele.«

»Allem Anschein nach ist es mir nicht gelungen, Euch von Euren Problemen abzulenken.« Er sammelte schweigend die Karten ein und fuhr mit dem Daumen über die glatten Kanten. »Ich weiß, dass Ihr nicht über das reden möchtet, was immer Euch auf der Seele liegt, aber falls Ihr Eure Meinung ändern solltet, findet Ihr bei mir ein offenes Ohr.« Er verzog das Gesicht. »Ohne dass ich die Informationen gegen Euch verwende.« Ein Zusammenzucken. »Oder verbreite.« Ein Seufzen. »Oder über Euch urteile.«

Er hörte sich an wie ein Junge, der die Stichworte seiner Mutter nachplapperte. Das wirkte auf liebenswerte Art unbeholfen. Außerdem zu direkt und die völlig falsche Art, um jemanden davon zu überzeugen, ein persönliches Geheimnis auszuplaudern.

Doch gerade diese Direktheit gefiel ihr.

Hier in der halb privaten Nische mit dem Sandelholz- und Nelkengeruch seines Parfums in der Luft konnte man leicht vergessen, dass der Mann, der ihr gegenübersaß, Arenza kaum verhohlen gedroht hatte, Sedge dafür bezahlte, andere zusammenzuschlagen, und mehrere Knoten entlang des Unterufers leitete.

Mag sein – und du bist eine knotenbrechende Mörderin. Ihre Vergangenheit war auch nicht sauberer als seine. Und was ihr momentanes Leben anging ... Seins war auf eigene Weise ehrlicher als das ihre. Jeder wusste, wer und was Vargo war. Falls er zudem die Kapuze des Raben aufsetzte, so tat er dies für das Allgemeinwohl, was mehr war, als Ren von sich behaupten konnte.

»Es ist ...« Sie zögerte und bereute es, keine Karten mehr in den Händen zu haben, um ihre Nervosität verbergen zu können. »Ein spirituelles Leiden, dessen genaue Natur ich nicht kenne. Aber nur ich, Giuna und Donaia sind befallen.«

»Und Ihr habt gerade erst davon erfahren? Von wem?« Er runzelte die Stirn – besorgt, aber auch so konzentriert wie immer, wenn er vor einem Problem stand. »Ist es eine Nachwirkung Eurer Schlaflosigkeit? Und warum ihr alle drei? Warum nur ihr drei? Was ... Ach, ich rede und lasse Euch gar nicht zu Wort kommen, was?«

Sie musste unwillkürlich lachen. »Das sind alles sehr gute

Fragen, denen Meda Fienola momentan nachgeht. Wobei sie hoffentlich auch ein Heilmittel findet.«

»Würdet Ihr mir erlauben, sie anzusprechen und meine Hilfe anzubieten?«

Ren sehnte sich nach jeder Hilfe, die sie bekommen konnte, war allerdings schon ein großes Risiko eingegangen, indem sie ihm derart viel mitgeteilt hatte. »Ich wäre zwar sehr froh darüber ... bin mir aber nicht sicher, ob Era Traementis damit einverstanden wäre.«

»Verstehe.« Er legte das Deck zur Seite und bedeckte ihre Hand mit seiner, was jedoch eher beschützend als wie eine Fortsetzung des Flirts wirkte. Anders als sonst empfand sie nun nicht den Drang, die Hand wegzuziehen, und ließ ihn ihre kalten Finger wärmen. »Das Angebot bleibt bestehen, auch wenn Ihr nur reden möchtet. Ich vermute, dass Ihr es genauso wenig wie ich leiden könnt, wenn sich andere um Euch kümmern wollen.«

Und ich will meine Geheimnisse behalten. Ren musterte ihn fragend und Vargo wandte den Blick nicht ab. Wenn er der Rabe war, wusste er, was sich unter Renatas und Arenzas Masken befand. Andernfalls ...

Sie wollte es ihm sagen. Wie gern hätte sie noch jemanden gehabt, zu dem sie ehrlich sein konnte, und zwar niemanden, der wie Tess und Sedge zur Familie gehörte, sondern einen Verbündeten, einen Partner – einen Freund.

Bevor sie zu mehr in der Lage war, als den Schreck über diesen Gedanken zu verarbeiten, zuckte Vargos Blick zur Lücke zwischen den Vorhängen. Er nahm die Hand weg, als draußen jemand hüstelte, und zog den Vorhang zur Seite. Draußen stand ein Kellner des *Breglian*.

»Ich bitte um Entschuldigung, Meister Vargo, Alta. Man sagte mir, Ihr wärt fertig und wolltet gehen.« Das klang nicht unbedingt nach einer Entschuldigung. Einige Schritte entfernt wartete Ghiscolo Acrenix, und hinter ihm wurde

Carinci Acrenix soeben mitsamt Stuhl von zwei kräftigen jungen Vraszenianern, deren fleckige Schürzen sie als Küchenhilfen auswiesen, die Treppe hinaufgetragen.

So effizient, wie man sie in die Nische geführt hatte, wurden Renata und Vargo auch wieder hinausgeleitet, wobei ihnen Ghiscolo im Vorbeigehen zunickte. Renata hatte damit gerechnet, dass Vargo entrüstet wäre, als man sie zur Tür brachte, doch er lachte nur. »Das war der netteste Rauswurf, den ich je erlebt habe. Bitte entschuldigt das unspektakuläre Ende unseres Abends.«

Als sie am unteren Ende der Treppe angekommen waren, zischte er unterdrückt und musste sich kurz gegen das Podest der Statue eines früheren Cinquerat-Sitzinhabers lehnen – was er lässig aussehen ließ, doch sie wusste, dass er sein Knie entlasten wollte. »Soll ich Euch eine Sänfte rufen oder weitere Ablenkung in flüssiger Form anbieten?«

Ihr war nicht ganz klar, ob das eine Einladung in sein Haus sein sollte, und sie vermutete, dass die Zweideutigkeit durchaus beabsichtigt war. Die frische, nebelverhangene Luft sorgte dafür, dass sie wieder einen klaren Kopf bekam und sich an den eigentlichen Grund erinnerte, aus dem sie nach Dockmauer gekommen war. »Eine Sänfte wäre wohl besser – aber zuvor möchte ich Euch noch um einen Gefallen bitten. Das war der eigentliche Grund, aus dem ich in Euer Büro kam.«

»Ich muss zugeben, dass ich mich schon gefragt habe, ob Ihr etwas von mir wolltet. Was für einen Gefallen?«

»Es ist nur eine Kleinigkeit, und ich habe sie der Wache längst gemeldet – allerdings stehen Euch andere Ressourcen zur Verfügung als ihr. Ihr erinnert Euch vielleicht an Eret Quientis' Salpeterlieferung? Nach der ganzen harten Arbeit, sie von Era Destaelio freigeben zu lassen, wurde sie jetzt auch noch gestohlen.«

Er erstarrte und wurde schlagartig ernst. »Sagtet Ihr eben Salpeter?«

»Ja.«

Schon richtete er sich auf, als müsste er Habachtstellung einnehmen. »Eine ganze Ladung?«

»Ist das von Bedeutung?«

Sein fassungsloser Blick schlug in schallendes Gelächter um. »Wisst Ihr denn nicht, wofür Salpeter verwendet wird? Für Feuerwerke.« Seine Belustigung war verflogen. »Und andere Dinge, die in die Luft gehen. *Djek*.«

Schwarzpulver. Dasselbe Material, das für den Brand des Fiangiolli-Lagerhauses und Kolya Serrados Tod verantwortlich war.

Sie hatte nie danach gefragt, was die Stadnem Anduske mit dem Salpeter anstellen wollte – doch das hätte sie tun sollen. *Was habe ich da nur angerichtet?*

Vargo drehte sich um und hielt nach einer Sänfte Ausschau, bis er eine entdeckte, aus der soeben jemand ausstieg. »Unter normalen Umständen wäre es mir völlig egal, ob Scaperto Quientis etwas verliert, aber – ich werde mich sofort darum kümmern. Bitte entschuldigt.« Ohne ein weiteres Wort lief er los und schob einen wartenden Herrn unwirsch beiseite, um die Sänfte für sich zu beanspruchen.

Ren stand vor dem *Breglian* und kniff die Augen zu. Die Anduske hatte eine Druckplatte vorbereitet, um zu einer Versammlung im Privilegienhaus aufzurufen – *nachdem* sie Quientis' Salpeter gestohlen hatte. Sie bezweifelte, dass sie geblendet genug waren, um ihre eigenen Leute umzubringen … aber konnte man durch eine Bombe nicht auch Menschen aufwiegeln? Aber natürlich!

Ich muss es dem Raben sagen. Falls sie das nicht eben gerade getan hatte, so stand ihr kein anderer Weg offen, ihn zu kontaktieren. Außerdem hatte sie Vargo nicht mitgeteilt, dass die Stadnem Anduske den Salpeter gestohlen hatte – denn woher sollte Renata Viraudax so etwas wissen?

Serrado hingegen konnte sie das anvertrauen. Er war das einzige Mitglied der Wache, bei dem dies möglich war.

Sie kehrte ins Stadthaus zurück und hatte soeben eine weitere anonyme Nachricht verfasst, als es läutete. Tess rief sie zur Tür und ein Mann aus dem *Breglian* überreichte ihr eine kleine, schwere Schachtel. »Euer Gewinn, Alta.«

Da es ihr die Sprache verschlagen hatte, schaute sie hinein: Darin befanden sich einundzwanzig Forri, ihre Gesamtpunktzahl am Ende des Spiels.

Sie war davon ausgegangen, dass sie bloß um Jetons spielten. Allem Anschein nach hatte Vargo sie in dem Glauben gelassen ... um dann zur Tat zu schreiten, als sie nicht mehr widersprechen konnte.

»Danke«, murmelte sie leise und schloss die Tür.

* * *

Weißsegel, Oberufer: 32. Cyprilun

Es sprach für ihr Vertrauen in Vargos Netzwerk, dass Ren darauf hoffte, am nächsten Morgen die Nachricht zu erhalten, er hätte den Salpeter gefunden. Doch so kam es nicht.

Stattdessen traf ein Brief ein, der sie in Tanaquis' Stadthaus in Weißsegel einlud, um »spirituelle Angelegenheiten« zu besprechen. Renata ging hin, wenngleich sie verwirrt war, dass sie sich nicht im Traementis-Herrenhaus trafen, und fand bei ihrem Eintreffen heraus, dass Donaia und Giuna nicht eingeladen waren.

»Ich möchte mit Euch über Muster reden«, kam Tanaquis sofort zur Sache. »Ich habe mich die letzten drei Tage mit einigen Szorsa unterhalten, aber sie waren ... wenig hilfreich.«

Es war wenig überraschend, dass die Szorsa nicht mit Iridets rechter Hand reden wollten. Der religiöse Sitz des Cinquerats war nicht gerade für seine Toleranz dem hiesigen »Aberglauben« gegenüber bekannt. »Ich sage Euch gern, was ich weiß«, erwiderte Renata, »allerdings bin ich im Vergleich mit den Vraszenianern recht unwissend.«

Sie hielten sich nicht etwa in Tanaquis' Salon auf, sondern im obersten Stockwerk, wo sich normalerweise die Unterkünfte der Bediensteten befanden. Sämtliche Innenwände waren herausgenommen und große Dachfenster eingebaut worden, wodurch ein heller, offener Arbeitsraum entstanden war. Eine Sternenkarte aus Lapisblau und Silber bedeckte die größte Wand. Die polierten Bodendielen enthielten an einem Ende einen Kreis für Numinata, während sich auf der anderen Seite Bücher stapelten. Auf einer Plattform unter einem der Dachfenster stand ein Teleskop aus Rosenholz mit Kupferintarsien, wobei die Plattform über Ketten mit einer Winde verbunden war und angehoben und abgesenkt werden konnte.

Tanaquis zeigte auf einen gut gepolsterten Sessel. »Eure Unwissenheit kann nicht so groß sein wie meine, und Ihr werdet mir wenigstens nicht meinen Untergang vorhersagen oder mir minderwertige Fleckenpilze aufdrängen. Bitte entschuldigt auch die Unordnung. Ich bekomme nur selten Besuch.«

Renata nahm Platz und schaute sich abermals um. Abgesehen von etwas Kreidestaub auf Tanaquis' Ärmel und einigen auf dem Schreibtisch gestapelten Büchern sah sie nichts Unordentliches.

»Laut den Vraszenianern ist ein Muster nicht nur mit ihren Karten, sondern auch mit der Quelle, dem großen Traum und dem Aspekt des Lumen, das sie als Ažerais bezeichnen, verbunden.« Tanaquis bot Renata ein Glas Wein an. »Die Karten scheinen ähnlich wie ein Fokus eines Numinats zu funktionieren, aber die Art und Weise, wie sie es tun ...« Sie rümpfte die Nase. »Unstrukturiert. Unlogisch. Passt das zu dem, was Ihr darüber wisst?«

Dass Ažerais als Aspekt von Lumen bezeichnet wird, höre ich zum ersten Mal. »Mir erscheint es nicht unlogisch. Wenn ich die Karten ansehe ... ergeben sie Sinn.«

»Aber wie?« Tanaquis beugte sich vor und musterte sie mit ihren dunklen Augen neugierig. »Aža ermöglicht es Menschen, einen Blick ins Reich der Gedanken zu werfen, und dank Asche können sie körperlich damit interagieren und es zuweilen sogar betreten. Soweit ich das verstehe, bieten Muster ähnliche Einblicke. Einige Musterleserinnen nehmen sogar Aža, um ihre Auffassungsgabe zu verbessern. Irgendetwas ist eindeutig an der Sache dran, denn Ihr konntet dank der Karten erkennen, dass die Traementis verflucht sind. Ich habe Tage gebraucht, um das überzeugend zu verifizieren. Aber bei Euch ... kam die Erkenntnis einfach. Ohne große Mühe. Das könnte daran liegen, dass Ihr während des Fests des verschleiernden Wassers gezeugt wurdet, was uns zurück zur Quelle bringt. Und die vraszenianische Göttin – nun, sie ist keine Göttin, denn ihr fehlt der dyadische Gegenpart. Wahrscheinlich ist sie eher eine Art Ahnengeist.«

Jeder Vraszenianer hätte widersprochen und gesagt, dass Götter nicht als gegensätzliche Paare existierten. Sie waren einzelne Wesen mit einem Gesicht, an das man Bitten richtete, und einer Maske, die man besänftigte. Ažerais war nicht besonders, weil sie eine Urahnin war, sondern weil ihr Gesicht und ihre Maske übereinstimmten.

Der schwerste Teil dieser Unterhaltung würde eindeutig darin bestehen, dass sie sich anhören musste, wie Tanaquis die vraszenianische Religion völlig falsch verstand.

Wenngleich sie sich wirklich Mühe gab, musste Tanaquis Ren die Verärgerung angesehen haben, da sie beschwichtigend die Hand hob. »Darin ist durchaus Macht vorhanden. Aber Ažerais fällt nicht in die göttlichen Dichotomien, womit sie ein seltsames Restglied darstellt, das sich mathematisch schwer auflösen lässt. Zudem hat sie kein Siegel, über das wir ihre Macht für ein Numinat nutzen könnten, daher wurde sie bisher kaum studiert. Aus diesem Grund wollte ich auch mit Euch sprechen. Das Muster, das Ihr ausgelegt habt – welche Karten waren darin enthalten?«

Tanaquis war zweifellos brillant, aber es war schwer, ihr zu folgen, wenn sie von einem Thema zum nächsten wechselte. Renata war leicht benommen, als sie antwortete: »*Die Maske der Asche, die Maske der Nacht* und *das Gesicht aus Gold*. Warum?«

»Ihr kennt die Quelle der Macht nicht, aus der der Traementis-Fluch stammt, aber das Muster offensichtlich schon. Es hat Euch eine Verbindung gezeigt, auf die niemand gekommen wäre, und zeigt uns vielleicht auch einen Weg für eine Beschwörung außerhalb der standardmäßigen Enthaxn-Siegel. Wie überaus faszinierend wäre es, wenn wir die Verbindung von Ažerais' Muster nutzen könnten, um die Energie eines Numinats zu kanalisieren!« Mit ihren funkelnden Augen und den geröteten Wangen erinnerte Tanaquis an eine verliebte Frau. Leicht verspätet drosselte sie ihre Begeisterung und fügte hinzu: »Was natürlich auch den Fluch brechen sollte.«

Der einzige Teil, den Renata verstand, war »den Fluch brechen«. Sie musterte ihr Gegenüber zaghaft. »Das ist doch ... gut?«

»Ja. Perfekt.« Tanaquis nickte enthusiastisch und noch mehr dunkle Haare rutschten aus ihrem Dutt. »Es könnte möglich sein, diese drei Karten in einem Numinat zu einer Dreifußkonfiguration auszulegen, um den Fokus zu unterstützen. Im Grunde genommen würden wir dadurch an Ažerais anknüpfen. In der Theorie jedenfalls – aber diese Theorie hat Hand und Fuß. Würdet Ihr behaupten, dass diese drei Karten irgendwie mit Euch, Donaia und Giuna zusammenhängen?«

Renata blinzelte. »Ich ... nein. Sie standen dafür, wo sich die Traementis jetzt befinden – *die Maske der Asche* –, welchem Weg sie folgen, wofür *die Maske der Nacht* stand, und wo sie landen werden: *das Gesicht aus Gold*. Ich würde weder Era Traementis noch Alta Giuna als Zerstörung oder Pech bezeichnen.«

Der Stift verharrte. Ihr Strahlen ließ nach. »Wie schade. Bis hierher war alles so aufgeräumt. Tja, wir werden schon einen Weg finden.« Tanaquis schrieb weiter. »Und, könnt Ihr sie herbringen?«

»Herbringen ...« Renata presste die Lippen aufeinander und atmete durch die Nase ein. »Meda Fienola, ich bin weder Astrologin noch Inskriptorin. Wie genau meint Ihr das?«

Donaia war besser darin, aber Renatas angespannte Frage bewirkte dennoch, dass sich Tanaquis wieder auf ihre Besucherin konzentrierte. »Euer Deck ist mit dem Muster verbunden und dadurch mit Ažerais, so wie ein Fokus ein Numinat mit einem göttlichen Aspekt Lumens verbindet. Die drei Karten, die Ihr gezogen habt, sind durch das Muster mit dem Fluch verbunden und auch mit seiner Quelle. Im Allgemeinen geht diese Macht von Lumen aus, genauer gesagt vom Fokus des Gottes, und fließt in ein Numinat – aber ich glaube, ich kann diesen Fluss umkehren. Ich möchte ein Numinat anfertigen, das Eure Karten als Ersatzfokusse verwendet, um die Macht des Fluches von Euch, Donaia und Giuna abzuziehen und zur Quelle zurückzuleiten. Ergibt das mehr Sinn?« Ihre gerunzelte Stirn ließ erkennen, dass sie nicht wusste, wie sie es noch einfacher ausdrücken sollte.

Noch mehr Kreidestaub trieb durch das Sonnenlicht, während Ren schweigend dasaß. Das Problem bestand jetzt nicht etwa darin, dass sie es nicht verstand, sondern dass sie ganz genau wusste, was Tanaquis meinte.

»Die Karten ...« Ihre Kehle war staubtrocken. Sie schluckte und versuchte es erneut. »Unsere Haare sind in Flammen aufgegangen. Bitte versprecht mir, dass mit den Karten nichts passiert.«

Tanaquis biss sich auf die Unterlippe. »Das ist nicht meine Absicht, aber ich wüsste nicht, dass schon mal versucht wurde, Karten aus einem Musterdeck als Fokusse einzusetzen. Es könnte ... instabil sein.« In einem unerwarteten Anfall von Mitgefühl berührte sie Renatas Hand. »Mir ist bewusst, dass sie Euch sehr viel bedeuten. So muss es auch sein, wenn Ihr Eurer Mutter getrotzt habt, um sie zu behalten. Aber die Alternative wäre, weiterhin verflucht zu bleiben. Ihr, Donaia und Giuna.«

Auf einmal fielen ihr die beiden anderen Decks ein, die sie für den Einsatz auf der Straße gekauft hatte. »Musterdecks sind hier doch gebräuchlich. Wir könnten ...«

Tanaquis' Kopfschütteln zerstörte die in ihr aufkeimende Hoffnung. »Es müssen die Karten sein, die Ihr bei der Lesung verwendet habt. Bei ihnen besteht die stärkste, klarste Verbindung.«

Selbstverständlich war das so. Tanaquis mochte das Muster nicht verstehen, aber so viel hatte sie doch begriffen.

Aber das sind die Karten meiner Mutter. Das Letzte, was sie von Ivrina noch besaß.

Ren schloss die Augen. Die Karten aufs Spiel zu setzen ... oder das Risiko einzugehen, dass sie alle drei sterben mussten.

Sie wusste, wozu Ivrina ihr geraten hätte.

»Na gut«, gab sie widerstrebend nach und schlug die Augen auf. »Wir werden es versuchen.«

*   *   *

Weißsegel, Oberufer: 33. Cyprilun

Tanaquis arbeitete schnell. Für das Zeichnen komplexer Numinata brauchte man oft Stunden, doch die Astrologin musste schon alles vorbereitet haben, um anfangen zu können, sobald sie sich hinsichtlich der Karten geeinigt hatten. Schon am nächsten Abend bat Tanaquis die drei betroffenen Frauen in ihr Haus.

Für Ren war es ebenso mit Grauen wie Hoffnung verbunden. Sie war noch nicht bereit, sich mit der Aussicht zu befassen, dass sie Karten aus dem Deck ihrer Mutter verlieren könnte, andererseits hing der Fluch wie eine Henkersaxt über ihren Köpfen, und sie würde erst wieder durchatmen können, wenn er beseitigt wäre.

Die Dachfenster waren geöffnet und ließen das Licht der Monde herein, wobei Paumillis dunkel und Corillis zunehmend war, zudem funkelten die in die schräge Decke eingelassenen Steine wie Sterne. Auf dem Boden befanden sich nur noch der Kreis und eine Spirale, die zu einem aufwendigen Netz aus Linien und Bogen geworden waren, wobei die Kreidestriche sauber und sicher wirkten. Der von Tanaquis erwähnte Dreifuß war eine wacklige Struktur aus einer kleinen, von der Decke hängenden Platte, die über geflochtene Kupferfäden mit drei Punkten des Kreises am Boden verbunden war. Den Kreis an sich umgab ein Ring aus neun Dreiecken in Vesicae piscis, von denen drei bereits Fokusse enthielten, drei so groß waren, dass sich eine Person in die Mitte setzen konnte, und drei eine leere Stelle von der Größe einer Musterkarte aufwiesen.

»Habt Ihr sie dabei?«, wollte Tanaquis von Renata wissen und streckte eine mit Kreidestaub bedeckte Hand aus.

Trotz aller ihrer Schauspielkünste gelang es Ren nicht, ihr Widerstreben zu verbergen, als sie die Karten aushändigte. Allerdings nur die drei, die sie für das Muster gezogen hatte; alle anderen Karten bewahrte Tess unten auf, und sie waren vor dem Numinat in Sicherheit. Decks mit nicht zueinanderpassenden Karten waren nichts Ungewöhnliches, da Karten zerreißen konnten oder irgendwann zu verbogen waren, um sich mischen zu lassen, daher benötigten Szorsa und Spieler immer Ersatz. Sie konnte es notfalls ebenso halten.

Ir Entrelke Nedje, betete sie, *bitte mach, dass es nicht so weit kommt.*

»Seid Ihr sicher, dass das funktioniert, Tanaquis?«, erkundigte sich Donaia.

»Nein«, antwortete Tanaquis und betrachtete die Karten nacheinander. »Aber wenn wir so keinen Erfolg haben, probieren wir es auf andere Weise.«

»Ich meinte ...« Donaia beäugte das Numinat mit sichtlichem Misstrauen. »Ist es sicher?« Sie schien daran zu denken, wie ihr Haar in Flammen aufgegangen war.

Tanaquis legte Donaia eine Hand auf die Schulter. »Eurer Familie wird nichts passieren, Donaia. Ihr könnt mir vertrauen.«

Renata war sich nicht sicher, ob Donaia bei irgendeiner anderen Person beruhigt gewesen wäre. Aber Tanaquis war eine Freundin der Traementis, die durch den Fluch so gut wie jeden anderen verloren hatten. Donaia zögerte nur einen Moment, bevor sie kurz nickte. »Was sollen wir tun?«

Auf Tanaquis' Anleitung – und unter Beachtung der Kreidelinien – trat jede der drei verfluchten Frauen in eines der großen Dreiecke. »Schaut nach außen und wendet dem Fluch den Rücken zu. Konzentriert Euch auf den Dreifußfaden, der mit Eurem Kreis verbunden ist«, wies Tanaquis sie an und platzierte *die Maske der Asche* zwischen Donaia und Giuna, *die Maske der Nacht* zwischen Giuna und Renata und *das Gesicht aus Gold* zwischen Renata und Donaia.

Ren kämpfte gegen den Drang an, die Karten ein letztes Mal zu berühren. *Mama ... Pass auf sie auf. Sie sind alles, was ich noch von dir habe.*

»Ich stelle jetzt den Hauptfokus auf. Was immer auch passiert, verlasst auf keinen Fall Eure Position.« Hinter Ren war das leise Klirren einer Metallscheibe zu hören, die auf die

Platte des Dreifußes gelegt wurde. Tanaquis ging an ihr vorbei aus dem Numinat, zückte ein Stück Kreide, malte einen geschwungenen Bogen und schloss den Kreis.

Rens Magen zog sich zusammen. Mit Mustern konnte sie umgehen – aber dies waren nur Kupferdrähte, Kreidelinien auf dem Boden, drei bedruckte Papierstücke und drei Frauen, die um Erlösung flehten.

Ihre Haut fing an zu jucken ... dann zu kratzen ... bis sie am ganzen Leib zitterte. Der geflochtene Faden glühte inzwischen kupferhell und vibrierte im Einklang mit Renatas Körper. Er fand seinen Widerhall bei den anderen beiden Fäden, die sie nicht sehen konnte, und es entstand ein diskordanter Dreifachton, der ihre Zähne schmerzen ließ. Das Ganze erinnerte sie stark an das Klingeln in ihren Knochen aus der Nacht der Glocken, als sie unruhig geworden war und den Platz verlassen musste.

Sie konnte nicht länger stillsitzen. Aber Tanaquis hatte gesagt, dass sie sich nicht bewegen durften.

Ren bohrte die Finger in die Knie und hatte dabei das Gefühl, als würde sie sich dennoch verlagern. Nein, etwas in ihrem Inneren verlagerte sich – wurde nach und nach aus ihr herausgezogen, als würde es mit Fingern unter ihrer Haut herausgeklaubt.

Dann erkannte sie es.

Während des Albtraums war sie mit der blinden Szorsa ins Privilegienhaus zurückgekehrt. Dort hatte sie es ebenfalls gespürt: *zwei* freigesetzte Kräfte, die durch *Sturm gegen Stein* repräsentiert wurden. Eine davon war Ažerais, die andere ...

Die andere war etwas anderes. Und sie war hier bei ihnen im Kreis, ihre Macht strömte durch die Kanäle des Numinats, löste sich aus Ren, Giuna und Donaia.

Vor Rens Augen verschwamm alles, als könnte sie dank Aža einen Blick in Ažerais' Traum werfen. Zu ihrer Rechten glänzte *das Gesicht aus Gold* hell unter den Lichtsteinen und verwandelte sich in Gold. Zu ihrer Linken wurde *die Maske der Nacht* immer dunkler, bis nur noch die beiden schmalen Halbmonde die vollkommene Schwärze durchbrachen. *Die Maske der Asche* konnte sie hinter sich nicht sehen, aber sie roch es in der Luft, die den staubtrockenen Hauch eines erloschenen Feuers zu ihr herübertrug.

Das Traementis-Herrenhaus war nicht wie das Haus ihrer Kindheit niedergebrannt, dennoch war das die Asche, die sie schmeckte: die Zerstörung der Traementis-Familie durch die Macht, die sie in jener Nacht im Privilegienhaus gespürt hatte. Eine Macht, die schon lange vor der Nacht der Höllen existiert hatte. Sie kroch durch ihren Körper, wehrte sich verzweifelt gegen den Zwang des Numinats, und ihr drehte sich der Kopf. Kurz wusste sie nicht mehr, wer sie war: ein glückliches Kind mit seiner Mutter oder weinend über ihren Verlust, eine Seterin-Adlige, die vor ihrer Mutter geflohen war und Zuflucht bei den Traementis suchte, eine Betrügerin, die sich von der Welt nahm, was sie haben wollte, Arenza oder Renata oder Ren.

Mit lautem Knacken zerbrachen die Fäden – und es hörte auf.

Der Rückstoß nahm ihr alle Kraft und Ren sackte zusammen. Sie hörte Giunas Aufschrei und Donaias Stöhnen. Gefolgt vom Gleiten eines feuchten Tuchs über den Boden. Schritten. Einer leisen Frage.

Sie saß benommen und voller Schmerzen da, bis sich Tanaquis vor sie hockte und ihr die drei aufgefächerten Karten reichte. »Seht Ihr? Ihnen ist nichts passiert.«

Mit einem erleichterten Aufschrei drückte Ren sich die Karten an die Brust, und in diesem Moment war es ihr völlig egal, ob sich gerade jemand fragte, wieso Renata Viraudax so viel an einem Musterdeck lag.

* * *

Weißsegel, Oberufer: 33. Cyprilun

Falls sie sich irgendwelchen Illusionen hingegeben hatten, dass Tanaquis sie nicht mehr benötigen würde, lösten sich diese rasch in Luft auf. Das Aufheben des Fluchs mochte eine relativ unkomplizierte Angelegenheit gewesen sein – auch wenn Renata erschrocken feststellte, dass sie eine Stunde lang in Tanaquis' Numinat gesessen hatten –, doch sie musste den gesamten Prozess noch genau analysieren und studieren.

Als Erstes bat sie Renata, ein neues Muster zu legen.

Damit hätte sie rechnen müssen. Ihre Karten hatten den Fluch schließlich erst aufgedeckt, daher schien es vernünftig, dass Tanaquis sich auf diese Weise vergewissern wollte, dass er tatsächlich beseitig war. Doch die Vorstellung, ein Muster zu legen, während Tanaquis, Donaia und Giuna zusahen, setzte ihr gewaltig zu – vor allem bei Tanaquis. Würde die Astrologin irgendwie merken, dass hier ihr vraszenianisches Erbe am Werk war?

Das war ein törichter Gedanke, zudem hatte Renata auch keine Ausrede parat, warum sie sich weigern könnte. Allerdings rezitierte sie die Gebete an die Ahnen nur in ihrem Kopf und nicht laut, während sie die Karten mischte und drei auslegte.

Der bernsteinfarbene Diamant. Das Herz des Labyrinths. Das Pfauennetz.

»Die mittlere ist hübsch.« Giuna zeigte auf die Frau, die ins Gebet vertieft in der Mitte des Labyrinths kniete. »Bedeutet das, dass es eine gute Karte ist?«

Bevor Renata antworten konnte, schaltete sich Tanaquis ein. »Meines Wissens kann jede Karte, die gut wirkt, auch eine negative Bedeutung haben, was es Scharlatanen erleichtert, die Gutgläubigen übers Ohr zu hauen.« Sie starrte die Karten stirnrunzelnd an. »Diese drei ergeben keinen Sinn.«

Renata warft Tanaquis einen Unschuldsblick zu. »Wie meint Ihr das?«

Mit einem verzweifelten Schnauben zeigte Tanaquis nacheinander auf die Karten. »Diese hier, *der bernsteinfarbene Diamant*. Ich glaube, sie bezieht sich auf Verpflichtungen. Wie kann ein Fluch eine Verpflichtung sein? Die hübsche in der Mitte ergibt halbwegs Sinn, wenn wir davon ausgehen, dass der Fluch gebrochen wurde. Steht sie nicht für Frieden? Die dritte bezieht sich auf Rätsel, aber das einzige Rätsel, das ich hier sehe, sind diese Karten. Möge mir Lumen doch ein gutes Ninat geben und sagen: ›Ja, es ist vorbei. Gut gemacht. Durch das Tor und hinein in den nächsten Zyklus mit dir‹.« Sie verschränkte die Arme. »Besagen sie für Euch etwas anderes?«

Es war ein wenig kleingeistig, sich darüber zu freuen, dass Tanaquis die Karten nicht lesen konnte, wo sie sie doch alle eben erst vom Fluch befreit hatte, aber nachdem sie sich hatte anhören müssen, wie eine Liganti ihr Ažerais zu erklären versuchte, schien Ren ein wenig Kleingeistigkeit doch angebracht. Sie musste an sich halten, um nicht selbstsicher zu wirken und so, als hätte sie keinen Zweifel an der Bedeutung der Karten. »*Der bernsteinfarbene Diamant* steht für Verpflichtungen, das ist korrekt, aber ... vielleicht ließe er sich eher als Last deuten? Ich vermute, er soll bedeuten, dass die Last nicht mehr vorhanden ist. Oder dass Euer Versprechen, uns zu helfen, erfüllt wurde. Vielleicht auch beides.«

»Dann hat es funktioniert?«, fragte Donaia – nicht Tanaquis, sondern Renata.

»Ja«, bestätigte sie und deutete auf *das Herz des Labyrinths*. »Wenn das Muster aus drei Karten besteht, ist die zweite der Weg, der vor einem liegt. Diese hier steht in der Tat für Frieden – Aber ...«

Als sie den Kopf hob, bemerkte sie, wie sich Donaia und Giuna bei ihren Worten versteiften. »Nein, der Fluch ist weg!«, fügte sie hastig hinzu. »Ich hatte nur schon auf die nächste Karte geblickt. Rätsel – wir wissen noch immer nicht, *warum* wir verflucht wurden. Und ich bin zwar sehr froh darüber, dass der Fluch gebrochen ist, wüsste aber schon gern, wer dafür verantwortlich war.« Sie richtete den Blick auf Tanaquis.

»Das wüsste ich ebenfalls gern«, murmelte die Astrologin geistesabwesend, was ihr ein Schnauben von Donaia und ein leises Kichern von Giuna einbrachte. Nach allem, was Renata inzwischen über Tanaquis wusste, war diese Aussage eine krasse Untertreibung.

Allerdings war sie zur Abwechslung mal einer Meinung mit ihr. Renata würde ebenfalls keinen Frieden finden, solange sie die Antwort auf diese Frage nicht kannte, denn es gab ein letztes Stück des Musters, das sie nicht erwähnt hatte. *Das Herz des Labyrinths* war die Ruhe im Auge des Sturms. Die Traementis mochten nicht länger verflucht sein, doch die Macht, die für den Fluch verantwortlich war, existierte weiterhin.

Unverhofft klatschte Tanaquis in die Hände. »Vorerst reicht es, dass der Fluch gebrochen wurde. Ich muss hier aufräumen, bevor dieses Numinat noch mein Haus niederbrennt.« Sie hielt inne und sah die drei Frauen vor sich an. »Das war ein Witz. Inskriptorenhumor.«

Sie scheuchte sie aus ihrem Arbeitszimmer und brachte sie nicht einmal zur Tür. Als Tess auf der nebligen Straße eine Sänfte rufen wollte, hielt Donaia Renata auf, indem sie ihr eine Hand auf den Arm legte.

Ihre braunen Augen wirkten müde, aber sanfter als in den letzten Wochen. »Nach allem, was passiert ist, habe ich Euch noch gar nicht richtig gedankt. Zwar wünschte ich, wir hätten früher davon erfahren …« Ihre Stimme brach, und sie schwankte leicht, bis Giuna sie stützte. Mit sichtlicher Mühe kämpfte Donaia gegen ihre Trauer an. »Danke. Ruht

Euch erst einmal zu Hause aus. Wenn Ihr morgen Vormittag vorbeikommen würdet, sollten wir etwas besprechen, das schon lange überfällig ist: Eure Aufnahme ins Traementis-Register.«

»Mutter!«

»Das ist mein Ernst«, sagte Donaia zu Giuna. »Wir hatten genug Enden und Verluste und sollten diese Wendung mit etwas Schönem feiern.«

Donaia wandte sich wieder Renata zu, die darauf achtete, sich nichts als Erstaunen anmerken zu lassen. Giuna, die so stand, dass ihre Mutter sie nicht sehen konnte, starrte sie misstrauisch und zweifelnd an. Renata mochte den Traementis geholfen haben, aber Giuna hatte ihr Geständnis, dass sie von ihrem Reichtum profitieren wollte, längst nicht vergessen.

Dieses Angebot war genau das, was Ren eigentlich beabsichtigt hatte. Wenn sie es jetzt jedoch annahm, würde Giuna ihr das niemals verzeihen.

»Era Traementis ... Donaia, wenn ich darf.« Sie wartete auf Donaias entschiedenes Nicken, bevor sie weitersprach. »Euer Angebot bedeutet mir mehr, als ich in Worte fassen kann. Dennoch wäre es nicht richtig, es anzunehmen, solange wir nicht wissen, wer Leatos Tod herbeigeführt hat. Wer immer ihn im Privilegienhaus vergiftet hat, ist letzten Endes auch sein Mörder – und ich habe vor, diese Person dafür zur Rechenschaft zu ziehen.«

Donaia protestierte mit halbherzigen Argumenten, warum sie ihr dieses Angebot nicht schon früher unterbreitet hatte, und Zusicherungen, dass Renata nicht noch mehr tun müsse, um sich ihren Platz bei ihnen zu sichern. Aber Renata blieb fest entschlossen, bis die erste Sänfte kam, und widerstand dem Drang, Donaia einfach hineinzuschieben, damit sie endlich mit dem Thema aufhörte. Zu ihrem Glück unterstützte Giuna sie dabei, die ihre Mutter in die Sänfte bugsierte und auf den Weg schickte, bevor eine zweite eintraf.

»Wieso habt Ihr Euch geweigert?«, fragte Giuna und ignorierte die wartende Sänfte. »Das ist doch genau das, was Ihr wolltet.«

Renata war müde. Sie hatte Kopfschmerzen und wollte diese Unterhaltung jetzt wirklich nicht führen. Zwar wusste sie, dass sie freundlich sein sollte, doch dafür fehlte es ihr an Energie. »Weil ich nicht den Rest meines Lebens Euren Hass ertragen will. Ich werde schon einen anderen Weg finden, um zurechtzukommen.« Ein langfristiger Advokatenvertrag mit Vargo würde ihr zwar nicht ermöglichen, die Fassade ihres momentanen Lebens aufrechtzuerhalten, aber ihr würde schon etwas einfallen … irgendetwas.

Selbst ich kann nicht gut genug lügen, um daran zu glauben. Es gab nichts. Ihre Schulden beim Haus Pattumo waren viel zu hoch und würden schon sehr bald fällig. Sie hatte die Gelegenheit, rechtzeitig ans Ufer zu springen, verpasst, daher war es nur noch eine Frage der Zeit, bis die Brücke unter ihren Füßen zusammenbrach.

»Oh.« Giuna verlagerte das Gewicht auf die Fersen und zupfte an ihrem Handschuh herum. »Nun. Danke. Für heute Abend.« Sie wollte schon gehen, drehte sich aber noch einmal um. »Ihr solltet morgen früh trotzdem vorbeikommen. Mutter vermisst Euch. Und ich …«

Sie hielt inne und fügte sehr viel leiser hinzu: »Ihr solltet vorbeikommen.«

Wahrscheinlich hatte Giuna das nur freundlich gemeint, was es auf gewisse Weise auch war. Aber diese Freundlichkeit würde Ren nicht aus der Falle retten, die sie sich selbst gestellt hatte und in der sie nun festsaß.

* * *

Westbrück und Sieben Knoten: 33–34. Cyprilun

Tess schalt Ren nicht dafür, Donaias Angebot abgelehnt zu haben. Sie umarmte sie nur, als sie wieder im Stadthaus waren, und danach ließen sie die schwere Matratze zu Boden, die tagsüber an der Wand lehnte. Nachdem sie sich seit so vielen Jahren kannten, brauchten sie keine Worte mehr.

Ren fiel in einen unruhigen Schlaf. Sie war schon einmal aus Furcht aus Nadežra geflohen. Das Schlaueste wäre, ihren Gewinn aus dem *Breglian* zu nehmen und erneut zu verschwinden, diesmal jedoch weniger panisch. Um dann eine kleinere Version dieses Plans irgendwo anders umzusetzen. Oder in den Süden nach Vraszan zu gehen und sich als Szorsa durchzuschlagen. Bloß nicht in diesem Wirrwarr bleiben, den sie um sich herum geschaffen hatte. *Tess würde mich begleiten. Sedge ebenfalls.*

Stattdessen stand sie auf, steckte zwölf der Forri aus ihrem Nytsa-Spiel auf ein Band, zog ihr vraszenianisches Kostüm an und ging hinaus.

Zur neunten Erde war es in der Stadt so ruhig wie zu keiner anderen Zeit. Die Betrunkenen und Spieler lagen größtenteils im Bett, während die Dienstboten noch schliefen. Nebel verschleierte die Gebäude, wirbelte um Rens Beine herum und war so dicht, dass sie vermutete, das verschleiernde Wasser hätte eingesetzt. Der Nebel würde sich sieben Tage lang nicht verziehen: Das war jedes Jahr so, fing jedoch nie an einem festen Datum an.

Unlogisch und unvorhersehbar, wie Tanaquis gesagt hatte. Aber auch Ažerais' Art.

Sie ging in westliche Richtung nach Sieben Knoten. Die Feuchtigkeit gab ihr einen guten Grund, sich den Schal über den Kopf zu ziehen – den Schal, den ihr der Rabe geschickt hatte. Die darin verborgenen Wurfmesser schlugen ihr sanft gegen Schultern und Rücken. Möglicherweise erkannten die

Leute in Sieben Knoten Arenza. Viel zu spät wünschte sie sich, nicht vor der Kiraly-Enkelin weggelaufen zu sein. Ren vermutete, dass die junge Frau ihr keine Angst einjagen wollte und Ren vermutlich nicht einmal die Schuld an der Nacht der Höllen gab. Doch aufgrund ihrer Schlaflosigkeit hatte sich Ren einfach vor allem gefürchtet.

Zu dieser Stunde würden sich nur wenige, wenn nicht gar keine Leute im Labyrinth aufhalten. Sie würde sich für das Brechen des Fluchs bedanken und dafür beten, dass sie Hilfe bekam, um dann wieder zu verschwinden, bevor auf den Straßen mehr los war.

Zwölf Forri. Einer für jeden Gott des Musters, die Götter, die Ažerais' Kindern in der Anfangszeit des vraszenianischen Volkes beigestanden hatten. Es war eine unfassbare Summe für jemanden in Rens Lage, um sie einfach wegzugeben, und noch wusste sie nicht, ob sie es tatsächlich tun würde. In ihrer normalen Geldbörse befanden sich genug Decira und Centira, die sie stattdessen opfern konnte. Aber bei all dem Ärger, in den sie sich hineinmanövriert hatte, war ihr nicht nach Sparen zumute.

Nebel verschleierte den Eingang des Labyrinths, als sie auf dem Platz eintraf. Ein Wirbel ließ erkennen, dass sich nicht weit vor ihr noch jemand aufhielt, und Ren ging zur Seite und wartete am Rand eines Gebäudes in der Nähe, bis die Person das Tor freigab.

Auf einmal blieb die Person stehen. Es schien eine Frau zu sein. Helleres Haar als die meisten Vraszenianer; sie sah sogar eher nach einer Liganti aus. Und sie hatte einen Sack dabei und sah sich vorsichtig um, als sie diesen öffnete, als wollte sie sich vergewissern, dass sie nicht beobachtet wurde. Ren widerstand dem Drang, in den Schatten zurückzuweichen, da sie wusste, dass sie durch die Bewegung auf sich aufmerksam machen würde; stattdessen hoffte sie darauf, vom Nebel verborgen zu bleiben.

Die Frau zog etwas aus dem Sack und warf es durch das Tor des Labyrinths, bevor sie sich umdrehte und wegrannte.

Ren trat näher, wobei es ihr die Kehle zuschnürte. Was immer die Frau da geworfen hatte, lag im gedämpften Licht von Corillis grün, blau und violett glänzend reglos im Eingang.

Es war ein toter Traumwebervogel.

Aus dem Inneren des Labyrinths hallte ein Ruf zu ihr herüber. Ren erstarrte und war hin- und hergerissen, wünschte sich nichts sehnlicher, als die geschändete und schändende Leiche dort wegzuschaffen, bevor sie jemand sah. Doch dafür war es zu spät, vielleicht auch für alles andere.

Sie rannte los und konnte nur hoffen, dass die Person im Labyrinth ihr Gesicht nicht gesehen hatte, denn man gab Arenza Lenskaya auch so schon an genug Dingen die Schuld. Als sie durch die engen Gassen von Sieben Knoten hetzte, war sie sehr dankbar für die dünnen Sohlen ihrer vraszenianischen Schuhe, in denen das Rennen zwar schmerzte, jedoch kein Geräusch erzeugte.

Dieser Fleck im Nebel vor ihr – ja, das war die Frau, die sich schnell und lautlos bewegte. Ren folgte ihr so nah, wie sie es wagte, und konnte immer wieder einen Blick auf das helle Liganti-Haar erhaschen. Das Gesicht der Frau kam ihr irgendwie bekannt vor.

Es war dieselbe Frau, die ihr und Leato in der Nacht der Höllen im Privilegienhaus den mit Asche versetzten Wein gegeben hatte.

Sobald sie in Westbrück waren, wurde die Frau langsamer. Ein weiterer Schatten, der in einen Umhang gehüllt war, kam aus einer angrenzenden Straße, und die Frau eilte auf ihn zu. Die Unterhaltung der beiden konnte Ren nicht verstehen, aber sie gingen weiter in Richtung Sonnenuntergangsbrücke.

Zwar liefen sie zügig, hielten sich jedoch nicht länger im Schatten und warfen auch keine misstrauischen Blicke in

Hauseingänge und Gassen. Hier hatten sie keinen Grund mehr, sich zu verstecken. Vor der Sonnenuntergangsbrücke löste sich ein dritter Schatten vom Geländer und gesellte sich zu ihnen. Ihn erkannte Ren sofort.

Mezzan Indestor.

Sie eilte auf eine Flusstreppe zu und war dankbar, dass zu dieser frühen Stunde noch keine Bootsleute darunter warteten. Auf diese Weise konnte sie sich an die drei anschleichen, ohne bemerkt zu werden.

»Hat man euch gesehen? Ist man euch gefolgt?«, wollte Mezzan wissen.

»Zu dieser Stunde? Da liegen die Stechmücken doch alle in ihren Nestern.« Das war die Frau, und Ren wollte ihren Ohren kaum trauen. Auch ihre Stimme hatte sie schon einmal gehört, und zwar aus einem anderen Versteck – in Mettores Studierzimmer.

»Dann ist es getan?« Das war wieder Mezzan. Es folgte eine Pause – Ren vermutete, dass die Frau nickte –, bevor er fragte: »Was ist mit den Numinata?«

Diesmal antwortete der Mann. »Sie sind alle an Ort und Stelle, Altan.«

Numinata. Ren erinnerte sich an diese Stimme und das Gesicht von Mezzans Verlobungsfeier: Breccone Indestris, der Inskriptor aus dem Haus Simendis, der bei Indestor eingeheiratet hatte.

»Dann geht zurück und teilt meinem Vater mit, dass wir bereit sind. Ich kümmere mich um die Anduske.«

Seine Stiefel schabten über den Boden, doch es folgten keine Schritte: Er war stehen geblieben. »Ist das klug, Altan?«, fragte die Frau. »Werden sie sich dann nicht gegen Euch wenden?«

Bei Mezzans höhnischem Lachen stellten sich Ren die Nackenhaare auf. »Diese dämliche Kuh frisst mir doch aus der Hand. Sie wird nichts von dem, was ich ihr sage, infrage stellen. Und ich sorge dafür, dass ich das Unterufer weit hinter mir gelassen habe, bevor es losgeht.«

Weitere Schritte, die diesmal nicht stehen blieben. Ren blickte die Flusstreppe hinauf und sah Mezzan in Richtung Sieben Knoten gehen. Sie legte eine Hand auf den Saum ihres Schals. Früher einmal hatte sie sehr gut mit Wurfmessern umgehen können.

Allerdings war das fünf Jahre her, und sie hatte seitdem nicht mehr geübt. Selbst wenn sie ihn traf … Durch den Tod des Erben von Haus Indestor wurde rein gar nichts besser. Ein toter Traumweber, der das Labyrinth schändete, konnte einen Aufstand auslösen.

Und das schien genau das zu sein, was Mezzan wollte.

Nur den Grund dafür kannte sie nicht, doch der war im Augenblick auch egal. Sobald sie die Schritte der beiden anderen in der Ferne verhallen hörte, eilte sie die Stufen wieder hinauf und zurück zum Stadthaus.

Wenn sie der Sache ein Ende bereiten wollte, würde sie Hilfe brauchen.

7

DIE MASKE
DES CHAOS

Horizontplatz, Westbrück: 34. Cyprilun

Rufe in einer wütenden Mischung aus Vrazenianisch und Liganti hallten vom Horizontplatz herüber, und die Menge wogte gegen die Reihe der Falken, die alle davon abhielten, die Sonnenuntergangsbrücke zu überqueren.

»Es wird schlimmer«, raunte Grey Ranieri so leise zu, dass die anderen es nicht hören konnten.

Die Menge war seit Sonnenaufgang immer größer geworden, und ihre Empörung wurde durch laute Stimmen, die sie an all die in den Flugblättern der Stadnem Anduske aufgeführten Missstände erinnerten, immer weiter aufgestachelt. Die Kunde hatte sich in Sieben Knoten verbreitet wie ein Feuer in trockenem Zunder: ein toter Traumweber, eine blutleere Hülle, in den frühen Morgenstunden vor dem Labyrinth. Den Liganti-Adligen wurde häufig vorgeworfen, bei ihren Festmahlen Traumweber zu essen, aber die Schändung eines Labyrinths mit einem toten Vogel brachte selbst Greys Blut in Wallung. Fast war er geneigt, sein Hexagrammabzeichen abzureißen und den Sturm auf die Stufen des Privilegienhauses anzuführen. *Wenn ich denn glauben könnte, dass das etwas nützt.*

Doch das würde nicht passieren, was auch die Absperrung durch die Wache bewies. Die Reaktion des Cinquerats auf derartige Unruhen war immer gleich: das Unterufer von der Alten Insel und dem Oberufer abschneiden, damit der Mob nicht in das Herz ihrer Macht gelangen konnte. Es gab natürlich immer noch den Fluss, und bei der Gnade der Masken, sollten sich die Bootsleute jemals entschließen, sich dem Unterufer anzuschließen ... aber Fulvet gab die Bootslizenzen aus und war so schlau, sie stets auf seiner Seite zu behalten.

Der Cinquerat versuchte, dieses Feuer einzudämmen, aber Grey war sich zunehmend sicherer, dass es diesmal nicht funktionieren würde. Nicht nach der Nacht der Höllen. Nicht wenn die Stadnem Anduske dies zum Sammeln all ihrer Kräfte nutzte. Und nicht, wenn – laut der Warnung, die sie erhalten hatten – die Anduske alle Zutaten für Schwarzpulver besaß.

Die Schmuggelware, die Kolya getötet und Grey gezwungen hatte, die Kanina für die ausgebrannte Hülle eines Körpers zu tanzen.

Allein der Gedanke, jemand anderes würde dasselbe tun müssen, setzte ihn in Bewegung. Grey trat hinter die Absperrung zu Cercel. »Lasst mich da rausgehen und versuchen, sie zu beruhigen, Kommandantin. Hier schweigend rumzustehen, ist wenig hilfreich.«

Dass Cercel die Lippen fest aufeinanderpresste, verriet ihm, dass sie nicht glücklicher über die bisherige Taktik war als er, doch ihr skeptischer Blick sprach Bände. »Wenn ich jetzt einen Falken da rausschicke, ist er wahrscheinlich eher der Funke, der alles in die Luft fliegen lässt, als das Wasser, das das Feuer löscht, Serrado.«

Er riss sich sein Hauptmannsabzeichen herunter. »Dann gehe ich eben nicht als Falke. Lasst mich wenigstens versuchen, eine Eskalation zu verhindern.«

Damit würde er ein ganz anderes Risiko eingehen. Seine

Uniform machte ihn zum Ziel, allerdings war Autorität gleichzeitig eine Form von Schutz. Ohne sie konnte er wie ein Verräter wirken – ein Wankelknoten, dessen Herz so Liganti war, dass ihn die Schändung ihres heiligen Bodens nicht länger interessierte.

Cercel rang sichtlich mit sich. Dann nahm sie das Abzeichen mit einer schnellen Bewegung entgegen. »Wenn sie sich gegen Euch wenden, lauft weg. Ich kann zu Eurem Schutz niemanden da rausschicken, denn das würde alles nur noch schlimmer machen.«

Grey zog als Reaktion darauf nur seinen Mantel aus und drückte ihn ihr zusammen mit seinen Handschuhen in die Hand.

In Hemdsärmeln und verstärkter Weste sprang er über das Brückengeländer und landete auf dem Ufer darunter im knöcheltiefen Wasser. Über eine Flusstreppe in der Nähe gelangte er wieder auf Straßenhöhe und bahnte sich einen Weg durch die aufgewühlte Menschenmenge.

»… nehmen unsere Stadt, mauern unsere Quelle zu und lassen uns für das Privileg bezahlen, an ihrem Grab zu tanzen, vergiften unsere Ältesten mit dieser gottlosen Verhöhnung von Aža, und jetzt schänden sie auch noch unsere Tempel mit toten Traumwebern. Inwiefern unterscheiden sie sich vom Tyrannen? Wie lange werden wir noch so tun, als hätten wir bei der Unterzeichnung des Abkommens nicht die eine Unterdrückung gegen eine andere eingetauscht? Wie lange dauert es noch, bis sie uns auch unseren Glauben nehmen? Unsere Kinder vergiften? Unser Blut vergießen?«

Um Grey herum erhob sich zustimmendes Gemurmel. Wie sollte er das hier aufhalten, wenn er mit dem Sprecher doch im Grunde genommen einer Meinung war? Doch der Mob durfte auf keinen Fall durchdrehen.

»Das, was sie getan haben, war falsch«, rief er, ließ seinen Akzent durchschimmern und zermarterte sich das Gehirn nach einem Argument, das etwas Produktiveres bewirken würde. »Aber das müssen die Ziemetse ansprechen. Wer immer das getan hat, will, dass wir unseren Weg verlassen. Indem wir dem nachgeben, machen wir sie stärker und uns schwächer.«

»Sie haben den Kiraly-Ziemič ermordet!«, brüllte jemand auf Vraszenianisch.

Ich weiß. Ich war auch bei seiner Kanina dabei. Der Protest blieb Grey jedoch in der Kehle stecken wie so viele andere Worte auch. In letzter Zeit hatte er häufiger das Gefühl, an all dem platzen zu müssen, was er nicht aus sich herausließ: Wut, Trauer, Angst.

War er bereit, seinen Zorn und seinen Schmerz zum Wohle der Mächte, denen er diente, zu unterdrücken?

Bevor er darauf eine Antwort fand, huschte jemand durch die Menge an seine Seite. »Serrado. Ich brauche Eure Hilfe.«

Beim Anblick der blassen Haut und feinen Gesichtszüge von Renata Viraudax hätte er beinahe laut geflucht. Allerdings sah sie heute nicht wie sonst wie eine elegante Seterin-Alta aus, sondern war schlicht gekleidet; ihr Unterkleid und lockerer Surcot hätten auch jeder Unterufer-Handwerkerin gut zu Gesicht gestanden.

Sie stellte sich auf die Zehenspitzen und raunte ihm ins Ohr: »Ich habe gesehen, was mit dem Vogel passiert ist, und weiß, wer dahintersteckt.«

Kurz glaubte er, das zornige Gebrüll um ihn herum wäre eine Antwort auf ihre Worte – dass die Menge sie trotz ihrer Vorsicht verstanden hatte. Aber dann sah er mehrere Wagen im Liganti-Stil auf den Platz fahren und die Leute auseinandertreiben. »Was in aller maskenverfluchten Welt machen die da?«, fauchte Grey. Wenn Cercel die Wagen über die Brücke ließ, würde die Menge ihnen folgen. Dann würden sich die Unruhen entweder auf der Insel ausbreiten oder die Wache würde Knochen brechen, um das zu verhindern.

»Serrado.« Sie war klug genug, seinen Titel nicht zu verwenden, bohrte jedoch die Finger in sein Handgelenk. »Helft mir. Wir können vielleicht etwas unternehmen, bevor das hier noch schlimmer wird.«

Etwas, für das er sein eigenes Volk nicht verraten musste – oder sich ihm anschloss, um das Unterufer niederzubrennen.

»Na gut. Aber wir müssen erst mal hier weg.« Grey bahnte sich einen Weg durch die Menge und bedeutete ihr, ihm zu folgen. Hinter ihnen wurde das Gebrüll lauter.

* * *

Krummbeingasse, Fleischmarkt:
34. Cyprilun

Vargo hate nicht die Absicht, die Stadt heute brennen zu sehen. Insbesondere nicht die Teile, die ihm gehörten.

Bislang gab es nur Krisenherde, die explodieren konnten – den Horizontplatz, das Labyrinth in Sieben Knoten, Teile von Eisvogel –, aber nur ein Narr wartete, bis die Zündschnur brannte.

Vielleicht sogar eine Zündschnur im wahrsten Sinne des Wortes, falls die Anduske das mit dem Salpeter vorhatten.

»Ranislav, stell die Kreiseljungen vor unsere Geschäfte und jeden Ort, der unter unserem Schutz steht. Passt darauf auf. Ich will von keinem einzigen Plünderer hören, der Ärger gemacht hat.« Er wartete nicht auf Ranislavs Nicken, bevor er weitersprach. »Varuni, such so viele Fäuste als Patrouillen zusammen, wie du finden kannst.«

Sie zog sich bereits die mit Gewichten versehenen Handschuhe an und hatte sich die Kettenpeitsche an die Hüfte geschnallt. »Gehen wir gegen die Massen los?«

»Treibt sie auseinander«, verlangte Vargo. »Je größer sie

werden, desto wahrscheinlicher ist, dass sie durchdrehen.«
Seine Sprache wurde immer undeutlicher und er riss sich zusammen. »Wenn wir sie bekämpfen, machen wir sie nur noch wütender. Stattdessen sollten wir sie lieber aufteilen.«

Varuni schien der Befehl überhaupt nicht zu behagen, doch sie nickte. Er konnte sich gut vorstellen, was ihr durch den Kopf ging. *Hier solltet ihr ja wohl in Sicherheit sein.*

Nachdem sie gegangen war, sah Vargo aus dem Fenster. Die Morgensonne hatte den Flussdunst nicht vertrieben und würde das auch nicht mehr tun. Der unheimliche Nebel des verschleiernden Wassers hatte sich auf die Stadt herabgesenkt und war so dicht, dass die andere Straßenseite kaum mehr als eine geisterhafte Erscheinung aus Türen und Hauseingängen, Fenstern und Dachgauben darstellte. *Dieses Jahr wird die Maskerade wohl spärlich ausfallen,* dachte er zynisch. Wer jetzt eine Maske trug, tat dies, um sein Gesicht vor der Wache zu verbergen.

»Braucht Ihr mich noch für irgendetwas? Oder soll ich die ganze Zeit hinter Euch stehen und ein finsteres Gesicht machen?«, fragte Sedge. Hätte er sich in den Tiefen nicht das Handgelenk gebrochen, wäre er anstelle von Varuni als Anführer der Fäuste losgezogen, und jetzt ärgerte er sich darüber, dass er untätig bleiben musste.

»Herzlichen Glückwunsch, Sedge. Du hast dich soeben freiwillig als Leiter der Feuerwehr gemeldet.«

Stöhnend schaute Sedge genau wie Vargo aus dem Fenster. Bei der Feuerwehr musste man vor allem über den Dächern nach Rauch Ausschau halten ... »Verdammt noch mal, wie soll ich denn ...«

»Straße für Straße. Ist mir egal. Lass dir was einfallen. Du kannst ...«

::Es hat angefangen.::

Vargo erstarrte und ignorierte Sedges neugierigen Blick. *Wo?*, fragte er Alsius.

::An der Sonnenuntergangsbrücke. Es werden Gerüchte verbreitet, dass das Haus Novrus gestern Traumweber serviert habe, und jemand hat einen Stein geworfen. Jetzt greift die Wache durch. Bisher nur auf dem Platz, aber es wird bald um sich greifen.::

»Genau. Konzentrier dich auf den Horizontplatz, Sedge. Dort ist der Zorn schon übergeschwappt.«

»Woher wisst Ihr ...«

::Das ist noch nicht alles, Vargo.::

Sedge klappte lautstark den Mund zu, als Vargo ihn mit einer erhobenen Hand zum Schweigen brachte. *Der Salpeter?*

::Nein. Numinata. An mehreren Stellen in Westbrück und Sieben Knoten – sehr viele Tuat, Sessat und Noctat in Erdrichtung.::

Numina in Sonnenrichtung, deren Zweck durch Spiralen in Erdrichtung umgekehrt wurde – und sie in Flüche verwandelte. Behinderung, Zusammenbruch der Kommunikation und Strukturen ... Jemand wollte, dass es schlimm endete.

»Vargo?« Sedge verlagerte das Gewicht und sah sich betreten im Raum um.

»Nichts. Geh.«

Vargo wartete, bis er weg war, bevor er sagte: »Nikory, du hältst hier alles am Laufen. Ich bin bald wieder da.« Innerlich teilte er Alsius mit: *Ich hole meine Ausrüstung. Wo soll ich anfangen?*

Als er das Stadthaus verließ, traf er am Eingang einer schmalen Gasse auf Sedge. »Ja, ich habe Euch gehört«, sagte Sedge. »Canlin übernimmt den Feuerdienst. Seine Augen sind besser als meine – und ich lasse Euch keinesfalls allein losgehen, denn sonst nagelt Varuni meine Eier an die Spitze. Ihre Leute haben zu viel in Euch investiert, als dass Ihr bei einem Aufstand umkommen dürft.«

Damit lag er durchaus richtig, und Vargo vergeudete keine Zeit damit, ihm zu widersprechen. »Wir gehen zu den Dornstallungen in Sieben Knoten. Kennst du sie?«

Sedge zuckte nur mit den Achseln und stieß sich von der Wand ab. »Nein, aber ich werde Euch folgen.«

* * *

Sieben Knoten, Unterufer: 34. Cyprilun

Ich wünschte, ich könnte gleichzeitig in der Haut zweier Menschen stecken.

Dieser Gedanke ließ Ren nicht los, während sie Hauptmann Serrado durch Sieben Knoten folgte. Sie hatte sich ihm als Renata nähern müssen, denn selbst wenn er Arenzas Anschuldigung geglaubt hätte, wäre er wohl der einzige Falke gewesen, der das tat. Aber nun brachte er sie zu anderen Vraszenianern, wo eine Seterin-Alta alles andere als hoch angesehen war.

Erst als sie einen Umweg über eine Ostretta – den *Glotzenden Karpfen* – machten, wo sich Serrado einen Mantel über die braune Wachhose zog und Renata einen Schal über ihren Surcot schlang, wurde ihr das überhaupt bewusst. Da begriff sie, dass sie sich verrechnet hatte, und zwar gewaltig.

Er wollte mit ihr zu Idusza Polojny.

Ursprünglich hatte Ren vorgehabt, als Arenza zu Idusza zu gehen, nachdem sie Serrado gewarnt hatte. Sie musste davon ausgehen, dass dieses Chaos Teil des Plans der Anduske war, um den Salpeter einzusetzen, und wenn sie Indestor noch aufhalten wollte, blieb ihr nichts anderes übrig, als einzugreifen.

Bedauerlicherweise wusste Serrado ebenfalls von Idusza. Und sie hatte ihn auch noch per Nachricht über den Salpeter informiert. Er war bei Weitem nicht dumm genug, um diese offensichtlichen Zusammenhänge nicht zu sehen.

Ich hätte nicht mitkommen dürfen. Jetzt war es zu spät: Sie befand sich in Sieben Knoten und ein vraszenianischer Schal ließ die Grenze zwischen ihren beiden Rollen verschwimmen. Wenn sie jetzt ging und später zurückkam, konnte schon alles in Flammen stehen.

Die eine Hälfte der Leute in Sieben Knoten schloss die Türen und Fensterläden, manche nagelten zum Schutz der Scheiben sogar Bretter vor die Fenster. Die andere Hälfte versammelte sich, mit Pflastersteinen und Stöcken, Messern und anderen Werkzeugen bewaffnet, an den Straßenecken. Serrado manövrierte sich durch das Viertel wie ein Bootsmann durchs Flachwasser, und zog sie durch schmale Gässchen, um die dichtesten Menschenmengen zu umgehen. Es dauerte einige Minuten, bis Ren begriff, wohin er sie führte.

Zurück zum Labyrinth in Sieben Knoten.

Die Atmosphäre hier war bei Weitem nicht so aufgeladen wie an der Sonnenuntergangsbrücke, was auf gewisse Weise sogar noch schlimmer erschien. Die Menge stand in stiller Wut beisammen, dicht gedrängt, doch ohne sich anzurempeln, und lauschte dem Mann, der am Tor des Labyrinths eine Rede hielt. Die in der Luft hängende Anspannung vibrierte wie die Saite einer Harfe.

Der Redner hielt den geschändeten Körper des Traumwebers in den Händen. »... was können wir von den kreidegesichtigen Invasoren denn sonst erwarten? Sie haben schon Ažerais' Quelle entweiht. Nur Narren behaupten, wir könnten uns auf die Ziemetse verlassen. Sie kuschen selbst dann noch vor dem Cinquerat, wenn einer aus ihrer Mitte ermordet wird! Und die Wache ist nichts anderes als das Werkzeug des Cinquerats. Sie will uns in den Schlamm drücken. Unsere Rufe nach Gerechtigkeit verhallen ungehört. Aber die Gesichter und Masken hören unsere Gebete ...«

Serrado blieb am Rand der Menge stehen und hatte dank seiner Größe einen besseren Überblick als Renata. Danach führte er sie in Erdrichtung um den Platz herum zu der Stelle, an der Idusza mit verschränkten Armen und leidenschaftlich funkelnden Augen zuhörte.

Als sie näher kamen, drehte sie ruckartig den Kopf, und Serrado hob eine Hand, bevor sie etwas sagen konnte. »Ihr müsst Euch anhören, was diese Frau zu sagen hat.«

Idusza würdigte Renata kaum eines Blickes; ihre Wachsamkeit galt hauptsächlich dem Falken. »Wollt Ihr mich umbringen? Wenn Ihr einfach so mit mir sprecht ...«

Serrado zeigte mit dem Kinn in Richtung der nervösen, wütenden Menge. »Man bringt vermutlich eher mich als Euch um, sobald mich irgendjemand erkennt. Bitte – Ihr habt mir beim letzten Mal nicht geglaubt, aber diesmal habe ich Beweise.«

Damit hatte er ihre Aufmerksamkeit, wenngleich noch lange nicht ihr Vertrauen. Sie traten ein Stück zur Seite, und Renata holte tief Luft und überlegte, was sie aus ihren vorherigen Begegnungen mit Idusza nutzen konnte, ohne dass ihre Gedanken zu weit in Richtung ihrer anderen Rolle abschweiften.

Zumindest schien Idusza sie bisher nicht zu erkennen. »Wer seid Ihr?«

»Mein Name ist Renata Viraudax.«

Idusza versteifte sich. »Die Seterin-Alta, die sich den Traementis angeschlossen hat. Sie ist der Beweis?«

Die letzten Worte waren an Serrado gerichtet. Er schüttelte frustriert den Kopf. »Hört Euch an, was sie zu sagen hat. Und denkt darüber nach.«

Renata ergriff das Wort, bevor Idusza widersprechen konnte. »Ich habe gesehen, wie das alles angefangen hat. Ich lebe in Westbrück und war kurz vor der Morgendämmerung auf dem Heimweg, als ich Mezzan Indestor zusammen mit

Breccone Indestris, dem Inskriptor ihres Hauses, auf dem Horizontplatz warten sah. Eine Frau kam auf sie zu – sie arbeitet für Eret Indestor; ich habe sie schon einmal gesehen. Mezzan gab ihr eine Tasche und Anweisungen. Ich konnte nicht alles hören, habe jedoch Verdacht geschöpft und bin ihr gefolgt, bis hierher zu eurem Tempel. Und ich habe gesehen, wie sie den toten Vogel durch das Tor geworfen hat.« Das entsprach nicht ganz der Wahrheit, aber sie konnte ja wohl kaum erzählen, dass sie hergekommen war, um das Labyrinth aufzusuchen.

»Das ist eine Lüge«, fauchte Idusza. »Ich kenne die Traementis. Ihr wollt Mezzans Familie vernichten.«

»Würde ich dann mein Leben riskieren, um herzukommen, noch dazu zu einer solchen Zeit?«

Der Redner war verstummt, hob den toten Traumweber hoch über seinen Kopf und stimmte einen Sprechgesang an. »Stürmt die Brücke. Stürmt die Brücke.« Rasch schlossen sich ihm weitere Stimmen an, bis lautes Gebrüll über den Platz hallte.

Renata redete eindringlicher auf Idusza ein. »Er war heute bei Euch, nicht wahr? Und er hat Euch von dem toten Vogel erzählt – nein, das wäre zu offensichtlich, wenn Ihr es von ihm erfahrt. Aber die Leute behaupten, das Haus Novrus würde Traumweber essen; das klingt ganz nach einem Indestor-Gerücht, das sie verbreiten, um ihrem Rivalen zu schaden. Habt Ihr das von Mezzan erfahren?«

Als Idusza die Lippen aufeinanderpresste, wusste Renata, dass sie ins Schwarze getroffen hatte. Aber reichte das, um Idusza zu überzeugen? Ren wagte es nicht, sich in dieser Rolle auf Muster zu beziehen. *Ich hätte als Arenza herkommen sollen ...*

Nein. Idusza glaubte mehr an Muster, als sie zugeben wollte, aber worauf sie wirklich vertraute, waren handfeste Fakten – selbst wenn Ren sie in Lügen einbetten musste. »Ich habe gehört, wie er sagte, dass er Euch in Euren Räumen in der Grednyek-Enklave aufsuchen wollte.«

Idusza zuckte zusammen. »Das weiß sie von Euch«, beschuldigte sie Serrado.

»Nein«, widersprach er sichtlich erstaunt.

»Ich habe es heute Morgen aus Mezzans Mund gehört«, beharrte Renata. »Und er trug einen auffälligen Mantel – blau und mit goldenen Bienen bestickt.«

Bei diesen Worten wich Idusza zurück, als wären Renatas Worte eine Klinge. »Nein ... Er würde nicht ... Das ist ein alter Mantel. Ihr müsst ihn irgendwo damit gesehen und nur geraten haben.« Doch in ihren Augen glitzerten Tränen. Sie wusste Bescheid.

»Denkt doch mal darüber nach.« Serrado sprach auf Vraszenianisch weiter. »Denkt an das, was ich Euch beim letzten Mal erzählt habe. An die Lesung der Szorsa. Dass Ihr ein Unrecht wiedergutmachen könnt – vielleicht hat sie sich hierauf bezogen?«

Ren hätte ihn dafür küssen können, dass er die Szorsa erwähnte. All ihre Bemühungen mit den Karten in dem Versuch, Iduszas Glauben an Mezzan zu schwächen ... Daran konnte sie Idusza in dieser Rolle natürlich nicht erinnern. Aber Serrado hatte es unwissentlich für sie getan.

Er sprach weiter und wurde immer verzweifelter. »Sagt es zumindest Euren Freunden. Lasst sie es hören und selbst entscheiden, bevor die Sache zu weit geht. Bevor Ihr letzten Endes nur Indestor in die Hände spielt.«

Idusza schnitt ihm mit einer ruckartigen Kopfbewegung, bei der ihr die Tränen über die Wangen liefen, das Wort ab. »Nur Ihr. Sie nicht. Ihr werden sie nicht glauben und sie könnte verletzt werden.«

Renata zuliebe wechselte Serrado ins Liganti zurück. »Sie bringt mich zu einigen Leuten, die vielleicht helfen können, aber Ihr dürft uns nicht begleiten. Geht ins Labyrinth; dort seid Ihr sicher. Falls Euch irgendjemand rauswerfen will, sagt einfach ...«

Bevor er den Satz beenden konnte, schüttelte Renata den Kopf. »Wenn ich mich verstecke, kann ich niemandem helfen. Aber wenn ich ins Privilegienhaus gehe, überzeuge ich vielleicht jemanden, der Menschenmenge einige Zugeständnisse zu machen, was die Lage ein wenig beruhigen könnte.«

Das waren optimistische Worte, und sie wusste, dass Serrado das ebenso sah. »Ich habe keine Zeit, um Euch hier rauszubringen.«

»Dann gehe ich allein. Ich ziehe den Kopf ein und beeile mich.«

Trotz des immer lauter werdenden Tumults hinter ihnen hörte sie sein frustriertes Stöhnen. »Wenn Euch etwas zustößt, wird Leato mir das niemals verzeihen.«

In ihrem Lächeln schwang bittersüße Reue mit. »Und mir würde er es nie verzeihen, wenn ich es nicht mal versuche.«

* * *

Westbrück, Unterufer: 34. Cyprilun

Eine Flasche zerbrach neben Sedges Kopf an der Wand und so nah, dass die Scherben seine Wange trafen und Wein wie dünnes Blut über seine Haut lief. Instinktiv riss er den Arm hoch, um seine Augen zu schützen, und rammte dabei einer flüchtenden Frau den Ellbogen in die Brust.

Ihr Mann nahm daran Anstoß und reagierte mit den Fäusten. Ein Stiefel gegen das Knie des Mannes brachte ihn aus dem Gleichgewicht, was Sedge reichte, um ihn mit dem Unterarm über der Kehle gegen die Wand zu drücken. Sein Handgelenk schmerzte, weil er so viel Druck ausübte, doch er machte weiter, bis das Weiße in den Augen des Mannes zu sehen war.

»Fang keinen Streit an, den du nicht gewinnen kannst.« Das war ein Ratschlag, den das ganze Unterufer beherzigen sollte – nicht dass es jemals jemand tat. Der Kampfgeist des Mannes war allerdings gebrochen. Sedge ließ sich von der Frau zur Seite schubsen, damit sie ihren in sich zusammensackenden Mann stützen und in Sicherheit bringen konnte.

Sedge wischte sich den Wein von der Wange und setzte das fort, was er zuvor getan hatte: Er fluchte, denn er hatte Vargo aus den Augen verloren.

Was bei dem Nebel und all dem Chaos wenig überraschend war, allerdings konnte er das Gefühl nicht abschütteln, dass Vargo ihm mit Absicht entwischt war. Rens Vermutungen setzten ihm noch immer zu und ließen sich auch nicht durch logische Argumente abschütteln. Vargo war kein Held ... doch falls ein Geist in seinem Körper steckte, konnte keiner wissen, was er so trieb, wenn keiner seiner Leute in der Nähe war.

Dummerweise hatte Sedge nicht die geringste Ahnung, wo die Dornstallungen lagen, und musste einer ganzen Reihe von Attacken von Dächern herunter ausweichen. Die meisten waren eher widerlich als gefährlich – verdorbenes Essen, der Inhalt von Nachttöpfen, Klumpen aus Überresten von Vogelnestern und -kot. Aber Vargo verabscheute Dreck mehr als die meisten anderen Schnösel; allein die Tatsache, dass er sich hier draußen aufhielt, statt in der Sicherheit der Krummbeingasse zu bleiben, war schon merkwürdig genug.

Allerdings brachte es nichts, sich deswegen den Kopf zu zerbrechen. Sedge würde weder Vargo noch die Dornstallungen finden. Da konnte er auch genauso gut sein Bestes geben, um die Lage zu entspannen – angefangen bei den Arschgesichtern, die verängstigte, fliehende Menschen mit irgendwelchem Dreck bewarfen.

Das verschleiernde Wasser war eine verdammt schlechte Zeit für ein solches Unterfangen, da immer wieder Leute ohne Vorwarnung aus dem Nebel auftauchten und ebenso schnell wieder verschwanden. Aber während sich Sedge durch die sich windenen Straßen und über schmale Brücken bewegte, die kaum zwei Personen nebeneinander Platz boten, bis er nicht mehr mit Sicherheit sagen konnte, in welchem Viertel er sich überhaupt befand, entdeckte er einen Schatten im Nebel, der Ärger versprach, und zwar allein aufgrund seiner Größe.

Wer allein unterwegs war, konnte gut und gern ein Arschloch oder verängstigt sein. Menschen in kleinen Gruppen waren entweder Arschlöcher oder schlossen sich aus Sicherheitsgründen zusammen. Derart große Gruppen wie diese wollten eindeutig für noch mehr Unruhe sorgen.

Allein konnte Sedge allerdings nicht viel ausrichten, erst recht nicht mit gebrochenem Handgelenk. Er bog nach links ab und fand sich an einer ihm bekannten Straßenecke wieder. Inzwischen war er in Westbrück angelangt und nicht weit von Rens Stadthaus entfernt.

Ren. Tess. Vargo mochte er verloren haben, doch er konnte zumindest auf seine Schwestern aufpassen.

Bevor er jedoch auch nur drei Schritte gemacht hatte, hörte er bekannte Stimmen: Es waren Smuna und Ladnej, zwei Vraszenianer von den Lauchstraßenschnittern. »Hey«, rief Sedge im Näherkommen, damit Ladnej nicht sofort das Messer zückte. »Seid ihr allein hier?«

»Wir wurden von den anderen getrennt.« Ladnej sah sich wachsam um. »Wir sollten zu Varuni stoßen.«

Zu Varuni? Die beiden konnten sich verteidigen, waren aber keine Fäuste, sondern besser darin …

Dinge zu werfen.

Nun bemerkte Sedge auch den Sack über Ladnejs Schulter. »Habt ihr da Hausbomben drin?« Als sie nickte, drehte er um und ging in die Richtung zurück, aus der er gekommen war. »Folgt mir.«

Der Mob, den er gesehen hatte, war weitergezogen, jedoch nicht schwer zu finden. Das Geräusch zerbrechender Fensterscheiben lockte Sedge und die beiden Frauen auf die Isla Ejče, wo die Aufständischen die Tür eines Pfandleihers aufgebrochen und den schreienden Liganti-Besitzer auf die Straße gezerrt hatten.

Glücklicherweise war Sedges unverletzter rechter Arm auch sein Wurfarm. Die Hausbombe, die Smuna ihm gab, flog im hohen Bogen durch die Luft und zerbrach an der Wand eines Tuchmachers genau dort, wo die Menge am dichtesten war. Vargo hatte die Hausbomben herstellen lassen, um das Ungeziefer zu vertreiben, bevor er ein Gebäude übernahm. Sedge war von ihrer Wirkungsweise nicht wirklich überzeugt, doch die Dinger stanken dermaßen, dass sie auf jeden Fall Menschen vertrieben. Die Menge wich würgend auseinander.

Ladnej drückte Sedge lachend einen Kuss auf die Lippen. Danach zogen sie sich hustend zurück, weil eine Brise den Gestank zu ihnen herüberwehte, der noch widerlicher war als eine Kombination aus verfaulten Eiern und einem Gerberhof.

Dann hörten sie Schreie.

»Kommt mit«, knurrte Sedge.

Er wusste, was er dort vorfinden würde, bevor sie ihr Ziel erreichten. Das war nicht der erste Aufstand, den Sedge erlebte; er kannte den Unterschied zwischen dem Klang eines wütenden Mobs, der Dinge zertrümmerte, und dem Geräusch der Wache, die auf Menschen einschlug. Wie erwartet hatten die Falken einen Keil in einen Trupp der Randalierer getrieben, die Sedge auseinandergetrieben hatte, und setzte ihnen hart zu.

Ihnen und auch einer anderen Person, die sich zufälligerweise ebenfalls auf der Straße aufhielt.

Ein Junge im Teenageralter versuchte, in Sedges Richtung zu fliehen, doch die Falken hatten Hunde dabei. Ein Mastiff, der mehr wiegen musste als der Junge, warf ihn zu Boden und stürzte sich auf ihn, während sich der Junge ganz klein machte. Sedge wollte schon schnaubend dazwischengehen, aber Ladnej hielt ihn am Handgelenk fest – dem gebrochenen –, und der Schmerz brachte ihn wieder zu Verstand.

»Regel eins«, fuhr sie ihn an. »Sei nicht dumm.« Hinter ihr holte Smuna aus und schleuderte eine Hausbombe auf den Platz.

Als sich die Falken und Hunde zurückzogen, fiel Sedges Blick an den beiden Frauen vorbei auf einen stämmigen, wütenden Schatten, der aus dem Nebel auftauchte. »Dafür ist es ein bisschen spät«, murmelte er.

»Sedge.« Varuni stieß seinen Namen wie eine Drohung hervor. »Wo ist Vargo?«

* * *

Privilegienhaus, Morgendämmerungstor,
Alte Insel: 34. Cyprilun

Die Patrouillenboote auf dem Dežera jagten normalerweise Flusspiraten oder durchsuchten Schiffe nach Schmuggelware, anstatt den Zugang zum Oberufer zu blockieren. Aber als Renata endlich einen Bootsmann fand, der bereit war, sie in den Osten zu bringen, musste sie im Boot stehen und mit ihrem Seterin-Akzent eine der Patrouillen anschreien, um durchgelassen zu werden – was nadežranische Vorurteile, Seteriner würden immer bevorzugt, wieder einmal bestätigte.

Das Privilegienhaus glich einem aufgewühlten Ameisenhaufen, und darin wimmelte es von Falken, Schreibern und aufgebrachten Händlern, die sich Sorgen um ihre Lagerhäuser am Unterufer machten, wobei alle lautstark versuchten, Prasinet oder Caerulet zu erreichen. Die Argentet-Büros waren vergleichsweise leer. Zu einer solchen Zeit machte sich niemand groß Gedanken um die kulturellen Einrichtungen der Stadt.

Als Renata den Gang entlangeilte, hörte sie Sostira Novrus einen unglücklichen Untergebenen anfahren. »Es schert mich nicht die Bohne, ob Ihr durch den verdammten Fluss schwimmen müsst; begebt Euch ans Unterufer, findet diese Druckerpresse und *zertrümmert sie.*«

Die Stadnem Anduske. Einen Wimpernschlag überlegte Ren ernsthaft: Sie konnte sich das Wohlwollen von Era Novrus verdienen, indem sie ihr vom Wagenmacher in Fleischmarkt erzählte. Falls sie dadurch Indestors Pläne behinderte, umso besser.

Allerdings gab es keinen plausiblen Grund, warum Renata diese Information kennen sollte. Außerdem hätten die Radikalen nicht so lange überlebt, wenn sie nicht schlau genug waren, um ihre Druckerpresse woanders hinzubringen, nachdem der Rabe darauf gestoßen war. Daher hielt sie sich bedeckt, bis der Mann davongeeilt war, um dann die Schultern zu straffen und in die Schlacht zu ziehen.

»Auf gar keinen Fall!« Sostira unterbrach Renata, bevor sie ihren Vorschlag auch nur ganz ausgesprochen hatte. »Mir ist durchaus bewusst, dass Ihr das Ganze zu einem friedlichen Ende bringen wollt, aber Ihr habt nur Eure und meine Zeit vergeudet. Ich werde diese Stechmücken bestimmt nicht noch dafür belohnen, dass sie sich zu einem Schwarm zusammengetan haben – insbesondere nicht, wenn sie auch noch *meinem* Haus mit diesen absurden Lügen über tote Vögel die Schuld daran geben. Caerulet braucht nur noch ein bisschen Zeit, um seine Truppen zu organisieren. Danach werden wir diesem Unsinn mit harter Hand ein Ende setzen.« Sie wehrte einen wartenden Sekretär mit einer ungeduldigen Bewegung ab. »Der Tyrann mag ein Vielfraß und Lustmolch gewesen sein, aber er wusste, wie man mit einem gemeinen Mob umgehen muss.«

»Ist Euch schon einmal in den Sinn gekommen, dass Indestor diese Lügen über Euer Haus verbreitet haben könnte?«, fauchte Renata, deren Temperament mit ihr durchging.

Sostiras Augen wurden eisig. »Durchaus. Und zu gegebener Zeit wird sich Mettore dafür rechtfertigen müssen. Aber zuerst müssen wir uns um dieses Chaos am Unterufer kümmern, und dafür brauchen wir seine Truppen.«

»Ich habe in Seteris ebenfalls Aufstände miterlebt, Eure Eleganz. Wenn wir auf Gewalt mit Gewalt reagieren, könnte das Problem enden – doch *wir* werden den Preis dafür bezahlen, indem unser Eigentum zerstört wird und die Unruhen andauern. Während eine großzügige Geste – ein Entgegenkommen bezüglich ihrer Sorgen ...«

»Freier Zugang zum großen Amphitheater für den Rest des verschleiernden Wassers ist kein Entgegenkommen! Habt Ihr überhaupt eine Ahnung, wie viel Geld mir dadurch entgehen würde?«

Renata hätte die Frau am liebsten geschüttelt. »Ihr Boykott kostet Euch dieses Geld doch längst; diese Gerüchte werden Euch noch viel mehr kosten. Solltet Ihr jetzt hingegen einschreiten, würdet Ihr Mettore unterwandern und Euch das Wohlwollen der gesamten vraszenianischen Bevölkerung sichern.«

Sostira nahm ein Flugblatt vom Schreibtisch, das dort zwischen anderen Papieren lag und Ren bekannt vorkam. »Das Wohlwollen der Vraszenianer ist nicht das Papier wert, auf das ihre verräterischen Worte gedruckt werden.« Sie zerknüllte das Blatt in einer Hand und warf es in einen Alkoven, in dem außer einem Numinat nichts zu sehen war und wo das Papier zu Asche verbrannte. »Genau so wird ihre

Dankbarkeit nach dem Ende des verschleiernden Wassers aussehen. Nichts als Rauch und Asche. Wenn ich sie dieses Jahr zur Quelle lasse, ohne dass sie dafür bezahlen müssen, werden sie nächstes Jahr dasselbe erwarten, wenn der ganze Schwarm in unsere Stadt einfällt.«

»Ich werde das Geld bezahlen.« Die Worte waren Renata über die Lippen gekommen, bevor sie es verhindern konnte.

Sostiras lautes Lachen wirkte eher erleichternd als beleidigend. »Wenn Ihr mit so viel Geld aus Seteris hergekommen seid, ist es kein Wunder, dass Donaia Euch unbedingt an ihrer Seite behalten will.«

Sie kam um den Schreibtisch herum und lächelte eisig. »Aber das bezweifle ich. Wenn Ihr mich fragt, unterscheidet Ihr Euch nicht sehr von Eurer Mutter. Ihr kamt mit einem hübschen Gesicht, einer talentierten Näherin und so viel Geld her, dass eine junge Frau eine Weile davon leben kann, bis sie jemanden gefunden hat, der ihr die Annehmlichkeiten bezahlt. Und Ihr glaubt, das würde ausreichen, um die Gebühren für das verschleierte Wasser zu begleichen? Vergebt mir, meine Liebe.« Sie fuhr Ren mit einem spitzen Fingernagel über die Wange. »Aber so schön seid Ihr dann auch wieder nicht.«

Ren konnte die vorgetäuschte Herzlichkeit nicht länger aufrechterhalten. Nicht wenn sie Sostira ansah und Ondrakja – die frühere Ondrakja – zu sehen glaubte, deren Freundlichkeit eine Waffe und eine seidendünne Maske für die Grausamkeit darunter war.

Unwillkürlich verhärtete sich ihre Miene. »Ich besorge Euch dieses Geld, Eure Eleganz. Denn anders als Ihr bin ich nicht bereit, das Unterufer brennen zu sehen.«

* * *

Westbrück und Eisvogel,
Unterufer: 34. *Cyprilun*

Nachdem Ren aufgebrochen war, um Hauptmann Serrado zu suchen, gab es für Tess nichts weiter zu tun, als zu warten und sich Sorgen zu machen. Sie wusste, dass ihre Schwester klug genug war, um den schlimmsten Gefahren aus dem Weg zu gehen, aber das machte das Herumsitzen in der Küche auch nicht leichter.

Als jemand an die Tür hämmerte, glaubte sie kurz, Ren wäre zurückgekehrt. Aber nein, Ren war ja momentan Renata, und da würde sie wohl kaum den Kücheneingang nehmen. Tess riss die Tür auf und sah den Jungen, der an Klöppeltagen normalerweise Wache hielt und jetzt keuchend, mit weit aufgerissenen Augen und blassem Gesicht vor ihr stand.

»Sie kommen hier lang«, stieß er hervor, wenn er nicht gerade nach Luft schnappte.

»Wer?«

»Randalierer. Die Falken halten sie am Horizontplatz auf, daher bleibt ihnen nichts anderes übrig, als hier langzugehen.«

Tess tastete blind nach einem Mill und drückte ihm die Münze in die Hand. »Lauf schnell weiter.« Schon war er wieder verschwunden.

Und ließ eine zweifelnde Tess zurück. Bleiben oder gehen? Sie lief vor der Tür auf und ab und hoffte, diese würde erneut aufgehen, und Ren würde die Küche betreten. Wie lange war sie jetzt schon weg? Wie spät war es überhaupt?

Als im Erdgeschoss das Geräusch zerberstenden Glases zu hören war, gefolgt von Männerstimmen, hätte sie beinahe aufgeschrien. Jemand war ins Haus eingebrochen. Das grobe Gelächter schien Tess wie eine Löschdecke zu ersticken.

Damit war die Entscheidung getroffen: Lieber floh sie aus Westbrück, als darauf zu warten, vergewaltigt zu werden.

Sie riss die Stickproben von der Wand und stopfte sie in einen der Rucksäcke neben der Tür, dann stürmte sie auch schon hinaus. Der Nebel des verschleiernden Wassers wirbelte um sie herum und war derart dicht, dass sie die Häuser auf der gegenüberliegenden Kanalseite nicht ausmachen konnte. Aber ein Stück entfernt glaubte sie, ein orangefarbenes Leuchten zu sehen, das das dumpfe Grau erhellte.

»Vergewaltigt werden oder verbrennen«, murmelte sie, zog sich ihren gestreiften Wollschal über den Kopf und eilte in die entgegengesetzte Richtung davon und durch Eisvogel in Richtung Klein-Alwydd.

Sie hielt sich nach Möglichkeit an die verschlungenen und abgelegenen Kanäle und überdachten Gänge, alles Orte, die schmal genug waren, um eine aufständische Menge aufzuhalten – doch um nach Klein-Alwydd zu gelangen, musste sie wohl oder übel den Fičaru-Kanal überqueren. Als Tess sich dem Kanal näherte, wurden die Menschenmengen auf den Straßen dichter und so unnatürlich wie der Nebel.

Als sie rasch auf einen verlassenen Wagen kletterte, fand sie auch den Grund dafür heraus: Gepanzerte Falken versperrten den Weg auf die Brücke und hielten die Menge mit einer Mauer aus einander überlappenden Schilden auf.

Tess sprang wieder auf den Boden und überlegte. In diesem Gebiet kannte sie sich nicht besonders gut aus. Gab es noch andere Wege, um den Kanal zu überqueren, und wenn ja, wo?

Rufe ertönten hinter ihr. Bevor sie sich unter den Wagen ducken konnte, wogte eine Masse aus nach Zrel stinkenden Arbeitern mit Knüppeln um sie herum und zog sie mit sich.

Sie versuchte, sich zu befreien, und ging beinahe zu Boden. Bei einem zweiten Versuch bekam sie einen Ellbogen gegen die Stirn und sah Sterne. Danach ließ sie sich einfach treiben. Der Rucksack wurde zu ihrem Schild. Als sie sich nach hinten gegen einen anderen Ellbogen drängte, hörte sie den Rahmen ihrer Stickproben im Rucksack zerbrechen.

Mit einem Mal ging der Mann mit einem Armbrustbolzen im Hals zu Boden, und die Menge trampelte über ihn hinweg, bevor Tess überhaupt richtig begriffen hatte, was passiert war. Ein leises Jaulen hob an und wurde rasch von anderen Stimmen aufgenommen.

»*Sie schießen in die Menge!*«

Das Gedränge wurde zu einem brodelnden Morast, der von allen Seiten auf sie eindrang, Rufe, Schreie und Fäuste kamen mal von der einen, mal von der anderen Seite. Tess bekam keine Luft mehr, versuchte, sich irgendwie zu befreien, aber alle um sie herum waren größer als sie, sodass sie nicht erkennen konnte, in welche Richtung sie sich bewegen musste.

So muss es sich anfühlen zu ertrinken, dachte sie, wobei sie eine benommene Ruhe überkam. Falls Ertrinken denn nach Schweiß, Angst und entleerten Eingeweiden stank.

Unverhofft spuckte sie ein Wirbel in der Menge direkt vor den Falken aus – nicht jenen mit Armbrüsten, sondern dem Schildwall, der die Menge einsperrte. Tess fiel auf die Knie und wand sich zwischen den Beinen der Falken und unter den Schilden hindurch. Hinter der Linie war die Luft herrlich rein, allerdings konnte sie gerade zweimal tief einatmen, da legte sich schon eine Hand um ihren Unterarm, und das so fest, dass sie schon glaubte, ihr Knochen würde ebenso zerbrechen wie zuvor der Stickrahmen.

Ein Falke zerrte sie auf die Beine. »Bitte, ich will doch nur nach Klein-Alwydd«, flehte Tess, ließ ihren Schal vom Kopf rutschen und hoffte, ihre Sommersprossen und ihr kupferfarbenes Haar wären überzeugender als ihr gebrochenes Flüstern.

Der Mann hatte eine schmale Nase und eine hohe Stirn und kam ihr irgendwie bekannt vor – ein Gesicht, das förmlich gemacht war für den höhnischen Ausdruck, den es jetzt zeigte. »Hier kommt niemand vorbei. Runter von der Straße oder du landest im Horst.«

Die in ihr aufkeimende Wut verlieh ihrer Stimme Kraft, und sie widerstand nur mit Mühe dem Drang, dem Falken gegen das Schienbein zu treten. »Ich kann nicht von der Straße runter, wenn ihr mich nicht durchlasst, du erbärmlicher ...«

Sie verkniff sich die Schimpfworte, die ihr schon auf der Zunge lagen, doch jede Chance auf sein Mitgefühl war dahin – falls es denn je eine gegeben hatte. Er verstärkte nur seinen Griff und schubste sie zurück zum Schildwall und dem Chaos und Blutvergießen dahinter.

»Kaineto!« Ein anderer Falke trat ihnen in den Weg, bevor der erste Tess den Wölfen vorwerfen konnte, und umarmte sie, statt sie zu packen. »Das geht schon in Ordnung. Ich kenne sie. Was machst du hier, Tess? Du solltest im Stadthaus sein.«

»P-Pavlin?« Der Ellbogen musste sie fester getroffen haben, als sie angenommen hatte. Der Falke vor ihr hatte das Gesicht des hübschesten Mannes in Nadežra, obwohl es gerade sehr besorgt wirkte. »Was machst du hier? Und wieso siehst du aus wie ein Falke?« Viel zu spät schlug sich Tess eine Hand vor den Mund. War das vielleicht eine Verkleidung und sie hatte ihn eben auffliegen lassen?

Der Falke mit der dünnen Nase spuckte aus. »Schafft sie hier weg, Ranieri.«

Tess rieb sich den schmerzenden Arm und folgte Pavlin. Sie hatte schon so lange mit Ren eine Lüge gelebt und sah überall dasselbe. Das hier war kein Trick – jedenfalls keiner, mit dem die anderen Falken reingelegt werden sollten. Pavlin zog sie durch die Linien der Männer und Frauen in ihren blau-braunen Uniformen, die auf der Brücke warteten, und sie ließen ihn kommentarlos durch. Einige nickten ihm sogar grüßend zu.

Auf der anderen Seite des Fičaru-Kanals waren die Straßen verlassen und die Stille dröhnte seltsam in ihren Ohren. Tess ging auf Abstand zu Pavlin und starrte ihn empört an.
»Du bist ein Falke.«
Er besaß immerhin so viel Anstand, beschämt zu wirken, und zupfte an seinen Haaren, als könnte er sein hübsches, verlogenes Gesicht dahinter verbergen. »Der Hauptmann ist mit Alta Renata weggegangen; sie haben sich am Horizontplatz mit jemand anderem getroffen und sind weitergezogen. Aber ich muss wieder zurück, bevor Kaineto alles noch schlimmer macht. Wie immer.«
»Der Hauptmann?« So langsam dämmerte es ihr – und mit der Erkenntnis kam der Schmerz.
»Serrado.« Pavlin drückte ihre Finger. »Hast du einen sicheren Ort, an den du gehen kannst?«
Tess entzog ihm ihre Hand und drückte sie sich an die Brust. Irgendwie schien sie keine Luft mehr zu bekommen, als hätte der Ellbogen sie in die Magengrube statt am Kopf getroffen. »Du hast mich ausspioniert. Uns. Für ihn.«
Wie viel hatte Tess ihm verraten? Genug, damit Donaia Rens Geschichte anzweifeln konnte? Und Sibiliat? Beinahe hätte sie den ganzen Plan vereitelt, weil sie sich durch Schmeicheleien zu Dummheiten hatte hinreißen lassen, nur weil sie jemand bemerkt hatte. Ihr Aufmerksamkeit geschenkt hatte.
Jegliche Hoffnung darauf, er könnte es leugnen, verpuffte, als er gestand: »Ja, aber nur am Anfang! Das erkläre ich dir später. Nach …« Er warf einen besorgten Blick in Richtung Brücke und des Chaos dahinter.
»Macht Euch keine Mühe, Falke. Es gibt nichts zu erklären«, fauchte Tess und scheiterte kläglich an dem eisigen Tonfall und der steifen Haltung, die Ren so leicht zu fallen schienen. »Ich komme schon allein zurecht. Schießt ihr nur schön weiter auf verängstigte Menschen.«

Ren wären wahrscheinlich weitaus giftigere Worte eingefallen, aber Tess musste sich mit ihrem armseligen Versuch zufriedengeben. Mit einem knappen Nicken schlang sie sich den Rucksack wieder über die Schultern und stürmte Richtung Klein-Alwydd davon.

* * *

Sieben Knoten, Unterufer: 34. Cyprilun

In den Dornstallungen sah es schlimm aus. Das Numinat dort machte den Boden instabil, sodass alle Gebäude entlang der Straße knarzten, schwankten und Balken fallen ließen wie kampfbereite Trunkenbolde. Der Durchgang an der Pozniret-Enklave war am stärksten betroffen, denn ein langsam brennendes Numinat steckte alles ringsherum in Brand. Nur der feuchte Nebel hatte das Feuer aufhalten können, bevor es Vargo gelang, das Numinat zu deaktivieren und den zertretenen Wachsfokus einzusammeln. An seinen Fingern blieb nur ein öliger Rest zurück, der nach Wacholder roch. Er steckte die Überbleibsel in seine Tasche und ging zum nächsten über.

Aber beim siebten, an der Ecke, wo die Uča Obliok in den Dmariše-Platz überging, wurde Vargo aufgehalten. Der Mob bebte vor Zorn, mehr als irgendwo anders in Sieben Knoten, sodass er nur schwer in die Nähe des Fokus gelangen konnte.

Mit Alsius' Hilfe schlich er zum Rand des Außenkreises, der sich so weit vergrößert hatte, dass er den gesamten Platz umfing – und kaum hatte Vargo diese Linie übertreten, hämmerte ihm das Herz in der Brust.

Das muss die Menge derart aufgeputscht haben, meinte er zu Alsius. Vargo hatte noch nie ein Numinat gesehen, das direkt das Herz beeinflusste. Andere Körperteile waren nichts Ungewöhnliches, selbst Empfängnisverhütungsnuminata funktionierten auf diese Weise, und er hatte auch schon Männer erlebt, die dank eines Noctat-Numinats stundenlang eine Erektion behalten konnte, noch lange nachdem ihr natürliches Verlangen gestillt worden war und sie eigentlich nur noch schlafen wollten. Eine Beeinflussung des Herzens war allerdings viel gefährlicher.

Wo verbarg sich das eigentliche Numinat? Er würde den elenden Mistkerl ausweiden, der diese Dinger inskribiert hatte.

::Ich glaube, das Herz ist nur eine Nebenwirkung::, sagte Alsius besorgt, während sich Vargo weiter in die Mitte vorwagte. ::So, wie sich die Leute verhalten ... würde ich eher vermuten, dass ihre Laune direkt beeinflusst wird.::

Vargo blieb abrupt stehen. »Meinst du etwa ...«

::Wir haben eins gefunden.::

Die Numinatria war die Kunst, Energie zu kanalisieren: Hitze und Kälte, Licht und Klänge, die Lebenskraft des Körpers. Verstand und Gedanken konnten damit nicht beeinflusst werden ... zumindest lautete so die allgemeine Meinung. Vargo und Alsius wussten es besser, und jetzt hatte es ganz den Anschein, als hätten sie den Beweis dafür gefunden.

Doch ihnen blieb keine Zeit, alles in Ruhe zu studieren.

»Wir müssen in die Mitte dieses Dings gelangen«, sagte Vargo.

Alsius widersprach nicht. ::Dort in der Gasse. Was ist da unter dem Sackleinen?::

Vargo stürzte vor, nur um festzustellen, dass ihm der Weg von einem Mann versperrt wurde, der eindeutig unter dem Einfluss des Numinats stand. Doch Vargo duckte sich unter dem wilden Schlag hindurch und rammte dem Mann seine Faust gegen die Kehle. Danach bohrte er ihm die Daumen auf beiden Seiten in den Hals. Erwürgen dauerte lange; das

Blut abzuschnüren war eine weitaus effizientere Methode, ein Problem zu lösen.

Allerdings fand Vargo kein Gefallen daran. Sonst jedenfalls nicht.

::Vargo! Er ist ohnmächtig. Du kannst loslassen.::

Nur mit Mühe konnte Vargo den lodernden Zorn abschütteln, der ihn überkommen hatte, und er taumelte rückwärts, bis er gegen eine Wand sackte. Sein Herz raste. Er war wütend auf sich selbst, weil er die Kontrolle verloren hatte – gleichzeitig wusste er, dass das Numinat diese Wut anfachte und ihn daran hinderte, sie einfach loszulassen. Aber er musste herausfinden, wie es geschaffen worden war, um es dann auseinanderzunehmen, bevor das Blut knöcheltief auf dem Dmariše-Platz stand.

Ein verschlissener Sackleinenfetzen hing an der Wand, war jedoch irgendwann ein Stück zur Seite geschoben worden, sodass eine Kreidelinie zu sehen war. Vargo riss die ganze Plane herunter und sah den Fokus des Numinats vor sich.

Er war leer. Ein Pfropfen aus weindunklem Glas ohne irgendeine Markierung.

Er starrte den Fokus fassungslos an. Der ganze Sinn eines Fokus lag darin, ihn mit etwas zu beschriften: dem Namen eines Gottes oder was immer dem Numinat Energie verlieh. Wie in aller Welt hatte jemand ein Numinat mit leerem Fokus erschaffen können?

::Steh nicht einfach nur rum und starr ihn an, du dummer Junge!::, schimpfte Alsius. ::Mach dich an die Arbeit!::

Vargo knirschte mit den Zähnen und wurde nur noch wütender auf sich, weil er sich hatte ablenken lassen. Die Neutralisierung eines Numinats war einfach: Man wischte einfach mit einem feuchten Lappen über den Rand des Eindämmungskreises, entfernte den Fokus aus der Mitte und war fertig. Dies jedoch zu tun, ohne sich oder die Umgebung in Flammen aufgehen zu lassen, gestaltete sich deutlich schwieriger. Je komplexer das Numinat und je erfahrener der Inskriptor, desto höher war die Wahrscheinlichkeit, dass sich rings um das innere Numinat mehrere Uniats befanden, die in einer bestimmten Reihenfolge ausgelöscht werden mussten, damit sie die darin gebundene Energie nicht einfach freisetzten.

Allerdings hatte Vargo nicht die leiseste Ahnung, was passieren würde, wenn er einen leeren Fokus entfernte, weil er nicht einmal ansatzweise wusste, wie dieses Numinat überhaupt funktionierte. Daher blieb ihm nichts anderes übrig, als es einfach zu versuchen. Er tauchte sein Taschentuch in eine Pfütze in der Nähe und machte sich an die Arbeit.

::Nicht da, du Trottel!::

Vargo zuckte zusammen und konnte gerade noch verhindern, dass sein Tuch einen Winkel eines Oktagramms auslöschte. Alsius' Geplapper war beinahe ebenso ablenkend wie das Klirren von Glas, das vom Platz herüberdrang. »Willst du weitermachen?«, knurrte er und ging zum nächsten Unterbrechungspunkt.

Ein frustriertes Seufzen hallte durch Vargos Schädel. ::Ich wäre dabei sehr viel schneller, wenn nur ...::

Das laute Klappern von Stahl auf Stahl hallte herüber. Vargo warf einen Blick um die Ecke und erblickte das, wovor er sich am meisten gefürchtet hatte: Eine Gruppe von Falken drang auf den Platz vor und schlug die flache Seite ihrer Schwerter gegen die Buckel ihrer Schilde. Diese Taktik war im Allgemeinen sehr effektiv, um Unruhestifter einzuschüchtern. Jeder wusste, dass die Falken ihre Klingen gegen Fleisch und Knochen einsetzen würden, falls es notwendig wurde.

Das wird ein böses Ende nehmen, dachte er grimmig und an Alsius gewandt. Selbst wenn er das Numinat neutralisieren konnte, wusste er nicht, ob der Effekt ebenfalls aufhören würde. Die Falken brauchten keine Magie, um zu Gewalt zu greifen, und schon jetzt hatten mehrere junge Vraszenianer einander untergehakt und eine Mauer gebildet, die dem nahenden Sturm trotzen sollte. Hinter ihnen schnappten sich andere Flaschen, Wagenpeitschen, Radspeichen – alles in Reichweite, das sich als Waffe eignete. Die verdammten Idioten würden sich glatt umbringen lassen.

::Das ist nicht gut, Vargo. Du stehst auch unter dem Einfluss des Numinats. Genau wie ich. Du solltest von hier verschwinden, bevor es zu spät ist.::

Ich weiß. Aber ...

Er sah erneut zum Numinat hinüber, dessen Linien Hitze auszustrahlen schienen. Der unbändige Drang, dagegen anzukämpfen, es zu besiegen, hatte von ihm Besitz ergriffen. Die Einsicht, dass auch das eine Auswirkung des Numinats war, verringerte den Effekt nicht im Geringsten.

::Vargo!::

Ich kann das ändern.

Er *wollte* es ändern. Er wollte beweisen, dass er es konnte – dass er es selbst mit einem unmöglichen Numinat aufnehmen konnte. Daher ignorierte Vargo die Schreie in seinem Kopf, feuchtete sein Taschentuch abermals an und zückte seine Kreide. Jede Lektion, die ihm Alsius über die Gefahren freihändiger Numinata erteilt hatte, ging ihm durch den Kopf. Alle Erinnerungen daran, wie Alsius ihm gesagt hatte, dass er das besser könne, spornten Vargo an.

»Ich habe meinen Kompass, mein Lineal, meine Kreide, mich. Mehr brauche ich nicht, um den Kosmos zu kennen.«

Mit Nadel und Faden als Kompass, die lange Seite seines Notizbuchs als Lineal machte er sich ans Werk. Dabei achtete er überhaupt nicht darauf, seine Änderungen an den Stil des ursprünglichen Inskriptors anzupassen: Wenn Breccone Indestris dies angefertigt hatte, dann auf Mettores Befehl. Somit wären Beweise ungefähr so bedeutsam, als würde er in den Dežera pissen. Stattdessen malte Vargo dicke Linien durch das existierende Numinat und passte es an. Leidenschaftliche Noctat in Sonnenrichtung wurden zu einer Konstellation aus Erdrichtungs-Tricat – Harmonie, Gemeinschaft, Familie. Waren sie denn nicht alle Nadežraner? Geschah dies nicht während des verschleiernden Wassers, wo Nebel und Masken ihre Unterschiede verbargen und alle zusammenkamen, um aus derselben Quelle zu trinken? Um auf dem anderen Arm der goldenen Spirale ein Gegengewicht dazu zu schaffen, umgab er das Pentagramm von Quinat mit einem Sessat-Hexagon: Macht und Dominanz wurden zu Fairness, Freundschaft und Kooperation kanalisiert – was die Wache angeblich repräsentierte, jedoch nie erreichte.

Hinter Vargo prallten die beiden Seiten aufeinander und die Anspannung auf dem Platz ging in Blutvergießen über. Doch dieses Chaos war nur ein Wispern am Rand seines Bewusstseins. Weitaus stärker war das Lied der Perfektion, das durch jede der von ihm inskribierten Linien pulsierte. Es floss ebenso in ihn hinein, wie er es aus sich erschuf. Frieden, Harmonie, Ordnung, Stabilität: Ideale, die nur knapp außerhalb der Reichweite waren und wie Kreide zerbröselten, wenn er danach griff. Ideale, nach denen er stets erfolglos streben würde, weil er nun mal Abschaum aus der Gosse war. Denn dort kam er her und dort wäre er ohne Alsius auch heute noch.

Während sich das Numinat unter seiner Hand veränderte, richtete sich sein Zorn gegen sich selbst. Weg von dem Arschloch, der dieses Ding angefertigt hatte, und auf seine eigene Unzulänglichkeit. Er *wollte* besser sein. Dieses Verlangen trieb ihn an. Aus diesem Grund ging er immer näher heran, suchte die Verbindung zu etwas, das größer war als er, um sich für immer darin zu verlieren.

Ein Stechen im Nacken riss ihn aus der Trance. Vor seinen Augen verschwamm alles, und als er wieder klar sehen konnte, starrte er ein verändertes Numinat an, an dessen Inskribierung er sich kaum erinnerte, wenngleich seine Muskeln und Knochen schmerzten, als wäre er verprügelt worden. Und Alsius lärmte in seinem Kopf.

::... du verdammter Idiot! Willst du so enden, dass dein Körper zu Staub zerfällt und dein Geist an den Fokus gebunden ist? Wie in aller Welt bist du auf die schlammhirnige Idee gekommen, ein Numinat zu durchdringen?::

»Habe ich das etwa getan?«

::Ohne mich wärst du nicht mehr am Leben und ich könnte dich nicht länger anschreien.::

Vargo wagte es, das Gebilde an der Wand leidenschaftslos zu betrachten, doch es schlug ihn sofort wieder in seinen Bann, und er musste den Blick abwenden. Die Linien pulsierten von all den idealistischen Drängen, die ihn durchtost hatten, und strahlten auf den Platz aus – wo wider jegliche Logik und Geschichte Falken und Vraszenianer sich die Hände schüttelten, sich leise unterhielten und sogar gegenseitig Verletzungen behandelten, obwohl sie noch vor Augenblicken eine tiefe Kluft getrennt hatte.

Vargos Knie gaben nach, und er sackte zu Boden, nahm den Dreck dort nicht einmal zur Kenntnis.

»Bist du sicher?«

Alsius' Zögern dauerte zu lange an, um tröstlich zu sein. ::Es war knapp. Und jetzt verschwinde von hier, bevor dich noch jemand sieht.::

Da Alsius ihn antrieb, gelang es Vargo, sich wieder aufzurappeln und wacklig in Richtung Uča Obliok zu taumeln, ohne bemerkt zu werden. Je weiter er sich von diesem pulsierenden Zentrum des Friedens entfernte, desto klarer wurden seine Gedanken und desto schneller schlug sein Herz. Als seine Beine das zweite Mal nachgeben, geschah es aus Angst, nicht aus Schwäche. Er konnte sich gerade noch abstützen, bevor er erneut im verseuchten Schmutz landete. *Was habe ich eben getan?*«

::Das wüsste ich auch gern!::

Aber sie ahnten es beide. Beinahe hätte er sich selbst ausgelöscht. Das mussten sie nicht einmal laut aussprechen. Es war viel zu real.

::Das war genug Numinatria für heute::, sagte Alsius leise.

»Für uns auf jeden Fall.« Vargo richtete sich wieder auf und ging weiter, als würde er nicht vor Erschöpfung am ganzen Leib zittern. »Allerdings sollten wir Varuni suchen und sie zum Damariše-Platz schicken, um dort für Ordnung zu sorgen.«

Früher oder später würden seine improvisierten Änderungen zusammenbrechen; er hatte sie nicht genau genug gezeichnet, als dass sie halten konnten. Doch bis dahin konnte er seinen Selbstmordversuch auch ausnutzen.

* * *

Sieben Knoten, Unterufer: 34. Cyprilun

Der Platz, zu dem Idusza Grey führte, lag etwa in der Mitte von Sieben Knoten, wo die eng aneinanderstehenden Gebäude ein dichtes Straßengewirr bildeten. Nachdem sie dort eine Wache passiert hatten, betraten sie ein Labyrinth aus engen Fluren, die halb von alten Kisten, Fässern und Säcken blockiert wurden, wo Treppen nach oben und wieder nach unten führten und einmal sogar ein einzelnes Fenster den Blick in ein komplett anderes Gebäude nebenan freigab.

Allein hätte ich niemals hergefunden, dachte Grey und fragte sich, wie er je wieder hinausfinden sollte. Er vermutete, dass Idusza ihn mit Absicht über einige Umwege führte.

Hin und wieder bemerkte er Gesichter, die wie Geister hinter Lücken zwischen den Brettern auftauchten und sie misstrauisch beäugten. Überall roch es nach Leibern, gekochtem Reis und Knoblauch – vertraute Gerüche. Kolya und er hatten während ihrer Anfangszeit in Nadežra in einer ähnlichen Gegend gelebt.

Nach gefühlten Stunden entdeckte er das erste Flugblatt an einer Wand. Dann ein weiteres und ein drittes – die Schichten des Aufruhrs, den die Stadnem Anduske seit Jahren anzuzetteln versuchte, wurden immer dicker und kennzeichneten den Weg zu einer schweren Tür, die einst zu einem Wohnwagen gehört haben musste.

Idusza blieb stehen. »Sie wissen, dass Ihr ein Falke seid. Viele von ihnen mussten durch die Wache bluten oder haben jemanden durch sie verloren. Ich werde mein Bestes tun, um dafür zu sorgen, dass Ihr hier lebend wieder rauskommt, aber rechnet nicht damit, mit offenen Armen empfangen zu werden.«

Grey löste seinen Schwertgürtel und reichte ihn ihr. »Um meinen guten Willen zu demonstrieren.«

Sie nahm ihn schnaubend entgegen. »Den hätte man Euch sowieso abgenommen. Aber dass Ihr ihn freiwillig abgebt, hilft. Ein wenig zumindest.«

Ihr rhythmisches Klopfen an der Tür war eindeutig ein Code, und ein schmaler Schlitz wurde geöffnet, um sie beide in Augenschein zu nehmen. Idusza murmelte etwas, es folgte eine leise, kurze Auseinandersetzung; sie hob Greys Schwertgürtel hoch und zeigte ihn vor. Ein Glockenturm schlug die neunte Sonne, wobei das Geräusch durch den Nebel und die vielen Mauern gedämpft wurde, und Grey versuchte, sich den Schreck darüber, wie viel Zeit vergangen war, nicht anmerken zu lassen. Wenn dies bis nach Sonnenuntergang dauerte, würden sich die Feuer nicht mehr aufhalten lassen, denn die Dunkelheit ließ einen Aufstand umso schneller anwachsen.

Endlich wurde ein schwerer Bolzen weggezogen und die Tür ging quietschend auf.

Der Raum dahinter unterschied sich nicht groß von anderen Bandenverstecken, die er in Nadežra gesehen hatte. Die Leute darin waren gut bewaffnet und wirkten argwöhnisch. Und die bestickten Wandbehänge verbargen höchstwahrscheinlich weitere Ein- und Ausgänge. Allerdings hatten hier alle lange, geflochtene Haare, und Greys Nacken fühlte sich im Vergleich dazu sehr nackt an.

Es war nicht schwer zu erkennen, wer von den Anwesenden Koszar Andrejek sein musste, der Anführer der Stadnem Anduske. Ein stämmiger Mann stand inmitten mehrerer Personen und hatte Pockennarben auf den Wangen und die drahtigen Haare zu mit Perlen durchzogenen Zöpfen geflochten. Alle um ihn herum schienen bereit zu sein, sich zwischen ihren Anführer und den Eindringling zu werfen, wenn Grey auch nur einmal falsch blinzelte. »Ča Andrejek«, sagte Grey, senkte den Kopf und berührte seine Stirn.

Der Mann ignorierte ihn. »Idusza«, fauchte er. »Du vergeudest unsere Zeit. Dieser Kerl ist der Schoßhund der Wache und der Traementis.«

Er sagte das auf Liganti, als wollte er ihre gemeinsame Herkunft leugnen. Es gab keinen diplomatischen Weg, darauf zu antworten. Für diese Leute galt Diplomatie als Schwäche und das Werkzeug jener, die sich vor den Invasoren in den Staub warfen.

So wie er es bei Idusza getan hatte, musste Grey auch ihre Schwachstelle anvisieren. »Auf Mezzan Indestor hört ihr also, aber nicht auf jemanden, der versucht, unser Volk von der Anklage, die Nacht der Höllen verursacht zu haben, zu befreien.« Er sprach Vraszenianisch, und sein Akzent war voller Straßenstaub, anders als der flussglatte Dialekt jener, die in Nadežra geboren worden waren, um dann hinter sich auf den Boden zu spucken. »Wer ist hier der Schoßhund?«

»Hört ihn an«, bat Idusza mit angespannter Stimme. »Ich wollte mehr als jeder von euch daran glauben, dass

Mezzan auf unserer Seite steht – aber er wollte mich heute früh unbedingt sehen, nachdem er das Essen im Novrus-Herrenhaus verlassen hatte. Wo ihm rein zufällig ein Haufen Traumweberleichen, gerupft und halb verspeist, ins Auge gefallen ist?«

Einige der Aufrührer sprachen leise miteinander, doch Idusza übertönte sie. »Wo steckt Mezzan jetzt? Würde er unsere Sache wirklich unterstützen, wieso trotzt er dann nicht dem Cinquerat und steht an unserer Seite?«

Mit verschränkten Armen und versteinerten Mienen lauschten Andrejek und sein innerer Kreis, während Grey ihnen die Fakten darlegte: nicht nur das, was Alta Renata beschrieben hatte, sondern auch die Erkenntnisse aus seinen Ermittlungen. Die Straßenkinder. Mütterchen Lindwurm. Der verschwundene Verhaftungsbericht. Aža, das in Asche verwandelt wurde.

Den gestohlenen Salpeter erwähnte er nicht. Sie würden nur fragen, woher er das wusste, und er wollte, dass ihn diese Leute als Freund und nicht als Falken auf der Jagd ansahen. Wenn er diese Sache aufhalten konnte, käme der Salpeter vielleicht nie zum Einsatz.

»Die Nacht der Höllen war ein Unfall – Indestors Verbündete hat sich gegen ihn gewandt. Aber er arbeitet auf etwas Größeres hin, und was immer es auch ist, so will er euch die Schuld in die Schuhe schieben.« Grey ballte die Fäuste und wünschte sich, handfeste Beweise vorlegen zu können. »Aber das schafft er nur, wenn ihr ihm helft. Eure Leute hören auf euch. Ihr könnt sie davon abbringen. Ihr könnt verhindern, dass Indestor euch benutzt.«

Andrejek schnaubte. »Und was genau sollen wir tun? Und zurückhalten? Diese Blasphemie einfach hinnehmen? Indestor, Novrus, sie sind doch alle gleich. Wenn das Indestors Werk war, ist es umso besser, dass er auch dafür bluten muss.«

Bevor Grey anmerken konnte, dass Indestor bei Weitem nicht so viel bluten würde wie die Einwohner von Sieben Knoten, trat jemand anderes vor. Ein jüngerer Mann, glatt rasiert und schlank. Seine Zöpfe waren auf dem Rücken zusammengebunden, seine Augen mit Kajal umrahmt. Er war nicht so groß wie Grey, konnte ihm aber in die Augen sehen, ohne zu blinzeln. »Ihr habt Euch der Wache verschrieben, Wankelknoten«, sagte er ruhig. »Caerulet und der Cinquerat sind Euch wichtiger als Euer eigenes Volk. Warum sollte ich Euch also auch nur ein Wort glauben?«

Ein Blick zu dem Mann, den Grey für Andrejek gehalten hatte, ließ erkennen, dass dieser dem Jüngeren widerwillig Respekt zollte. Er war nur ein Strohmann gewesen, der Grey auf den Zahn fühlen sollte, während der wahre Andrejek zusah und sich ein Urteil bildete.

Das nicht gut ausgefallen war, und zwar aufgrund früherer Entscheidungen, die sich nicht zurücknehmen ließen. Es wäre sinnlos gewesen, seine Gründe für den Beitritt zur Wache zu erklären, und dass er gehofft hatte, von innen heraus Veränderungen anstoßen zu können. Aber selbst wenn das, was Andrejek ihm vorwarf, der Wahrheit entsprach, war er noch immer Vraszenianer, und zwar durch einen Faden, den er nie durchtrennen würde. »Mein Bruder war Jakoslav Szerado. Er ist im Fiangiolli-Feuer umgekommen. Wisst Ihr, wen ich meine?«

Andrejek runzelte die Stirn. »Das ist der, den der Rabe getötet hat.«

Wut würde hier ebenso wenig weiterhelfen wie der Gedanke an den Raben. Grey sah Andrejek in die Augen und sagte klar und deutlich: »Mezzan Indestor ist nicht euer Freund. Mettore Indestor nutzt eure Organisation, um unserem Volk zu schaden. Wenn ich lüge oder euch in die Irre leite, möge mich mein Bruder verlassen. Möge ich ihn in diesem Leben nicht mehr spüren und ihn im nächsten nicht wiedersehen.

Mögen jene, die ihn als Familie ansehen, meinen Namen vergessen, und möge sein Geist von meinem getrennt werden, sodass ich allein durch Ažerais' Traum wandle.«

Das kollektive Einatmen ließ alle verstummen.

Andrejek war der Einzige, der nicht reagierte und Grey weiterhin anstarrte. Er schien den Schmerz in seinen Augen zu ergründen und sichergehen zu wollen, dass er bis tief in die Knochen reichte.

»Wenn das hier vorbei ist, werden wir beide uns noch einmal unterhalten«, sagte Andrejek leise.

Er wartete nicht auf eine Antwort, sondern drehte sich zu seinen Leuten um. »Schickt Boten los. Ruft all unsere Leute zurück und lasst sie untertauchen – die Falken werden sie jagen, wenn sie auch nur die geringste Gelegenheit dazu bekommen.«

Da er nicht mehr im Mittelpunkt stand, sackte Grey auf einen Stuhl und legte sich eine Hand aufs Herz – das schmerzte, aber zum ersten Mal seit Kolyas Tod nicht mehr leer war.

* * *

Morgendämmerungstor, Alte Insel: 34. Cyprilun

Ren lief am Flussufer entlang, ohne etwas wahrzunehmen, und versuchte, einen Plan zu schmieden. Novrus hatte recht: Es war schlichtweg unmöglich, dass Renata oder sogar Haus Traementis genug Geld aufbringen würde, damit die Vrasenianer an den Feierlichkeiten im Amphitheater teilnehmen konnten.

Aber was war mit Vargo?

Er war reich – so reich wie einige der Adelshäuser, vermutete sie. Falls er jedoch der Rabe war, würde er seinen Reichtum nicht in Argentets Taschen schaufeln. Und wenn er nicht der Rabe war ... galt vermutlich dasselbe, nur aus anderen Gründen.

Es sei denn, er wäre bereit, es für sie zu tun. Trotz all seiner Herzlichkeit von neulich bezweifelte sie stark, dass ihr Band dafür schon ausreichte.

Am Morgendämmerungstor traf sie auf Scaperto Quientis, der von Bootsleuten umringt wurde. Als sie auf ihn zuging, beugte er sich gerade vor und warf einem der Männer unten auf dem Wasser etwas zu, wobei er beinahe das Gleichgewicht verlor. Renata hielt ihn am Arm fest. »Ich dachte, Ihr hättet Angst vor dem Ertrinken, Euer Ehren?«

»Vor dem Ertrinken?« Er sah sie verwirrt an. »Nur im metaphorischen Sinne. Los jetzt!« Seine letzten Worte galten den Bootsleuten.

Renata beobachtete, wie sie die mit Flussschlick bedeckten Stufen hinabeilten und lospaddelten. Es waren nicht nur Bootsleute, sondern auch andere Männer mit Knüppeln. »Schickt Ihr sie los, um gegen die Aufrührer zu kämpfen?«

»Nein, sie sollen Leute vom Unterufer wegschaffen – sie aus der Gefahrenzone bringen. Unschuldige sollten nicht in all das verwickelt sein.«

Sie konnte nicht anders, als ihn verdutzt anzustarren. Fünf Mitglieder des Cinquerats: fünf verschiedenfarbige Mistkerle, sagte das gemeine Volk. Doch es sah ganz so aus, als wollte Quientis in der Tat helfen.

Er hatte das Flussprivileg genehmigt und sie nicht mit Blut dafür bezahlen lassen. Im Winter organisierte er Arbeitstrupps.

Vielleicht – nur vielleicht – gab es nur vier verschiedenfarbige Mistkerle und einen, der noch ein Herz hatte.

»Euer Gnaden.« Sie musste sich davon abhalten, erneut seinen Arm zu nehmen. »Ihr könnt sogar noch mehr tun. ich habe eine Idee, wie sich der Ärger am Unterufer besänftigen lässt. Aber das schaffe ich nicht allein.«

Er folgte ihr auf die Straße und hörte aufmerksam zu, während sie es ihm erklärte. Doch noch bevor sie fertig war, schüttelte er den Kopf.

»Es tut mir leid, Alta Renata. Euer Vorschlag ehrt Euch, aber wir können den Leuten diese Art von Respektlosigkeit und Gewalt nicht durchgehen lassen. Ich tue, was ich kann, um jene zu schützen, die nicht Teil dieses Aufstands sein wollen, aber der Rest ...« Tiefe, resignierte Falten durchzogen sein kantiges Gesicht. »Um die wird sich Caerulet kümmern.«

Renata stand schweigend und verzweifelt da, als er seinen Mantel richtete und in Richtung Privilegienhaus davonging. Indestor würde sich darum kümmern – er würde seine Falken und Soldaten losschicken und das Unterufer in Blut tauchen.

Ihr war gar nicht bewusst gewesen, dass sie Quientis hinterherlief, bis sie ihm den Weg versperrte. Er seufzte. »Alta Renata ...«

Sie schoss jeglichen Anstand in den Wind und zerrte ihn in den Schatten des Privilegienhauses. »Euer Gnaden. Mettore Indestor hat dieses Problem erst *erschaffen*. Ich habe mit eigenen Augen gesehen, wie sich sein Sohn mit der Frau traf, die den toten Traumweber ins Labyrinth geworfen hat; ich sah, wie er ihr den Vogel übergab. Sein Hausinskriptor war ebenfalls dabei – wahrscheinlich sollte er Numinata am Unterufer anbringen, um die Zerstörungswut noch weiter anzustacheln. Sein eigener Sohn hat sich eine vraszenianische Geliebte genommen, vermutlich auf seinen Befehl hin, und er vergiftet den Verstand der Stadnem Anduske. Sie haben für übermorgen irgendeinen Protest im Privilegienhaus geplant, und ich zweifle nicht daran, dass Indestor das Ganze in ein Schlachtfeld verwandeln will.«

Quientis starrte sie nur staunend an. Sie redete rasch weiter. »Er wollte mich in der Nacht der Höllen unter Drogen setzen – darum enthielt der Becher, den ich mir mit Leato geteilt habe, eine doppelte Dosis. Und diese Frau, die allen Asche gegeben hat, dieses Mütterchen Lindwurm? Er arbeitet mit ihr zusammen. Sie entführt Kinder und benutzt sie zur Herstellung von Asche. Ich weiß nicht, was er damit vorhat, aber ich bin fest davon überzeugt, dass weder Ihr noch ich es in Aktion sehen wollen, was immer es auch sein mag. Dieser Aufstand ist Teil seines Plans. Wir müssen ihn so friedlich wie möglich beenden – und zwar bald.«

Quientis' Stottern erinnerte sie an die Augenblicke im Kanal während der Nacht der Höllen. Sie konnte erkennen, dass ihm eintausend Fragen durch den Kopf gingen – *Woher wisst Ihr das? Wieso wollte er Euch vergiften? Wer seid Ihr wirklich?* –, aber er verwarf sie alle und stellte nur die alles entscheidende. »Könnt Ihr das beweisen?«

Die Erleichterung darüber, dass er sie nicht schlichtweg auslachte, verwandelte sich in Verzweiflung. Denn das, was er verlangte, überstieg ihre Fähigkeiten.

Bevor sie etwas sagen konnte, drehte er sich zur Seite und starrte auf den Platz hinaus. »Selbstverständlich könnt Ihr das nicht. Mettore würde solche Beweise an einem Ort verstecken, an dem Ihr sie niemals finden könnt.«

Ihr stockte der Atem. *Er glaubt mir!*

Quientis verschränkte die Hände hinter dem Rücken. »Sostira wird das Geld sofort sehen wollen und keinem Kredit zustimmen. Ein Großteil meines Vermögens ist momentan in einem Projekt zur Stabilisierung der Fundamente in Spitzenwasser gebunden. Zwar verfüge ich über das Geld, das Meister Vargo mir für den Kauf von Material für das Reinigungsnuminat überlassen hat, aber ...«

Er wird mich ausnehmen wie ein Fisch. Allerdings besaß Vargo Eigentum entlang des Unterufers – Eigentum, das niederbrennen konnte, wenn sie dieses Wagnis nicht einging.

Möglicherweise brannte es trotzdem ab. Aber Renata hatte ihm dieses Privileg mit Versprechungen besorgt, die sie nicht halten konnte, um dann später herauszufinden, wie sich das trotzdem realisieren ließ; manchmal war das eben der einzig mögliche Weg.

»Tut es«, sagte sie. »Ich werde das Geld später ersetzen.«

Quientis musterte sie zynisch. Er kannte die Situation der Traementis ebenso gut wie Novrus. Doch er fragte nur: »Ist Sostira in ihrem Büro?« Als Renata nickte, zog er seine Weste herunter und straffte die Schultern. »Nun gut. Dann wollen wir Mettore doch mal den Tag verderben.«

8

DIE MASKE
DER ASCHE

Horizontplatz und Westbrück: 34. Cyprilun

Bis Sostira Novrus und ihre Eskorte die entfernte Seite der Sonnenuntergangsbrücke erreichten, hatte jemand eine kleine Plattform errichtet, damit sie vom ganzen Platz aus gesehen werden konnte. Das Tuat-Numinat auf den Brettern sorgte dafür, dass sie auch jeder sah. Die Menge auf dem Horizontplatz war nur einen Steinwurf davon entfernt, abermals in Unruhen auszubrechen, doch die Verwirrung darüber, dass sie hinter einem Spalier aus ihren eigenen Wachen und nicht etwa Falken stand, hielt sie vorerst von aggressiven Handlungen ab.

Sostiras Surcot in gedämpftem Apricot-Ton mit goldener Stickerei fing das Leuchten der Lichtstäbe ein und ließ sie wie eine glühende Bake inmitten des trüben Nebels erscheinen. Dort oben auf der Bühne und mit durch das Numinat verstärkter Stimme war Argentet in ihrem Element: Sie lebte für derartige Auftritte.

»Bürgerinnen und Bürger von Nadežra. Ich habe eure Beschwerden vernommen und bin hier, um darauf zu antworten. Aber zuerst möchte ich feststellen, dass die Gewalt, die wir heute gesehen haben, eurer unwürdig ist. Ihr schadet euren eigenen Brüdern und Schwestern. Das verschleierte Wasser ist eine Zeit der Erneuerung, und die heutigen Unruhen sind eine Beleidigung der Götter.«

Das war ein Fehler, dachte Renata, als ein leises Knurren als Reaktion auf die letzten Worte ertönte. Die meiste Zeit ließ sich leicht vergessen, dass Vraszenianer und Liganti die Götter anders sahen. Aber an einem Tag wie heute, an dem die Stimmung ohnehin schon gereizt war, ließ sich ein solches Versehen nur schwer verzeihen.

Sostiras leises Lächeln und ihre nächsten Worte ließen erkennen, dass sie mit einer solchen Reaktion gerechnet hatte. »Wenn die Götter gnädig sind, feiern wir sie. Sind sie nicht erfreut, müssen wir sie besänftigen. Ich habe den Unmut der Menschen von Nadežra vernommen, denen ich so diene wie ein Priester den Göttern, und ich werde euch besänftigen.

Ich spreche jetzt nicht als Argentet, sondern als Era Novrus. Es hieß, ich wäre die Ursache für die heutige Beleidigung – dass mein Haus das Fleisch der Traumwebervögel verspeise und dass ich die heiligen Traditionen des vraszenianischen Volkes eklatant missachte. Doch ich muss euch mitteilen, dass dies nicht der Wahrheit entspricht. Um dies zu beweisen, leere ich die Kassen von Haus Novrus, um persönlich die Gebühr für all jene zu übernehmen, die morgen das große Amphitheater betreten möchten. Am Andusny werden alle, die das Fest des verschleiernden Wassers an diesem Ort zu feiern wünschen, von Sonnenaufgang bis Sonnenuntergang meine Gäste sein.«

Der Lärm des Publikums schwang von wütend zu erstaunt um. Allerdings war es jetzt Renata, die ein Knurren ausstieß. *Das hatten wir im Privilegienhaus nicht vereinbart.* Und das würde auch nicht passieren. Wie es typisch für Liganti war, hatte Novrus einen schriftlichen Vertrag mit Quientis verlangt, bevor sie sich einverstanden erklärt hatte, diese Rede zu halten.

Jetzt wollte sie, dass seine Großzügigkeit ihr zugeschrieben wurde.

Bevor Renata jedoch auf die Plattform treten konnte, legte Scaperto Quientis ihr eine Hand auf den Arm. »Lasst sie. Sostira wird bald feststellen, dass das ein zweischneidiges Schwert ist. Sie mag es als Großzügigkeit darstellen, aber keiner mag es, etwas geschenkt zu bekommen, was von Rechts wegen eigentlich ihm gehört.«

Da hatte er recht: Auf lange Sicht wäre es Novrus' Herablassung, an die sich die Vraszenianer erinnern würden, und nicht ihre Großzügigkeit. Erst recht, wenn sie den Preis für den Zugang zum großen Traum im nächsten Jahr verdreifachte.

Vorerst erzielten ihre Worte jedoch den gewünschten Effekt. Die Menschen rechneten beim Cinquerat mit Gewalt und Unbeugsamkeit und wappneten sich dafür, zurückzuschlagen; dass Novrus jedoch Entgegenkommen an den Tag legte, wenngleich nur marginal, war, als würde ein Ringer zur Seite treten, um den Gegner dann zu Boden zwingen zu können.

Allerdings verpuffte nicht der ganze Ärger, wenngleich sich die Menge auflöste, der der Wind aus den Segeln genommen worden war. Kleine Gruppen blieben auf dem Platz zurück und unterhielten sich leise; andere gingen von dannen, um in den Ostrettas Zrel zu trinken. Manche würden sich zornig saufen und im Schutz der Dunkelheit weitermachen, während sich der Rest erschöpft für die Nacht zurückzog.

Die wahre Prüfung erwartete sie am nächsten Tag. Dann würde Nadežra herausfinden, ob die Glut erloschen war oder ob die Morgenluft das Feuer neu entfachte.

Renata dankte Quientis und brachte ihn zu einem Boot. Danach sackte sie gegen die Wand einer Ostretta und atmete einige Minuten lang erst einmal tief durch. *Hoffentlich war das hilfreich. Ein Teil davon wenigstens.*

Als sie glaubte, ihre Beine würden sie wieder tragen, stieß sie sich von der Wand ab und machte sich auf den Heimweg, schaute sich dabei jedoch stets wachsam um. Unter ihren Schuhen knirschten Trümmer: Glasscherben, zerschmetterte Pflastersteine und hin und wieder eine Stelle mit weicherem Unrat. Einmal kam sie an einem Blutfleck an einer Wand vorbei, der zu einem klebrigen, dunklen Muster getrocknet war.

Als sie auf die Isla Prišta hinüberging, bemerkte sie Hauptmann Serrado. Er trug nicht länger den vraszenianischen Mantel, sondern wieder seine Wachuniform und das Hexagrammabzeichen und war in Begleitung dreier Männer. Als sie näher kam, blieb er stehen und verbeugte sich.

»Ihr wart nicht in Eurem Stadthaus«, sagte er. Das klang wie ein Vorwurf, und Serrado verzog das Gesicht, als er es bemerkte. »Eigentlich wollte ich damit sagen, dass Ihr lieber ins Traementis-Herrenhaus gehen solltet. Einige Vandalen haben die Isla Prišta heimgesucht und die meisten Häuser wurden beschädigt.«

Sie hatte sich nach und nach entspannt, war nun aber schlagartig wieder verkrampft. *Tess ...*

»Tess ist in Sicherheit«, teilte er ihr mit. »Einer meiner Männer hat sie gesehen und ihr geholfen, nach Klein-Alwydd zu kommen.«

Ren schwankte vor Erleichterung. In diesem Augenblick interessierte es sie nicht, was im Stadthaus passiert war. Klein-Alwydd war der Ganllechyn-Bezirk und bot Tess Schutz.

Plötzlich merkte sie, dass sie den Mann, auf den Serrado eben gezeigt hatte, kannte. Zwar hatte sie dieses hübsche Gesicht erst zweimal gesehen, jedoch zeitlich und örtlich derart weit auseinander, dass sie bisher keine Verbindung hatte erkennen können. Einmal auf dem Händlerweg, direkt bevor Serrado sie wegen des Betrugs an Nikory vertrieben hatte ... und einmal am Kanal hinter ihrem Haus, wo er mit Tess geplaudert und ihr einen Korb mit Brot gegeben hatte.

Pavlin. Der Sohn des Bäckers.
Er ist ein Falke.
»Noch einmal vielen Dank, dass Ihr mir heute geholfen habt«, fügte Serrado hinzu. »Dank Idusza konnte ich die Stadnem Anduske überzeugen. Sie werden vorerst nichts unternehmen. Ohne Euch hätte ich das niemals geschafft. Gehe ich recht in der Annahme, dass Ihr auch etwas mit Novrus' Zugeständnis zu tun hattet?«

Er sprach etwas zu laut und klang ein bisschen zu förmlich. Allem Anschein nach hatte er sie durch Pavlin ausspionieren lassen, und Ren wusste zwar nicht, was er seinem Hauptmann mitgeteilt hatte, aber Serrado wollte eindeutig hier auf der Straße keine Konfrontation riskieren. Kurz war sie versucht, sie dennoch zu erzwingen – ihn wegen der Art, wie Pavlin Tess in die Irre geführt hatte, zur Rede zu stellen.

Aber sie war zu müde, und falls die Stadt morgen nicht brennen würde, wäre das zum Teil auch Serrados Verdienst.

Außerdem brauchte Tess sie jetzt.

»Quientis«, erwiderte sie. »Er bezahlt die Gebühr, auch wenn Novrus es anders hinstellt. Dafür bin ich ihm etwas schuldig.«

»Quientis…« Serrados Erstaunen schlug in geknickte Bewunderung um. »Könnt Ihr möglicherweise…«

Er unterbrach sich und schaute erneut zu Pavlin hinüber. »Nun denn. Ich werde Euch nicht länger aufhalten. Era Traementis weiß, wo man mich finden kann, wenn ich nicht im Horst bin.«

Mit einem militärischen Aneinanderschlagen der Hacken und einem Signal an seinen Trupp zog er von dannen.

Rens Handschuhe spannten sich über ihren Fingerknöcheln, als sie die Fäuste ballte. Pavlin und Serrado waren ein Problem für später. Zuerst einmal musste sie zu Tess.

* * *

Klein-Alwydd und Westbrück,
Unterufer: 34. Cyprilun

Klein-Alwydd war eine winzige Insel, die durch eine Fehlplanung entstanden war und die Form eines schiefen Dreiecks hatte, da Kanäle in seltsamen Winkeln zwischen größeren Grundmauern entlangführten. Auf diese Weise ließ sie sich allerdings auch gut verteidigen; es gab Barrikaden an den beiden Brücken, an denen Fackeln den nächtlichen Nebel erhellten und Menschen mit Knüppeln und Schleudern bereitstanden, um jeden Ärger, der sich hier zusammenbraute, im Keim zu ersticken.

Renata schickten sie nicht weg. Vielmehr starrten sie die Seterin-Alta erstaunt an, die allein und zu Fuß herkam, um ihr Dienstmädchen zu holen.

Die alte Frau, die Tess bemutterte wie eine Henne ihr Küken, war so alt, dass sie nichts mehr zum Staunen brachte. Dennoch löcherte sie Renata mit Fragen, bis Tess irgendwann fauchte, sie wären vermutlich alle längst alte Vetteln, bevor ihre Neugier gestillt sei. Danach ließ die alte Frau sie nur mit einem Schnauben und einem letzten besorgten Blick auf Tess gehen.

Tess sagte keinen Ton, bis sie ins Stadthaus zurückgekehrt waren – das kalt und feucht war aufgrund des zerbrochenen Salonfensters und weil das Feuer schon den halben Tag erloschen war.

»Ich hole etwas Kohle und zünde es wieder an.« Tess' sonst immer leicht trällernder Tonfall klang ob der Erschöpfung nur noch matt. Sie stellte den Rucksack ab, den sie mitgenommen hatte, und holte ihre Stickproben heraus. Der Rahmen war an mehreren Stellen zerbrochen. Seufzend warf sie ihn in den kalten Kamin. »Damit kann man noch gut Feuer machen.«

»Das kannst du vergessen.« Ren holte den beschädigten Rahmen heraus, bevor ihre Schwester ihn verbrennen konnte. Er hatte Tess so viel bedeutet, als sie ihn in der Küche aufgehängt hatte. Der Rahmen mochte zwar zerbrochen sein, und sie hatten kein Geld, um ihn zu ersetzen … aber Ren würde schon einen Weg finden, und wenn sie dafür einen Tischler überfallen musste.

»Wie du willst.« Tess stützte sich auf den Tisch und ließ den Kopf hängen, sodass ihr die Locken ins Gesicht fielen. »Ich bin nur froh, dass du es heil überstanden hast. Es hieß, Sostira Novrus würde die Gebühr für das Amphitheater für alle bezahlen. Das ist dir zu verdanken, nicht wahr?«

Die Politik war ihr eigentlich egal. Ren legte den Stickrahmen auf den Tisch und schob Tess sanft das Haar aus der Stirn. Auf ihrer Wange prangte eine Schnittwunde, und die Beule auf ihrer Stirn schwoll langsam an, außerdem wollte Tess ihr nicht in die Augen sehen.

»Ich habe Hauptmann Serrado getroffen«, sagte Ren leise. »Und Pavlin.«

Daraufhin hickste Tess, erst einmal, dann ein zweites Mal. Sie sackte in sich zusammen, schlang die Arme um ihre Mitte und drückte das Gesicht gegen die Knie.

»Es tut mir so leid«, jammerte sie. »Er hat uns Brot gebracht und wirkte harmlos, und ich dachte, er wäre einfach nur nett.« Sie hob den Kopf, und Ren sah ihre fleckigen, tränennassen Wangen und die tropfende Nase. »Ich habe mir den Kopf zerbrochen und glaube nicht, dass ich irgendetwas gesagt habe, was ihn glauben lässt, du wärst nicht Letilias Tochter, aber ach, ich weiß auch nicht. Wahrscheinlich habe ich uns auffliegen lassen, und jetzt lachen alle darüber, was ich doch für eine Närrin bin.«

Ren kniete sich neben sie und legte Tess die Arme um die Schultern. *Ihr wurde eben von einem Falken das Herz gebrochen, und trotzdem macht sie sich Sorgen um mich.* »Du musst dich für gar nichts entschuldigen, Tess. Pavlin ist derjenige, dem es leidtun sollte – er und Serrado müssten sich entschuldigen, weil sie dich derart hinters Licht geführt haben. Sie haben dir wehgetan und dafür werden sie büßen.«

Tess machte sich noch kleiner und wich vor dem Trost zurück. »Das kannst du nicht machen. Wenn sie jetzt noch keinen Verdacht schöpfen, werden sie es dann garantiert tun – eine Alta, die ihr Dienstmädchen rächt? Außerdem haben sie nur gemacht, was ihnen befohlen wurde.«

»Wenn Serrado nicht weiß, wie wichtig du für mich bist, dann ist der Mann blind und taub und dümmer als ein Frosch. Und mir ist völlig egal, wer ihnen den Befehl erteilt hat. Mich können sie ins Visier nehmen, so viel sie wollen, aber du bist tabu.«

Tess wischte sich mit dem Handrücken über die Wangen, wobei sie die Tränen jedoch nur verschmierte. »Hinter mir waren sie ja auch gar nicht her. Ich bin bloß die Schwachstelle deines Plans. Es ging immer nur um dich.«

Ihre Worte sollten Ren nicht wehtun, taten es aber trotzdem, und sie trafen sie tief im Innersten. Beinahe hätte sich Ren vor lauter Schuldgefühlen abgewandt, doch sie wusste, dass Tess es durchschauen würde. Daher nahm sie ihre Schwester nur noch fester in die Arme. »Dann bin ich diejenige, der es leidtut.«

Nachdem sie noch einen Moment stocksteif dagesessen hatte, löste sich Tess' Erstarrung, und sie lehnte sich an Ren und nahm den Trost endlich an. »Das ist doch lächerlich«, murmelte sie an Rens Schulter. »Und dann wären wir beide lächerlich, und das können wir uns im Augenblick nicht erlauben. Selbstverständlich ruht die ganze Aufmerksamkeit auf dir – du trägst ja auch das ganze Risiko. Ich würde nicht für einen Sitz im Cinquerat und freie Auswahl in Vargos Lagerhäusern mit dir tauschen wollen. Und doch hocke ich hier und heule, weil du tust, was du tun solltest, und unser Plan aufgeht.«

Nicht ganz so wie beabsichtigt. Wenn sie sich mit diesem Betrug Sicherheit verschaffen wollten, waren sie auf ganzer Linie gescheitert ... aber Ren verstand, was Tess meinte. Die Art von prüfenden Blicken, die auf Renata Viraudax ruhten, hätte Tess nie ertragen. Ren schaffte das – solange sie Tess an ihrer Seite hatte.

Jemand in Klein-Alwydd hatte Tess' Verletzungen versorgt, aber Ren schürte das Feuer, erwärmte etwas Wasser und wusch ihrer Schwester erneut das Gesicht, um auch die letzten Tränenspuren zu beseitigen. Sie hatten noch etwas von den durchdrungenen Salben, die Vargo nach der Nacht der Höllen hergeschickt hatte; davon trug sie nun etwas auf den Schnitt und die Beule auf Tess' Stirn auf, und zwar so feinfühlig, wie sie früher einmal Geldbörsen stibitzt hatte. Außer schalem Brot hatten sie nichts mehr zu essen, aber Ren tränkte es im letzten Überrest von Eret Extaquiums Wein und gab es Tess zu essen.

Anstatt es zu verspeisen, starrte Tess das Brot an und legte die Finger darum, als wäre es ein verletzter Vogel.

Brot. Wahrscheinlich aus Pavlins letztem Korb. Bevor Ren es ihr aus der Hand nehmen konnte, flüsterte Tess: »Was soll ich nur machen, wenn ich ihn wiedersehe? Ich dachte ... Ich habe wirklich geglaubt ...«

Und dann, so leise, dass es kaum zu verstehen war: »Ich habe ihn wirklich gemocht.«

Ein Leben voller Lügen, und Tess glaubte, eine Wahrheit gefunden zu haben, an der sie sich festhalten konnte. Eine Wahrheit nur für sich.

Ren saß neben ihr auf dem Boden und legte den Kopf auf Tess' Schulter. »Ich weiß.«

* * *

Oberufer und Unterufer: 34. Cyprilun

Sämtliche Verlobungen Adliger wurden im Tuatium in den Perlen ausgehängt, bis die Hochzeit stattfand. Vargo brauchte nur einen kurzen Blick auf die Coscanum-Indestor-Schriftrolle zu werfen, um seinen Verdacht bestätigt zu sehen, und durch ein maßvoll gesteigertes Bestechungsgeld hatte er auch in Erfahrung gebracht, wo Meda Fienola lebte.

»Breccone Indestris«, sagte er, kaum dass sie ihm die Tür geöffnet hatte.

»Ich ... ich bitte um Verzeihung?« Sie blickte an ihm vorbei, wo aufgrund des Nebels und der späten Stunde kaum etwas zu sehen war. »Meister Vargo?« Ihre gerümpfte Nase reichte Vargo, um zu wissen, dass ein schneller Kleidungswechsel und eine Katzenwäsche trotz Alsius' Zusicherung nicht gereicht hatten, um ihn »vollkommen präsentabel« werden zu lassen.

Doch es war zu spät, um noch etwas daran zu ändern. Er musste einen Schnösel davon überzeugen, sich gegen die anderen zu wenden, und das aufgrund von Beweisen, die kaum handfester waren als Nebel. »Breccone Simendis Indestris stellt die Asche her.«

Diese Worte ließen sie sein Erscheinungsbild vergessen. »Vielleicht sollten wir dieses Gespräch besser nicht auf der Türschwelle führen«, sagte sie und ließ ihn eintreten.

Vargo folgte ihr in einen staubigen Salon, der leicht nach Schimmel roch. Der einzige Hinweis darauf, dass der Raum überhaupt benutzt wurde, war das Numinat, das anging, als die Tür hinter ihnen zufiel, und alles in gleichmäßiges Licht tauchte.

Fienola bot ihm weder einen Platz noch etwas zu trinken an. Ihre Gedanken waren ganz woanders. »Wie kommt Ihr auf die Idee, Breccone könnte irgendetwas mit Asche zu tun haben?«

Dass sie nur seinen Vornamen benutzte, war wenig ermutigend. Breccone mochte jetzt zum Haus Indestor gehören, aber er war der Großneffe von Utrinzi Simendis – also Iridet und somit Tanaquis' Vorgesetzter. Nur weil die Elite Nadežras ihre Sippen über Register und die Numinatria definierte, bedeutete das noch lange nicht, dass Blutsbande für sie keine Bedeutung mehr hatten.

Er kramte in seiner Tasche herum und holte die wächsernen Überreste der Fokusse heraus, um sie auf dem Teetisch neben sich auszubreiten. Der Geruch nach Wachholder erfüllte den Raum.

»Ihr habt gewiss von den heutigen Unruhen am Unterufer gehört? Diese wurden durch Numinata verschärft. Ich konnte den Großteil davon neutralisieren – jedenfalls hoffe ich das. Wahrscheinlich ging Altan Breccone davon aus, dass sie durch das Chaos zerstört werden, ansonsten wäre er vermutlich zurückgekehrt, um sie zu zerstören, bevor sie jemand genauer in Augenschein nehmen konnte, allerdings haben sich die Unruhen auch schneller ausgebreitet, als man vermuten konnte.« So schnell, dass selbst Vargo überrascht gewesen war. Er würde herausfinden müssen, ob Iascat Interesse an einer weiteren Verabredung hatte, da der Novrus-Erbe möglicherweise wusste, was seine Tante in eine Inkarnation von Quarats Großzügigkeit verwandelt hatte.

»Das Wachs hat denselben Geruch wie das Wachs, das Indestris für die Coscanum-Indestor-Verlobung verwendet hat«, fügte er hinzu, »und das Stempelsiegel hat auch in etwa dieselbe Größe.«

Fienola machte sich daran, die Fokusse nacheinander zu untersuchen. Ihre Finger waren nur mit Kreide und Tintenflecken bedeckt, und Vargo hatte seine Handschuhe irgendwo im Schlamm der Uča Obliok verloren, was ihr jedoch nicht das Geringste auszumachen schien.

»Diese hier riechen wie seine«, gab sie zu, nahm einige

der größeren Stücke und versuchte, sie wie Puzzleteile zusammenzusetzen. »Und Breccone bevorzugt den Muinam-Stil für seine Stempel, weil er glaubt, diese übertriebene Komplexität wäre mit Macht gleichzusetzen.«

Vargo schnaubte aus Reflex, und Fienola lachte, statt sich über seinen Mangel an Respekt zu echauffieren. ::Ich mag sie::, sagte Alsius.

Halt die Klappe. Ihre Meinung über numinatrische Stile wäre so wenig wert wie Flussschlamm, wenn sie nicht bereit war, ihnen zu helfen. Daher spielte er seine letzte Karte aus. »Es gab ein siebtes Numinat, das die Gefühle der Menge beeinflusst hat.«

Fienola legte eine Hand flach auf den Tisch und drückte die Teile so auseinander. »Breccone hat ein Numinat geschrieben, das seine Kraft aus Eisar bezieht?«

::Heirate sie.::

Ich bin nicht dein Stellvertreter, alter Mann. Allerdings war Vargo ebenfalls beeindruckt. Nur Gelehrte wie Alsius wussten etwas über Eisar – Geister, die mit menschlichen Gefühlen in Verbindung gebracht wurden –, und selbst bei ihnen war »etwas« nicht besonders viel. »Das könnt Ihr ihn gern fragen, sobald er in Gewahrsam genommen wurde. Und auch, wie er das gemacht hat, da der Fokus leer war.« Wenn Vargo die Zeit dafür geblieben wäre, hätte er einen Hinterhalt gelegt und Breccone selbst verhört, bevor er ihn anzeigte. Doch da es am Unterufer noch immer schwelte, wagte er es nicht, zu warten.

»Ja. Natürlich.« Geistesabwesend drehte Fienola das größte Wachsstück zwischen den Fingern und schien nachzudenken. »Bezüglich der Unruhen kann ich Euren Gedanken folgen. Aber wieso glaubt Ihr, er hätte mit Asche zu tun?«

»Ich habe das Numinat zur Herstellung von Asche gesehen. Jedenfalls die Überreste davon«, antwortete Vargo. »Zuerst begriff ich nicht, welchem Zweck es diente. Ich habe die Spuren untersucht und versucht, das Gebilde wiederherzustellen. Eigentlich hatte ich ohnehin vor, Euch deswegen aufzusuchen, aber dann fingen die Aufstände an und ...« Er zuckte mit den Achseln.

Sie akzeptierte die Lüge. »Und Breccone?«

»Die Linienführung der Überreste wies denselben Winkel auf«, sagte Vargo. Sie war als Inskriptorin gut genug, um zu begreifen, warum das als Beweis zählte – was jedoch noch lange nicht reichte, um nachzuvollziehen, weshalb er etwas dagegen unternehmen wollte. Vargo verschränkte die Hände hinter dem Rücken und wartete.

Tanaquis wischte das Wachs in eine dekorative Schale, wodurch im Staub auf dem Teetisch ein sauberer Streifen zurückblieb, stand dann schweigend da und starrte das helle Holz nachdenklich an. »Das beweist rein gar nichts in Bezug auf die Asche«, erklärte sie nach einer Weile. »Aber es ist genug, um Breccone zu verhaften und wegen seiner Beteiligung an den Aufständen zu verhören.«

Vargo hatte also richtig vermutet: Fienolas Interesse galt vor allem der Numinatria; sie ignorierte die Politik zwar nicht, diese hatte für sie jedoch keinerlei Priorität.

Aber anders als die anderen Sitze im Cinquerat verfügte Iridet über keinerlei eigene Wachtruppen, und Indestor würde sicher alles tun, um Breccone zu schützen.

»Wenn Ihr Unterstützung braucht, so könnte ich ...«

Sie hob eine staubige Hand. »Ich denke, wir können darauf vertrauen, dass Hauptmann Serrado seine Pflicht tun wird, und er hat mich bei den Ermittlungen unterstützt. Guten Abend, Meister Vargo.«

Er schluckte seinen Protest hinunter. Selbst wenn er Fienola begleitete, würde sie ihm wohl kaum erlauben, Indestris zu befragen. Daher musste er wohl oder übel warten, bis er später etwas in die Wege leiten konnte – entweder über offizielle Kanäle oder auf andere Art.

Vorerst nahm er es so hin, verließ ihr Haus und machte sich auf den Heimweg nach Ostbrück, um sich dort endlich anständig zu waschen.

Als er einen Boten weglaufen sah, kaum dass sich seine Sänfte der letzten Brücke zur Isla Čaprila näherte, seufzte er und ahnte bereits, was ihn erwartete – aber zu seiner Überraschung standen zwar Sedge und Varuni vor seiner Tür, doch keiner von beiden setzte zu einer Schimpftirade an, weil er sich aus dem Staub gemacht hatte. Sedge bedeutete Vargo mit dem Kopf, ein Stück zur Seite zu gehen, während Varuni die Sänftenträger bezahlte.

Die Faust stank nach dem Dreck der Aufstände, doch Vargo hielt lange genug den Atem an, um zuzuhören, wie Sedge Bericht erstattete. »Ich habe Euren verschwundenen Salpeter gefunden. Er befindet sich bei einem Kerzenmacher in der Grednyek-Enklave im nördlichen Teil von Sieben Knoten. Ich bin einem der Aufrührer dorthin gefolgt. Er wurde nicht im Freien gelagert – so dumm sind sie nicht –, aber nachdem ich den Kerl umgehauen habe, fand ich das Zeug. Nur dass es kein Salpeter mehr ist.«

Vargo wusste sofort Bescheid. »Es ist Schwarzpulver. Gehen wir.«

Er bezahlte einen Bootsmann, der ihn um die Spitze herum ans Unterufer brachte. Obwohl er Sedge aushorchte, so gut es ging, hatte er bald alles gefragt, und Varuni konnte den Rest der Bootsfahrt nutzen, um ihm mitzuteilen, was sie von Arschlöchern hielt, die vorgaben, in Sicherheit zu bleiben, nur um dann abzuhauen, sobald sie ihnen den Rücken zuwandte. Kurz erwog Vargo, den Bootsmann umbringen zu lassen, damit er seinen Freunden später nicht von dieser Unterhaltung erzählen konnte.

Doch sobald sie das Unterufer erreichten, hatte er andere Probleme. Die Wache war noch immer zahlreich unterwegs, patrouillierte und hielt jeden auf, der glaubte, im Schutz der

Dunkelheit weiteren Ärger machen zu können, und Gruppen aus Vraszenianern taten dasselbe. Ihr Trio musste einen großen Umweg machen und sich mehrmals verstecken, bevor es den Laden erreichte, in dem Sedge das Pulver gefunden hatte.

Es war nicht mehr da.

Allerdings hatten sie nicht alles mitgenommen, sondern den Bronzemörser und -stößel zurückgelassen, die vermutlich zu schwer für den Transport gewesen waren, sowie die Siebe. Vom Pulver war nichts mehr zu sehen.

Sedge fluchte lautstark. »Ich schwöre, dass es zur ersten Erde noch hier war. Ladnej und Smuna haben es ebenfalls gesehen …«

»Dann hättest du Ladnej und Smuna vielleicht hierlassen sollen, damit sie es im Auge behalten«, fuhr Vargo ihn aufgebracht an.

»Wir haben Euch gesucht! Und wollten verhindern, dass diese verdammte Stadt niederbrennt! Wie viel mehr muss …« Sedge klappte schwer atmend den Mund zu und schluckte den Rest lieber herunter.

»Anstatt sie niederzubrennen, jagen sie sie jetzt in die Luft!«

Vargo hätte noch mehr gesagt, aber Varuni, die mit dem Stiefel über die Bodendielen schabte, ließ ihn verstummen. Es war schon erstaunlich, wie viel Missbilligung die Frau mit nur einem Blick zum Ausdruck bringen konnte.

Zähneknirschend drehte sich Vargo zum Fenster um und schaute durch die schmutzige Glasscheibe. Die Ostretta an der Straßenecke schien geschlossen zu sein, allerdings schimmerte Licht zwischen den Brettern hindurch, mit denen die Fenster zugenagelt waren. Der restliche Platz war voller Nebel und sonst gar nichts. Die in regelmäßigen Abständen platzierten Öllampen spendeten kaum Licht, sondern schufen nur hellere Zonen im Dunst.

Zur ersten Erde konnten allerdings die Lampenanzünder hier durchgekommen sein, wenn die Unruhen sie nicht aufgehalten hatten.

»Schickt Fäuste los, um die Leute hier in der Gegend zu befragen, auch die in der Ostretta und die Lampenanzünder. Irgendjemand hat das Pulver weggebracht, und ich will wissen, wer und wohin.«

* * *

Der Horst und Ostbrück: 34. Cyprilun

Grey hatte gerade mal die Stufen des Horsts erreicht, als Fienolas Bote eintraf. Er behielt beim Lesen ihrer Nachricht eine ausdruckslose Miene bei, bevor er sich zu seinen gespannt wartenden Leuten umdrehte.

»Kaineto, nehmt Levinci und Ecchino und bereitet die Berichte für Kommandantin Cercel vor. Sobald das erledigt ist, sind alle außer Ranieri, Tarknias und Dverli entlassen – ihr kommt mit mir.«

Die drei Ausgewählten versuchten nicht einmal, ihr Stöhnen zu verbergen oder dass sie ihren Kameraden neidische und Grey hinter seinem Rücken hasserfüllte Blicke zuwarfen. Ranieri lief neben Grey her, als sie zur Sonnenaufgangsbrücke marschierten.

»Wir waren den ganzen Tag auf den Beinen, Hauptmann«, sagte er leise. Da keiner der Leutnants anwesend war, musste er die Rolle übernehmen und für die anderen sprechen. *Er würde einen viel besseren Leutnant abgeben als Kaineto – wenn ich ihn denn nur befördern könnte.* »Wir dachten, dass wir jetzt, wo sich die Lage langsam beruhigt, endlich fertig wären.«

Ranieri musste abgelenkt gewesen sein und nicht darüber nachgedacht haben, warum Grey seine drei Unruhestifter aus der Delta-Oberschicht und ihre Unterstützer entließ und nur Leute ohne familiäre Verbindungen mitnahm ... oder um sich zu fragen, warum sie schon wieder loszogen, ohne vorher mit Cercel zu sprechen.

»Das ist mir bewusst, Ranieri. Es wird auch nicht lange dauern – aber eine Sache müssen wir noch erledigen.« Er gestattete sich ein schiefes Grinsen. »Ich bezweifle, dass einer von euch diese Verzögerung bereuen wird.«

Sie trafen sich an der Brücke zur Isla Micchio mit Meda Fienola. An ihrer Seite stand ein Iridet-Schreiber mit einer Laterne in der Hand, und sie musterte das Wach-Quartett kritisch, als es auf sie zukam. »Mehr Leute habt Ihr nicht dabei?«

»Ich hielt es für schlauer, schnell zu reagieren«, erwiderte Grey. »Und keine ...«, ihm gingen kurz mehrere Begriffe durch den Kopf, »überflüssigen Personen zu beteiligen.«

»In der Tat.« Fienola führte sie über die Brücke und auf den nebelverhangenen Platz. »Breccones Haus ist dort vorn.« Sie zeigte in den Dunst, um dann die Stirn zu runzeln, als ihr die Sinnlosigkeit dieser Geste aufging. »In der hinteren Ecke an der Via Trabuso. Ihr solltet zumindest einen Eurer Männer zum Dienstboteneingang schicken, falls er versucht zu fliehen.«

»Sollten wir auf bestimmte Gefahren vorbereitet sein?«, erkundigte sich Grey, der genug über die Numinatria wusste, um vorsichtig zu sein.

Fienola überlegte. »Wenn alles gut läuft, müssen wir das Haus gar nicht betreten. Andernfalls seht nach oben, an die Wände und unter Teppiche. Geht nicht davon aus, dass man das Numinat sofort entdeckt.« Sie zwirbelte eine lose Haarsträhne um einen Finger – was bei einer Frau, die nicht gelassen über Verletzungen und Tod sprach, vielleicht wie ein Flirtversuch gewirkt hätte. »Regelmäßig etwas Brennbares vor sich zu werfen ist eine vernünftige Vorgehensweise, um nicht in Flammen aufzugehen.«

Sehr beruhigend. »Ranieri«, sagte Grey. Was immer Pavlin heute auch für Sorgen haben mochte, so besaß er doch die besten Augen und den meisten Verstand von Greys Untergebenen. »Wir sind hier, um Breccone Simendis Indestris zu verhaften, weil er einer der Anstifter der heutigen Unruhen war und leichtsinnig von der Numinatria Gebrauch gemacht hat. Geht mit Tarknias nach hinten. Sollte jemand eilig das Gebäude verlassen, wisst ihr, was zu tun ist.«

Falls er überrascht war, ließ sich Ranieri nichts anmerken, sondern lief einfach zusammen mit Tarknias los. Grey lockerte sein Schwert. »Geht voraus, Meda Fienola.«

Indestris' Butler öffnete im Nachthemd die Tür und rieb sich die Augen. »Wie bitte?«, fragte er, nachdem Fienola die Verhaftung angekündigt hatte. »Entschuldigung – wer seid Ihr noch mal?«

Sie wiederholte ihre Worte, und danach war der Mann zwar wacher, aber auch nicht hilfreicher. »Altan Breccone schläft«, sagte er, als könnten Verhaftungen nur tagsüber vorgenommen werden.

»Dann weckt ihn«, verlangte Fienola mit kristallklarer Präzision. »Aus Respekt vor seinem Rang bekommt er Zeit, um sich anzuziehen, mehr aber auch nicht.«

»Ich kann ihn nicht wecken!«, protestierte der Butler entsetzt. »Altan Breccone ist da sehr eigen. Er benötigt eine ununterbrochene Nachtruhe, um seine Arbeit ...«

»Meda Fienola, dieser Mann will nur Zeit schinden.« Grey fiel es sehr schwer, nicht einfach ins Haus zu stürmen. »Er weiß ganz genau, warum Ihr hier seid, und versucht, Euch hinzuhalten – wahrscheinlich, damit sein Herr fliehen kann.«

Fienola legte den Kopf schräg. »Ich glaube, Ihr habt recht. Bedenkt meine Warnung, Hauptmann.«

Diese unausgesprochene Erlaubnis reichte Grey. Er packte den Butler am Kragen, bevor der Mann auch nur begriffen hatte, was sie damit meinte, und schob ihn zurück in die Eingangshalle. *Er ist bestimmt brennbar.*

Mit einem Mal ging ihm auf, dass der Butler mehr als einen Grund für die Hinhaltetaktik haben könnte.

Grey wusste einiges über Asche, daher war ihm auch bekannt, dass die Wirkung erst nach einer knappen Glocke einsetzte. Die drei Männer, die nun aus einem Seitenraum angerannt kamen, standen voll unter ihrem Einfluss. Jemand hatte Indestris' Haushalt vorgewarnt, dass er verhaftet werden sollte.

Grey ließ den Butler los und zog sein Schwert, um den Ansturm abzuwehren.

Die Welt kam gleichzeitig näher und glitt weiter weg, und seine Sinne wurden so scharf wie die Klinge seiner Waffe, während sein Verstand in den Hintergrund rückte. Grey versank in dieser distanzierten Wahrnehmung, bei der er seine Umgebung registrierte, ohne sich vom Chaos des Moments überwältigen zu lassen. Es war fast wie eine Durchdringung, bei der er seinen Geist in seine Schwertkünste einfließen ließ, so wie es Handwerker mit ihren Waren machten. In der Vergangenheit war Grey dadurch immer mit dem Leben davongekommen, wenn ihn Unteruferknoten oder andere Falken angriffen.

Auch jetzt rettete es ihn, als die drei von Asche des Verstandes beraubten Männer ihn in Stücke reißen wollten.

Die Droge machte einen Menschen kräftig, aber nicht schnell. Grey huschte durch die Lücke zwischen zwei Männern, von denen einer kurz seinen Arm erwischte, und selbst dieser flüchtige Kontakt reichte aus, um Grey herumzuwirbeln. Er duckte sich und stach dabei tief zu, wobei er den Mann an der Rückseite der Oberschenkel erwischte. Sein Ziel ging auf unheimlich lautlose Weise zu Boden: ohne

Schrei, vielmehr sackte er einfach zusammen, da ihn seine Beine nicht länger trugen.

Aber Asche dämpfte auch den Schmerz. Verkrüppelt und blutend bewegte sich der Mann weiter, und seine Fingernägel schabten über den Marmorfußboden, als er auf Fienola zukroch.

Die anderen beiden wirbelten zu Grey herum. Seine üblichen Methoden würden bei ihnen nicht funktionieren; Männer auf Asche schreckten nicht davor zurück, eine Schwertklinge mit den Händen zu parieren und zu versuchen, ihm die Waffe aus der Hand zu reißen, selbst wenn sie sich dabei die Handflächen aufschnitten. Hinter ihm verlor Dverli ihr Schwert auf diese Weise und schaffte es gerade noch, nicht auf dem Boden zu landen. Sie schnappte sich eine Statue aus einer Nische und schlug sie dem über den Boden kriechenden Mann auf den Kopf.

Ein schneller Blick verriet Grey, dass er nicht zu Dverli gelangen konnte, ohne seinen beiden Gegnern den Rücken zuzuwenden. Er musste darauf vertrauen, dass sie Fienola beschützte, während er die anderen beiden Gegner weglockte. Einen Moment lang verlor er den Fokus: *Hoffentlich weiche ich nicht auf ein Numinat zurück.*

Er war in der Hoffnung hergekommen, so viele von Indestris' Leuten wie möglich zum Verhör mitnehmen zu können. Doch da sie Asche genommen hatten, konnte aus »so viele wie möglich« auch »keiner« werden. Wenn er weiter versuchte, sie nur schwer zu verletzen statt zu töten, verlor er dadurch möglicherweise einen seiner Leute.

Schritte auf der Treppe halfen ihm, eine Entscheidung zu treffen. Breccone Indestris kam vollständig bekleidet und mit einem Sack auf der Schulter in die Eingangshalle gestürmt. Er rutschte auf einem Blutfleck aus, blieb jedoch auf den Beinen, umrundete den Treppenpfosten und hielt auf den hinteren Teil des Hauses zu.

Grey stieß einem seiner Gegner das Schwert in die Kehle und dem anderen ins Herz, um beide mit kräftigen Tritten zur Seite zu befördern. Sie gingen zu Boden – nicht tot, aber auf dem besten Weg dorthin –, und er eilte an ihnen vorbei und verfolgte Indestris zu einer halb verborgenen Tür und die Dienstbotentreppe hinunter, hinein in die Küche und durch die weit offen stehende Hintertür …

Wo er gerade noch rechtzeitig eintraf, um zu sehen, wie Ranieris Faust gegen Indestris' Kinn schlug. Der Mann taumelte nach hinten und sackte vor Greys Füßen in sich zusammen.

Ranieri schüttelte seine Hand und verzog das Gesicht. Im Allgemeinen war das nicht seine bevorzugte Kampfart, und er brauchte eindeutig schwerere Knochen, wenn er weiterhin andere ins Gesicht schlagen wollte. Allerdings wirkte er nicht schuldbewusst, als er erklärte: »Das hat sich gut angefühlt.«

»Haltet ihn fest«, verlangte Grey und hastete ins Haus zurück.

Er traf auf Fienola, die eine Wunde an Dverlis Hand verband, die stark nach einer Bissverletzung aussah. Der dritte Angreifer lag mit dem Gesicht nach unten auf dem Boden, und in seinem Rücken steckte ein Messer, das viel zu fein war, um von der Wache stammen zu können. »Ich habe mich um ihn gekümmert«, erklärte Fienola, als sie Grey sah. »Das beweist natürlich keine Verbindung zu Asche, lässt unseren Fall jedoch glaubhafter erscheinen. Habt Ihr Breccone?«

Grey nickte knapp. »Ranieri hat ihn aufgehalten.«

»Danke, Hauptmann. Wir bringen ihn zur Befragung ins Sebatium. Bitte lasst das Haus durch Eure Leute sichern, bis ich mich vergewissert habe, dass Breccone keine Fallen hinterlassen hat.« Sie stand auf, wischte sich den Staub von den Knien und drehte sich zu dem Schreiber um, der sicher vor der Haustür gewartet hatte. »Lasst jemanden kommen, um die Leichen abzuholen.«

Wie konnte sie nur so gefasst bleiben? Durch Greys Adern schien noch immer Feuer zu tosen, das sein Herz rasen und seine Muskeln zucken ließ. Er konzentrierte sich auf seine Atmung und zwang sich, ebenso ruhig zu werden, wie sie es war. »Ich suche etwas, womit wir Breccone fesseln können.« Dann zog er los, um Ranieri die neuen Befehle zu übermitteln.

Im Horst war es ruhig, als Grey ermattet dort eintraf, um den Bericht zu schreiben. Ranieri hatte angeboten, bei ihrem Gefangenen im Sebatium zu bleiben. Nun beschwerte sich keiner seiner Leute mehr; Dverli und Tarknias hatten vielmehr enthusiastisch salutiert, als er ihnen auftrug, das Haus zu bewachen. *Du bist nicht viel älter als sie und hast keine Ausrede, um derart kaputt zu sein.*

Doch das war er – er war in der Tat so müde, dass er die beiden Schemen nicht bemerkte, die sich aus dem Schatten der Horsttreppe lösten, bevor sie auf ihn zukamen.

Zuerst wollte er sein Schwert ziehen, hielt dann aber inne. Corillis' Licht reichte aus, um ihn das mondrunde Gesicht, die sanften Züge und tief liegenden Augen eines Dämmerungskinds erkennen zu lassen. Er hatte das Mädchen schon einmal bei Arkadys Bande gesehen. Sie war alt für ein Straßenkind, so an die fünfzehn Fluten, doch die Unschuld der Dämmerungskinder ließ sie häufig zu Opfern grausamer Menschen werden, daher gewährte Arkady ihr Unterschlupf. Pitjin, so lautete ihr Name. Hinter ihr stand der Junge, der versucht hatte, Grey bei ihrer ersten Begegnung zu erstechen.

»Siehst du, Lupal?«, meinte Pitjin zu ihm. »Das ist der nette Falke. Der, der nicht so ein Arsch ist.«

»Äh … ja?«, erwiderte Grey. Die Ausdrucksweise des Mädchens schien so gar nicht zum strahlenden Lächeln eines Dämmerungskinds zu passen.

Lupal wirkte nicht mal ansatzweise so fröhlich. »Es gibt keine netten Falken.« Er achtete mehr auf den Platz als auf

Grey und hielt Ausschau nach Gefahren, die aus dem Nebel auftauchen konnten.

»Sch. Er wird uns helfen. Du hilfst uns doch, oder?«

So viel zum Schlafengehen. Es gab nur einen Grund, aus dem Kinder aus Arkadys Bande ihn aufsuchen würden. »Ich werde es versuchen. Ist wieder ein Kind aufgetaucht? Wie lange war es weg?«

»Darum geht's nicht«, entgegnete Pitjin und hielt Grey am Ärmel fest.

»Es geht um Arkady«, knurrte Lupal. »Sie wurde entführt.«

* * *

Isla Prišta, Westbrück: 35. Cyprilun

Ren hatte vorgehabt, sich hinzusetzen und eine Weile nachzudenken, nachdem sie die Matratze auf den Boden gelegt und Tess zugedeckt hatte. Doch die Bank war nicht gerade bequem, und der Salon war verwüstet, daher legte sie sich neben Tess – und schlief augenblicklich ein.

Als sie wieder aufwachte, war gefühlt gerade mal ein Moment vergangen, und jemand hämmerte gegen die Küchentür.

Angst durchflutete sie. Aber niemand rief Drohungen oder Befehle, vielmehr wurde beharrlich geklopft, als würde derjenige das schon seit einer Weile tun und stünde kurz davor, es aufzugeben. Beinahe wäre Ren aufgestanden, um die Tür zu öffnen, bis ihr aufging, dass dies ein Fehler wäre, daher schüttelte sie stattdessen Tess. »Tess, du musst nachsehen, wer an der Tür ist – ich kann das nicht machen.«

»Mhpf. Beeil dich und fädel den Faden ein«, murmelte Tess und zog sich die Haare wie eine Decke übers Gesicht. Erst nach mehrmaligem Schütteln setzte sie sich auf und gähnte herzhaft.

Da hörte sie auch das Klopfen und sprang auf. »Ja, ja. Ich muss das machen. Versteck dich.« Sie stolperte zur Tür und wartete, bis Ren nicht mehr zu sehen war.

Ren hörte, wie die Tür geöffnet wurde, gefolgt von einer Unterhaltung, die zu leise war, als dass sie Worte verstehen konnte. Dann fiel die Tür wieder zu. Als sie um die Ecke spähte, starrte Tess eine zusammengefaltete Nachricht an und machte ein finsteres Gesicht. Das Wachssiegel darauf war noch unversehrt. Sie reichte Ren die Nachricht. »Von Sedge.«

Auf dem Wachs prangte natürlich kein Siegel. Sedge war niemand, der Siegel benutzte. »Wer hat sie gebracht?«, wollte Ren wissen und beäugte die Nachricht kritisch.

»Einer der Jungen, die für den Klöppelkreis Wache halten.« Tess ließ sich auf die Bank nieder und den Hinterkopf gegen die Wand sinken. Als sie abermals gähnte, klappte sie danach lautstark den Mund zu. »Ich kann ihn zurückrufen, wenn du willst.«

Ren hatte nach »Jungen« nur noch mit halbem Ohr zugehört, denn bis dahin hatte sie das Siegel gebrochen und versuchte, die unordentliche Schrift zu lesen. Sedge hatte erwähnt, dass er schreiben gelernt hatte, seitdem er für Vargo arbeitete, doch das, was sie da vor sich hatte, ließ vermuten, dass gerade mal die Grundlagen hängen geblieben waren.

Ich hab was gefunden, das du sehen musst. Wir treffen uns in der Herberge. Vargo passt auf. Nutze Fluchtfenster.

Ihre Finger zitterten. *Vargo passt auf.* Was hatte Sedge gefunden, das er vor seinem Boss verstecken musste?

»Tess«, sagte sie und faltete die Nachricht sorgsam zusammen. »Sedge hat was für mich. Bleib du hier; es wird nicht lange dauern.«

»Nein. Ich will nicht, dass du wieder allein losziehst. Lass mich nur schnell ...« Tess sah sich mit leerem Blick um und

war noch zu müde, um sich lange konzentrieren zu können.
»Schuhe?«

Ren hätte Tess nicht einmal dann mit zurück zur Herberge genommen, wenn die halbe Stadt in Flammen stünde und es kein anderes sicheres Gebäude mehr gäbe. »Nein, du bleibst hier. Ich möchte das Haus nicht leer stehen lassen, solange das Salonfenster nicht repariert ist.«

»Ich könnte doch ...« Der Moment, in dem sich Tess an die Ereignisse des vergangenen Tages erinnerte, war offensichtlich, denn sie ließ die Schultern hängen und ihre Lippen bebten. »Vergiss es. Geh du nur. Ich kümmere mich darum.«

Sedge würde es Ren nicht verdenken, wenn sie sich die Zeit nahm, um Tess noch einmal zu umarmen. Erst als sich Tess aus ihren Armen löste und ihr zu verstehen gab, dass sie los musste, verkleidete sie sich als Arenza, schminkte sich schnell und schlang sich den Messerschal des Raben um die Schultern. Spitzenwasser war kein guter Ort für Renata Viraudax, erst recht nicht zu dieser Stunde.

Doch es war auch kein guter Ort für Ren – vor allem, da die schmalen Gassen so viele Erinnerungen bargen. Aber Sedge hatte sie gerufen, daher musste sie gehen.

* * *

Spitzenwasser, Alte Insel: 35. Cyprilun

Seit ihrer Rückkehr nach Nadežra hatte Ren drei Orte gemieden. Der erste war die Uča Mašno, die Straße, in der sie mit ihrer Mutter gelebt hatte, bis ihr Haus zusammen mit vier anderen bei einem Brand zerstört worden war. Das zweite war der Svajra-Platz und die kleine Gasse am Südende, in der die Leiche ihrer Mutter gefunden worden war.

Der dritte war Ondrakjas Herberge.

Ren spannte jeden Muskel im Körper an, als sie sich dem Gebäude näherte. Die Straßen hatten sich nicht verändert; alles sah so verwittert und heruntergekommen aus wie früher, die Gassen waren eng, die Brücken baufällig.

Das Gebäude stand an einer Biegung der Uča Fidou, sodass man von dort beide Richtungen einsehen konnte. Ren schlich im Schutz der Dunkelheit und des Nebels näher und nahm das Haus von außen in Augenschein. Hinter den Fenstern brannte kein Licht, aber das war wenig überraschend; zu dieser Stunde vergeudete man in dieser Gegend keine Kerzen oder Lampen. Wer war hier eingezogen, nachdem Ondrakja und die Finger verschwunden waren? Sie hatte nicht danach gefragt.

Vermutlich gab es einen guten Grund, aus dem Sedge wollte, dass sie durchs Fluchtfenster reinging.

Dabei handelte es sich im Grunde genommen gar nicht um ein Fenster, vielmehr war es ein alter Kohlenschacht, der von der Straßenebene in den Keller reichte und aus der Zeit stammte, in der Spitzenwasser noch so gut erhalten gewesen war, dass die Keller nicht jeden Frühling vom Fluss überflutet wurden. Knotenmitglieder sollten eigentlich keine Geheimnisse voreinander haben, aber dieses hatten sie Ondrakja vorenthalten, um sich ohne ihr Wissen rein- und rausschleichen zu können. Die Innen- und Außentüren sahen aus, als wären sie zugenagelt, was sie dank eines unbekannten Vorgängers jedoch nicht waren.

Ren musterte die Luke skeptisch. Hatte es Sedge allen Ernstes geschafft, sich da durchzuquetschen? Wahrscheinlich nicht, aber für sie wäre dies eine leisere Methode, als durch die Vordertür reinzumarschieren.

Zumindest hatten zahllose Finger, die durch den Schacht gerutscht waren, den Kohlenstaub wegpoliert. Sie faltete den Schal des Raben zusammen und steckte ihn zum Schutz in ihre Bluse, bevor sie die Luke aufzog und mit den Füßen voran hineinstieg.

Sie landete in knöcheltiefem Wasser. Um sie herum war es stockdunkel im Keller; sie legte sich den Schal wieder um und band ihn fest, bevor sie eines der Messer zückte und zur Beruhigung in der Hand behielt. Zwar mochte sie beim Werfen aus der Übung sein, aber es war besser als nichts. Außerdem konnte sie damit immer noch zustechen.

»Sedge?«, wisperte sie, obwohl er längst etwas gesagt hätte, wenn er hier unten wäre. Der Keller antwortete mit nichts als dem leisen Schwappen der Wellen, die sie auslöste. Sie bahnte sich allein anhand ihrer Erinnerungen den Weg und fuhr mit der freien Hand vor sich durch die Luft, um Hindernisse zu entdecken, bis sie nach einer Weile die Treppe erreichte. Die untersten beiden Stufen fehlten, waren durch die Feuchtigkeit weggefault, aber als sie sich auf die nächste hievte, schien diese zu halten.

Hinter der Kellertür befanden sich eine Speisekammer und eine Küche, in der schon lange vor Rens Geburt das letzte Mal etwas gekocht worden war. Hier gab es etwas mehr Licht, da die Außentür halb offen stand und das Grau der falschen Dämmerung den Nebel draußen heller werden ließ, doch es reichte gerade mal, um den Schatten Formen zu verleihen – Formen, die ihr aufzulauern und sie anzuspringen schienen.

Sie legte die Finger so fest um den Messergriff, dass sie schmerzten. Wie oft war sie schon in diesem Gebäude eingeschlafen und hatte dabei ein Messer umklammert? Gleichermaßen zum Trost und zum Schutz, insbesondere bevor Sedge zu ihnen gestoßen war. Die Finger belauerten einander ebenso wie die Schnösel, die sie beklauten. Ondrakja unterstützte das sogar – in gewissem Maße –, damit sie sich nicht gegen sie verbrüderten.

Auf einen Schlag kehrte diese alte Angst zurück und sie war wieder ein Kind.

Es kribbelte sie in der Nase, da dichter Staub und der erdige Geruch längst eingetrockneten Rattenkots in der Luft hingen. Ren unterdrückte ihr dreimaliges Niesen an der Schulter und spürte ein Pochen im Schädel. Als sie danach vorsichtig Luft holte, roch sie etwas Vertrautes: einen Gestank, der so schneidend war wie Furcht und nicht ganz vom Staub- und Kotgeruch überdeckt werden konnte.

Zlyzenblut.

Nun, da sie wusste, wonach sie Ausschau halten musste, bemerkte sie das widerliche Glänzen an den Wänden und spürte sein heimtückisches Flüstern in den Knochen.

Panisch floh sie zurück zur Kellertür, aber etwas kam aus der Dunkelheit, schimmelschwarz und mit gebrochenen Gliedmaßen. Ren wirbelte herum und sah weitere Zlyzen aus dem Schatten auftauchen, aus der leeren Vorratskammer und dem draußen auf der Straße wabernden Nebel. Sie schleuderte ihr Messer auf eine der Kreaturen und wollte wegrennen, doch sie versperrten ihr den Weg, sodass ihr nichts anderes übrig blieb, als weiter in die Herberge hinein zu laufen.

Wo noch mehr von ihnen warteten. Es war, als hätten sich die Finger verwandelt, als wären alle Kinder, die sie einst gekannt hatte, zu diesen spindeldürren, verkohlten Monstern geworden. Aber sie zerfetzten sie nicht, so wie sie es mit Leato getan hatten. Vielmehr trieben sie sie in eine bestimmte Richtung, scheuchten sie immer weiter – zur Treppe in den ersten Stock.

Ren zog sich zurück und warf ein zweites Messer, ein drittes, ein viertes. Alle gingen daneben. Dann war sie weit genug die Treppe hinauf, um den Hauch einer Chance zu erkennen.

Das Geländer zerbrach unter ihrer Hand, als sie sich darauf stemmte, und verwandelte ihren Sprung in einen Sturz. Aber sie kam hinter den Zlyzen auf und schaffte es irgendwie, auf den Beinen zu bleiben, um verzweifelt in Richtung Küche zu hasten.

Klauen zerrten an ihrem Haar, ihrem Rock, zogen sie zurück. Sie trat um sich, zückte noch ein Messer und schlug damit zu, spürte grässliches schleimartiges Blut über ihre Finger rinnen. Eine Kralle riss ihr eine Haarsträhne aus und ließ dann los. Einer der anderen Zlyzen zischte.

Sie wollen mir möglichst nicht wehtun, erkannte Ren. Und das machte ihr noch mehr Angst, als wenn sie es darauf abgesehen hätten, sie umzubringen.

Ihre Messerattacken wurden wilder. Die Zlyzen packten Rens Arme mit ihren entstellten Klauen und hielten sie hinter ihrem Rücken fest, wobei sie eine Kraft an den Tag legten, mit der sie ihr mühelos die Knochen brechen konnten. Das Messer fiel zu Boden. Danach schoben sie sie erneut in Richtung Treppe wie eine einander anrempelnde, wogende Menge, während ihr beim Schluchzen der Brustkorb wehtat und die Panik alles vor ihren Augen verschwimmen ließ.

Sie wusste, wohin sie sie brachten.

Ein gekrächztes Lied hallte den Flur entlang und wurde von einer sanfteren Stimme aus Rens Erinnerungen begleitet:

»*Finde sie in deinen Taschen,*
Finde sie in deinem Mantel,
Wenn du nicht aufpasst,
Findest du sie an deiner Kehle ...«

Sie wehrte sich immer hektischer, was nur noch größere Schmerzen nach sich zog, die durch ihre Schulter schossen, und alles, was sie noch sehen konnte, war Sedge auf dem Küchenboden, während Tess ihm die Schulter wieder einrenkte.

Hör auf damit. Du brauchst deine Arme noch. Und deinen Verstand. Es war schwer genug, das zu denken, und noch viel schwerer, es zu beherzigen, aber Ren zwang sich, ihre Arme zu entspannen. Der Schmerz ließ nach.

Die Zlyzen trugen sie den Flur entlang und durch einen Vorhang aus mottenzerfressener Seide, um sie auf einen völlig verschimmelten Teppich zu werfen. Es war derselbe Teppich wie vor fünf Jahren und er schmatzte unter ihrer Wange. Durch die Haare, die ihr ins Gesicht gefallen waren, sah sie die verkümmerte Alte, die früher einmal Ondrakja gewesen war und nun in einer Parodie ihrer einstigen Anmut im Sessel saß – als wäre dieser Salon abermals ihre Festung und als wären die Zlyzen ihre neuen Finger.

Der große Zeh von Ondrakjas nacktem Fuß befand sich direkt vor Rens Augen, und der Nagel war faserig und vom Pilz gelb angelaufen. Der Fuß wurde unter Rens Kinn gedrückt, sodass ihr gar nichts anderes übrig blieb, als nach oben zu blicken. Ondrakja trank genüsslich einen Schluck aus einem makellosen Kristallkelch, der eine dunkle lilafarbene Flüssigkeit enthielt, die so zähflüssig wie Flussschlamm aussah.

»Meine kleinen Renyi. Du bist nach Hause gekommen.«

»Das ist nicht mein Zuhause«, spie Ren aus. »Das war es nie. Du hast mich mit dem Versprechen hergelockt, du würdest mir helfen, den Koszenie meiner Mutter zu finden, aber das war nur eine Lüge. Alles, was du mir erzählt und mir beigebracht hast, waren Lügen.« Lügen, an die sie sich geklammert hatte. Denn die Alternative wäre gewesen, überhaupt nichts zu haben.

Ondrakja runzelte die Stirn, wobei ihre wulstige Haut über die Knochen rutschte, als wäre sie kaum damit verbunden. Doch Ren erinnerte sich gut genug an ihre Gesichtsausdrücke, um diesen deuten zu können. Das war keine Wut. Ondrakja war verletzt.

»Das war keine Lüge. Ich wollte ihn dir zurückgeben und habe bloß auf den richtigen Moment gewartet. Zuerst musstest du mir jedoch beweisen, dass du deine Lektion gelernt hattest.« Ondrakja schlang die skelettartigen Arme um ihre Mitte. »Dann hättest du mich geliebt.«

Rens Mund wurde staubtrocken. *Ich wollte ihn dir zurückgeben.*

Den Koszenie ihrer Mutter. Den bestickten Schal, den jeder wahre Vraszenianer besaß und dessen Fäden seine Herkunft angaben. Er war von Ivrinas Leiche gestohlen worden, zusammen mit allem anderen.

»Du hast ihn die ganze Zeit gehabt.«

Ondrakja lachte triumphierend auf. »Was glaubst du, wessen Finger ihre Leiche ausgeraubt haben? Und du bist wie ein verlorenes Entlein auf den Straßen herumgeirrt und hast jammernd nach dem Schal deiner Mama verlangt ... Da konnte ich ihn dir natürlich nicht geben. Sonst hättest du uns verlassen. Ich hatte ihn für eine Gelegenheit aufgehoben, bei der ich ihn wirklich gebraucht hätte, um dich für immer an mich zu binden. Doch du musstest mich ja *vergiften!*«

Zlyzenkrallen bohrten sich in Rens Schultern, als sie sich auf Ondrakja stürzen wollte. »Du hattest ihn und hast mich benutzt ...«

»Es war nur zu deinem Besten! Mein Püppchen, mein kleiner Spiegel. Du konntest auf der Straße nicht überleben und wärst mit dem Schal in den Händen gestorben. Aber ich sagte damals, dass ich mich um dich kümmern würde, und das habe ich getan. Ich versprach dir, dich zu lehren, wie du deine Schönheit einsetzen kannst, um alles zu bekommen, was du haben willst, und sieh dich jetzt an.«

Ondrakja beugte sich vor, und das Acrenix-Medaillon baumelte an ihrem welken Hals, zusammen mit weiteren Ketten, und sie verzog das Gesicht zum Gespött eines Lächelns. »Alta Renata Viraudax. Welche Mutter könnte stolzer sein als ich?«

Vor Entsetzen schnürte es Ren die Kehle zu. *Sie weiß Bescheid.* Die Nachricht von Sedge war nur ein Trick gewesen; Ondrakja hatte den Boten zu ihr geschickt. *Ich hätte dafür sorgen müssen, dass ich weiß, wie seine Schrift aussieht.* Sie hätte viel bessere Vorkehrungen treffen müssen und nicht darauf vertrauen dürfen, dass Ondrakja nichts vom Fluchtfenster gewusst hatte.

So viele »Hättes« seit Ivrina Lenskayas Todestag.

Am schlimmsten war jedoch, dass Ondrakja recht hatte. All das, was sie als Renata getan hatte, war ihr von Ondrakja beigebracht worden. Dass sie so gut lügen konnte, so flinke Finger hatte, andere durchschauen und nach ihrer Pfeife tanzen lassen konnte ... All das hatte sie hier gelernt.

»Wenn du dich noch ein Mal als meine Mutter bezeichnest, reiße ich dir die Zunge raus«, fauchte Ren. »Du bist nicht einmal mehr Ondrakja, sondern eine verwesende Hülle voller Zlyzenblut. Du bist Mütterchen Lindwurm.«

Der Kelch zersprang an der Wand, und damit verflog auch jeglicher Anschein von Menschlichkeit. Mütterchen Lindwurm stürzte sich auf Ren und bohrte die Fingernägel in ihre Haut, als sie ihr Kinn umklammerte und ihren Kopf noch weiter nach oben drückte. Atem, so faul wie eine im Fluss aufgeblähte Leiche, wehte Ren ins Gesicht.

»Und wessen Schuld ist das?«, zischte Mütterchen Lindwurm. »Du hast einen Knoteneid geschworen und ihn verraten. Ich lag tagelang im Sterben. Schreiend, kotzend, mir die eigene Haut vom Leib reißend. Bis ich eine von ihnen sah – von diesen Bestien –, die sich in einem Flutwrack verfangen hatte und halb ertrunken war. Ich zerfetzte sie und trank ihr Blut. Bin ich jetzt ein Monster? Sie haben mich am Leben gehalten. *Sie* sind loyal, anders als du. Und ich werde dich stückweise an sie verfüttern.«

Sonnenlicht drang durch das zerbrochene, dreckige Fenster hinter ihr. Es konnte den Raum kaum erhellen, dennoch hallte um Ren herum ein unheimliches Geräusch durch die Luft: ein unmenschliches Stöhnen, das gleichermaßen nach Angst und Sehnsucht klang.

Es kam von den Zlyzen.

Sie vergingen wie Rauch, verwandelten sich in schwarzen Nebel und waren nicht mehr da. Mütterchen Lindwurm ließ fluchend Rens Kinn los und schrie die Zlyzen an, dass sie zurückkommen sollten.

Ren stürzte nach hinten, zog panisch ihr vorletztes Messer aus dem Schal und warf es mit einer verstohlenen Bewegung auf die alte Vettel vor ihr.

Unfassbar schnell wich Mütterchen Lindwurm aus. Das Messer blieb zitternd in den morschen Brettern der Wand hinter ihr stecken. Ren wollte sich aufrappeln, aber bevor ihr das gelang, legte Mütterchen Lindwurm die Arme um ihren Körper, und sie spürte ihren widerlichen Atem im Ohr. »Ungezogene Renyi. So leicht kommst du mir nicht davon. Nein, du wirst mich begleiten und anfangen, für das zu bezahlen, was du getan hast. Und sobald ich dich sicher verstaut habe, hole ich mir die anderen beiden.«

Ren machte den Mund auf und wollte schreien, doch auf einmal löste sich die Welt um sie herum auf, so wie es auch in der Nacht der Höllen geschehen war, und die Herberge war verschwunden.

9

ZWEI GEKREUZTE STRASSEN

Westbrück und Spitzenwasser: 35. Cyprilun

Nachdem sie die halbe Nacht das Unterufer durchsucht hatten, war das Schwarzpulver noch immer nicht wieder aufgetaucht. Da Vargo die ganze Nacht auf den Beinen gewesen war, noch dazu ohne guten Grund, ließ er seinen Unmut beim Frühstück an Sedge aus, schließlich konnte er es nicht leiden, wenn sich nicht einfach durch Strippenziehen Dinge in Bewegung setzen ließen.

Inzwischen war es mitten am Vormittag, und Sedge wollte nur noch schlafen. Aber er wusste nicht, ob Vargo Ren darüber informieren würde, dass sie Quientis' verschwundenen Salpeter gefunden hatten. Immerhin hatten sie die Beute dann direkt wieder verloren. Doch Sedge war der Ansicht, dass sie es verdient hatte, davon zu erfahren. Aus diesem Grund zwang er seine müden Füße, den Weg nach Westbrück einzuschlagen und durch Straßen, von denen gerade die Trümmer beseitigt wurden, zu Rens Stadthaus zu gehen ...

Die Vorderfenster des Hauses waren eingeschlagen. *Dafür wird Ranislav bluten,* dachte Sedge und starrte die zersplitterten Fensterrahmen und Glasscherben an. Der Mann hatte dafür sorgen sollen, dass keines von Vargos Gebäuden beschädigt wurde.

Aber scheiß auf das Haus. Was war mit Ren und Tess?

Er eilte die halbe Treppe zum Keller hinunter und hämmerte an die Tür, wobei ihnen der Rhythmus seines Klopfens verriet, dass er es war. Die Tür wurde schon aufgerissen, bevor er fertig war, und Tess stand mit geröteten Augen und zerzaustem Haar vor ihm. »Das wurde auch Z… Wo ist Renata?« Sie schob ihn zur Seite, als ob sich Ren hinter ihm verstecken würde.

Renata, nicht *Ren.* Der Grund für ihre Wortwahl wurde offensichtlich, als die Tür weiter aufging und eine besorgte Giuna Traementis zum Vorschein kam. Er hatte gehört, dass sie über Rens Armut Bescheid wusste, sie jedoch in der Küche zu sehen – dem Ort, der ihr Versteck sein sollte, an den kein Außenseiter gelangte –, verstörte ihn.

»Ist sie nicht hier?« Ihm wurde schlagartig übel, und er fühlte sich noch tausendmal schlechter als am Vortag, als Vargo ihn abgehängt hatte.

»Tess sagte, sie wollte sich mit Euch treffen«, erklärte Giuna, was recht vorwurfsvoll klang.

Als Sedge sie nur verständnislos ansah, zog Tess ein zerknülltes Blatt Papier aus der Tasche. »Deswegen? Weil du uns eine Nachricht geschickt hast?«

Sedges Herz setzte einen Schlag aus. »Ich hab euch keine Nachricht geschickt.«

Ein Blick auf die krakelige Schrift reichte Sedge, um zu erkennen, dass die Nachricht weder von Vargo noch einer anderen ihm bekannten Person stammte. Allerdings hatte das jemand geschrieben, der *sie* kannte.

Giuna reckte den Hals und versuchte, die Nachricht zu lesen. Rasch zerknüllte Sedge sie wieder.

Herberge, Fluchtfenster – das alles konnte der Alta nichts sagen, aber sie riskierten lieber keine Fragen, insbesondere da er keine Ahnung hatte, was sie bereits von Tess wusste.

Wer also konnte die Nachricht geschickt haben? Einige der früheren Finger waren noch auf der Alten Insel unterwegs, und Simlin brach heute für eine der Stretsko-Banden unten in Dockmauer Knochen, wenn er nicht gerade seine Schmerzen mit Aža-Träumen vergaß. Doch seines Wissens war nach Ondrakjas Tod keiner mehr in das Haus zurückgekehrt. Da schlief man lieber im Freien, als sich diesem Albtraum erneut auszusetzen.

Außerdem hätte keiner der Finger eine knotendurchtrennende Verräterin wie Ren gebeten, sich mit ihm in der Herberge zu treffen, selbst wenn sie in Erfahrung gebracht hatten, dass sie noch lebte.

Damit blieb nur noch eine Person übrig.

»Ondrakja hat sie.«

Der Name kam ihm über die Lippen, bevor er wusste, was er da tat. Er war nun mal nicht Ren und hatte nicht ständig die Kontrolle über sich. Tess schlug sich beide Hände vor den Mund und stieß ein ersticktes Wimmern aus. Angst war etwas, das man unterdrückte, wenn man sich davon nicht überwältigen lassen wollte. Sie alle hatten diese Lektion auf unterschiedliche Weise gelernt.

»Wer ist Ondrakja?«, fragte Giuna verwirrt.

Sedge und Tess tauschten hilflose Blicke. Was sollten sie darauf antworten? *Ein urtümlicher Dämon in Menschengestalt.* »Jemand, der für Indestor arbeitet«, erklärte Sedge schließlich.

Giuna schien vor Zorn zu erstarren. »Er hat sie entführt? Dieser sippenlose ... Möge Lumen ihn zu Asche verbrennen! Ich werde die Wa...« Sie stockte, als ihr aufging, dass die Wache ihr nicht helfen würde, doch dann kam ihr eine Idee. »Hauptmann Serrado. Mutter kann ihn kontaktieren. Er wird wissen, was zu tun ist.«

»Macht das«, sagte Sedge, und Tess stimmte ihm zu und schob die Traementis-Alta förmlich aus der Tür.

Auf der Schwelle verharrte Giuna und wirkte auf einmal unerklärlicherweise schuldbewusst. »Ich bringe sie zurück«, versprach sie.

Sedges ganzer Körper verspannte sich mit jedem Moment, den Giuna noch hier war, mehr. Er ruckte mit dem Kopf und hoffte, dass es wie Zustimmung wirkte. Kaum war sie außer Hörweite, raunte er Tess zu: »Geh wieder ins Haus. Ich sehe in der Herberge nach.« Wenn er Tess' gerötete Augen richtig deutete, war Ren schon seit Stunden weg.

»O nein. Ich habe genug davon, nur rumzusitzen und mir Sorgen zu machen.« Tess warf sich ihren Wollschal um und wollte die Tür schließen.

Sedge hielt sie mit einer Hand davon ab. »Und wenn das eine Falle ist? Sie will uns alle drei und wir liefern uns ihr einfach aus?« Ondrakja hatte sie schon früher benutzt, um den anderen wehzutun.

Tess kramte im Korb neben dem Kamin herum und holte eine Stricknadel heraus, die länger als Sedges Unterarm und so dick wie sein kleiner Finger war. Sie reckte sie wie einen Dolch in die Luft. »Dann steche ich lauter Löcher in sie hinein. Und wenn alle Stricke reißen, laufe ich los und hole Hilfe.«

Im Haus ist sie allein auch nicht sicherer bei all den kaputten Fenstern, und wenn Ondrakja sowieso weiß, wo sie wohnt. Da hatte er Tess lieber an seiner Seite, wo er sie beschützen konnte. »Dann lass uns gehen.«

Er war seit dem Tag, an dem Ondrakja versucht hatte, ihn totzuschlagen, nicht mehr in der Herberge gewesen, hätte den Weg dorthin jedoch auch mit verbundenen Augen gefunden. Mit dem Fluchtfenster gab er sich hingegen gar nicht erst ab, da er dort sowieso nicht mehr durchpassen würde. Stattdessen trat er die Vordertür ein.

Um sofort wieder zurückzuweichen. Dieselbe pulsierende

Furcht, die in den alten Begräbnisnischen in den Tiefen gelauert hatte, erwartete ihn auch in dem finsteren, zerfallenden Haus. *Djek!*

Falls Tess das ebenfalls spürte, ließ sie sich davon nicht aufhalten. Sie blieb dicht an seiner Seite und hielt ihre Nadel einsatzbereit. »Ren?«, brüllte sie so laut, dass alle Vögel aus den Dachsparren losgeflattert wären.

Aber Vögel hatten dieses Haus längst verlassen, genau wie es in den Tunneln in der Tiefe keine Ratten und Spinnen mehr gegeben hatte.

»Tess ...« Ihr Name blieb in Sedges Kehle stecken und er fühlte sich auf einmal schlapp und atemlos. Sie hörte ihn nicht.

»Ren, wir kommen dich holen. Falls du ihr wehgetan hast, mache ich eine Schürze aus deiner Haut, Ondrakja. Wart's nur ab!«

Sedge zwang seine gelähmten Gliedmaßen, das Haus zu betreten, und behielt Tess hinter sich. Dabei bemerkte er etwas Glitzerndes auf dem Boden. Ein kleines Wurfmesser, an dessen Klinge widerlich violettes Zlyzenblut klebte.

Tess, die schon danach greifen wollte, hielt inne. Ihr Gesicht war so blass, dass die Sommersprossen wie Blutspritzer wirkten. »Das ist eins ihrer Wurfmesser aus dem Entschuldigungsschal.«

Dem Schal, den der Rabe ihr geschickt hatte. Sie bemerkten noch mehr Messer auf dem Boden – im Eingangsbereich, in der Küche, in der Nähe der offenen Kellertür – und auch mehr Zlyzenblut. Aber nichts rührte sich; im Haus war es totenstill.

Sedge benetzte sich die Lippen. »Ich gehe nach oben. Du wartest hier.« Wo es offene Türen und schnelle Fluchtmöglichkeiten gab, falls Tess weglaufen musste.

»Das kannst du vergessen«, murmelte Tess und blieb dicht hinter ihm, als er die Stufen erklomm.

Ein ausgeblichener Türvorhang lag auf der Schwelle zu Ondrakjas Salon. Die Trümmer darin waren größtenteils alt – zerbrochene Möbel, aufgeschlitzte Polster, ein schimmelfeuchter Teppich. Das Zlyzenblut hingegen war frisch, ebenso die Glassplitter vor einer Wand. In dieser Wand steckte außerdem eins von Rens Messern.

»Aber wo ist sie?«, fragte Tess mit schriller Stimme. Sie rief laut, als gebe es noch Hoffnung: »Ren?«

Sedge legte ihr eine Hand auf die Schulter. »Ondrakja ... Sie kann in den Traum gehen. Bestimmt hat sie Ren mitgenommen.« Auf dem verrottenden Teppich waren Fußspuren, die in den Raum gingen. Keine, die wieder hinausführten.

Schuldgefühle und Trauer setzten ihm zu. Er hatte sie im Stich gelassen. Wieder einmal. In der Nacht der Höllen war er nicht bei ihr gewesen, unten in den Tiefen hatte Ondrakja ihn wie eine Puppe herumgeschleudert. Und jetzt das.

Dies hier war sogar noch schlimmer. Ondrakja hatte ihn benutzt, um Ren herzulocken. Um ihr wehzutun.

Wieder einmal.

Ein dumpfer Schmerz in seiner Seite holte ihn in den schäbigen Salon zurück. Tess stach ihn ein zweites Mal mit der Stricknadel. »Hör auf damit. Was immer du gerade denkst, es stimmt nicht. Und selbst wenn es das tun würde, ist es jetzt nicht hilfreich. Ondrakja hat sie also in ihrer Gewalt. Wie kommen wir in den Traum? Durch Asche? Brauchen wir Asche?«

Die Vorstellung, Tess würde Asche nehmen, riss ihn endgültig aus der Spirale negativer Gedanke. »Ondrakja hat Käfige unten in den Tiefen, in denen die Kinder eingesperrt waren. Vielleicht hat sie Ren dort hingebracht. Ich gehe nachsehen.« Wie hoch stand das Wasser dort inzwischen? Hoffentlich nicht sehr hoch. Notfalls würde er die Luft anhalten müssen.

Tess kaute auf ihrer Unterlippe herum und schüttelte dann den Kopf. »Es gefällt mir nicht, dass du da hinwillst, aber ... ich würde dich nur aufhalten.«

Sedge umarmte sie. »Im Haus bist du nicht mehr sicher. Geh zu den Traementis. Bring sie dazu, dich vorerst aufzunehmen.«

Während sie miteinander redeten, gingen sie wieder nach unten, als würde das Zlyzenblut sie aus dem Haus drängen. Draußen auf der Straße machten die Leute instinktiv einen Bogen um das Gebäude, sodass der Bereich vor der Haustür frei blieb. Tess blieb mitten darin stehen und drehte sich zu Sedge um. »Nein. Wenn es Ondrakja auch auf uns abgesehen hat, wird sie wissen, dass sie dort nach mir suchen muss. Und was soll ich ihnen denn sagen? ›Beschützt mich, aber macht euch keine Sorgen um Alta Renata‹?« Kopfschüttelnd steckte sie sich die Nadel wie einen Dolch in den Gürtel. »Ich habe Freunde in Klein-Alwydd, die keine Fragen stellen werden. Die Jungs sollen nach dir Ausschau halten. Komm selbst und schick bloß keine Nachricht.«

Sie nahm Sedges Hand und presste ihr Handgelenk gegen seins – Narbe an Narbe, Blut an Blut. »Du wirst sie finden und in Sicherheit bringen.«

* * *

Isla Indestor, Die Perlen: 35. Cyprilun

Mütterchen Lindwurm schleifte Ren durch eine Stadt nach der anderen – es war stets Nadežra, nur an verschiedenen Biegungen des Labyrinths. Sie wateten durch einen Ort, dessen Straßen voller Wasser waren, auf dessen Inseln Lagerhäuser standen und wo ein Gewirr aus Tunneln durch den Nebel führte. Sie durchquerten ganze Blocks aus ausgebrannten

Ruinen, deren Gerippe rot und grau in den Himmel ragten, und als sich Ren umschaute, sah sie nichts als eine bunte Glaslandschaft aus grünen Feldern und blauen Wasserwegen.

Sie wehrte sich nicht. Dazu war sie gar nicht mehr in der Lage. Dies waren nicht die Schrecken der Nacht der Höllen – doch ihre Erleichterung währte nur kurz, weil ihnen die Zlyzen immer wieder folgten wie ein Rattenschwarm einem Getreidewagen. Einige schnüffelten an Rens Haaren, aber Mütterchen Lindwurm stieß sie weg. »Nein, die ist nicht für euch. Sobald wir mit ihr fertig sind, gehört sie mir. Nicht wahr, Renyi? Du willst doch nicht, dass ich die Zlyzen deine Träume fressen lasse, oder?«

Es schien ihr egal zu sein, ob Ren ihr eine Antwort gab. Ondrakjas Fragen waren auch immer rhetorisch gewesen, bis sie es dann doch nicht mehr waren. Daran hatte ihre Verwandlung in Mütterchen Lindwurm nichts geändert.

Irgendwann gelangten sie zu einer Festung, die aus glitzerndem Saphir geschnitten war und deren undurchdringlicher Stein bei Mütterchen Lindwurms Berührung dahinschmolz. Sie bahnte sich eine Passage hindurch bis zu einem leeren Fleck in der Mitte. Dort schlang sie die knochigen Arme um Ren und atmete tief ein ...

... und sie standen wieder in der wachen Welt, wo Ren auf einen luxuriösen Teppich geworfen wurde. Im Raum roch es nach Büchern und Bienenwachs, und vor ihr ragte ein Monolith von einem Schreibtisch auf.

Sowie Mettore Indestor, der unwirsch das Gesicht verzog.

»Ich bringe Euch ein Geschenk«, sagte Mütterchen Lindwurm zu ihm. »Na ja, kein richtiges Geschenk. Sie gehört mir, aber Ihr könnt sie Euch ausborgen.«

Mettore sprang auf. »Ich sagte es dir schon, Vettel – *nicht hier!* Und nicht ohne Vorwarnung. Unsere Vereinbarung bedeutet nicht, dass du einfach aus dem Nichts auftauchen und mir eine dreckige Stechmücke vor die Füße werfen kannst.«

Ren kannte diesen Teppich und diesen Schreibtisch, hatte das alles nur noch nie im Hellen gesehen.

Ihre Gliedmaßen fühlten sich nach dieser Reise durch Ažerais' Traum schwach und zittrig an, und selbst wenn sie einen Fluchtversuch gewagt hätte, konnte Mütterchen Lindwurm sie mühelos einholen. Daher riss sie nur den Mund auf und schrie.

Einen Augenblick später traf sie ein Stiefel in die Magengrube und raubte ihr den Atem. Eine Faust gegen den Kopf folgte. Mettore stand fluchend über ihr. Während Ren würgte und nach Luft rang, stopfte er ihr einen Handschuh in den Mund und sicherte ihn mit einem der Vorhangbänder.

Damit wurden alle Geräusche, die sie von sich gab, zwar gedämpft, jedoch nicht vollständig unterbunden. Mettore stellte ihr einen Stiefel auf die Kehle. »Schrei nur weiter so rum, Stechmücke. Meine Diener wissen, dass sie geringfügige Störungen zu ignorieren haben.«

Der Druck nahm immer weiter zu, bis vor Rens Augen schwarze Punkte tanzten. Dann verschwand er abrupt und Indestor rutschte über seinen monströsen Schreibtisch, um lautstark auf der anderen Seite zu landen. Papiere flogen durch die Luft, Briefbeschwerer und Stifte gingen zu Boden.

Mütterchen Lindwurms knochige Hände legten sich um Rens Brustkorb. Sie hatte Indestor so mühelos wie ein Weinglas weggeschleudert. »Ich sagte ausborgen, nicht kaputtmachen!«, zischte sie und klang dabei wie ihre Zlyzen.

»Und ich sagte, wenn du mich noch einmal anfasst, wirst du es büßen«, fauchte er und rappelte sich auf.

Sie lachte nur. »Was wollt Ihr mit mir machen? Mich in mein Zuhause zurückjagen? Ihr könnt mir dorthin nicht folgen, und wenn Ihr es versucht, zerfetzen Euch meine Freunde.«

Mettore richtete seine Kleidung und setzte das eisige Lächeln eines Mannes auf, der noch nie an seiner Macht oder

Kontrolle hatte zweifeln müssen.«Nein – ich sorge nur dafür, dass du weiterhin so aussiehst. Noch hast du keinen Arzt gefunden, der dir deine Schönheit zurückgeben kann, oder? Da kannst du ihnen noch so viel Geld bieten oder Monster auf den Hals hetzten. Wenn du die Medizin haben willst, die ich dir versprochen habe, dann tust du, was ich von dir verlange, Vettel.«

Bei dieser Drohung wich Mütterchen Lindwurm zurück – wenngleich nur kurz. Das Grinsen, mit dem sie Ren bedachte, war fast so übelkeiterregend wie Indestors Tritt. »Siehst du, wie dumm Männer sind, meine Kleine? Er vergisst, wie nützlich ich bin. Dabei merkt er nicht mal, dass ich ihm beschafft habe, was er dringend braucht.«

»Ich habe, was ich brauche«, schimpfte Mettore. »Diese Schlampe ...«

»Ist Alta Renata.«

Ein Augenblick verging, in dem nur das stetige Tropfen der Tinte zu hören war, die aus dem umgeworfenen Tintenfass auf den Boden sickerte. Es folgten Indestors Schritte, der erneut um den Schreibtisch herumkam. Mütterchen Lindwurm machte ihm Platz und gestattete es ihm, Rens Kinn zu packen und ihren Kopf anzuheben, wobei seine Finger genau auf den Prellungen lagen, die sich dort bereits bildeten.

»Wie in aller Welt ...« Er strich fest mit dem Daumen über ihre Wange. Ihre durchdrungene Schminke war dafür geschaffen, derartigen Berührungen standzuhalten. Aber die Verkleidung hing immer davon ab, dass niemand Arenza mit Renata verglich; sobald Mettore wusste, worauf er achten musste, erkannte er die Wahrheit.

Sein wütender Blick zuckte zu Mütterchen Lindwurm. »Und du bringst sie her? So gekleidet? Warum?«

»Weil das die Wahrheit ist. So war sie schon immer, schon bevor sie zu einem meiner Finger wurde. Meine clevere Renyi, die euch alle für sie tanzen ließ und euch eingeredet hat, sie wäre eine von euch.« Mütterchen Lindwurm drehte sich wie ein junges Mädchen. »Oh, und wie wir zusammen tanzen werden, wenn es mir wieder besser geht. Zusammen mit Sedge und Tess und meinen neuen Fingern, ihr alle werdet uns ausgeliefert sein.«

Mettore richtete sich auf und ging auf und ab. »Du verschrobene alte Vettel hast eine – Augenblick mal. Nein. Wenn sie eine Hochstaplerin ist, kann mir nichts passieren. Ich werde einfach allen die Wahrheit sagen: dass ich ihre Verbrechen aufgedeckt, sie verurteilt und als Sklavin verkauft habe.« Er hielt inne und ragte erneut über Ren auf. Sie schloss die Augen, um seinen Zorn, der in Zufriedenheit umschlug, nicht mitansehen zu müssen. »Höchst bedauerlich, dass ich sie im Gesicht verletzt habe. Aber ich kann sie sowieso nicht an Sureggio verkaufen – nicht unter diesen Umständen –, dennoch wird sie einen guten Preis einbringen, so hübsch, wie sie ...«

Seine Worte gingen in ein ersticktes *Örk* über. »Denkt nicht mal daran, etwas zu verkaufen, das mir gehört«, knurrte Mütterchen Lindwurm, blickte ihren knochigen Arm entlang und verstärkte den Griff um Indestors Kehle.

Jegliche Hoffnung darauf, sie könnte ihre Kraft falsch einschätzen und zu weit gehen, verpuffte, als sie ihn losließ. »Und jetzt gebt mir meine Medizin oder ich helfe Euch heute nicht.«

»Wenn wir fertig sind.« Mettore versuchte, sich das Kratzen seiner Stimme nicht anmerken zu lassen, versagte jedoch kläglich. »Du hast dich als viel zu unzuverlässig erwiesen. Ich kann nicht darauf vertrauen, dass du den Plan nicht erneut änderst.«

Mütterchen Lindwurm zog die Lippe zu einem Schnauben zurück und hob die knochigen Schultern an, als wollte sie ihn abermals attackieren. Doch schon schwang ihre Stimmung wieder um, und sie kniete sich neben Ren und tätschelte ihr das Haar. »Es ist alles gut. Ich weiß genau, was er will; und er wird seine Pläne umsetzen. Danach bin ich wieder schön und wir sind erneut zusammen.«

»Aber noch nicht.« Mettore war schlau genug, Mütterchen Lindwurm nicht anzurühren. Stattdessen läutete er eine Glocke, packte Ren und zerrte sie grob auf die Beine. Der Schal des Raben rutschte ihr von den Schultern; sie fing ihn auf Hüfthöhe und spürte das letzte ihr verbliebene Messer an der Handfläche.

Ein Wurfmesser. Sie umfing es mit einer Hand, bevor Mettore ihr den Schal entriss und ihn in eine Ecke schleuderte. Einen Herzschlag später ging die Tür auf und eine Frau trat ein – dieselbe, die Ren mit Mezzan und Breccone Indestris auf dem Horizontplatz gesehen hatte. Die Frau, die Ren und Leato in der Nacht der Höllen den Becher mit Asche gegeben hatte.

»Sperr sie bei der anderen ein«, verlangte Mettore. »Es kann nicht schaden, einen Ersatz zu haben.«

* * *

Fleischmarkt und der Horst: 35. Cyprilun

Es dauerte bis zum späten Nachmittag, bis Grey herausgefunden hatte, was mit Arkady passiert war. Jemand hatte sie zwar entführt – aber nicht Mütterchen Lindwurm.

»Eure Nichte hat vielleicht ein Mundwerk, so viel steht fest«, sagte der Betrunkene, der zugab, in einem Hauseingang geschlafen zu haben, bis der Tumult ihn geweckt hatte. »Und damit meine ich nicht nur das Fluchen und Kreischen. Sie hat wie eine durchgedrehte Schildkröte nach ihnen gebissen. Der mit der weinfarbenen Stirn hätte fast ein Ohr verloren.«

Grey ballte die Hand um den Mill, den er dem Betrunkenen eigentlich geben wollte, was ihm jetzt jedoch falsch vorkam. »Und Ihr seid nicht auf die Idee gekommen, sie davon abzuhalten, ein Kind mitzunehmen?«

Wässrige Augen versuchten, sein Gesicht zu fixieren, doch der Blick des Mannes schweifte immer wieder ab. »Was soll ein alter Säufer wie ich denn gegen drei gesunde Kerle ausrichten?« Er schabte mit abgebrochenen Fingernägeln an Greys Fingern, und Grey gab nach, öffnete die Hand und ließ dem alten Mann die Münze.

Zumindest hatte er eine Beschreibung – die derart eindeutig war, dass er nicht weitersuchen musste. Einer der Hauptmänner, die Kommandant Nalvoccets Befehl unterstanden, hatte ein weinfarbenes Muttermal, das seine halbe Stirn bedeckte; seine Leute glaubten, es würde Glück bringen, es zu berühren.

Drei nicht uniformierte Falken hatten Arkady Bones mitgenommen. Aber warum? Was konnte jemand wie Mettore Indestor mit einer solchen schimpfenden Straßenratte anfangen wollen?

Bevor Grey zum Fleischmarkt gehen konnte, um das herauszufinden, wurde er angesprochen.

»Hauptmann Serrado. Ich habe Euch gesucht«, sagte Vargo und trat ihm lässig in den Weg.

»Herzlichen Glückwunsch, ihr habt mich gefunden.« Grey war klar, dass sich Vargos Netz über das ganze Unterufer erstreckte, doch er wusste es gar nicht zu schätzen, selbst hineingeraten zu sein. »Wenn Ihr ein offizielles Gesuch an die Wache richten wollt, dann hinterlasst eine Nachricht im Horst.«

»Ich bin mir nicht sicher, ob ich dort willkommen wäre. Erst recht nicht mit dieser Nachricht.« Vargo grinste breit. Er wartete darauf, dass Grey den Köder schluckte und nachfragte – was in Grey das Bedürfnis weckte, ihm die selbstgefällige Visage zu polieren.

Aber Vargos Isarnah-Leibwächterin sah aus, als wüsste sie, was sie tat, daher sah er davon ab. »Tut mir sehr leid, dass Euer Ruf Euch vorauseilt. Aber ich habe keine Zeit, Euch zu helfen. Ein Kind ist verschwunden ...«

Der Manipulationsversuch war vergessen, stattdessen blieb nur der kompromisslose Mann zurück, der die Hälfte der Unterwelt der Stadt übernommen hatte. »Ein Haufen Schwarzpulver ist ebenfalls verschwunden. Ich vermute, dass Ihr es irgendwo im Privilegienhaus oder ganz in der Nähe finden könnt. Hättet Ihr dafür vielleicht Zeit?«

Grey stieß den Atem aus, als hätte ihn jemand in die Magengrube getreten. Kein Salpeter – Schwarzpulver. »Wo war es?«

»Bevor es sich selbstständig gemacht hat? In einem Laden in der Grednyek-Enklave. Offenbar im Besitz der Stadnem Anduske. Ihr habt bestimmt gehört, dass sie für heute einen Protest vor dem Privilegienhaus plant. Das ist bestimmt kein Zufall.«

Es war alles andere als ein Zufall. Aber was genau hatten sie vor? Diverse Möglichkeiten gingen Grey durch den Kopf wie die Karten in den Händen eines Straßenkünstlers: ein Angriff auf den Cinquerat als Vergeltung für Indestors Manipulation. Oder das war ein Teil von Indestors Plan, der zu einem unbekannten Zweck ein Massaker unter den Vraszenianern anrichten wollte. Vielleicht handelte es sich sogar um ein von der Stadnem Anduske geplantes Massaker, um eine richtige Rebellion herbeizuführen – eine, die den Rest von Vraszan dazu brachte, sich Nadežra endlich zurückzuerobern.

Idusza hatte geschworen, dass Andrejek seinem eigenen Volk nichts tun würde ... aber die unteren Ränge wussten oftmals nicht, was ihre Anführer so vorhatten. Manchmal beschlossen Radikale außerdem, dass ihre Ziele nur durch Blutvergießen zu erreichen wären.

Genau wie im Fiangiolli-Lagerhaus. Dort war auch jemand der Meinung gewesen, seine Ziele wären wichtiger als das Leben eines vraszenianischen Tischlers.

Doch Grey konnte nichts unternehmen, wenn er sich von den Erinnerungen an Kolyas Tod übermannen ließ. »Danke, dass Ihr mich darüber informiert habt.« Grey war ganz hervorragend darin, zu Menschen höflich zu sein, die er nicht leiden konnte. Zudem merkte er meist, wenn man ihm nicht die ganze Geschichte erzählte. »Wieso begleitet Ihr mich nicht und erzählt mir, wie Ihr in diese Sache verwickelt wurdet?«

»Das würde ich wirklich gern tun, aber ich war die ganze Nacht auf den Beinen und könnte eine Mütze Schlaf gebrauchen.« Vargo hob seinen Gehstock und ahmte damit spöttisch einen Salut nach. »Das mit Breccone Indestris war übrigens gute Arbeit.« Dann eilte er auch schon die Straße entlang, bevor Grey ihn fragen konnte, wie er davon erfahren hatte.

Grey hatte eben erst den Platz erreicht, als er schon wieder aufgehalten wurde – diesmal von Idusza, die schlimmer aussah, als er sie je gesehen hatte: Sie hatte Prellungen im Gesicht und eine Verletzung an einer Augenbraue.

»Wieso habe ich überhaupt ein Büro?«, murmelte er zu sich, als sie ihm mit einer Kopfbewegung bedeutete, ihr zu folgen.

Sie ging nicht weit, sondern blieb in einem überdachten Hauseingang stehen, sodass sie von den Stufen des Horsts nicht zu sehen waren. »Erzählt mir vom Schwarzpulver«, knurrte er, bevor Idusza etwas sagen konnte.

»Ihr wisst davon?«

Grey verschränkte die Arme, um nicht gegen die Hauswand zu schlagen und sich dabei die Hand zu brechen. »Ich dachte, Koszar Andrejek wäre ein Mann, der zu seinem Wort steht, aber da habe ich mich offenbar geirrt.«

»Wir waren das nicht!«, zischte Idusza. »Wir haben uns wie versprochen zurückgezogen und alle beruhigt, so gut wir konnten. Und wir haben unseren Plan aufgegeben ... womit allerdings nicht alle einverstanden waren.«

»Dann wollen sie das Privilegienhaus also immer noch in die Luft jagen.«

»Was?« Idusza zuckte zurück. Dann lachte sie auf – verbittert und wild. »Nein. Das Privilegienhaus war zum Schutz unserer Leute gedacht. Wir wollten das Amphitheater boykottieren und ihnen dafür einen anderen Ort bieten. Aber Eure Seterin-Freundin hat alles ruiniert. Jetzt zahlt Argentet für die Leute, die hingehen, was natürlich alle ausnutzen.«

Greys Magen zog sich zusammen. *Das Amphitheater.* Das war ihr Ziel – nicht etwa das Privilegienhaus.

Sie wollten das Amphitheater sprengen, das Kaius Rex in dem Versuch, die Quelle zu zerstören, hatte errichten lassen. Früher einmal hatte dort ein Tempel gestanden, ein riesiges Labyrinth unter freiem Himmel mit der Quelle im Zentrum, die alle sieben Jahre erschien. Dass der Tyrann sie zumauerte, war Blasphemie – und die Vraszenianer hatten es ihm niemals verziehen.

»Ihr müsst sie aufhalten.«

»Wir haben es versucht.« Sie wirkte verzweifelt. »Zwei unserer Leute sind tot. Ein dritter könnte es auch bald sein. Andrejek wurde schwer verletzt und kann nicht einmal stehen. Die Splittergruppe ist jetzt im Amphitheater und bringt die Bomben an.«

Sie brachten die Bomben an ... und mischten sich unter all die anderen Vraszenianer und Nadežraner, die Scaperto Quientis' Großzügigkeit ausnutzten. »Sie würden ihre eigenen Leute umbringen?«

»›Jene, die an der Titte der Unterdrücker hängen, gehören nicht länger zu unserem Volk‹«, zitierte Idusza mit ausdrucksloser Stimme. Diese Zeile hatte im Laufe der Jahre häufiger in den Flugblättern der Anduske gestanden.

»Ich alarmiere die Wache«, sagte Grey. »Ihr müsst zu den Ältesten gehen. Sagt ihnen alles. Vielleicht schaffen sie es ja, die Leute noch rauszuholen oder zumindest einige von ihnen.«

Idusza hob hilflos die Hände. »Und Ihr glaubt, die Ziemetse hören auf mich? Sie wissen, dass ich zur Stadnem Anduske gehöre, und lassen mich nicht einmal in ihre Nähe.«

Grey massierte sich die Nasenwurzel. Nein, die Ältesten würden in der Tat nicht auf sie hören. Aber Grey arbeitete seit Wochen mit ihnen zusammen. Vielleicht glaubten sie ihm.

Aber er musste auch Cercel warnen, außerdem wurde ein kleines Mädchen vermisst. Selbst wenn er sich zweiteilen könnte, würde das nicht ausreichen.

Irgendetwas musste er zurückstellen.

Es tut mir schrecklich leid, Arkady.

Grey starrte Idusza grimmig an. »Ihr wartet hier. Ich werde die Wache benachrichtigen. Danach gehen wir zusammen zu den Ältesten.«

Er wartete nicht auf ihr Nicken, sondern eilte über den Platz und die Stufen hinauf. Im Horst war Cercel nicht schwer zu finden. Sie stand am anderen Ende des großen Raums neben weiteren Kommandanten, und alle erteilten ihren Hauptmännern und Leutnants Befehle.

Als sie ihn bemerkte, kam sie auf ihn zu. »Serrado, gut. Era Traementis hat eine Nachricht geschickt und braucht Eure Hilfe ...«

Auch Donaia würde warten müssen. *Alle* mussten warten. »Kommandantin, in Euer Büro.« Grey eilte sofort los und achtete weder auf ihre hochgezogenen Augenbrauen noch auf das plötzliche erschrockene Verstummen der Offiziere um sie herum. Er ging einfach nach oben, und Cercel folgte ihm.

»Ich hoffe, Ihr habt einen verdammt guten Grund dafür, Serrado«, sagte sie, sobald sie die Tür hinter sich geschlossen hatte.

»Das Schwarzpulver, vor dem ich Euch gewarnt habe – es wird nicht im Privilegienhaus deponiert. Das Ziel ist das große Amphitheater. Heute.«

Sie starrte ihn entsetzt an. »Woher wisst Ihr das? Wieder dank einer ›anonymen Botschaft‹?«

Grey zögerte. Die Splittergruppe der Stadnem Anduske konnte hängen, wenn es nach ihm ging – sie war bereit, Unschuldige zu ermorden –, aber er wollte weder Idusza noch Andrejek verraten und seltsamerweise auch nicht Vargo.

»Ja. Ihr müsst den anderen Kommandanten ausrichten, dass sie Trupps losschicken sollen, damit diese nach Möglichkeit die Bomben finden und bei der Evakuierung helfen. Ich rede mit den vraszenianischen Ältesten; sie werden wissen, wie sie ihre Leute erreichen können.«

Er wollte die Tür schon wieder öffnen – er musste in Bewegung bleiben, da er nicht wusste, wann die Splittergruppen die Bomben explodieren lassen wollten –, doch Cercel hielt ihn am Arm fest. »Das kann ich nicht tun, Serrado. Unser Befehl lautet, uns am Privilegienhaus zu versammeln und alle anderen Ablenkungen, die uns woanders hinlocken könnten, zu ignorieren. Es gibt keinen einzigen Trupp mehr, der woanders patrouilliert.«

»Im Privilegienhaus droht aber keine Gefahr«, protestierte er.

»Ihr habt doch selbst gesagt ...«

»Ich habe mich geirrt. Wir werden mit Absicht von der eigentlichen Gefahr ferngehalten, Kommandantin.«

Sie knirschte mit den Zähnen, und er unterdrückte den Drang, noch mehr zu sagen. Grey wusste ganz genau, dass Cercel das Gefühl hasste, in eine Ecke gedrängt zu werden, und je mehr er argumentierte, desto geringer war die Wahrscheinlichkeit, dass sie nachgab. Sie war der perfekte Falke und vor allem dem Horst ergeben. Aber sie hatte ihn als Schutzmann unterstützt und seine Beförderung erst zum Leutnant und danach zum Hauptmann ermöglicht. Sie war ebenso wenig Indestors Marionette wie Grey.

Nach einigen Augenblicken erwiderte sie: »Selbst wenn ich die Autorität hätte, um Leute zur Spitze zu schicken, würde ein Falkenschwarm, der dort auftaucht, nur neue Unruhen auslösen.«

Wenn es nach der Stadnem Anduske ging, wären weitere Unruhen bald die kleinste ihrer Sorgen. »Na gut. Wenn Ihr das ignorieren wollt, dann werde ich Euch nicht länger zur Last fallen.« Er griff nach seinem Hauptmannsabzeichen.

Cercel hielt ihn am Handgelenk fest. »Ach, um …«

Sie unterbrach sich. Grey hätte sich ihr mit Leichtigkeit entziehen können und stand schon kurz davor, als sie ihn losließ und ihm das Abzeichen selbst abnahm. »Ihr wart schon die ganze Nacht im Dienst. Genau wie Euer ganzer Trupp – was Kaineto selbstverständlich nicht davon abgehalten hat, sich seinen Schönheitsschlaf zu gönnen. Jeder, der Euch bei der Verhaftung von Breccone Indestris begleitet hat, ist offiziell vom Einsatz am Privilegienhaus freigestellt und hat den Befehl, nach Hause zu gehen und zu schlafen – und ich gehe hoffentlich recht in der Annahme, dass Ihr nicht einmal im Traum darauf kommen würdet, diesen Befehl zu missachten. Ich werde Euch für das Aufhalten einer Katastrophe zur Rechenschaft ziehen, wenn das alles vorbei ist.«

Das Aufhalten einer Katastrophe. Nur mit Ranieri, Tarknias und Dverli statt der versammelten Macht der Wache. Obwohl das ein armseliger Ersatz war, wusste er doch, dass er ihr eigentlich danken sollte, doch seine Erschöpfung ließ keine Dankbarkeit in ihm aufkommen. Grey hatte hier schon genug Zeit vergeudet und konnte nur darauf hoffen, dass sich die Ziemetse als hilfreicher erweisen würden.

Er nickte Cercel so knapp zu, dass es kaum noch als Höflichkeit durchging, und öffnete ihre Bürotür. »Ihr solltet das Abzeichen behalten, Kommandantin. Ich bin mir nicht sicher, ob ich es wiederhaben will, wenn die Sache ausgestanden ist.«

* * *

Isla Čaprila, Ostbrück: 35. Cyprilun

::Willst du nicht aufmachen? Ich würde es ja selbst tun, aber …::

Alsius' Stimme drang in seinen Tiefschlaf ein. Vargo regte sich und murmelte: »Was?«

::Jemand klopft an die Tür. Es ist Sedge, und er sieht aus … als würde er dich nicht ohne guten Grund stören.::

Vargo drehte sich stöhnend auf die andere Seite. Jetzt, wo Alsius es erwähnte, merkte er auch, dass das stetige Hämmern, das von unten heraufdrang, nicht Teil seines Traums war. Er machte vorsichtig ein Auge auf und erspähte den trüben Dunst vor seinem Fenster, was ihn nicht wirklich weiterbrachte; während des verschleiernden Wassers konnte das Morgen- oder Abenddämmerung oder irgendwas dazwischen bedeuten. Nur seine unfassbar schweren Glieder und sein schmerzender Kopf verrieten ihm, dass er bei Weitem nicht lange genug geschlafen hatte. »Wie spät ist es?«

::Neunte Sonne.::

Er hatte keine drei Glocken geschlafen. Fluchend setzte sich Vargo auf und tastete herum, bis er ein Hemd gefunden hatte, während das Klopfen pausenlos weiterging. Wo in aller Welt steckte Varuni?

Ach ja. Sie hatte sich von Vargo versprechen lassen, dass er lange genug im Haus blieb, damit sie den Besitz ihrer

Leute inspizieren und sich vergewissern konnte, dass bei den Unruhen nichts schwer beschädigt worden war. Was bedeutete, dass sich außer ihm niemand im Haus aufhielt.

Während Vargo die Treppe hinunterging, warnte ihn Alsius: ::Sedge ist mit Flussschlamm bedeckt. Was immer ihn hertreibt, muss sehr wichtig sein.::

Die Warnung kam einen Herzschlag, bevor Vargo die Tür aufriss. Der Gestank bestürmte ihn schlagartig und wurde durch die feuchte Luft noch gesteigert. Sedge sah noch schlimmer aus, als er roch, und an seiner zerknitterten Kleidung trockneten Matsch und Moosschleim vor sich hin. Aber seine Augen waren inmitten des Drecks weit aufgerissen, und sein Körper wirkte so angespannt wie der eines Mannes, der losrennen wollte, wenn er nur wüsste, welche Richtung er einschlagen musste. »Die Alta ist verschwunden. Renata. Tess sagt, Mütterchen Lindwurm hat sie in ihrer Gewalt. Ich wollte sie in den Tiefen suchen, aber ich … ich …«

Scheiße! Vargo öffnete die Tür weiter, bedeutete Sedge mit dem Daumen, trotz des ganzen Drecks reinzukommen, und knallte die Tür hinter ihm zu. »Wo? Wie lange ist das her?«

»Letzte Nacht. Ich habe aber erst heute davon erfahren. Und ich wusste nicht, wo Ihr seid, daher fing ich an zu suchen …«

»Die Ausreden müssen warten. Du warst in den Tiefen? Bist du bis zu der Stelle mit den Käfigen gekommen?« Das war der wahrscheinlichste Ort, an dem man sie festhalten würde.

Als Sedge den Kopf schüttelte, fluchte Vargo abermals. Wenn Mütterchen Lindwurm das Reich der Gedanken nach Lust und Laune betreten und verlassen konnte, galt das dann auch für Personen, die sie mitnahm?

Er fuhr sich mit einer Hand durchs Haar. *Alsius?*

::Du könntest erst mal mit den einfachen Grundlagen anfangen.::

Da hatte er recht. Es war albern, sich auf das Unwahrscheinliche zu konzentrieren und das Offensichtliche zu übersehen. Vargo nickte Sedge zu. »Fang an, die Leute aufzuwecken. Sag allen, die sich beschweren, dass ich auch keinen Schlaf kriege ...«

Es klopfte erneut an der Tür. »Was ist denn jetzt?«, knurrte Vargo, schob Sedge zur Seite und riss die Tür wieder auf.

Tanaquis Fienola stand schwankend vor ihm. Sie wollte nach Vargos Revers greifen und musste sich am Türrahmen abstützen, als er ihrer Hand auswich. »Meister Vargo. Ihr müsst mir helfen. Ich schaffe es nicht allein – nicht jetzt.«

Ein Blick in ihre geweiteten Pupillen reichte Vargo, um zu erkennen, was mit ihr los war. Als sie ein weiteres Mal schwankte, fing er sie auf. »Wieso stehen Inskriptoren im Aža-Rausch vor meiner Tür?«, fuhr er niemanden im Besonderen an.

Fienola sackte in seinen Armen zusammen, und er half ihr, sich auf die unterste Treppenstufe zu setzen. »Das ist wirklich kein guter Zeitpunkt, Meda Fienola. Alta Renata ist verschwunden. Ich muss mich konzentrieren und sie finden.«

»Renata?« Sie drehte sich, als würde sie eine Bewegung verfolgen, doch da war nichts als Luft. »Ja. Breccone sagte ... Er hat sich allerdings nicht sehr klar ausgedrückt. Für einen Inskriptor besaß er einen entsetzlich unorganisierten Verstand. Äußerst enttäuschend.«

Trotz seiner Müdigkeit entging Vargo ihre Wortwahl nicht. Breccone *besaß* einen entsetzlich unorganisierten Verstand.

Ich hätte mich selbst mit Breccone befassen sollen. Jetzt war seine Chance auf eine Befragung des Mannes dahin.

Bevor Vargo seiner Wut Ausdruck verleihen konnte, drängte Sedge ihn beiseite und packte Fienola. »Was hat er über Alta Renata gesagt?«

Ihr umherwandernder Blick fiel auf sein dreckiges Gesicht und verharrte erstaunlicherweise dort. »Nicht viel. Er ist gestorben, bevor er alles erklären konnte. Aber das macht nichts; ich habe mir den Rest selbst zusammengereimt. Vielleicht haben die Vraszenianer in Bezug auf Aža, Träume und Muster ja doch recht. Ich habe eigentlich nie daran geglaubt, aber jetzt denke ich ...«

Für Vargo ergab das Ganze auch langsam ein Bild. »Wo ist Renata Viraudax, Meda Fienola?«

»Das weiß ich nicht.«

Dann hob sie beide Hände, als wollte sie einer Reaktion zuvorkommen. »Aber es gibt ein Numinat im großen Amphitheater. Ein riesiges Gebilde von erstaunlicher Komplexität – wirklich überaus beeindruckend. Es bedeckt den gesamten Boden. Es wäre jammerschade, es zu zerstören, aber ich schätze, es sollte getan werden, bevor es ...« Sie beschrieb mit einer Hand einen vagen Bogen in der Luft. »Bevor es tut, wozu es angefertigt wurde. Was meiner Meinung nach mit Renata zu tun hat.«

Wenn Mütterchen Lindwurm sie entführt hatte, dann musste Indestor etwas damit zu tun haben. Und wenn Breccone ein derartiges Numinat angefertigt hatte, steckte Indestor eindeutig in der Sache mit drin. Nur ... »Wie in aller Welt konnte es passieren, dass Argentets Leute ein Numinat mitten im großen Amphitheater nicht bemerkt haben?«

Tanaquis starrte ihn an und blinzelte dabei wie eine Eule. »Weil es sich nicht in dieser Welt befindet, natürlich. Es ist im Reich der Gedanken.«

Ich schaffe es nicht allein – nicht jetzt. Das hatte sie gesagt. Denn sie hatte Aža genommen ... und konnte das Reich der Gedanken daher nur *sehen*.

Um es zu berühren, brauchte man Asche. Wer allerdings Asche nahm, während er schon auf Aža war, riskierte den Tod oder zumindest den Wahnsinn.

Sedge hatte das Ziel erfasst, jedoch nicht den richtigen Weg dorthin. »Wenn sie im Amphitheater ist, wieso sind wir dann nicht längst dorthin unterwegs?«

»Halt die Klappe«, sagte Vargo leise. Das Reich der Gedanken ließ sich nicht kontrollieren, aber als er dank Fienolas Numinat hineingelangt war, hatte er zumindest die Kontrolle über sich behalten. Asche ... würde das nicht ermöglichen.

::Das gefällt mir überhaupt nicht. Wer kann schon voraussehen, was mit uns passiert, wenn wir Asche nehmen ...::

»Ich sagte, halt die Klappe!«

Er bemerkte den Blick, den Sedge und Fienola austauschten, konnte die Worte jedoch nicht mehr zurücknehmen.

Indestris hatte in ganz Sieben Knoten Numinata inskribiert, um die Unruhen anzufachen. Wenn das nur als Ablenkungsmanöver gedacht gewesen war, wollte Vargo auf keinen Fall, dass das Hauptereignis im großen Amphitheater ungehindert vonstattenging. »Ich brauche Asche«, murmelte er, stand auf, wischte sich die schweißnassen Handflächen an den Oberschenkeln ab und reichte Fienola eine Hand, um ihr auf die Beine zu helfen. »Findet Ihr allein nach Hause?«

Statt ihm zu antworten oder seine Hand zu nehmen, kramte sie in ihren Taschen herum, von denen sie erstaunlich viele zu besitzen schien. »Wo hab ich sie nur hingetan? Da ist sie nicht. Da auch nicht. Verdammt noch mal – wer hat doch gleich behauptet, Aža wäre angenehm? Ah, da ist sie ja.« Sie holte eine Phiole mit einem öligen violetten Pulver darin heraus. »Das sollte Euch Zeit sparen.«

Nun war es an Vargo, verwirrt zu blinzeln. »Woher habt Ihr ...«

»Aus Breccones Haus. Wusstet Ihr, dass er derjenige war, der die Asche auf die Straßen gebracht hat? Das war allem Anschein nach ein höchst profitables Geschäft.« Tanaquis sah Sedge bedauernd an. »Tut mir sehr leid, aber mehr habe ich nicht. Der Rest wurde konfisziert. Aber Ihr seht auch nicht aus wie ein Inskriptor.«

»Ich lasse Euch auf gar keinen Fall allein gehen«, erklärte Sedge Vargo entschieden. »Dann macht Varuni meinen Schädel zur Kaffeetasse.«

::Du hast versprochen hierzubleiben.::

»Sie weiß, dass ich ein durchtriebener Mistkerl bin«, sagte Vargo zu den Stimmen innerhalb und außerhalb seines Kopfs. »Es war ihr Fehler, mir zu vertrauen.«

Er ließ die beiden unten stehen und rannte hinauf in sein Studierzimmer, um seine Ausrüstung und eine Dosis Asche zu holen, die von seinen Experimenten übrig geblieben war, dann warf er sich eine Weste und einen Mantel über sein Hemd und zog seine Stiefel an. Als er wieder unten war, hatte Sedge es geschafft, Fienola irgendwie sicheren Stand zu verleihen.

Vargo warf Sedge eine der Asche-Dosen zu und schob Fienola höflich, aber bestimmt aus dem Haus. »Geht nach Hause. Wir kümmern uns darum.« Schon zog er den Korken aus seiner Phiole und stürzte den Inhalt hinunter, bevor er es sich noch einmal anders überlegen konnte. Sedge machte es ihm einen Augenblick später nach.

Als er sich auf den Weg zur Alten Insel und dem hoch aufragenden Schatten der Spitze dahinter machte, hörte er Sedge so leise, dass es fast nicht zu verstehen war, hinter sich murmeln: »Hoffentlich hat sie in Bezug auf Euch recht.«

* * *

Die Spitze, Alte Insel: 35. *Cyprilun*

Ren konnte beim besten Willen nicht sagen, wie viel Zeit vergangen war.

Mettores Untergebene hatte sie in eine gepolsterte Kiste gesteckt, in der es nach Schweiß und Angst roch – was auch bewies, dass er so etwas schon früher gemacht hatte, wovon Ren ohnehin ausgegangen war. Der Deckel ging über ihr zu, ein Schloss rastete ein und ein Rasseln auf den Seiten verriet ihr, dass die Stangen zum Tragen befestigt wurden. Danach folgte ein langer, schwankender Gang, das Schwappen von Wasser, als sie offenbar auf einem Boot weiterreisten, und wieder ein Stück über Land. Ren vermutete, dass sie irgendwo in die Nähe der Spitze gebracht wurde, denn es kam ihr gegen Ende so vor, als würde es aufwärts gehen. Aber blind, halb erstickt und vor Entsetzen fast außer sich konnte sie im Grunde genommen gar nichts mehr mit Gewissheit behaupten.

Als man sie endlich rausließ, befand sie sich in einem kalten, aus dem Stein gehauenen Raum, in dem noch jemand anders festgehalten wurde.

»Wer zum Henker bist du?«, fauchte das Mädchen, kaum dass die Tür hinter Ren zugefallen war. Ihr Haar war voller Öl, ihr Gesicht mit Dreck beschmiert. Frischer Schorf bedeckte ihre Fingerknöchel und um eines ihrer zusammengekniffenen Augen zeichnete sich ein Veilchen ab. Sie presste sich mit dem Rücken in eine Ecke, hielt einen Stein in der Hand, den sie anscheinend von der Wand abgeschlagen hatte, und bleckte die Zähne, als wollte sie sie ebenfalls als Waffe einsetzen.

»Ren.« Mit einem Mal drang ein hysterisches Lachen aus Rens Kehle. »Das hat er also damit gemeint, dass ich der Ersatz bin.«

Der Steinsplitter wankte ebenso wie der Mut des Mädchens. Es war kaum merklich; da war nur das leichte Einziehen ihrer Schultern und das Beben ihrer Stimme. »Dann bist du keine von denen?« Das Mädchen setzte die finstere Miene wieder auf. »Wieso lachst du dann?«

Ren ließ sich auf den Boden sinken. »Weil ich am Arsch bin.«

Das Mädchen umfing den Steinsplitter, setzte sich ebenfalls und schlang die Arme um die Knie, bis sie wie ein frierender Spatz aussah. »Das gilt für uns beide, Ren. Ich dachte, man schickt uns auf die Sklavenmärkte in Ommainit. Haben die Falken was gesagt, als sie dich eingebuchtet haben?«

»Die Falken haben dich mitgenommen?« Ren lehnte den Hinterkopf an die Felswand. »Aber natürlich. Indestor.«

Etwas Spucke landete auf dem Boden zwischen ihnen. »Dieser Schneckenschwanz. Hab ihn mal nackt gemalt, aber ist das ein Verbrechen, wegen dem man gleich verkauft wird?«

»Nein. Das hat er auch gar nicht mit uns vor. Wie alt bist du – zwölf? Bist du im Equilun geboren?«

»Ja. Wieso? Willst du mir nach Liganti-Art die Sterne lesen? Das kannst du dir sparen, denn ich weiß auch so, was sie sagen: ›Du bist am Arsch, Arkady Bones.‹«

Ren konnte einfach nicht anders, als die Augen zu verdrehen. »Sehe ich für dich wie eine Liganti aus?«

Arkady bohrte das Kinn noch tiefer zwischen ihre Knie. »Schätze nicht«, murmelte sie, bevor sie ihr Gesicht gegen die Beine drückte. Ren glaubte schon, sie würde weinen, aber als Arkady den Kopf wieder hob, waren da keine Tränen. »Aber was dann? Was will er von uns?«

Wie sollte sie das erklären? Der vertraute Schrecken der Sklaverei war für Arkady weniger beängstigend gewesen als die unbekannte Leere, die ihr wahres Schicksal darstellte. Diesen letzten Trost hatte Ren ihr nun auch noch genommen.

»Ich wurde in der Nacht des großen Traums gezeugt«, sagte sie. »Du vermutlich auch. Wie Mettore Indestor das rausgefunden hat, ist mir ein Rätsel, aber er braucht uns – jedenfalls eine von uns. Wenn ich recht habe ...«

Sie stemmte sich hoch und ging an den Wänden des Raums entlang. Es gab nur ein vergittertes Fenster, das Licht und Luft hereinließ und viel zu hoch war, als dass sie es erreichen konnte. Aber die Mauern waren aus dem festen Stein geschlagen und nicht aus Steinblöcken errichtet, und durch das Fenster drangen leise Geräusche einer Feier herein, was darauf hindeutete, dass sie richtig vermutete. »Ich schätze, wir sind oben auf der Spitze in einer der Kammern des Amphitheaters. Er hat irgendetwas mit der Quelle vor.«

»Ist es dafür nicht das falsche Jahr?«

»Ja«, antwortete Ren leise und ging im Kopf alles durch, was sie wusste. Mütterchen Lindwurm. Zlyzen. Asche. »Aber im Traum ist die Quelle immer da – ich habe sie gesehen.« In ihrem Albtraum war dort nur noch eine leere Grube gewesen ... aber als sie rausgeklettert war, hatte sie gleichzeitig das Wasser und die leere Grube sehen können.

Asche ermöglichte es, Dinge im Traum zu berühren. Gab man sie jemandem, der während des großen Traums gezeugt wurde, versetzte man ihn auch körperlich dorthin.

Hatte Mettore das gewusst und ihr deswegen Asche geben lassen? War das in der Nacht der Höllen etwa nur ein Test gewesen? Er wusste ganz eindeutig, dass Mütterchen Lindwurm den Traum jederzeit betreten und verlassen konnte.

Möglicherweise musste Mettore für das, was er plante, nicht bis zum großen Traum warten.

Bedauerlicherweise hatte man ihre Zelle mit Bedacht ausgewählt. Das Fenster war zu klein, als dass Arkady hindurchpassen würde, selbst wenn es ihnen irgendwie gelang, die Gitterstäbe zu entfernen. Als Ren das Mädchen auf den Schultern hochhob, konnte Arkady außerdem nichts als Nebel sehen.

Nach einer Weile hörte Ren Schritte und das Klimpern von Schlüsseln und wappnete sich für einen Kampf. Zwar standen ihre Chancen gegen eine Wache schlecht, da sie nur mit einem Wurfmesser und einer streitlustigen Zwölfjährigen bewaffnet war, doch dies erschien ihr immer noch besser, als tatenlos auf ihr Ende zu warten. Vielleicht konnte ja wenigstens Arkady ...

»Nein, das wirst du nicht tun.« Eine klauenartige Hand landete auf Rens Schulter. Mütterchen Lindwurm war aus dem Traum aufgetaucht – und zwar hinter ihnen. Ihr feuchter, nach faulem Fleisch stinkender Atem wehte gegen Rens Wange. »Glaubst du etwa, ich würde nicht jeden deiner Tricks kennen?«

In diesem Moment, in dem sie abgelenkt war, ging die Tür auf und Licht fiel herein. Laut kreischend stürzte sich Arkady auf den Schatten im Türrahmen und schlug mit ihrem Steinsplitter wild um sich.

Ren kämpfte gegen ihren Ekel an und drückte sich das Messer fest gegen das Handgelenk. Mütterchen Lindwurm war viel zu stark, daher musste sie es gegen sie gar nicht erst einsetzen – jedenfalls nicht jetzt. Da war es viel besser, auf eine spätere Gelegenheit zu warten.

Die Wachen warfen Arkady zu Boden. Ihr Steinsplitter rutschte ins Dunkel und war nicht mehr zu sehen. Mütterchen Lindwurm gab ein missbilligendes Geräusch von sich. »Widerliche kleine Made. Du bist wenigstens noch hübsch. Vielleicht überlasse ich sie den Zlyzen, wenn sie ihren Zweck erfüllt hat.«

Arkady wimmerte und kroch an die Wand, wo sie sich etwas sicherer glaubte. Ren achtete darauf, ihre Stimme so ruhig wie möglich klingen zu lassen. »Vorausgesetzt, eine von uns überlebt. Ich kenne Mettore; er wird deine Schönheit niemals wiederherstellen. Stattdessen bringt er dich um. Nachdem er mich und Arkady getötet hat.«

»Nein!«, fauchte Mütterchen Lindwurm und legte einen mit Leberflecken übersäten Arm um Ren. »Du wirst nicht sterben, kleine Renyi. Das wäre keine angemessene Bestrafung für das, was du mir angetan hast. Eine gute Mutter bestraft ihre Tochter.«

Ren spürte das harte Metall des Acrenix-Medaillons in ihrem Rücken. Tricat, das Numen der Familie. Bezeichnete Mütterchen Lindwurm Ren deshalb als ihre Tochter?

Du bist nicht meine Mutter. Stattdessen sagte Ren: »Eine gute Mutter bringt ihrer Tochter auch etwas bei. Du bist klüger als ich. Wenn wir zusammenarbeiten, können wir ihn überlisten.«

Mütterchen Lindwurm schob die Klauen in Rens Haar. »Klüger als ihr beide, meinst du wohl. Ich bringe ihn dazu, dich zu benutzen und nicht diesen dreckigen Knochenhaufen da drüben. Das soll deine Strafe sein. Ich werde dich vergiften – das ist nur fair, findest du nicht auch? –, und danach benutze ich dich, um die Quelle zu vergiften. Sobald sie zerstört ist, wird er zufrieden sein.«

Ihre restlichen Worte hörte Ren gar nicht mehr richtig. Das Dröhnen in ihren Ohren übertönte sie beinahe. »Die Quelle«, flüsterte sie mit tauben Lippen. »Ihr wollt die Quelle zerstören.«

»Er denkt, dass die Stechmücken aus Nadežra verschwinden, wenn es keinen Teich mehr gibt, den sie umschwärmen können.« Mütterchen Lindwurm schnalzte wie ein altes Tantchen mit der Zunge. »Dieser Mann ist regelrecht besessen.«

Rens Herz raste. Sie konnte sich nicht einmal wehren, als Mütterchen Lindwurm ihr den Mund aufdrückte und Asche hineinschüttete. Die Welt drehte sich um sie – nicht so chaotisch wie in der Nacht der Höllen, aber sie spürte, wie die Fäden aneinander vorbeiglitten und sich das Gewebe lockerte. Als könnte sie einfach ... *hindurchtreten.*

Mütterchen Lindwurm merkte es in dem Augenblick, als Ren sich bewegte. »Warte! Halt!« Die Klauen bohrten sich fester in ihre Schultern, gingen jedoch durch Rens Fleisch, als bestünde es aus Nebel. »Komm hierher zurück, du grässliches kleines Balg!«

Ren taumelte weiter und aus dem Kreis hinaus, den die Arme der alten Vettel bildeten. Die Zlyzen waren da, sehnig, zerbrochen und falsch, aber es gab mehr als nur ein Nadežra; das hatte sie gesehen, als Mütterchen Lindwurm sie zum Indestor-Herrenhaus gebracht hatte.

Und wenn sie von Ažerais abstammte, dann konnte sie sich auch durch Ažerais' Traum bewegen.

Ren drehte sich um und ergriff die Flucht.

10

Sturm gegen Stein

Ažerais' Traum: 35. Cyprilun

Sie rannte.

Durch die dunklen Korridore eines Amphitheaters, während das Publikum über ihr wie von Sinnen den blutigen Spielen des Tyrannen zujubelte. Über die steinerne Spitze unter freiem Himmel. An den Schatten vraszenianischer Pilger vorbei, die den Abhang erklommen, um durch das Labyrinth rings um die Quelle zu schreiten, und Liganti-Soldaten hinter Verteidigungsbefestigungen, hinunter zur Alten Insel, die zwischen freiem Gelände, erstickender Falle oder einem seelenlosen, ordentlichen Gitter aus Straßen wechselte, wie es in der wachen Welt nie existiert hatte.

Durch Nadežra. Durch alle Träume von Nadežra. Und die Zlyzen jagten sie schnaubend und schnappend, aber sie war schneller. Denn sie war eine Flussratte, und wenn es eines gab, das sie kannte, dann war das ihre Stadt.

Weiter und immer weiter, schneller, als ihre Füße sie tragen konnten, Straßen, Kanäle und Brücken rasten vorbei, durch Viertel, die sie erkannte, und solche, die sie nie gesehen hatte, bis zum nördlichen Rand, wo die steinernen Fundamente der Inseln in die Häuser übergingen, die auf Stelzen im Deltaschlamm errichtet worden waren, das üppige Ackerland, das die Stadt ernährte, und noch weiter zum Meer, auf dem das Licht der beiden sich ständig verändernden Monde schimmerte.

Ren blieb keuchend stehen. Sie wurde nicht länger verfolgt.

Aber die Furcht setzte ihr weiterhin zu, und das Lied der Asche hallte in ihren Knochen wider. Mütterchen Lindwurm konnte aus dem Nichts auftauchen. Ebenso die Zlyzen. Wie weit musste sie laufen, um ihnen zu entrinnen? Wie weit reichte Ažerais' Traum? Hörte er an den Grenzen von Vraszan auf, oder gab es zahllose Traumversionen von Ganllech, Seteris und allen anderen Städten und Nationen entlang der Sonnenaufgangs- und Sonnenuntergangsstraße?

Würde der Traum noch immer da sein, wenn die Quelle zerstört war?

Wenn der Traum aufhörte zu existieren ... was geschah dann mit Ren?

Und nicht nur mit ihr, sondern mit all ihren Vorfahren? Den Szekani, dem Teil der Seele, der über die Verwandten und Nachfahren einer Person wachte und erschien, wenn er durch die Kanina gerufen wurde.

Ivrina Lenskaya war nicht da. Ren hatte sich die richtigen Riten für sie nicht leisten können; Ivrinas Einäscherung war nach der Art der Liganti passiert und die Gebete für ihren Geist waren zu Lumen aufgestiegen, bevor sie ein weiteres Mal wiedergeboren werden konnte. Bei zahllosen Müttern und Vätern war es jedoch anders abgelaufen, bei so vielen Großmüttern und Großvätern, Tanten und Onkeln, Brüdern und Schwestern, Cousins und Cousinen. Das waren die Fäden, die das vraszenianische Volk miteinander verbanden.

Sie konnte ihre Geister jetzt um sich herum sehen, vage Schatten, die den Boden bearbeiteten, Barken lenkten, den Reichtum des Flusses herausfischten.

Als würde sie von unsichtbaren Fäden gezogen, drehte sie sich wieder nach Nadežra um.

Die Stadt der Träume. Die heilige Stätte von Ažerais' Quelle. Seit zweihundert Jahren in Liganti-Hand ... und deshalb umso kostbarer.

Sie konnte dem nicht den Rücken zuwenden, das nicht alles aufgeben.

Ren richtete den Blick auf die steinerne Spitze, die sich unfassbar hoch über dem Fluss erhob, und setzte sich abermals in Bewegung.

Lief nach Hause.

* * *

Alte Insel: 35. Cyprilun

Die Asche, die durch Sedges Blut toste, fühlte sich wie ein entweihender Hohn des Aža an, das er für seine Knoteneide genommen hatte. Nadežra zerfiel um ihn herum, verschimmelte, verrottende Bretter und Gebäude versanken im Schlamm und Schlick. Der Matsch saugte auch an seinen Stiefeln und drohte, sie ihm bei jedem Schritt auszuziehen, bis Sedge nach vorn gebeugt weiterstampfte und die Fäuste auf Kniehöhe um die Schnürsenkel ballte. Es war, als wollte das Delta selbst ihn verschlucken.

Dies war einer seiner ältesten Albträume. Er war noch ein Baby gewesen, als ein Muschelgräber ihn im Riedgras am Flussufer fand, aber dieser Mistkerl Simlin hatte immerzu Geschichten über Kinder erzählt, die vom Flussschlamm verschluckt wurden und im Dreck ertranken.

Ich werde nicht ertrinken. Dafür war er inzwischen zu groß. Er war zu groß für den ganzen Mist hier.

Stattdessen versuchte Sedge, sich auf Vargo zu konzentrieren, nur um festzustellen, dass der Mann immer wieder aus seinem Blickfeld verschwand, wenn sich der Nebel um ihn herum verdichtete. »He! Haut ja nicht wieder ohne mich ab, verdammt!«, brüllte Sedge. Möglicherweise half es, denn Vargo wurde wieder fester und wirkte wie eine flackernde Flamme, die vor dem Wind geschützt war.

»Das bin ich nicht«, erwiderte Vargo. »Es ist das Reich der Gedanken. Wir befinden uns noch immer in Nadežra, aber die Traumaspekte, die wir sehen, sind nicht dieselben.«

»Dann besorgt ein Seil und bindet uns aneinander. Ich will Euch nicht verlieren, bevor wir Ren… ata gefunden haben. Die Alta, meine ich.«

Sedge gab sich große Mühe, den Versprecher zu verbergen, und schrak zusammen, als hätte er im Nebel etwas gesehen. Dann, als hätte er es heraufbeschworen, war da wirklich etwas und trieb durch den Nebel wie …

Denk nicht mal daran. »Nichts davon ist echt«, murmelte er und klammerte sich an diese Überzeugung.

Bis dieser elende Mistkerl Vargo fragte: »Erinnerst du dich an Hraček und Yurdan?«

Es war echt genug, um jemanden umzubringen. *Djek.* »Wir brauchen ein Seil.«

Das Schlimmste daran war, dass er beide Welten gleichzeitig sah, die wache und die Traumwelt. Um sie herum befanden sich Menschen – echte Menschen, nicht die nebelhaften Geister aus Ažerais' Traum –, aber durch den Nebel des verschleiernden Wassers fiel es schwer, sie auseinanderzuhalten, und dank der Asche waren beide fest, wenn Sedge gegen sie stieß. Er verließ sich allein auf seinen Instinkt, um vorwärts zu kommen, mit dem Grundriss von Nadežra eingeprägt in seinen Knochen.

Außerdem musste er in Symbolen denken. Das, was sich da zu seiner Linken erhob, musste das Privilegienhaus sein: ein Netz aus grauen und braunen und grünen und blauen

Seilen und ein schimmernder regenbogenfarbiger Faden – auch rot und weiß. Doch wenn er genauer hinschaute, waren diese Teile verschwunden. Aber es war ein Seil. Sedge nahm Vargos Arm und zerrte ihn in diese Richtung.

Sie hatten gerade erst den Platz erreicht, als ihr Weg doppelt durch lebendige Menschen und gesichtslose Geister versperrt wurde. Eine Reihe aus Falken hielt die Stufen, wobei einige menschlich waren, andere Steinstatuen und wiederum andere fedrige Raubvögel, die über der Menge schwebten.

Dann kamen Kreaturen, die monströser aussahen als Menschen oder Falken, die Stufen herunter – ein schleichender Schatten mit spinnenartigen Gliedmaßen, die Überreste von Leichen, die erhängt, verbrannt oder ertrunken waren, ausgestochene Augen, gespaltene Zungen, abgetrennte Glieder.

Sedge taumelte nach hinten und stieß gegen Vargo. »Was zum Henker ist das?«

»Das ist der Preis.« Vargo – der Mann, der stets die Ruhe bewahrte und sich zwar manchmal seinen Zorn anmerken ließ, aber nie irgendeine Art von Verletzlichkeit – konnte das Zittern seiner Stimme nicht verbergen. »Der Preis, den wir dafür bezahlen, in Nadežra zu überleben. Vergiss das Seil. Wir müssen hier weg.«

Sedge ließ sich von Vargo mitziehen. Das Seil, auf das er zugegangen war, hatte sich sowieso aufgelöst; stattdessen stand da nun ein rot getränkter Turm aus den Skeletten von Traumwebervögeln.

Er verlor die Orientierung, aber Vargo schien die Asche besser im Griff zu haben als Sedge. Ein plötzlicher Lichtstrahl, der von Hitze begleitet wurde, verwandelte den Nebel in ein Dampfbad; sie waren in Sonnenkreuz. Riesige Schatten, die über ihre Köpfe hinwegstrichen, waren Falken – echte Vögel, die hundertmal so groß waren wie üblich, als wären sie die mystischen Rocs aus den Geschichten von Ptolyev, dem Wanderer. Einer der Schatten wurde größer und größer und verdeckte das Sonnenlicht. »Runter!«, brüllte Sedge und warf Vargo zu Boden ...

... genau vor einen Wagen, und es war unwichtig, ob er echt war oder nicht, weil sie so oder so zerquetscht worden wären. Sedge stieß Vargo zur Seite und konnte sich im letzten Moment noch wegrollen.

Als der Wagen vorbei war, verstummte die Menge um sie herum. Es wurde zu still. Sedge stützte sich auf die Ellbogen und begriff, dass schlichtweg nichts mehr lebendig war, das ein Geräusch von sich geben konnte.

Da waren nur noch Leichen.

Wagenladungen voller Leichen, Haufen und einzelne im Rinnstein, als hätten sie in ihren letzten Augenblicken versucht, sich kriechend in Sicherheit zu bringen. Ihre Haut war von Pusteln übersät, ihre Nagelbetten geisterhaft blau. Der Gestank nach Erbrochenem drohte, ihn zu ersticken.

Dann entdeckte er Vargo, der inmitten der von der Seuche zerfressenen Leichen auf dem Hintern saß. Sein Gesicht war so blass wie das der Leute um ihn herum und beinahe ebenso wächsern. Sein Atem flatterte wie der eines Vogels und ging flach und schnell, aber abgesehen davon rührte sich der Mann nicht.

Sedge stolperte zu ihm, versuchte, den Traum und die wache Welt gleichzeitig zu sehen, und prallte von jemandem ab, der laut fluchte und ihn zu Boden stieß. Wenigstens saß er neben Vargo. »Na los, Boss – wir müssen weiter.«

Vargo regte sich nicht. Er starrte einfach weiter die Leichen an. Was immer ihn bis jetzt hatte durchhalten lassen, wirkte nicht länger.

Sedge fluchte laut. Vargo würde ihn später dafür umbringen, aber ... »Hoch mit Euch«, knurrte er, schlang Vargo einen Arm um die Brust und zerrte ihn auf die Beine. *Ein Gutes hat Asche – mein Handgelenk tut nicht mehr weh.* Der

Schmerz wirkte irgendwie weit entfernt, als wäre er nicht zusammen mit ihm im Traum.

Es war nicht schwer, den Mann hochzuhieven, doch Vargo trug sich ebenso schwer wie die Leichen, und seine Beine baumelten schlaff in der Luft, als Sedge mit ihm einige Schritte in Richtung Spitze machte.

Würdevoll oder effektiv? Im Allgemeinen legte Vargo auf beides großen Wert, wenn jedoch nur eins von beiden ging ...

Sedge verlagerte seinen Griff, ging in die Knie und stemmte die Schulter unter Vargo. Als er sich wieder aufrichtete, hing Vargo wie ein nasser Sack mit dem Hintern nach oben auf Sedges Rücken. So brachte er Sedge wenigstens nicht mehr aus dem Gleichgewicht. Mit grimmiger Miene machte sich Sedge auf den Weg zum Amphitheater.

Sie kamen an zwei weiteren Kreuzungen vorbei und mussten vor zwei Kampfhunden der Wache die Flucht ergreifen, die möglicherweise real waren, vielleicht aber auch nicht, als Vargos schnelles Atmen unverhofft durch ein Seufzen unterbrochen wurde, bei dem sein ganzer Körper erschauerte. Im Handumdrehen versteifte er den eben noch schlaffen Körper, und Sedge brauchte sein leises »Setz mich ab« eigentlich gar nicht, um stehen zu bleiben und Vargo auf die Beine zu stellen.

Schon riss er sich den Mantel vom Leib. Dieser landete an der Scheibe eines Geschäfts und die Knöpfe klapperten gegen das Glas. Die Weste folgte, und Sedge machte sich schon Sorgen, Vargo würde sich mitten auf der Straße ganz ausziehen, um die von Krankheiten durchseuchte Kleidung loszuwerden, als dieser in Hemdsärmeln und Hose verharrte.

Vargo atmete mehrmals tief und bewusst ein, schüttelte sich, straffte die Schultern und hob seine Ausrüstung vom Boden auf. Als er sich zu Sedge umdrehte, war es, als wäre nie etwas Nennenswertes geschehen.

»Gehen wir«, sagte er und marschierte den Hang zur Spitze hinauf.

Sedge wusste, dass es besser war, den Mund zu halten – ebenso jetzt wie später.

Der Hang war an sich nicht weiter schlimm, was daran liegen konnte, dass er zu steil und zu felsig war, als dass jemand darauf leben und ihn mit seinen Ängsten durchdringen konnte. Allerdings hörte Sedge vor sich Schreie auf Liganti und Vraszenianisch – irgendetwas über Bomben – und begriff erst, dass dies offenbar in der wachen Welt passierte, als keine Explosionen folgten. »Scheiße«, stieß er unwillkürlich hervor und brach so sein Schweigen. »Das Schwarzpulver ...«

Vargo hielt nicht inne, blickte jedoch über die Schulter in den undurchdringlichen Nebel, der den Rest der Insel verschluckt hatte. »Nicht im Privilegienhaus – im Amphitheater.« Er schüttelte den Kopf. »Serrado ist klüger, als ich dachte.«

Menschen rannten an ihnen vorbei – echte Menschen, dachte Sedge, und ein Falke, der viel zu hübsch war, schrie ihn und Vargo an, dass sie umkehren sollten, dass es dort nicht sicher war. *Wir wissen, dass es nicht sicher ist. Nur deshalb sind wir hier.* Er schob den hübschen Kerl beiseite und warf ihn dabei versehentlich um, da die Asche seine Fähigkeit, seine Kraft einzuschätzen, gewaltig beeinträchtigte.

Als sie die Spitze erklommen, ließen sie den Nebel hinter sich, und die Mauern des Amphitheaters ragten um sie herum auf. Im Westen ließ ein blutroter Dunst die untergehende Sonne erkennen.

Der Eingang des Haupttunnels ins Gebäude erschien wie ein Schlund, der erst Vargo und einen Augenblick später auch Sedge verschluckte. In der echten Welt gab es hier Lichtsteine, doch der Traum machte alles pechschwarz; beim

Übergang vom Tunnel auf die Tribüne war er durch das trübe Licht erst einmal desorientiert.

Sie befanden sich hoch genug, um einen guten Blick auf die Bühne des Amphitheaters zu haben. Und auch durch sie hindurch, da die Asche ihnen nicht nur die Bühne, sondern auch den Boden darunter enthüllte, der nur in Ažerais' Traum zu sehen war.

»Es ist noch nicht aktiv.« Vargo klang erleichtert.

»Was ist nicht aktiv?«, fragte Sedge, aber dann sah er es ebenfalls. Er hatte mit den hellen Kreidelinien gerechnet, die er normalerweise mit der Numinatria assoziierte, aber hier waren die Striche so dumpf, dass sie beinahe mit dem kargen Stein der Landschaft verschmolzen.

Außerdem hatte er zu klein gedacht. Fienola hatte nicht übertrieben: Das Numinat bedeckte die gesamte Fläche des Amphitheaters.

»Verdammt«, hauchte Sedge. »Könnt Ihr das wirklich in Ordnung bringen? Oder verhindern?«

Vargo legte eine Hand auf das Geländer, das die Bänke der einfachen Bevölkerung umgab, und sprang nach unten in die Logen der Adligen, um sich den Weg zur niedrigen Mauer am Rand der Bühne zu bahnen. »Wenn es nicht aktiv ist, dann ja. Ich muss nur herausfinden, wie ich runter auf die Bühne komme, und den Fokus entfernen, bevor ...«

Das leise Läuten der Glocken unten in der Stadt kennzeichnete den Übergang von den Sonnen- zu den Erdstunden. Sedge wusste, dass er sich nur einbildete, der Nebel würde dunkler werden, weil die Sonne am Horizont versank; die Frühlingssommersonnenwende war mehrere Wochen her und die Sonne würde erst in einer ganzen Weile untergehen.

In der wachen Welt traf das durchaus zu. Aber im Traum folgte auf den Klang der Glocken und das eingebildete Verdunkeln ein Aufflackern violettblauen Lichts in der Mitte des Amphitheaters: ein tiefer Teich aus herumwirbelndem

Schaum und Sternen, wie Sedge es nur aus Beschreibungen kannte ... weil er in der Nacht des großen Traums noch nie hier gewesen war.

Die Linien, die sich über die Bühne zogen, fingen das Licht ein und blitzten wie die violett-blau-grünen Schattierungen der Federn eines Traumwebers auf. Nein, sie schienen vielmehr in einem eigenen Licht zu strahlen, das hell genug war, um Sedges Augenlider von innen zu verbrennen. »Ihr ... Ihr könnt den Fokus doch noch entfernen und es aufhalten, oder?«, fragte er.

Vargo umklammerte das Geländer so fest, dass seine Knöchel weiß hervortraten, und auf seinem Gesicht flackerten abwechselnd das blaue Licht und Schatten, wann immer das Numinat pulsierte. »Die Quelle ist der Fokus. Das Ganze ist gerade ... sehr viel schwieriger geworden.«

Ein Zischen aus den Schatten am Fuß der Mauer schien sie zu verspotten.

Sedge kannte nur die Kindergeschichten und Rens Beschreibungen, aber er wusste sofort, was dieses Geräusch bedeutete. *Zlyzen.*

Vargo war so blass wie zuvor auf der Seuchenstraße. »Sehr viel schwieriger.«

Sedge ballte die Fäuste. Seine Knöchel, die in den vielen Jahren der Straßenkämpfe so einiges hatten aushalten müssen, knackten wie Feuerwerkskörper, und sein Handgelenk schmerzte entsetzlich. Der Schmerz mochte im Traum vergehen, kehrte jetzt allerdings mit voller Macht zurück. »Ihr tut, was Ihr tun müsst. Ich halte Euch den Rücken frei.«

* * *

*Das große Amphitheater,
Alte Insel: 35. Cyprilun*

Ren spürte den Augenblick, in dem sich der Traum veränderte.

Die Zeit war rasend schnell verstrichen – Sonne, Vollmonde, gar keine Monde –, aber sie hörte das leise Läuten der Glocken, und auf einmal herrschte Zwielicht und veränderte sich nicht mehr. Das Licht über der Spitze waberte violett, grün und mitternachtsblau wie eine Bake über einem Nebelmeer.

Die Quelle, dachte sie und bekam Panik. *Komme ich zu spät?*

Aber der Traum zersprang nicht und das Licht leuchtete weiter. Außerdem weigerte sie sich, einfach aufzugeben.

Als sie zur Spitze hinaufstieg, sickerten jedoch nach und nach Dinge durch. Keine Albträume oder Träume eines anderen Nadežra, sondern die wache Welt mit kreischenden Menschenmengen, die den Hang hinuntereilten, nur weg vom Amphitheater. Kurz fragte sie sich, ob man ihnen Asche gegeben hatte – ob dies eine weitere Nacht der Höllen werden würde –, aber nein. Irgendwie drang die wache Welt über die Grenze zwischen den Reichen.

Ren wich den Leuten aus und wand sich zwischen ihnen hindurch, wobei sie nicht wusste, ob diese Menschen für sie wirklich greifbar waren und wie es umgekehrt aussah. Dann sah sie ein Stück voraus eine sehr vertraute Gestalt.

Grey Serrado stand am Eingang des Tunnels zum Amphitheater, brüllte Anweisungen und scheuchte die Leute weg. Um hineinzugelangen, musste Ren an ihm vorbei.

Sie schloss die Augen und versuchte, den Traum durch ihren Willen dazu zu bringen, sie hindurchgehen zu lassen. Zu springen, wie sie es in der Nacht der Höllen getan hatte, um dorthin zu gelangen, wo sie sein musste. Aber als sie die Augen öffnete, stand sie noch immer draußen.

Allerdings war sie als Arenza verkleidet. Würde das ausreichen? Er hatte sie so nur ein Mal vor Monaten kurz gesehen und keinen Grund, eine Verbindung zwischen ihren Rollen herzustellen. Trotzdem war es ein Risiko ...

Die Welt erschauerte um sie herum, als hätte jemand gleichzeitig an jedem Faden des Gewebes gezupft. Ren fluchte. *Was soll ich nur tun? Ist mir meine Maskerade wichtiger als das hier?*

Nein. Vielleicht war das auch gar nicht notwendig.

Sie hatte sich im Traum schon einmal verändert und war von Renatas Dežera-Kostüm in vraszenianische Kleidung und zu ihrem natürlichen Erscheinungsbild gewechselt. Konnte sie das jetzt ausnutzen und sich ein anderes Aussehen verschaffen? Befand sie sich weit genug im Traum, dass das funktionierte?

Zögerlich fuhr Ren mit den Fingern durch die Fäden des Traums und zupfte sanft daran. Eine Maske – genau das brauchte sie. So etwas wie die Kapuze des Raben: Etwas, das die Angst und den fehlbaren Menschen darunter verbarg.

Etwas im Traum antwortete auf ihren Ruf ... aber nicht so, wie sie es erwartet hatte.

Schatten umflossen ihre Gliedmaßen und umgaben sie mit Dunkelheit. Es war nicht das Kostüm des Raben, wenngleich sie das einen Augenblick lang vermutete; stattdessen bestand es aus überlappenden Schichten aus schwarzer Seide und Leder, die wie die Blütenblätter einer Rose aussahen. Fäden erstreckten sich durch ihr Blickfeld und legten sich auf ihre Haut, bis sie eine Maske aus schwarzer Spitze trug, die sich unter ihren Fingern rau anfühlte, und sich Handschuhe um ihre Hände rankten.

Was habe ich da eben getan?

Ihr blieb keine Zeit, um groß darüber nachzudenken. Sie hatte sich verkleidet; das war alles, was zählte.

Die Welt erbebte abermals, diesmal heftiger. Sie stellte

ihre schwarzen Stiefel auf den Stein der Spitze und stürzte sich auf Serrado.

Die Überraschung gelang, sie traf ihn mit dem Becken und brachte ihn aus dem Gleichgewicht. Er versuchte noch, sie an der Schulter festzuhalten, rutschte jedoch vom Leder ab, und sein erschrockener Ausruf verhallte hinter Ren, die bereits vom Tunnel verschluckt wurde. Einen Herzschlag später tauchte sie in einer Explosion aus Licht in den Farben eines sterbenden Traumwebers wieder auf. Jemand kniete innerhalb der Linien eines Numinats und war nur anhand des weißen Hemds zu erkennen, das sich deutlich vor all der Farbe abhob, und jemand anders hastete um diese Person herum, wehrte Zlyzen ab und schleuderte sie in alle Richtungen davon.

Es war erst das sechste Jahr des Zyklus; das verschleiernde Wasser war angebrochen, jedoch nicht der große Traum. Die Quelle existierte nur in Ažerais' Traum – daher hatte das Numinat den Schleier zwischen den Reichen zerrissen und den Traum in die Realität stürzen lassen.

Innerhalb dieser Grenzen besaß die erwachende Welt keinerlei Substanz. Wie Erde, die am Rand eines Lochs zerbröckelte, lösten sich die Fäden, aus denen das Gewebe der Realität bestand, nach und nach auf, und die Ausdünnung breitete sich erst innerhalb des Amphitheaters und danach auf der ganzen Spitze aus. Was geschehen würde, wenn man sie nicht aufhielt, wusste Ren nicht – doch es würde bald auch nicht mehr von Bedeutung sein, wenn es nach Mettore ging. Die Quelle war mit Gewalt in die Realität versetzt worden und jetzt fragil und verwundbar.

Sie schimmerte in der Mitte der verschwundenen Bühne und stand nicht ganz in der Mitte des Numinats. Ren hörte ihr Lied in ihren Knochen: die Melodie von Ažerais, die aus einem tonlosen Summen bestand. Ihr Licht schimmerte klar und rein vor dem giftigen Glühen des Numinats.

Und jenseits dieses Lichts bemerkte sie Bewegungen. Drei Gestalten traten hinter der niedrigen Abdeckung hervor, die bei Auftritten als Bühnenhintergrund diente. Mettore Indestor, Mütterchen Lindwurm und Arkady, die sich in Mettores Griff wand.

Ren stürzte die Stufen hinunter, über das Geländer und an der Wand entlang zu Boden. Die in der Mitte des Numinats stehende Gestalt bewegte sich und streckte eine Hand aus, um eine Lücke in einer der Linien zu schaffen, und Ren durchfuhr ein eiskalter Schreck, als sie begriff, dass es Vargo war, dessen Gesicht sehr blass und konzentriert wirkte. Und die Person, die ihn verteidigte – das war Sedge, der sein Bestes gab, um die Zlyzen zurückzuhalten, damit Vargo arbeiten konnte.

»Verräterin.« Mütterchen Lindwurms Schnauben hallte laut durch das Amphitheater und drang vollkommen klar an Rens Ohren. »All meine Großzügigkeit, meine Güte – und du willst sie nicht. Aber ich weiß, wie ich dich brechen kann, meine Kleine. Ich werde dich brechen und wieder neu zusammensetzen, und dann wirst du mir eine anständige Tochter sein.«

Die umherwirbelnde Masse der Zlyzen schwoll an und toste von Vargo in Richtung Ren. Zwar nicht alle – aber genug und mehr als genug, und die einzige Waffe, die ihr zur Verfügung stand, um sie zurückzuhalten, war ein Wurfmesser.

Sie rannte auf Mettore und Arkady zu und betete darum, schneller zu sein als die Zlyzen, um zumindest das Mädchen befreien zu können. Doch dann legte sich eine Klaue wie ein Schraubstock um ihren Fußknöchel, woraufhin sie sich nach vorn überschlug; und auf einmal hatte sie das Gefühl, als würde ein Blitz über ihren Rücken rasen und eine schmerzhafte Brandspur hinterlassen. Jeder Muskel in ihrem Körper verkrampfte sich, und sie landete lang gestreckt auf der anderen Seite einer leuchtenden numinatrischen Linie und versuchte, Luft in die Lunge zu bekommen und ihre Beine wieder in Bewegung zu setzen, was ihr jedoch nicht gelingen wollte.

Das Zischen der Zlyzen umgab sie.

Auf einmal zuckte ein Schwert durch die Luft und schlug ein aufklaffendes Maul voller scharfer Zähne zur Seite, das sich gerade in Rens Arm verbeißen wollte. Vor ihren Augen wurde es schwarz; und sie brauchte einen Moment, bis sie begriffen hatte, dass sie nicht etwa ihr Sehvermögen verlor, sondern einen langen, umherwirbelnden Umhang vor sich hatte.

Der Rabe stand über ihr.

»Und es heißt, ich wäre leichtsinnig.« Er reichte ihr eine behandschuhte Hand. »Kannst du aufstehen?«

Mit seiner Hilfe und etwas Willenskraft konnte sie ihre Muskeln erneut nutzen. »Sie wollen Arkady in die Quelle werfen«, stieß sie keuchend hervor.

Aber Arkady wehrte sich. Mettore hatte beide Arme um ihre dünne Taille gelegt und hob sie in die Luft, doch da sie wild mit den Beinen um sich trat, brachte sie ihn aus dem Gleichgewicht, und einer seiner Stiefelabsätze landete auf dem Rand einer Linie. Ren beobachtete, wie dieselbe blitzartige Energie auch durch seinen Körper schoss und er zusammen mit Arkady auf den Boden krachte.

»Nicht auf die beschissenen Linien treten!«, schrie Vargo, ohne von dem aufzublicken, was er da gerade tat.

»Und es heißt, ich wäre unhöflich«, murmelte der Rabe und stieß einem Zlyzen seine Klinge in die Flanke.

Der Rabe. Und Vargo.

Wenn er nicht an zwei Orten gleichzeitig sein konnte, hatte sie sich geirrt. Wieder einmal.

Der Rabe warf einen schnellen Blick auf Arkady, die dem liegenden Mettore gegen den Kopf trat, um dann Reißaus zu nehmen, wobei ihr mehrere Zlyzen auf den Fersen blieben. »Es wird nicht leicht, zu ihnen zu gelangen. Hast du eine Waffe?«

Sie stieß ein atemloses Lachen aus und hielt ihr letztes Wurfmesser hoch.

Er räusperte sich, als müsste er sich ebenfalls ein Lachen verkneifen. »Ein beeindruckender Dorn, edle Rose. Aber vielleicht solltest du mir die Feinarbeit überlassen und dich derweil um die Würmer kümmern.« Er deutete mit dem Kopf auf Mütterchen Lindwurm, die hinter Arkady hermarschierte.

»Mit Vergnügen«, erwiderte Ren und lief los – achtete diesmal aber darauf, nicht auf die beschissenen Linien zu treten.

* * *

Das große Amphitheater, Alte Insel: 35. Cyprilun

Kaius Rex hatte mehrere Jahrzehnte lang versucht, Ažerais' Quelle zu zerstören. Glaubte Mettore Indestor allen Ernstes, ihm könne gelingen, woran der Tyrann gescheitert war?

Angesichts des leuchtenden Numinats vor ihm musste Vargo diese Möglichkeit in Betracht ziehen. Er hatte mehrere kostbare Augenblicke damit vergeudet, es anzustarren – nicht aus Angst, sagte er sich, sondern weil er das verdammte Ding verstehen musste. Alles daran war falsch, vom dezentrierten Dekagramm um die Quelle bis hin zu den anderen Numina, Tuat bis Ninat entlang der Spirale in Erdrichtung gegeninskribiert und zurückkommend zu Illi, dem *Einen-das-alles-ist*, bis hin zur Außenumrandung, die nicht einmal als Kreis, sondern als Dekagon ausgeführt worden war.

Da war es kein Wunder, dass Vargo spüren konnte, wie sich der Einfluss des Numinats nach außen ausbreitete: Breccone Indestris war verrückt genug gewesen, es ohne einen Kreis zur Eindämmung seiner Macht anzufertigen. Mit jedem Pulsieren des von der Quelle ausgehenden Lichts löste sich die Welt weiter auf, zerfetzte Traum in Realität und abermals in Traum. Es wirkte beinahe, als hätte die ganze Welt Asche genommen.

Noch nicht – aber wenn dieses Numinat nicht zerstört wird ...

::Ich leite dich::, sagte Alsius, dessen Stimme das Einzige war, was Vargo half, sich der Asche zu widersetzen.

Es blieb zu hoffen, dass seine Hilfe ausreichen würde. Vargo erklomm die niedrige Mauer und wartete, bis Sedge neben ihm kauerte. Auf Vargos Signal sprangen sie in das sich zusammenrottende Rudel aus Zlyzen und erhoben sich Rücken an Rücken, um mit herumwirbelnden Armen und zustoßenden Knien anzugreifen.

»Dieses Ding wird durch nichts eingedämmt, also halt dich bloß von den Linien fern«, warnte Vargo Sedge, als sie sich einen Weg durch die Zlyzen bahnten, die den Weg zum Rand des Numinats versperrten.

»Linien?« Sedge riss die Augen auf, als er begriff, was Vargo meinte. Vargo wappnete sich und machte einen Schritt über das Dekagon. Fluchend schleuderte Sedge einen Zlyzen gegen zwei andere und folgte ihm.

Sedge war stark, und seine Kraft wurde durch die Asche noch verstärkt, und er wäre auch keine von Vargos Fäusten, wenn er nicht in gleichem Maße Muskeln, Verstand und Loyalität besessen hätte. Dennoch zögerte Vargo und machte sich nicht sogleich an die Arbeit. Darauf zu vertrauen, dass ihn jemand vor den albtraumhungrigen Zlyzen beschützte, war ein Wagnis, da Vargo ganz genau wusste, dass sie in seinem Kopf ein wahres Festmahl erwartete.

Er hat deinen Arsch aus der Seuchenstadt geschleift. Außerdem hast du wohl kaum eine andere Wahl.

Notgedrungen suchte er in seiner Tasche nach einem Lappen und einer Flasche mit Terpentin und wanderte an den pulsierenden Linien entlang, um das letzte Numen der Spirale zu finden. Ninat. Selbstverständlich: Um dieses Werk zu beenden, musste er mit dem Numen der Enden anfangen.

Sein erster Versuch, einen der Punkte des Nonagramms wegzuwischen, wurde mit einem grellweißen Schock belohnt, und ein stechender Schmerz ließen Vargo Tuch und Flasche loslassen und heftig taumeln. Sedge, der mit einem der Zlyzen rang, schaffte es irgendwie, ihm seine Werkzeuge mit dem Fuß wieder zuzuschieben.

::Willst du warten, bis der Impuls schwächer wird?::, schlug Alsius vor.

Vargo blinzelte mehrmals schnell in dem sinnlosen Versuch, die schwarzen Punkte vor seinen Augen zu vertreiben, krempelte sich die Ärmel hoch und wartete auf einen schwächeren Moment, um es erneut zu versuchen. Die Linie ließ sich viel zu leicht säubern und danach waren seine Hände voller roter Flecken. *Das ist keine Farbe.*

::Blut?::

Traumweberblut. Nun wunderte er sich nicht mehr darüber, dass der Kadaver am Labyrinth blutleer gewesen war. Wie viele Vögel hatten sterben müssen, um dieses Gebilde zu erschaffen? Vargo schluckte schwer, da ihm die Galle hochkam, bevor er sich entlang der Spirale in Erdrichtung zu Noctat vorarbeitete. Tanaquis hatte das Numinat als beeindruckend bezeichnet. Er hielt es eher für reinen Wahnsinn.

Und er musste ebenfalls wahnsinnig sein, dass er hier kniete wie ein Hausmädchen, das den Boden schrubbte, anstatt wie ein Mann mit auch nur einem Hauch von Selbsterhaltungstrieb zuzusehen, dass er von hier wegkam. Dies war nicht das, womit er gerechnet hatte, nicht einmal ansatzweise, als er sich für Indestors Untergang als Weg zum Erreichen seiner eigenen Ziele entschieden hatte. Jetzt blieb ihm nur noch zu hoffen, dass es sich letzten Endes auszahlen würde.

Als der Kreislauf den nächsten schwächeren Moment erreichte, schrubbte er weiter, bis das Numinat unverhofft aufflackerte. Seine Muskeln zogen sich schmerzhaft zusammen, und nur durch reines Glück gelang es ihm, nicht auf dem Gebilde vor sich zusammenzusacken. Während er noch versuchte, wieder richtig zu sich zu kommen und die Finger zu öffnen, um das Tuch fallen zu lassen, ging das verdammte Ding schon wieder hoch.

»Nicht auf die beschissenen Linien treten!«, fuhr er Sedge an. Der Schutz vor den Zlyzen würde ihm rein gar nichts nützen, wenn Sedge ihn stattdessen durch die Numinatria grillte.

Eine Schimpftirade ließ ihn erkennen, dass es offenbar gar nicht Sedges Schuld gewesen war, was Vargo jedoch nicht weiter scherte. Er hatte Ninat, Noctat, Sebat und Sessat geschafft; fehlten nur noch vier. Wann immer er ein Numinat tilgte, schien das Licht der Quelle heller zu werden, als würde er sie von den Ketten befreien, die ihr angelegt worden waren. Allerdings wurde die Spirale zur Mitte hin enger, sodass er weniger Platz zum Manövrieren hatte, zudem machten ihm jetzt nicht nur die Zlyzen und Sedge das Leben schwer: Es waren noch weitere Personen aufgetaucht, die über die Linien sprangen, und Vargo hätte sie am liebsten alle angeschrien, dass sie doch mal für eine gottverdammte Minute aufhören sollten, sich zu bewegen, damit er in Ruhe arbeiten konnte.

Plötzlich raste Feuer über seinen Rücken. Sein Schrei ergänzte den von Alsius, der durch seinen Kopf hallte. Vargo krümmte sich und versuchte, das herunterzureißen, was ihn da attackierte. *Weg damit! Weg damit!*

Noch mehr entsetzliche Schmerzen. Seine Angst machte alles noch schlimmer.

»Sedge!« Doch es kam keine Hilfe. Irgendwie schaffte es Vargo, sich so nach vorn zu bewegen und zu drehen, dass der Zlyzen dort über die Spirale fiel, wo sie durch ein gebrochenes Quinat führte. Die Kreatur zuckte und bohrte die Krallen tiefer in Vargos Schultern, ließ ihn dann aber los und kroch davon. Vargos Arme zitterten bei dem Versuch, sich hochzustemmen. Etwas flatterte gegen den stechenden Schmerz auf seinem Rücken, und er konnte nur hoffen, dass es sein Hemd und nicht seine zerfetzte Haut war. »Sedge?«

::Er ist – Du musst hier weg, Vargo. Da kommen immer mehr dieser Kreaturen.::

Zlyzen. Vargo sah nicht hin – er wollte nicht hinsehen. *Leg einen roten Faden um dein Bett …* Das alte Lied ging ihm im Takt des Pulsierens der Quelle durch den Kopf. Rot umringte ihn, sein Blut, Traumweberblut. Es musste reichen. Er hatte noch nie jemanden gehabt, der einen Faden für ihn auslegte. Er war schon immer allein gewesen.

::Ich bin hier. Bitte – Vargo …::

»Ich kann nicht einfach so gehen. Ich bin noch nicht fertig. *Wir* sind noch nicht fertig.« Sein Rücken brannte, als er nach dem Tuch griff, das er fallen gelassen hatte, und an der Spirale entlang zu Quarat kroch.

Dies war ein Echo der leichtsinnigen Dummheit, die ihn zu Beginn der Unruhen überkommen hatte, nur dass er diesmal ganz allein selbst schuld war. Eintausend Mal in seinem Leben hätte er aufgeben können und doch mit seinem und dem Blut anderer dafür bezahlt, es bis zum Ende durchzustehen. Weil er einen Plan hatte. Ein Versprechen halten musste. Und er würde alles niederstechen und umhauen, was ihn davon abhalten wollte.

Quarat. Die Quelle leuchtete abermals auf. Der nächste Zlyzen sprang ihn an, aber Alsius warnte ihn, sodass sich

Vargo rechtzeitig ducken und ihn über die Linien schleudern konnte. Tricat. Die Energie dieses Numens pulsierte wild und nicht im Einklang mit den anderen, sie verbrannte ihm die Hand, als er es wegwischte. Tuat ...

Ein kaltes Gewicht landete auf seinem Rücken und drückte ihn zu Boden. Diesmal hatte er keine Chance, sich irgendwie wegzurollen. Die Klauen bohrten sich in seine Haut, Zähne stießen gegen seine Schulterknochen und die Linien von Tuats Vesica piscis waren außer Reichweite. Vargo schrie und versuchte mit der freien Hand vergeblich, den Zlyzen irgendwie zu fassen zu kriegen.

Bis es auf einmal wunderbarerweise aufhörte.

Er spürte, wie die Klauen herausgezogen wurden, die Zähne verschwanden – und dann war der Zlyzen weg, und Vargo lag blutend und gebrochen auf dem Boden.

Aber er war noch nicht am Ende.

Obwohl vor seinen Augen alles verschwamm, sah sich Vargo nach seinem Tuch um. Da lag es, ganz in der Nähe seiner Hand. Zu weit entfernt ... bis Alsius es weit genug vorschob, dass er den Rand berühren konnte.

Bring es zu Ende, sagte eine Stimme.

Er war nicht allein. Vargo kämpfte gegen die Dunkelheit an, die ihn zu übermannen drohte, und kroch weiter.

* * *

Das große Amphitheater, Alte Insel: 35. Cyprilun

Es war genau wie in der Nacht der Höllen: ein Messer in der Hand, den Raben an ihrer Seite und ein Rudel zuschnappender und krallenschwingender Zlyzen um sie herum.

Mit der Ausnahme, dass dieser Rabe der echte war und dass sein Schwert im funkelnden Licht silbern aufblitzte. Die

Quelle war ein strahlender Teich sich kräuselnden Wassers und keine leere, trockene Grube. Und Ren ...

Sie hatte noch immer Angst. Aber diesmal gab es in ihrem Inneren mehr als nur simple animalische Furcht.

Mütterchen Lindwurm hatte Arkady in ihrer Gewalt und dem Mädchen beide Arme auf den Rücken gedreht, um sie so festzuhalten, dass sie nicht zutreten konnte. Vargo arbeitete sich entlang der Spirale nach innen vor, und die Quelle leuchtete jedes Mal auf, wenn er eine Linie weggewischt hatte – doch nach Rens Meinung waren noch zu viele Numina vorhanden, außerdem hatte sie keine Ahnung, ob er dadurch den Zusammenbruch aufhalten und die Grenze zwischen den Welten wiederherstellen konnte, damit die Quelle sicher war. Arkady und sie hatten beide Asche bekommen; vielleicht blieben sie im Traum und stellten weiterhin eine Gefahr dar. Wenn sie der Quelle zu nahe kämen, reichte ein kleiner Schubser, damit Arkady hineinfiel – oder Ren.

Sie glaubte nicht, dass Mettore sie erkannte. Er sah nur jemanden, der sich einmischte, und sprang auf. Am Kopf hatte er eine Wunde und Blut lief ihm ins Auge.

»Ich mach euch verdammten Stechmücken den Garaus. Verschwindet aus meiner Stadt!«

Hinter ihrer Spitzenmaske schürzte Ren die Lippen. »Es ist unsere Stadt, du kreidegesichtiger Mistkerl.«

Als Mettore auf sie zustürzte, trat ihm der Rabe in den Weg. Ihre Klingen kreuzten sich, bis die Parierstangen lautstark aufeinanderprallten. »Bring das Mädchen hier weg«, rief ihr der Rabe über die Schulter zu. »Bevor die Zlyzen ...«

Mehr Zeit blieb ihm nicht. Mettores Faust zielte auf seine Kapuze. Der Rabe duckte sich und trat ihm in den Bauch, und das Duell begann.

Somit blieb es Ren überlassen, Mütterchen Lindwurm aufzuhalten. Arkady wehrte sich mit all ihrer durch die Asche verstärkten Kraft, was gegen die alte Frau noch lange nicht reichte. Ondrakja hatte viele Jahre Erfahrung darin, Kinder zu kontrollieren, und sie brauchte Arkady nur lebend, aber nicht unverletzt. Daher schnaubte sie ungeduldig und blieb lange genug stehen, um Arkady mehrmals zu schlagen, bis das Mädchen benommen in ihren Armen hing.

Ren sprang über das Numinat und versuchte, nicht auf die Linien zu treten. Da der Rabe sie jedoch nicht länger auf Abstand hielt, stürmten nun die Zlyzen vor, und ihr winziges Messer hatte nun mal nicht dieselbe Reichweite wie sein Schwert. Hier im Traum schützte Asche sie nicht vor Schmerzen. Als eine Klaue sie am Oberschenkel traf, tat es daher entsetzlich weh.

Sedge rammte den Zlyzen von der Seite und schleuderte ihn über den Boden. Dabei stürzten sie jedoch beide auf das Numinat und ihre Körper zuckten, als die Energie durch sie hindurchströmte. Er hatte Ren zwar Zeit verschafft, dafür jedoch Vargo im Stich gelassen; Vargos weißes Hemd bekam rote Flecken, als eine der Kreaturen auf seinen Rücken einschlug. Der Rabe war mit Mettore beschäftigt, Sedge zuckte noch immer, und Ren war die Einzige, die zwischen Mütterchen Lindwurm und der Quelle stand.

Sie spürte die Energie lautlos in ihrem Rücken dahinströmen. Das hätte in der Tat beruhigend sein können ... wäre sie selbst für die Quelle nicht eine ebenso große Gefahr gewesen wie Arkady.

Was Mütterchen Lindwurm natürlich ganz genau wusste. Sie ließ den schlaffen Körper des Mädchens zu ihren Füßen fallen und verzog die fleckigen Lippen zu einer Grimasse, bei der sie ihre vielen Zahnlücken zeigte. »Du bist zurückgekommen. So wie immer. Nachdem du mich vergiftet hattest, nachdem ich dich vergiftet hatte, nachdem du in den Tiefen davongelaufen bist, bis heute. Oder bist du etwa deswegen hier?« Sie bohrte einen langen Fingernagel unter ihre vielen Lumpenschichten, zog das Acrenix-Medaillon hervor und ließ es von ihrem Finger herabbaumeln, als wollte sie eine Katze anlocken.

Je länger Ren die alte Vettel ablenkte, desto länger wäre die Quelle sicher. Vargo bewegte sich noch immer und hatte das auf den Stein gemalte pulsierende Tricat fast erreicht. Doch obwohl sich Sedge endlich vom Numinat hatte lösen können, war er noch immer nicht wieder aufgestanden.

Ich muss sie am Reden halten.

»Ich bin wegen der Quelle zurückgekommen«, erwiderte Ren mit zittriger Stimme. »Wegen Ažerais' Traum. Wegen meines Volkes.«

Mütterchen Lindwurms Keckern hallte beinahe wie etwas Körperliches durch die Luft und durchdrang sowohl Traum als auch Realität. »Dein Volk? Was für ein Volk soll das sein? Du hast keinen Koszenie, der von deiner Sippe erzählt. Du hast keine Sippe.« Sie kam Schritt für Schritt näher und zog Arkady fast schon beiläufig mit. »Deine Mutter wurde deinetwegen verstoßen. Deine Mutter ist deinetwegen gestorben. Und jetzt? Jetzt lässt du zu, dass sich deine Freunde für dich opfern.« Ihr Blick ging an Rens Schulter vorbei zu der Stelle, an der Sedge noch immer reglos lag. »Wenn wir hier fertig sind, wird ganz Nadežra, ganz Vraszan wissen, dass du die Quelle zerstört hast. Dann hast du überhaupt nichts mehr.«

Rens Kehle war wie zugeschnürt. Sie wollte widersprechen, ihr sagen, dass das alles Lügen waren ... aber Mütterchen Lindwurm – Ondrakja – hatte schon immer gewusst, wie sie den Menschen um sich herum wehtun konnte. Sie waren trotzdem bei ihr geblieben, weil sie die Bande ihres Knotens festhielten und weil sie zu jung und zu verletzlich waren, um es besser zu wissen.

Die alte Frau trug noch immer ihren Knotentalisman um den Hals, der sich in der Kette des Medaillons verfangen hatte. Er war fleckig und starrte vor Dreck, aber noch immer als Symbol des Fadens zu erkennen, der sie an ihre Finger band.

Fäden.

Das Licht der Quelle wurde erneut heller, als Vargo die nächste Linie durchbrach. In diesem Moment bemerkte Ren etwas, das in der Luft flimmerte wie Staubkörnchen im Sonnenlicht.

Linien: nicht die geometrische Präzision des Numinats, nicht der geschwungene Pfad des uralten Labyrinths, das noch immer schwach auf dem Stein zu erkennen war, obwohl der Tyrann es hatte wegmeißeln lassen. Linien zwischen Menschen. Eine dicke von Ren zu Sedge, schwächere von Ren zum Raben und vom Raben zu Arkady. Etwas Mächtiges von Vargo, sogar noch dicker als die zwischen Ren und Sedge, doch sie konnte nicht erkennen, wohin sie führte; dann noch eine von ihm zu Ren. Der silberne Faden, den er geschaffen hatte, um ihren Geist aus dem Traum zu befreien.

Und eine Linie von Mütterchen Lindwurm zu einem der Zlyzen.

Alle Zlyzen waren miteinander verbunden, aber der Faden zu Mütterchen Lindwurm sah anders aus. Da Ren die ganze Zeit versucht hatte, die Zlyzen nicht anzusehen, war ihr der verknotete Talisman entgangen, den der Zlyzen um den Hals trug, wobei die Enden der Kordel durch ein Stück groben Fadens verlängert worden waren. Sie hatte diesen Talisman seit fünf Jahren nicht mehr gesehen, erkannte ihn aber auf Anhieb wieder – denn sie wusste noch genau, wie sie ihn Ondrakja vor die Füße geworfen hatte.

Sie sind ihr Knoten.

Der Zlyzen mit dem Talisman sprang auf Vargos Rücken, drückte ihn auf den Stein, bleckte die Zähne und fuhr die Krallen aus. Der Rabe war zu weit entfernt und in den Kampf gegen Indestor verwickelt; Arkady und Sedge schienen beide bewusstlos zu sein. Und Ren konnte nicht gegen Mütterchen Lindwurm kämpfen.

Aber sie konnte lügen.

»Du hast recht.« Ren sank auf die Knie und sprach mit brechender Stimme weiter. »Ich ... ich habe niemanden. Nicht mehr. Kein Knoten dieser Stadt wird mich aufnehmen, nicht nach dem, was ich dir angetan habe.« Sie stieß ein verbittertes Lachen aus. »Selbst die Traementis wollen mich nicht. Meinetwegen musste ihr Sohn sterben. Ich habe niemanden mehr.«

Sie blickte zu Mütterchen Lindwurm auf. »Ondrakja. Bitte. Nimm mich wieder auf.«

Ondrakja verharrte und kniff misstrauisch die Augen zusammen. »Du weißt, dass du mich nicht anlügen kannst. Ich weiß immer, wann du lügst. Mir ist klar, was du willst«, sagte sie – und machte dennoch einen Schritt auf sie zu, schien bei jedem Atemzug interessierter zu sein.

»Es ist keine Lüge«, flüsterte Ren. »Ich werde den Eid ablegen. Du hast mir schon Asche gegeben – ich bin bereit.«

»Dadurch wirst du deine Quelle nicht retten«, entgegnete Ondrakja leise, wobei ihr der Speichel von den Lippen flog.

Aber sie reichte Ren eine Hand zum Schwur.

Ren verschränkte die Finger mit Ondrakjas verdrehter Klaue und sah der Frau in die Augen. »Jeglicher Groll ist vergessen. Deine Geheimnisse sind meine und meine sind deine. Wir sind einander nichts schuldig.«

Jedes einzelne Wort verursachte ihr Übelkeit. Aber sie hatte sich bereits vor Jahren entschieden, ihren Bruder über ihren Knoten zu stellen. Und Ren würde diese Blasphemie jederzeit wieder begehen, um Sedge zu retten, um die Quelle zu retten – um alles zu retten.

Sie konnte einen guten Blick auf Ondrakjas spitze Zähne werfen, und ihr fauler Atem wehte ihr ins Gesicht, als die alte Frau Ren lachend auf die Beine und näher zu sich heranzog. »Ja. Wir werden wieder sein wie ...«

Die Freude war nur von kurzer Dauer. Mütterchen Lindwurm versuchte, ihre Hände voneinander zu lösen, um sich zu befreien, und bemerkte viel zu spät, was Ren vorhatte.

Es entsprach durchaus der Wahrheit, dass sich Ren dem Knoten wieder anschließen wollte. Aber nur, damit sie ihn benutzen konnte.

Sie legte die Finger um die Kordel des Talismans und zog sie von Mütterchen Lindwurms Hals. Das Acrenix-Medaillon fiel klappernd auf den Steinboden, und Ren drehte sich im Griff der Alten und konzentrierte sich allein auf den Zlyzen, der Vargo in Stücke reißen wollte.

Auf den Zlyzen und den Faden, der zum ihm führte. Ren packte diesen Faden und zog daran.

Der Zlyzen hob den Kopf. Wie ein Hund, der auf eine Anweisung seines Frauchens reagiert, sprang er von Vargo und huschte auf Ren zu, die Mütterchen Lindwurm gerade noch rechtzeitig den Arm entriss, um den Talisman über die Klinge ihres Wurfmessers zu legen und die fleckige, vor Dreck starrende Kordel zu durchtrennen.

»Ich schneide dich raus«, fauchte Ren Mütterchen Lindwurm ins Gesicht. »Du bist nicht länger Teil dieses Knotens.«

Mütterchen Lindwurm legte einen Arm um Rens Kehle, allerdings einen Herzschlag zu spät, um diese Worte zu verhindern. Vor Rens Augen flackerte es weiß, als ihr die Luft und das Blut abgedrückt wurden – doch die Zlyzen erschauerten wie erwachende Hunde und starrten Mütterchen Lindwurm mit ihren schädeldunklen Augen voller wilder Intensität an. Daraufhin ließ sie Ren los und streckte die Arme nach ihnen aus, um mit den Fingernägeln wie mit Käferflügeln zu klackern. »Meine Lieblinge, meine Kinder.«

Der nächste Zlyzen schnappte nach ihr, als ihre Fingernägel seine Seite berührten. Rasch zog sie die Hand zurück. »Nein. Nein, das willst du doch gar nicht. du ... du hast Hunger, nicht wahr? Ich habe hier ein Kind ...«

Ren taumelte nach hinten und rang nach Luft. Ihr war, als würde sie Ondrakja inmitten der Finger sehen, die verzweifelt versuchten, sie zu besänftigen, weil sie gerade einen ihrer Wutausbrüche hatte – nur umgekehrt. Mütterchen Lindwurm plapperte immer weiter, während sich die Zlyzen versammelten, näher und näher kamen und von Vargo und Sedge abließen. Der Rabe ließ Mettore mit einem Stoß gegen die Schläfe zu Boden gehen und wollte auf Ren zulaufen, doch sie hielt ihn mit erhobener Hand davon ab.

Mütterchen Lindwurm zog sich noch weiter zurück und tastete hinter sich, als wollte sie Arkady packen. Stattdessen stellte ihr Arkady jedoch ein Bein, und sie fiel nach hinten und wäre beinahe in die Quelle gestürzt.

Auf so eine Gelegenheit hatten die Zlyzen gewartet. So lautlos, dass es an Schaurigkeit kaum zu überbieten war, fielen sie über sie her: Lumpen und Fleisch und Blut und Knochen; sie zerfetzten sie mit der grausamen Unbekümmertheit von Kindern, die von den Banden der Zivilisation befreit worden waren.

Ren wandte den Blick ab; sie konnte schlichtweg nicht hinsehen – und bemerkte dabei, dass sich Vargo nicht bewegte.

Er lag auf der anderen Seite der Quelle hinter Mütterchen Lindwurm und den Zlyzen und etwas über eine Armeslänge vom letzten Numinat entfernt. Verzweifelt legte Ren eine Hand auf die Linie, die sie beide verband, flößte dem Faden ihre ganze Kraft ein und schrie: *Bring es zu Ende.*

Inmitten der durchbrochenen Linien des Numinats regte sich Vargo. Er kroch das letzte Stück zum finalen Numen ... und wischte einen Teil davon weg.

Das giftige Licht erlosch.

Nur die Quelle leuchtete noch hell und rein – um dann zu verblassen, als sich der Schleier zwischen den Welten wieder senkte und die wache Welt wiederhergestellt wurde.

Genau wie der Stein der Bühne über ihren Köpfen.

Ren eilte zu Arkady, und ihre durch die Asche gesteigerte Kraft ermöglichte es ihr, sich das Mädchen über die Schulter zu werfen. Dann zu Sedge, dessen massige Gestalt sie eigentlich nicht hätte bewegen können. Der Rabe packte Vargos schlaffen, blutüberströmten Körper und – nach einem kurzen Zögern, das ihr beinahe entgangen wäre – auch Mettore Indestor.

Seite an Seite hasteten sie zum festen Teil des Fußbodens und an den Grenzen des zerstörten Numinats vorbei. Einen Moment, bevor die Quelle endgültig verschwand, drehte sich Ren noch einmal um und warf den durchtrennten Knotentalisman in Richtung der Überreste von Mütterchen Lindwurm.

Die Zlyzen sahen Ren an – und dann waren sie auch schon verschwunden.

11

DAS GESICHT DES GLEICHGEWICHTS

Die Spitze: 35. Cyprilun

Ren zog sich über die Mauer, die die untersten Plätze von der Bühne trennte, und klammerte sich einen Moment oben fest, da sie am liebsten einfach zusammenbrechen wollte. Doch der Rabe stemmte Sedge zu ihr hoch, gefolgt von Vargo und Mettore. Schließlich packte er sich die benommene, schniefende Arkady auf den Rücken und kletterte ebenfalls über die Mauer.

Währenddessen wanderte Rens Blick von ihrem Wurfmesser zu dem bewusstlosen Mettore. Sie wusste nur zu gut, wie oft Geld und Macht die Schuldigen in Nadežra schützten. Die Messerschneide bohrte sich in ihre Finger: Die Klinge war klein, reichte jedoch aus, um jemandem die Kehle durchzuschneiden.

Bevor sie sich jedoch zu etwas durchringen konnte, stand der Rabe vor ihr und legte seine behandschuhte Rechte auf ihre. »Wir töten nicht«, sagte er leise.

Sie spannte unter der Spitzenmaske die Kiefermuskeln an. *Du vielleicht nicht.*

Sie hatte Ondrakja getötet. Zwar konnte sie sich einreden, dass das erste Mal nicht zählte, da die Frau überlebt hatte. Aber schon damals war die Mordlust in Rens Herz vorherrschend gewesen, genau wie heute, als sie gelächelt, gelogen und gefleht hatte, um wieder in den Knoten aufgenommen zu werden. *Jetzt bin ich eine zweifache Mörderin und knotendurchtrennende Verräterin.*

»Ich weiß«, wisperte sie. »Aber ...«

»Aber wie sollen wir dafür sorgen, dass er für das, was er getan hat und tun wollte, zur Rechenschaft gezogen wird? Mit dieser Frage schlage ich mich seit zwei Jahrhunderten herum.« Er ballte die Hand zur Faust und ließ sie sinken. In seinem Seufzen schwang jahrelanges Bedauern mit. »Wenn du einen Vorschlag hast, bin ich ganz Ohr.«

Ren blickte auf Mettore hinab. Sie konnte ihn töten; zu behaupten, sie würde es nicht über sich bringen, wäre gelogen.

Aber sie wollte nicht an diesen kalten, leeren Ort zurück, an dem sie morden und es als Gerechtigkeit bezeichnen konnte.

Gerechtigkeit.

Ihr Blick zuckte nach oben zu dem Schatten unter der Kapuze des Raben. »Überlassen wir ihn den vraszenianischen Clananführern.«

In dem darauf folgenden Schweigen befürchtete sie schon, er würde sie ihres Vorschlags wegen auslachen. Zwar lachte er durchaus, doch darin schwang Bewunderung mit. »Du trägst die Maske von Ažerais' Rose, aber ich glaube, du bist eher wie die kluge Natalya. Ja. Ich bringe ihn zu den Ältesten, und dann kann der Cinquerat gern versuchen, ihn vor *ihrer* Gerechtigkeit zu retten.«

Der Rabe packte einen Arm und ein Bein des bewusstlosen Mettore und warf ihn sich über die Schulter. »Außerdem werde ich sicherstellen, dass er keine Geheimnisse ausplaudert, die besser gewahrt bleiben.«

Rens Blick fiel auf Arkady, die sich jetzt in der Ecke der Adligenloge ganz klein machte und sie mit großen Augen anstarrte. Arkady wusste nicht, dass Ren Renata war ... hatte jedoch gesehen, wie Ren verschwand.

Die Kapuze des Raben bewegte sich, als er Rens Blick folgte. »Ich glaube, hier kennt jeder den Wert eines bewahrten Geheimnisses«, bemerkte er.

Arkady kniff berechnend die Augen zusammen. Ren konnte beinahe sehen, wie sie die zerfetzten Überreste ihres Straßendraufgängertums zusammenklaubte, um das Staunen eines Kindes in Gegenwart einer alten Legende zu überdecken ... und angesichts der Blicke, die sie Ren zuwarf, auch in Gegenwart einer neuen.

»Ja, ich weiß, wann ich reden und wann ich die Klappe halten muss«, sagte sie und stand auf. »Wär echt nicht gut für mich, wenn die Leute glauben würden, ich plappere wie ein Kind.« Sie warf Ren einen warnenden Blick zu. »Nicht dass ich eins wäre.«

Offenbar hatte auch Arkady Bones so ihre Geheimnisse. Ren musste sich das Lachen verkneifen. »Natürlich nicht.«

Ein Lächeln schien unter der Kapuze des Raben aufzublitzen. »Möge Ažerais dich segnen, edle Rose. Und danke.«

Sie sah ihm nicht nach, sondern wandte sich Sedge zu, der stöhnend aufwachte. Vargo war noch immer bewusstlos und viel schwerer verletzt, als Ren bisher geglaubt hatte. Aber sein Herz schlug stetig, und als ein Geräusch am Eingang des Amphitheaters das Eintreffen einiger neugieriger Kundschafter ankündigte, die sehen wollten, was passiert war, schob Sedge sie sacht an und sagte: »Geh.«

Ren überließ die beiden Männer Arkadys Obhut und verschmolz mit den Schatten.

Die Asche schien aus ihrem Körper verschwunden zu sein – möglicherweise war sie durch das Numinat weggebrannt worden. Die Außenwelt war ruhig und echt. Sobald sie die Spitze hinter sich gelassen hatte und sich inmitten der Gebäude rings um das Abenddämmerungstor befand, nahm sie die Maske ab und überlegte, wohin sie gehen und wer sie sein sollte, wenn sie dort eintraf – und was sie mit der Verkleidung anstellen sollte, die immer noch vorhanden war.

Doch sobald sie die Maske nicht mehr trug, verschwand die schwarze Kleidung wie Nebel, und sie war abermals als Arenza gekleidet. Das Einzige, was zurückblieb, war die mit einem Rosenmuster versehene Maske aus schwarzer Spitze.

* * *

Nadežra: 36. Cyprilun – 7. Fellun

Die Nachricht, dass Mettore Indestor vorgehabt hatte, Ažerais' Quelle zu zerstören und es auf die Bomben der Stadnem Anduske zu schieben – durch die zufälligerweise auch die Beweise für sein Numinat verschwinden würden –, ließ die vraszenianische Bevölkerung beinahe eine bewaffnete Rebellion anzetteln.

Hätte der Cinquerat wie üblich nur mit Reden und an die Massen gerichteten Plattitüden reagiert und sich hinter den Kulissen gleichzeitig mit dem Beschuldigten geeinigt, wäre die Stadt vermutlich in Flammen aufgegangen. Aber der Cinquerat konnte nicht mit einem Mann verhandeln, der nicht vor ihm stand. Und als man endlich herausfand, wo er sich aufhielt, hatte ihn Renata Viraudax in aller Öffentlichkeit jedes Verbrechens unter der Sonne bezichtigt, von ihrer Entführung über das Anstacheln eines Aufstands bis hin zur Vergiftung des Cinquerats und aller anderen in der Nacht der Glocken Anwesenden.

Es war auf eine Art und Weise aufregend, wie sie es seit Wochen nicht hatte genießen können. Ein Wirbelwind aus Wahrheiten und Lügen – wobei die Lügen hauptsächlich dazu dienten, Wahrheiten zu verschleiern, die sie nicht zu enthüllen wagte. Ren konnte nicht zugeben, dass sie sich im Amphitheater aufgehalten hatte, daher behauptete sie stattdessen, sie wäre im Indestor-Herrenhaus festgehalten worden. Sie habe von Mettores Plan erfahren – was Scaperto Quientis nur zu gern bestätigte –, woraufhin Indestor seine Untergebene Mütterchen Lindwurm losgeschickt hatte, um sie zu entführen, bevor sie noch jemand anderen warnen konnte. »Der Rabe hat mich befreit«, teilte sie Ghiscolo Acrenix, Sibiliats Vater, mit, der vom Cinquerat als neutrale Partei eingesetzt wurde, um die Ermittlungen zu leiten. »Mir ist bewusst, dass er ein Gesetzloser ist, aber ich bin wirklich sehr dankbar, denn ohne ihn wäre ich womöglich noch immer gefangen.«

Als Mütterchen Lindwurms Leiche im Amphitheater auftauchte, die der Traum ausspuckte, versuchte Mezzan, ihr die Schuld an allem anzuhängen. Seinen Worten zufolge war Ondrakja die eigentliche Verschwörerin gewesen und hatte seinen Vater dank ihrer Fähigkeit, den Traum jederzeit betreten und verlassen zu können, kontrolliert. Doch wo die Elite von Nadežra schon nur sehr widerwillig zugab, dass einer der ihren an derart abscheulichen Verbrechen beteiligt gewesen war, konnte sie sich umso weniger vorstellen, er wäre nur der Handlanger einer Kriminellen aus Spitzenwasser gewesen, die früher einen Knoten aus Kinderdieben geleitet hatte. Insbesondere nachdem Tanaquis Renatas Aussage ebenso bestätigte wie Grey Serrado – und völlig unerwartet auch jemand, den Ren wiedererkannte. Die hellhaarige Frau, die für Mettore gearbeitet hatte, wie Ren genau wusste, wurde gefesselt und geknebelt und zu einem Geständnis bereit auf den Stufen vor dem Acrenix-Herrenhaus abgesetzt. Zuerst glaubte Ren, das wäre ebenfalls das Werk des Raben, aber als sie das Sedge gegenüber erwähnte, erwiderte er nur: »Vargo.«

Mehr sagte er nicht, sondern versicherte ihr nur, dass Vargo überleben würde, als er mit einem Rucksack und ohne

Nebelspinnentalisman am Handgelenk an der Küchentür stand.

Was dann doch noch nicht alles war. »Es ist, wie du gesagt hast«, murmelte er und berührte die Innenseite seines nackten Handgelenks. »Wenn ich mich zwischen meiner Schwester und meinem Knoten entscheiden muss, wähle ich meine Schwester. Jedes Mal.«

Die frischen Prellungen in seinem Gesicht verrieten Ren, dass noch mehr hinter der ganzen Sache steckte. Sie war geflohen, nachdem sie die Finger betrogen hatte, aber Sedge war zu den Nebelspinnen zurückgekehrt, nachdem er Vargo im Amphitheater im Stich gelassen hatte, um Ren zu beschützen. Sie mussten ihn bestrafen, bevor sie ihn gehen ließen, und sie vermutete, dass Sedge nur dank seiner langen Zeit bei ihnen mit bloßen Prellungen davongekommen war.

Mehr wollte er allerdings nicht dazu sagen und sie drängte ihn auch nicht.

Sie holten Tess aus Klein-Alwydd, und dann musste Ren das Traementis-Herrenhaus aufsuchen und Donaia und Giuna erklären, was passiert war – wobei die beiden vor Erleichterung weinten.

Trotz aller Aussagen, die ihn belasteten, kam es ob der immensen Anspannungen doch beinahe zum Bürgerkrieg, als bekannt wurde, dass die vraszenianischen Clananführer Mettore exekutiert hatten. Ren vermutete, dass der Cinquerat nur nicht auf Vergeltung sann, weil er in der Nacht der Höllen ebenfalls vergiftet worden war. Die Anführer von Nadežra mochten bereit sein, Mettores Verbrechen gegen alle anderen zu übersehen, allerdings hatten sie ob seiner Verschwörung ebenfalls leiden müssen. So fiel es den Mitgliedern weitaus leichter, eine geeinte Front zu zeigen und das Haus Indestor zum öffentlichen Sündenbock zu machen.

Nachdem sich der Cinquerat erst einmal entschieden hatte, ging er erstaunlich effizient vor. Gerade mal acht Tage nach der Beinahezerstörung des Amphitheaters und der Quelle trat er im Privilegienhaus zusammen, um sein Urteil zu verkünden.

Es entbehrte nicht einer gewissen Ironie, dass dies im selben Audienzsaal geschah, in dem die Zeremonie der Unterzeichnung des Abkommens stattgefunden hatte. Diesmal gab es jedoch weder ein Schauspiel noch eine vraszenianische Delegation nebst Wagen voller Tribute; stattdessen saßen auf den Bänken so gut wie alle Adligen und Mitglieder der Delta-Oberschicht. Renata hatte bei Donaia, Giuna und Tanaquis Platz genommen, die alle schlichte Festtagskleidung trugen, um mitanzuhören, wie der Cinquerat Mettore Indestors Verbrechen beurteilte.

Der erste Teil überraschte niemanden. Der Cinquerat hatte einstimmig beschlossen, ihm posthum den Titel des Caerulet abzuerkennen. Verbrechen dieses Ausmaßes konnten nur in Anwesenheit sämtlicher Sitze verhandelt werden. In der Theorie wurden diese durch eine Abstimmung der aktuellen Mitglieder besetzt, in der Praxis hingegen fast immer vererbt. Als Eret Ghiscolo Acrenix anstelle von Mezzan als neuer Caerulet verkündet wurde, war dies bereits ein Vorbote der Dinge, die da noch kommen sollten.

Im Anschluss ging jeder Sitz auf Indestors Verbrechen ein. Argentet war die Erste, und Sostira Novrus kam dieser Aufgabe nur zu gern und mit grausamer Souveränität nach.

»Für die Verbrechen, aufrührerische Literatur und Lügen verbreitet zu haben, durch die die Bevölkerung zu Unruhen angestiftet wurde, und für eine Verschwörung, um die beiden kulturellen Schätze der Stadt – das große Amphitheater und Ažerais' Quelle – zu zerstören, gibt Argentet Mettore Indestor, Eret Mezzan Indestor, dem Haus Indestor und allen, die in diesem Register eingetragen sind, die Schuld.«

Sie war bühnenerfahren genug, um das erstaunte Gemurmel abzuwarten, bevor sie weitersprach. Ein Individuum konnte ein Verbrechen begehen, ohne dass sein Haus dafür belangt wurde. Umso schockierender war es daher, dass sie auch das gesamte Register verdammte.

Und überaus verheerend für das Haus, was offensichtlich wurde, als Sostira fortfuhr. »Alle Privilegien, die Argentet dem Haus Indestor überlassen hat, sind hiermit widerrufen; sämtliche Verwaltungsverträge sind aufgehoben, bis diese Privilegien neuen Parteien zugewiesen wurden. Möge dies all jenen eine Lektion sein, die die Stabilität der Herrschaft in dieser Stadt gefährden: Ein solcher Verrat wird nicht toleriert.« Mit einem zufriedenen Lächeln nahm sie wieder Platz.

Scaperto Quientis hatte sich ihr Urteil mit stoischer Miene angehört. Als er seinen Platz am Podium einnahm, wirkte er noch verstimmter. »Argentets Urteil ist hart, aber gerecht.« Seine hochgezogenen Augenbrauen schienen zu besagen: *Erstaunlicherweise.* »Fulvet stimmt zu. Für die Verbrechen, einen Aufstand unter der Bevölkerung angezettelt, öffentliche Gebäude und Institutionen beschädigt und die Bürger während der Nacht der Glocken und des verschleiernden Wassers in Gefahr gebracht zu haben, gibt Fulvet Mettore Indestor, Eret Mezzan Indestor, dem Haus Indestor und allen, die in diesem Register eingetragen sind, die Schuld.«

Sein Urteil lautete wie das vorherige: der Verlust sämtlicher Privilegien. Prasinet, Caerulet und Iridet verkündeten ihr Urteil weniger genüsslich, aber letzten Endes besaß das Haus Indestor weniger als ein Bettler in Spitzenwasser.

Mit einer Ausnahme: das Adelsprivileg.

Quientis erhob sich erneut und sah sehr ernst aus. »Das sind außerordentliche Maßnahmen – doch dasselbe gilt auch für die Verbrechen, die das Haus Indestor begangen hat. Die Mitglieder des Cinquerats haben sich beraten und unser Urteil ist einstimmig. Mit unserer vereinten Autorität widerrufen wir den Adelsstand von Haus Indestor.«

Im Audienzsaal brach Lärm aus, der Quientis' Worte fast übertönte, als er hinzufügte: »Der Name Indestor wird den Mitgliedern genommen und das Register verbrannt.«

Donaia umklammerte Renatas Hand und schwankte auf ihrem Platz. Sie war mit dem versteinerten Gesichtsausdruck einer Frau, die für Indestor nicht mehr als einen Klaps aufs Handgelenk erwartete, im Privilegienhaus eingetroffen, denn sie wusste ebenso gut wie Ren, welche Form die Gerechtigkeit des Cinquerats oftmals annahm.

Doch jetzt strahlte sie ebenso zufrieden wie Sostira Novrus, und Ren wurde einen Moment lang an den Ruf der Traementis erinnert, sehr rachsüchtig zu sein. Das hatte sie bisher bei Donaia, Giuna und Leato kaum zu sehen bekommen ... doch Spuren davon schienen noch vorhanden zu sein.

Ihre Tränen ließen jedoch auf etwas schließen, das tiefer saß als Rachsucht. »Gut«, flüsterte Donaia. »Jetzt wurde dir Gerechtigkeit zuteil, mein lieber Junge, und du kannst zu Lumen zurückkehren.« Giuna umarmte ihre Mutter und hielt sie fest.

Era Destaelio nahm den Platz ihres Kollegen ein. »Die vollständige Neuverteilung des Besitzes, der ehemals Haus Indestor gehörte, muss angemessen besprochen werden, aber ...«

»Eure Barmherzigkeit.« Eret Acrenix unterbrach sie mit einer vorsichtig erhobenen Hand. »Darf ich?«

Verwirrt überließ sie dem neuen Caerulet das Podium.

Anders als die anderen vier war Acrenix nicht in die Farben seines Sitzes gekleidet. Allerdings war seine Ernennung kaum eine Überraschung gewesen: Sein cremefarbener Seidenmantel wies geschmackvolle himmelblaue Sticklinien auf, die auf seine neue Rolle hinwiesen, und seine Handschuhe passten perfekt dazu. Er legte die Hände um die Ecken des Podiums und wandte sich an die Versammelten.

»Ich bitte meine neuen Kollegen um Nachsicht, dass ich ein weiteres Thema ansprechen möchte, bevor wir hier zum

Abschluss kommen. Dies ist gewissermaßen mein erster Vorschlag als Caerulet. Dieser Titel ... Daran muss ich mich erst gewöhnen.« Er lächelte und schaffte es, recht bescheiden zu wirken, dabei war er doch eben erst auf die höchste Machtebene der Stadt befördert worden. Doch dadurch lockerte er die Anspannung, die sich seit dem Urteil über das Publikum gelegt hatte, und leises Lachen hallte durch den Saal.

Renata wurde immer unruhiger und sah zu Quientis hinüber, der jedoch genauso verdutzt wirkte, wie sie es war. Alles andere an diesem Tag war im Voraus abgesprochen worden ... nur das hier nicht. Jedenfalls nicht mit ihm.

Eret Acrenix zückte eine Brille und eine Schriftrolle. »Der Cinquerat bestraft mit einer Hand und belohnt mit der anderen. Ich schlage eine Belohnung für ein Individuum vor, das sein Leben riskiert hat, um dieses grauenvolle Komplott zu vereiteln, und das die Beweise beschafft hat, dank derer Indestors Schuld zweifelsfrei belegt werden konnte.«

Er hielt die Schriftrolle in die Luft und rollte sie weit genug auf, damit die Versammlung die mit sorgsamer Kalligrafie angefertigten Zeilen und das saphirblaue Wachssiegel darunter sehen konnten. »Ich habe hier ein Adelsprivileg und bitte die anderen vier Mitglieder des Cinquerats, ihr Siegel neben das meine zu setzen und den Adelstitel für Meister Derossi Vargo zu bestätigen.«

Der gesamte Saal keuchte auf. Ein Adelstitel für Vargo ... Ren schüttelte schockiert den Kopf. Sie konnte nicht leugnen, dass er alles riskiert hatte, um Mettore aufzuhalten, und deswegen beinahe gestorben wäre.

Aber er war ein Verbrecherfürst vom Unterufer. Ihn in den Rang der Delta-Oberschicht zu erheben, wäre schon erstaunlich gewesen, aber das hier? Und doch setzte Utrinzi Simendis soeben sein Siegel unter das Privileg, und Cibrial Destaelio stand hinter ihm, was ganz den Anschein erweckte, als wären die beiden eingeweiht gewesen. Sostira Novrus machte ein Gesicht, als würde sie Flussschlamm trinken, als sie es ihnen nachtat, widersetzte sich jedoch nicht. Quientis trat als Letzter vor, und der Blick, mit dem er Acrenix bedachte, spiegelte Rens Gedanken wider: *Was in aller Welt geht hier vor sich?*

»Es ist vollbracht«, verkündete Acrenix, als das letzte Siegel angebracht worden war. »Holt Derossi Vargo herein.«

Alle drehten sich zu den Türen um, die nun geöffnet wurden. Beinahe rechnete Renata damit, dass dort eine Sänfte stand. Vargo hätte es verabscheut und als unwürdig erachtet, getragen zu werden, allerdings grenzte es an ein Wunder, dass er seine Verletzungen überlebt hatte, denn selbst durchdrungene Medizin war nicht allmächtig.

Doch er schlenderte durch die Tür, als hätte er in seinem ganzen Leben noch kein Zipperlein gehabt. Der Gehstock klapperte über den Marmorboden und war eher Zierde als Notwendigkeit. Er war wie immer makellos gekleidet, und sein dunkelblauer Samt passte gut zum helleren Blau Caerulets, zudem ließ ein bunter Fleck an seinem Kragen erkennen, dass er sogar seine Spinne mitgebracht hatte.

Ren musste an die Narbe an seinem Hals denken und an das, was Sedge an dem Tag gesagt hatte, als sie in die Tiefen gegangen waren. *Wir dachten alle schon, er wäre so tot wie Ninat, aber am nächsten Tag stolzierte er wieder herum, als wäre er der verdammte Kaius Rex.*

Vargo blieb vor dem Podium stehen und verbeugte sich vor den fünf Ratsmitgliedern. »Der Cinquerat hat mich rufen lassen«, sagte er mit einer Stimme, die so glatt war wie ein Aal aus dem Westkanal.

Acrenix hielt die Urkunde hoch. »Für Eure dieser Stadt erwiesenen Dienste erhebt Euch der Cinquerat von Nadežra auf einen Stand wie jene, die sich ihrem Schutz und ihrer Verbesserung widmen. Dank dieses Adelsprivilegs ist es Euch gestattet, um Privilegien zu ersuchen und diese zu besitzen, deren Verwaltung nach Belieben zu vergeben, ein Schwert zu tragen, um Eure Ehre und Euer Leben zu verteidigen, die Wache in Anspruch zu nehmen, zu verlangen, dass alle Verbrechen, derer Ihr bezichtigt werdet, vor dem Cinquerat verhandelt werden, einen Advokaten einzustellen, der an Eurer statt spricht, und ein Register aller Personen zu führen, die durch Euren Namen geschützt werden. Unter welchem Namen soll Euer Haus bekannt sein?« Er hielt den Stift über die freie Stelle oben auf der Schriftrolle.

Vargo steckte sich seinen Gehstock unter den Arm. »Nur Vargo reicht völlig. Es gibt keinen Grund, hochtrabend zu werden.«

Das brachte ihm ein nervöses Lachen der Versammlung ein. Jedes Adelshaus hatte einen Namen im Seterin-Stil angenommen; das war die Art, auf die sie sich von der Delta-Oberschicht und gewöhnlichen Nadežranern abhoben. Aber Ghiscolo sagte nichts weiter dazu, sondern trug den Namen ein, trocknete ihn mit Sand und trat vom Podium, um Vargo die Schriftrolle mit einem onkelhaften Lächeln zu überreichen. »Dies muss eine überwältigende Ehre für Euch sein. Falls Ihr einen Inskriptor benötigt, um Euer Register zu führen ...«

Vargo fuhr mit einem behandschuhten Daumen über die fünf Wachssiegel. »Das ist nicht nötig, Euer Gnaden. Ich kann das selbst übernehmen.«

Davon gehe ich aus, dachte Ren benommen. Er war als Inskriptor eindeutig begabt genug, um das zu tun – was nun deutlich mehr Personen wussten als zuvor.

Mit einem gewaltigen Sprung war er vom äußeren Rand der feinen Gesellschaft direkt in ihre Mitte gesprungen. Sie hatte zwar gewusst, dass er ambitioniert war ... hätte jedoch nie geahnt, wie weit seine Ambitionen reichten.

Vargo zog sich auf eine Bank zurück, und Era Cleoter rutschte widerwillig näher an ihre Frau heran, um ihm Platz zu machen. »Bitte verzeiht, Eure Barmherzigkeit«, sagte Acrenix zu Era Destaelio. »Aber ich war der Ansicht, dass diese Angelegenheit zuerst erledigt werden sollte, bevor wir nun jene würdigen, die dazu beigetragen haben, diese Verbrechen aufzudecken.«

»Selbstverständlich«, erwiderte Destaelio. Der neue Caerulet bat sie mit einer Verbeugung ans Podium und nahm wieder Platz.

Sie holte tief Luft und schien sich auf ihre eigentliche Rede besinnen zu müssen. »Wie ich bereits sagte, wird die vollständige Neuverteilung des Besitzes, der ehemals dem Haus Indestor gehörte, angemessen besprochen werden müssen, aber der Cinquerat möchte bekannt geben, dass er jene zu belohnen gedenkt, die der Stadt in dieser gefährlichen Zeit gedient haben – sowie jene, die als Konsequenz dieser Verbrechen leiden mussten: Era Sostira Novrus, Eret Scaperto Quientis, Eret Ghiscolo Acrenix, Eret Utrinzi Simendis, Meda Tanaquis Fienola, das Haus Traementis und ihre blutsverwandte Cousine Alta Renata Viraudax sowie Eret Derossi Vargo. All diese Personen werden aus dem Besitz des einstigen Hauses Indestor entschädigt oder belohnt.«

Giuna, die den Kopf auf Donaias Schulter gelegt hatte, richtete sich auf. »Was hat das zu bedeuten?«, flüsterte sie, während routiniert die Formalitäten abgespult wurden, die das Ende dieser Versammlung signalisierten. »Wir haben doch gar nichts getan, oder?«

»Wir haben ein Familienmitglied verloren«, erwiderte Donaia leise, wirkte jedoch ebenso verblüfft wie Giuna. »Leato war mein Erbe; das wäre schon ausreichend, um einen Anspruch auf Indestors Besitz zu erheben. Sie wollen diese Angelegenheit wirklich schnell aus der Welt schaffen.«

Während der vergangenen Woche war Giuna Rens Blick stets ausgewichen, aber nun sah sie ihr direkt in die Augen. »Sie hätten Euch ebenfalls in den Adelsstand erheben sollen.

Das tut mir sehr leid ... Cousine. Ihr habt mehr als das verdient.«

Donaia nahm Renatas Hand und drückte sie. »Und das werdet Ihr auch bekommen. Es gibt mehr als einen Weg, in den Adel Nadežras aufgenommen zu werden, und keiner kann behaupten, dass Ihr Euer Versprechen nicht gehalten hättet.«

Ren schnappte nach Luft und ihr kamen unverhofft die Tränen. »Ich ... Danke.«

Sie kannten noch immer nicht die Wahrheit über sie. Aber die Last dieser Wahrheit hatte sich verändert. Leatos frühere Worte erwiesen sich nun als wahr, denn dass sie nicht ihre blutsverwandte Cousine war, bedeutete noch lange nicht, dass sie sich nicht einen Platz unter ihnen verdienen konnte – wenn sie es denn nur versuchte.

* * *

Privilegienhaus, Alte Insel: 7. Fellun

Selbstverständlich war die Sache damit noch lange nicht erledigt. Nachdem derart viele welterschütternde Entscheidungen getroffen worden waren, verbrachten alle noch eine ganze Weile damit, im Privilegienhaus miteinander zu plaudern und sich an das neue Machtgefüge zu gewöhnen.

Viele umschwärmten Ghiscolo, den neuen Caerulet. Aber fast ebenso viele kamen zu den Traementis, lächelnd, gratulierend und kondolierend – denn nun, da ihr größter Feind verschwunden war und sie einen unbekannten Anteil an seinem Besitz erhalten würden, waren es die Traementis auf einmal wieder wert, beachtet zu werden. Renata rechnete schon fast damit, dass Donaia und Giuna lieber gehen würden, als sich dieser offenkundigen Heuchelei auszusetzen, aber Donaia wusste, wie man dieses Spiel spielte, und Giuna musste es lernen. Daher lächelten sie förmlich und ließen es über sich ergehen.

Genau wie sie. Allerdings kannte keiner das genaue Ausmaß ihrer Beteiligung. Es gab Gerüchte über die »Schwarze Rose«, die im Amphitheater gesehen worden war, und einige der Gerüchte besagten, die Rose und nicht etwa der Rabe hätte Mettore Indestor den Vraszenianern ausgeliefert. Aber Renata Viraudax hatte diesen ereignisreichen Abend eingesperrt in einem Kellerraum im Indestor-Herrenhaus verbracht und nichts Nennenswertes beitragen können.

Nichtsdestotrotz hatte ihre Aussage zum großen Teil zu Indestors Verurteilung beigetragen und all die Vorarbeit der vergangenen Monate zahlte sich nun aus. Erst nach mehr als zwei Glocken konnte sie mal ein wenig Luft holen und den Blick durch den Raum schweifen lassen … um festzustellen, dass Vargo auf sie zuhielt.

Er führte zum Gruß den Griff seines Gehstocks an die Stirn, und seine dunklen, mit Kajal umrahmten Augen glitzerten so süffisant wie die einer Spinne, der soeben ein ganzer Fliegenschwarm ins Netz gegangen war. »Alta Renata. Ihr scheint Euch nach der Tortur wieder gut erholt zu haben. Bitte entschuldigt, dass ich Euch nicht gerettet oder später nach Euch gesehen habe. Ich war … beschäftigt.«

»Mit dem Genesen, wie es aussieht. Oder waren die Berichte über Euren Beinahetod übertrieben?«

Er breitete die Arme aus und zeigte ihr dabei ebenso die feine Schneiderkunst und den wundervollen Stoff seiner Kleidung wie den gesunden Körper darin. »Wie Ihr sehen könnt. Der Klatsch liebt einen Sterbenden mehr als jemanden, der nur ein paar Kratzer abbekommen hat. Aber ich bin dennoch gern für Euer Mitgefühl offen.«

Das war dasselbe kokette Verhalten, mit dem er sie beim Nytsa-Spielen in Versuchung geführt hatte. Zudem war es gelogen. Sie hatte ihn selbst gesehen und sich sein Blut von den Händen gewaschen. Ihr Oberschenkel schmerzte noch immer an der Stelle, an der einer der Zlyzen sie erwischt hatte, und diese Verletzung war nichts im Vergleich zu denen, die ihm zugefügt worden waren.

Allerdings durfte sie ihn nicht darauf ansprechen. Wenn er nicht der Rabe war ... dann kannte er auch nicht die Wahrheit über sie.

Jedenfalls hoffte sie das. Denn wenn er nicht der Rabe war, konnte sie auch nicht einmal ansatzweise abschätzen, wie weit seine Rücksichtslosigkeit reichte.

»Herzlichen Glückwunsch zu Eurer Erhebung in den Adelsstand.« Sie versuchte, beschwingt zu klingen. »Es ist jedenfalls zutreffend, dass ›Mann stirbt beinahe beim Retten eines heiligen Orts und wird belohnt‹ besser klingt als ›Mann wird leicht verletzt beim Retten eines heiligen Orts und wird belohnt‹.«

Sein Lächeln wirkte nun ein wenig gezwungen, und er wandte den Blick ab und musterte die plaudernden Adligen mit einem Hauch von Abscheu, den sie bei ihm auch schon bei Mezzans Verlobungsfeier bemerkt hatte. »Ja, aber beide sind besser als ›Mann rettet zufällig einen heiligen Ort, während er eigentlich seine eigenen Interessen verfolgt‹. Und sind wir unter diesen Leuten nicht immer nur einen Fehltritt davon entfernt, in der Luft zerrissen zu werden?«

Auch auf ihn war man zugekommen, allerdings hatte es auf Ren eher so gewirkt wie die zaghafte Faszination, mit der man ein exotisches Tier von der Morgendämmerungsstraße aus betrachtete.

Falls es jemanden gab, dem das nichts anhaben konnte, dann war das Vargo. »Wo wir gerade von Zerreißen sprechen ... Gehe ich recht in der Annahme, dass Ihr unseren Advokatenvertrag auflösen wollt? Nun benötigt Ihr mich nicht länger, um Zugang zu Privilegien zu bekommen.«

»Wie kommt Ihr denn auf diese Idee? Zugang bedeutet noch lange nicht, dass sie mir auch *übertragen* werden. Und außerdem …«, sein Lachen wärmte seine Worte wie Brandy, »habe ich unsere Partnerschaft sehr genossen. Ihr etwa nicht?«

Doch, das hatte sie in der Tat. Dagegen sprach allerdings Sedges zerschundenes Gesicht und die Unsicherheit hinsichtlich dessen, was Vargo verbarg.

Was immer es war, so standen ihre Chancen weitaus besser, es herauszufinden, wenn sie in seiner Nähe blieb. »Vielleicht kann der Vertrag dann ja doch unangetastet bleiben. Ihr hingegen …« Sie deutete mit dem Kopf an ihm vorbei zu Carinci Acrenix, die Vargo ansah, als würde er wieder sein Kostüm aus der Nacht der Glocken tragen.

Vargo folgte Rens Blick und wurde blass. Jetzt sah er in der Tat aus wie jemand, der beinahe von den Zlyzen zerfetzt worden wäre.

Aber er schüttelte die Erstarrung ab, räusperte sich und richtete seine Manschetten. »Ja. Genau. Könntet Ihr mir vielleicht ins Gedächtnis rufen, warum ich dem Ganzen zugestimmt habe?«

Ohne auf Rens Antwort zu warten, ging er auf Carinci zu, allerdings weitaus weniger selbstbewusst als zuvor.

»Nehmt Ihr die Konkurrenz in Augenschein? Ihr habt Euch als bemerkenswert talentiert darin erwiesen, Nadežra nach Eurer Pfeife tanzen zu lassen, aber dieser Mann …«

Es war Sostira Novrus. Sie bedeutete ihrem Erben Iascat, auf Abstand zu bleiben, und trat, noch immer in die silberperlgraue Argentet-Robe gekleidet, an Renatas Seite.

Eigentlich hätte sie erfreut aussehen müssen. Trotz Mettores Bemühungen, das Haus Novrus durch seine Machenschaften möglichst schwer zu beschädigen, war die Fehde gegen Indestor eindeutig zu ihren Gunsten ausgegangen. Doch ihre Miene wirkte kühl und berechnend.

»Hier gibt es keine Konkurrenz, Eure Eleganz«, erwiderte Renata und wollte schon weitergehen.

Novrus' nächste Worte ließen sie verharren. »Haltet Ihr irgendetwas davon für Zufall? Adelsprivilegien fallen nicht einfach vom Himmel – und werden auch nicht aus bloßer Dankbarkeit verliehen. Ghiscolo und *Eret* Vargo haben schon seit einer Weile darauf hingearbeitet.« Sie hielt lange genug inne, dass Renata nach einer Antwort rang, bevor sie hinzufügte: »Und wer weiß, was sie noch alles planen.«

So viel zum Genießen des Erfolgs. »Man könnte fast glauben, Ihr wärt besorgt, Eure Eleganz«, stellte Renata fest. »Nicht nur wegen einer möglichen Allianz zwischen Vargo und Acrenix ... sondern auch zwischen Vargo und Traementis. Euer Versuch, einen Keil zwischen uns zu treiben, ist schrecklich durchschaubar.«

Sostira legte eine Hand fest um Renatas Handgelenk, sodass sie sich ihr nicht entziehen konnte, ohne eine Szene zu machen. Beinahe hätte Ren einen Flussrattentrick eingesetzt, um sich loszureißen, und sich keinen Deut um eine Szene geschert; Novrus' Schock wäre die Sache wert gewesen. Doch sie hielt still, als sich Sostira vorbeugte und leise und dringlich auf sie einredete.

»Ich werde Eure Intelligenz nicht mit der Annahme beleidigen, Ihr wüsstet nichts über die Herkunft des Mannes und darüber, wie er sein Vermögen gemacht hat. Anscheinend stört es Euch nicht, dass er seine Feinde ohne jegliche Hintergedanken ausschalten würde. Oder dass er von einer Person Geld annimmt als Gegenleistung für das Platzieren von Schmuggelware auf dem Gelände eines Rivalen und dann von einer anderen dafür, dass er diese Schmuggelware in die Luft jagt. Oder dass er jedes Geheimnis, das er kennt, zu erpresserischen Zwecken nutzt – möglicherweise liegt das daran, dass er Euch überzeugt, er würde so etwas nie bei Euch tun.«

Sie verzog die dünnen Lippen zu einem giftigen Grinsen. »Aber das wird er tun, meine Liebe. Er hat es längst getan.«

Ren wusste genau, welche Reaktion Sostira erwartete, konnte aber trotzdem nicht verhindern, dass sich ihr Magen zusammenzog. »Wie meint Ihr das?«

Sostira ließ ihr Handgelenk los. Das war nicht länger notwendig, wie sie beide wussten. »Diese Einladung zur Zeremonie der Unterzeichnung des Abkommens. Ihr hattet sie von ihm, nicht wahr? Habt Ihr Euch je gefragt, woher er sie hatte?«

Geschäftsgeheimnis, hatte Vargo gesagt. Ein kokettes Echo ihres Kommentars ihm gegenüber – doch er hatte ihre Frage nie wirklich beantwortet.

»Mettore Indestor hat sie ihm gegeben«, fuhr Sostira fort. »Und ihn dafür mit der Erteilung eines militärischen Privilegs über das Haus Coscanum bezahlt. Dafür musste er sicherstellen, dass *Ihr* in der Nacht der Glocken im Privilegienhaus anwesend seid.«

Ren hatte es die Sprache verschlagen. Jeder Instinkt sagte ihr, dass sie etwas erwidern musste, *irgendetwas,* um zu verbergen, dass Sostiras Messer genau ins Ziel getroffen hatte. Aber sie fand keine Worte.

Novrus gab ein leises, zufriedenes Lachen von sich. »Denkt darüber nach, meine Liebe.« Sie tätschelte Renata die Wange und wandte sich ab. Auf ihr Fingerschnippen eilte Iascat zu ihr und sie gingen gemeinsam weiter.

Ren setzte sich ebenfalls in Bewegung. Sie gelangte zu einer Treppe und erklomm sie, wobei ihr völlig gleich war, wessen Büros dort lagen; die Flure waren größtenteils still und verwaist, und sie wollte allein sein, damit niemand bemerkte, wie ihre Maske Risse bekam.

Vargo. Mettore. Die Nacht der Höllen.

Mettore hatte sie für seine Pläne benötigt … und Vargo hatte *davon gewusst.*

Ich gehe stark davon aus, dass meine Beziehung zu Euch etwas damit zu tun hat. Vargos Worte, als er ihr von dem militärischen Privileg von Coscanum erzählt hatte. Damals hatte sie es für Schmeichelei gehalten.

Dabei hatte er sie verkauft.

Dieser ganze Abend, das Kartenspiel im *Breglian*. Sein schmerzendes Knie – eine Verletzung, die ihn auf einmal nicht mehr plagte, kaum dass sie ihm von dem verschwundenen Salpeter erzählt hatte, und sie hatte noch geglaubt, es läge daran, dass die Gefahr Vorrang habe. Im Nachhinein durchschaute sie es und erkannte die Wahrheit: Er hatte ihr etwas vorgespielt.

Alles war nur gespielt gewesen. Die kleinen Versprecher, die es so klingen ließen, als wollte er etwas verbergen. Seine vermeintliche Sorge um sie. Er hatte herausgefunden, dass sie ihn für den Raben hielt, und das zu seinem Vorteil ausgenutzt, sie dazu verleitet, ihm zu vertrauen. Er hatte mit ihr dasselbe Spiel gespielt, wie sie es mit den Traementis tat. Dieser ganze Abend war nichts als eine einzige Manipulation gewesen – keine ehrliche Freundschaft, kein Flirt, sondern ein tiefer gehendes Spiel, von dessen Existenz sie rein gar nichts geahnt hatte.

Sie war von ihren Annahmen derart geblendet gewesen – von ihrer Überzeugung, sie wäre eine zu gute Spielerin, als dass man sie überlisten könne, und ihrem verzweifelten Wunsch, *irgendjemand* anderen in ihrem Leben zu haben, dem sie vertrauen konnte –, dass sie nie auch nur auf den Gedanken gekommen war, er könnte sie benutzen, und zwar bei jedem einzelnen Schritt.

Ren kam taumelnd zum Stehen und atmete viel zu flach und zu schnell; sie legte die Finger auf den kalten Marmor einer Säule, um nicht den Halt zu verlieren. Nur das Bewusstsein, dass irgendjemand sie möglicherweise sehen würde, half ihr, sich wieder zusammenzureißen.

Kaum hatte sie das geschafft, bemerkte sie, dass sie in der Tat beobachtet wurde.

Er stand in sicherer Entfernung – sicher für sie, damit sie weglaufen konnte, wenn sie es denn wollte. Und um ihr zu demonstrieren, dass er keine Gefahr darstellte. Ein Schatten, der in den von der Sonne erhellten Fluren des Privilegienhauses fehl am Platze wirkte.

Um seine friedlichen Absichten zu zeigen, hob er die Hände. »So viel zu meiner Annahme, hier oben hätte ich meine Ruhe, wo doch alle unten beschäftigt sind. Das Muster verleiht dir wahrlich das Talent, dich ständig in meine Angelegenheiten einzumischen.«

Natürlich. Gab es denn eine bessere Zeit, um ins Privilegienhaus einzubrechen?

Sie überkam das Bedürfnis, ihn mit einer gemeinen Bemerkung zu verletzen. Dabei war der Rabe nicht schuld daran, dass sie sich von Vargo zu seiner Marionette hatte machen lassen.

Dennoch wirkte ihr Versuch einer höflichen Erwiderung gezwungen. »Danke. Für neulich.«

»Ich sollte dir danken. Du bist hingeeilt, um alle zu retten.« Die Kapuze neigte sich. Er trat näher und klang auf einmal besorgt. »Sogar ich bin angenehm überrascht darüber, wie gründlich die Urteile des Cinquerats ausgefallen sind. Du etwa nicht?«

Einhundert verschiedene Worte blieben ihr in der Kehle stecken. Sie konnte ihm die Wahrheit nicht eingestehen, jedenfalls noch nicht. Weil sie nicht die geringste Ahnung hatte, wer sich unter dieser Kapuze verbarg – wer das ganze Ausmaß ihrer Lügen kannte. Das war schon schlimm genug, ohne dass sie ihm gegenüber auch noch ihre Fehler zugab.

»Na, dann freust du dich hoffentlich wenigstens hierüber.« Er griff unter seinen Umhang und holte einen eng zusammengerollten schwarzen Stoff hervor, der bunt bestickt war. »Ich wollte ihn dir eigentlich von eurem Botenjungen bringen lassen. Es gelang mir, ihn zu holen, bevor Indestors Leute ihn finden konnten.«

Kurz glaubte sie, es wäre der verschwundene Koszenie ihrer Mutter. Aber nein – der war unwiederbringlich verloren. Der Rabe hielt den Schal in der Hand, den er ihr als Entschuldigung für jene Nacht in der Küche geschenkt hatte. Als Ren ihn entgegennahm, fügte er mit leisem Lachen hinzu: »Die Messer musst du leider selbst ersetzen.«

Bei seiner Freundlichkeit kamen ihr beinahe die Tränen. Ren blinzelte mehrmals und überlegte, was sie im Gegenzug für ihn tun konnte. Woher sollte sie wissen, was er wollte, wenn sie keine Ahnung hatte, wer er wirklich war?

Der Fiangiolli-Brand.

Sie drückte sich den Schal fest an die Brust. Der Rabe versteifte sich. »Was ist?«

»Vargo«, flüsterte sie.

Das Leder knarzte, als er die Faust ballte. »Was ist mit Vargo?«

Die Wärme war aus seiner Stimme verschwunden, als hätte es sie nie gegeben. Was immer der Rabe zuvor von Vargo gehalten hatte, so gehörte er ab heute zum Adel und somit zu den Feinden des Raben.

Dass er von einer Person Geld annimmt als Gegenleistung für das Platzieren von Schmuggelware auf dem Gelände eines Rivalen und dann von einer anderen dafür, dass er diese Schmuggelware in die Luft jagt. Das hatte Novrus gesagt. Und Vargo hatte zweimal seltsam reagiert, als Ren den Brand erwähnte.

Sie blickte in den Schatten unter der Kapuze und versuchte, die Stelle zu finden, wo die Augen sein mussten, in die sie blicken wollte. »Ich glaube, dass die Nachricht, die Ihr gefunden habt, von ihm ist. Oder dass es um ihn ging. Er ist derjenige, der das Schwarzpulver im Fiangiolli-Lagerhaus deponiert und dann in die Luft gejagt hat. Er ist der Grund für Kolya Serrados Tod.«

Der Rabe rührte sich nicht, schien nicht einmal mehr zu atmen – und doch spürte sie die Veränderung, die Kälte, die von ihm ausging und an eine mondlose Winternacht erinnerte. *Wir töten nicht,* hatte er zu ihr gesagt.

Zum ersten Mal stellte sie seine Worte infrage.

»Verstehe«, sagte er so leise, dass sie es nur hörte, weil es im Korridor ansonsten mucksmäuschenstill war. »Anscheinend habe ich noch einen Grund mehr, mich für Eret Vargo zu interessieren.«

Ren straffte die Schultern. »Das gilt für uns beide. Vielleicht können wir einander ja unterstützen.«

»Nein.« Der Rabe wich einen Schritt zurück. »Es wurden schon genug Menschen verletzt. Ich kümmere mich selbst darum.«

Der Rückzug – die Abfuhr – fühlte sich an wie ein Schlag ins Gesicht. Bevor Ren noch etwas sagen konnte, hallte Gelächter die Treppe herauf. Ohne ein Abschiedswort eilte der Rabe schnellen Schrittes über den Marmorboden und durch eine Tür, von der Ren erwartet hätte, dass sie verschlossen wäre, und war verschwunden, bevor die drei Schreiber den Treppenabsatz erreichten.

*   *   *

Privilegienhaus, Alte Insel: 7. Fellun

Der Rabe kannte das Privilegienhaus – nicht nur so, wie es heute aussah, sondern schon seit der Zeit, in der die sieben Clanstatuen zerschlagen und durch die fünf Gesichter des Cinquerats ersetzt worden waren. Erinnerungen wie Schichten aus Flussschlick geleiteten ihn durch vergessene Flure, verborgene Türen, ungenutzte Büros, die mit Staub bedeckt waren, in dem sich nun nur seine Fußabdrücke abzeichneten.

Vargo. *Eret* Vargo. Er hatte den Mann schon die ganze Zeit nicht besonders leiden können, sich jedoch nie besonders für ihn interessiert; der Cinquerat war der Grund für die Existenz des Raben. Diese fünf Personen und die korrupten Adligen Nadežras sowie die zertrümmerten Überreste der Macht des Tyrannen, die alles verdarb, was sie berührte.

Er eilte hinauf in die Archive unter dem Dach, die voller Motten, Verträge und Papiere waren, an denen niemand mehr etwas lag. Das Fenster dort quietschte, und eine Farbschicht so dick wie die Erinnerungen des Raben blockierte es, bis er es mit zwei schnellen Stößen aufstemmte. Dann war er draußen, frei von dem erdrückenden Gewicht des Gebäudes und der Fäulnis in seinem Kern.

Dank Renatas ... Arenzas ... Rens Enthüllung hatte er nun einen neuen Faden in der Hand, der ihm vielleicht dabei half, diese Fäulnis ans Licht zu bringen und sie ein für alle Mal auszumerzen.

Die etablierten Häuser waren alt und die Quelle ihrer Macht lag tief vergraben. Aber Vargos Aufstieg erschien ihm unnatürlich schnell. Wenn er das einer ähnlichen Quelle verdankte, dann wäre diese leichter zu finden.

Vargo hatte sich mit Acrenix verbündet, um ein Adelsprivileg zu erhalten.

Vargo war der Feind.

Der Rabe kletterte aufs Dach des Privilegienhauses und lehnte sich an die Kuppel, wo er vor allen außer den erschrockenen Tauben sicher war und die Kapuze abnehmen konnte.

Grey Serrado fiel auf die Knie, atmete die kühle Frühlingsluft tief ein und kämpfte gegen den Drang an, laut loszuschreien. Der Mord, der ihm angelastet wurde, der Mord, an dem er sich selbst die Schuld gab – Vargo hatte dahintergesteckt. Vargo hatte das Schwarzpulver dort deponiert und deswegen war Kolya dort hingegangen. Vargo hatte es in die Luft gejagt. Während Kolya noch im Lagerhaus war.

Wir töten nicht. Das war ein Grundpfeiler des Wesens, das den Raben ausmachte. Bei der Übernahme des Umhangs hatte Grey dem zugestimmt.

Er krümmte die Finger und zerknüllte die Kapuze. Ganz langsam erhob er sich und setzte sie wieder auf. Schwarze Seide und Leder umgaben seine Gliedmaßen und bildeten seine Rüstung, in der er für seine Sache eintrat.

»Wir töten nicht«, raunte der Rabe der ahnungslosen Stadt zu. »Aber wir können zerstören.«

* * *

Privilegienhaus, Alte Insel: 7. Fellun

Ren verbarg den Schal unter ihren Röcken, als die Schreiber an ihr vorbeigingen. So freundlich es vom Raben war, ihn ihr zurückzugeben, wusste sie jetzt nicht, was sie damit anfangen sollte: Er war ein Stück von Rens Leben, wo sie doch gerade Renata sein sollte.

Letzten Endes trat sie in einen schmalen, dunklen Korridor, zog ihre Röcke hoch und band sich den Schal um die Hüften. Der Knoten beulte ihre Röcke zwar etwas aus, aber das würde hoffentlich niemand bemerken.

Als sie schon wieder auf den Hauptflur treten wollte, hörte sie näher kommende Schritte. Ren hielt den Atem an und erstarrte. Sie wollte niemandem erklären müssen, warum sie sich im Schatten verbarg.

Erst recht nicht Derossi Vargo.

Ihre alten Fingerinstinkte flackerten auf, als er vorbeiging. Ren zog sich die Schuhe aus, obwohl der Marmorboden unter ihren bestrumpften Füßen kalt war. Sie wartete, bis Vargo um eine Ecke gebogen war, bevor sie ihm folgte – lautlos wie eine Katze.

Sein Weg führte ihn ins Caerulet-Büro, aus dem bereits Indestors Möbel und Akten geschafft wurden. Ghiscolo Acrenix gab den Leuten Anweisungen und trat beiseite, als vier bullige Männer Mettores riesigen Schreibtisch durch die Doppeltür und den Korridor entlangschleppten.

»Wie ich sehe, habt Ihr meine Mutter überlebt«, sagte Ghiscolo und winkte Vargo in den Korridor, woraufhin sie in Rens Richtung kamen. Sie zog sich rasch zurück, stieß auf eine unverschlossene Bürotür – hatte sie das dem Raben zu verdanken? – und huschte hinein. Wenn die Tür einen Spalt weit offen blieb, riskierte sie, dass es den Männern auffiel, daher zog sie sie zu und presste ein Ohr ans Holz.

»Eure Mutter ist eine formidable Frau«, murmelte Vargo. Seine Stimme klang immer noch ehrerbietig, allerdings war es eher der Respekt unter Gleichgestellten. »Ich bezweifle, dass ich mich verplappert habe. Ich gehe davon aus, dass Ihr sie selbst informieren möchtet.«

Ghiscolo schnaubte. »Das ist bemerkenswert diskret, insbesondere wenn man Euer Verhalten in letzter Zeit bedenkt.«

Vargo tippte mit seinem Gehstock auf den Marmorboden. »Mettore zu stürzen, sollte nie diskret ablaufen. Aber es war effektiv – Euer Gnaden.«

Der Caerulet-Titel. Adelsprivilegien fallen nicht einfach vom Himmel – und werden auch nicht aus bloßer Dankbarkeit verliehen ... aber als Gegenleistung für einen Sitz im Cinquerat? Das war überaus plausibel.

»Eine Effektivität, die hoffentlich entsprechend gewürdigt wird, *Eret* Vargo.«

»O ja.« Vargos Stimme klang abermals aalglatt. »Es gibt allerdings keinen Grund, hier aufzuhören. Ich habe unsere Partnerschaft sehr genossen. Ihr etwa nicht?«

Ren zuckte zusammen. Er schien zwar nicht zu flirten ... doch dies waren exakt dieselben Worte, die er auch zu ihr gesagt hatte.

»Das kommt darauf an«, wich Ghiscolo aus. »Wird Eure Verbindung zu den Traementis zu einem Problem werden? Ich beziehe mich dabei insbesondere auf die liebreizende Cousine. Ihr habt nach der Nacht der Glocken einiges auf Euch genommen, um Ihr zu helfen, und seid einige Risiken eingegangen.«

»Das Risiko war gering und die Belohnung dafür signifikant. Sie ist ebenso nützlich wie attraktiv, und meine Investition in die Traementis zahlt sich mehr aus, als ich gehofft hatte. Aber falls Ihr besorgt seid, das könnte irgendwelche Auswirkungen haben, kann ich Euch versichern, dass dem nicht so ist. Ich hänge nicht an meinen Werkzeugen.«

Geschützt hinter der Tür biss sich Ren auf die Unterlippe. Sie kannte diesen Tonfall – es war die kalte, sorglose Antwort eines Mannes, der sich nicht länger hinter einer Maske verstecken musste.

Aber jetzt sah sie ebenfalls sein Gesicht. Und sie würde nie wieder den Fehler begehen, ihm zu vertrauen.

»In Ordnung«, sagte Ghiscolo. »Wenn ich Euch nicht in den Illius Preateri bringe, wird es jemand anders tun; Ihr seid interessant genug geworden, dass sich das nicht länger verhindern lässt. Wenn Ihr mich jetzt entschuldigen würdet, ich muss die Wache auf Vordermann bringen. Mettore war viel zu geduldig hinsichtlich der um sich greifenden Vetternwirtschaft und Inkompetenz. Guten Tag, Eret Vargo.«

Der stetige Schritt stammte von Ghiscolo, der von dannen eilte. Ren wartete mit dem Ohr an die Tür gepresst darauf, dass sich Vargo bewegte ... doch er war entweder so lautlos wie der Rabe oder stand noch immer auf dem Flur.

Lauerte wie eine Spinne mitten im Netz. Und Ren konnte die Fäden um sich herum spüren, die sie festhielten.

»Wirst du wieder?« Vargos Stimme durchbrach die Stille und ließ sie zusammenschrecken. Ghiscolo war fort; war jemand anders zu ihm gekommen, ohne dass sie es gehört hatte?

»Ich habe schon Schlimmeres überlebt«, antwortete ein Mann im knappen aristokratischen Tonfall des Liganti-Adels von Nadežra. Ren hatte geglaubt, inzwischen jeden zu kennen, der in der Stadt von Bedeutung war, doch diese Stimme erkannte sie nicht. »Und es war ein notwendiger Schritt.«

»Ja.« Erneut tippte Vargos Gehstock auf den Marmor. »Von jetzt an wird es nur noch härter.«

»Du meinst wohl eher, dass du noch skrupelloser sein wirst.«

Vargo lachte finster auf. »Habe ich das nicht gesagt?«

Ren stand der Schweiß auf der Stirn. Wenn er sie jetzt erwischte, brachte er sie möglicherweise um. Aber sie musste unbedingt wissen, mit wem er da sprach.

Mit derselben stetigen, federleichten Hand, mit der sie einst Schlösser geknackt und Geldbörsen stibitzt hatte, drehte sie den Türgriff und schob sie einen winzigen Spalt auf.

Vargo hatte die Hände auf ein Fensterbrett gestützt und wandte ihr den Rücken zu, während er über Ostbrück auf die schimmernden Dächer der Perlen blickte.

»Konzentriere dich erst einmal darauf, ihr Vertrauen zu gewinnen. Alles andere kommt später.«

Die Worte wurden von derselben aristokratischen Stimme gesprochen – und kamen aus der Luft neben Vargo. Er war zweifellos allein ... und auch wieder nicht.

Manchmal führt er Selbstgespräche, hatte Sedge gesagt.

Nein, er sprach nicht mit sich selbst, sondern mit jemand anderem. Möglicherweise einem Geist – aber nicht mit dem Raben. Vielleicht mit jenem, mit dem er verbunden war durch die Fäden, die sie in der Nacht im Amphitheater hatte ausmachen können. Vielleicht hatte ihn das am Leben gehalten, als er lebensgefährlich verletzt worden war.

Vargo drehte leicht den Kopf. Ren erstarrte und befürchtete schon, er könnte sie bemerken, wagte es daher nicht, die Tür zu schließen, weil er es dann bestimmt tun würde. Doch er verharrte, sodass sie nur den Ansatz seines Profils sehen konnte – und sein zynisches Grinsen.

»Vertrauen ist der Faden, der uns miteinander verbindet ... und das Seil, an dem wir gehängt werden.«

»Hängen ist etwas, das Spinnen sehr gut können. Lass uns nach Hause gehen, mein Junge.«

Vargo gluckste. Ren verharrte reglos und atmete nicht einmal, als er den Korridor entlangschlenderte, den Gehstock schwang und auf den Stein prallen ließ. Auch als er schon eine Weile weg war, stand sie immer noch da.

Nach einer Weile steckte sie eine Hand in die Tasche und befühlte den rauen Gegenstand darin. Sie hatte ihn heute als eine Art Talisman oder Glücksbringer mitgenommen. Und das schien auf merkwürdige Weise sogar funktioniert zu haben.

Sie holte die Maske der Schwarzen Rose heraus und hielt sie in den Händen. »Na gut«, wisperte sie. »Das ist also dein Spiel? Dann lass uns spielen.«

~~Ninat~~

Die Geschichte wird fortgesetzt in
Buch drei der »Rabe und Rose«-Trilogie

Dank

Eine derart große und komplexe Geschichte ist selten das Werk eines einzigen Verstands – oder gar zweier, die zusammenarbeiten.

Zuerst einmal sind wir den Spielerinnen und Spielern zu Dank verpflichtet, die »The Path to Power« gespielt haben: Kyle Niedzwiecki, Emily Dare, Wendy Shaffer und Adrienne Lipoma, die uns ertragen haben, als einige Beziehungen zwischen Charakteren im Spiel zu einem kleinen Nebenschauplatz wurden, und uns dann ermutigt haben, als diese Nebengeschichte zu einer Romantrilogie heranwuchs. Besonderer Dank gilt Adrienne, die unsere Alpha-Leserin war und sehr tolerant blieb, als wir sie damit nervten, ihre Reaktionen auf jedes Kapitel live zu bloggen, sobald sie es gelesen hatte. Sie ist außerdem für den Text des unheimlichen Finger-Lieds verantwortlich. Außerdem möchten wir den Spielerinnen und Spielern des ursprünglichen und kurzlebigen »The Path to Power« danken: Rachel Reader, Beth Dupke, Jesse Decker und Alec Austin. Letzterer ist Sedges Vorfahre, der übrigens erst Thorn heißen sollte, und wir danken ihm dafür, dass wir uns das für diese Geschichte ausleihen durften; denn Ren wäre ohne ihren Bruder nicht dieselbe.

Darüber hinaus möchten wir allen Personen danken, die uns dabei geholfen haben, dieses Buch Realität werden zu lassen. Dazu gehören unsere Beta-Leser Cory Skerry (dessen Liveblog ungemein unterhaltsam war), Carlie St. George, Daniel Starr, Emiko Ogasawara, Conna Condon und die bereits zuvor erwähnten Wendy Shaffer und Emily Dare sowie Alycs Unterstützer im West Write-a-Thon, Heather Kalafut, Siobhan Carroll, Blythe Woolston, Georgina Kamsika und Bob Angell. Weiterer Dank gilt Emiko, deren Enthusiasmus in Bezug auf die Herstellung von Rens Traumwebermaske für zwei Autorinnen, die am liebsten alles aus diesem Roman hergestellt hätten, sehr ermutigend war.

Außerdem danken wir allen, die versucht haben, uns bei der Namensgebung der Musterkarten zu unterstützen – ein Unterfangen, das fast zwei Jahre gedauert hat, in denen wir immer wieder um Hilfe gebeten haben. Es sind zu viele Personen, um sie einzeln aufzulisten (und da wir an acht verschiedenen Orten um Hilfe gebeten haben, darunter vergänglichen Orten wie Twitter, wissen wir nicht einmal genau, wer sie alle waren), aber wir sind sehr dankbar für die Vorschläge, auch für solche, die wir verworfen haben; jeder einzelne hat uns dabei geholfen, die Bezeichnungen zu finden, mit denen wir letzten Endes glücklich waren. Wir bedanken uns außerdem bei allen Mitarbeitern von Codex, die uns immer wieder Recherchefragen beantwortet haben, sei es über Parfum, die Mathematik zur Berechnung von Wahrscheinlichkeiten bei Kartenspielen, Kurzzeitbetrügereien bis hin zu slawischer Musik, die sich Marie beim Schreiben angehört hat.

Zu guter Letzt danken wir unseren Agenten Eddie Schneider und Paul Stevens und unserer Redakteurin Priyanka Krishnan dafür, dass sie dieses Buch in die Welt gebracht haben.

Dramatis Personae

Ren – alias Renata Viraudax alias Arenza Lenskaya, Schwindlerin

ADLIGE

Haus Acrenix
Eret Ghiscolo Acrenix – leitet Haus Acrenix
Carinci Acrenix – seine Stiefmutter
Sibiliat Acrenix – seine Tochter und Erbin
Fadrin Acrenix – ein Cousin

Haus Coscanum
Eret Naldebris Coscanum – leitet Haus Coscanum
Marvisal Coscanum – seine Großnichte
Bondiro Coscanum – sein Großneffe
Faella Coscanum – seine Schwester

Haus Destaelio
Era Cibrial Destaelio – leitet das Haus Destaelio, Prasinet im Cinquerat

Haus Extaquium
Eret Sureggio Extaquium – leitet das Haus Extaquium
Parma Extaquium – eine Cousine

Haus Fintenus
Egliadas Fintenus – ein Cousin

Haus Indestor
Eret Mettore Indestor – leitet das Haus Indestor, Caerulet im Cinquerat
Mezzan Indestor – sein Sohn und Erbe
Breccone Simendis Indestris – eingeheiratet aus dem Haus Simendis

Haus Novrus
Era Sostira Novrus – leitet das Haus Novrus, Argentet im Cinquerat
Benvanna Ecchino Novri – ihre neueste Gattin
Iascat Novrus – ihr adoptierter Erbe

Haus Quientis
Eret Scaperto Quientis – leitet das Haus Quientis, Fulvet im Cinquerat

Haus Simendis
Eret Utrinzi Simendis – leitet das Haus Simendis, Iridet im Cinquerat

Haus Traementis
Era Donaia Traementis – leitet das Haus Traementis
Leato Traementis – ihr Sohn und Erbe
Giuna Traementis – ihre Tochter
Gianco Traementis – ihr verstorbener Gatte, hat das Haus Traementis zuvor geleitet
Crelitto Traementis – Giancos Vater, ehemaliger Fulvet und Leiter von Haus Traementis
Letilia Traementis – Giancos Schwester, früher Lecilla genannt
Colbrin – Dienstbote

DELTA-OBERSCHICHT

Tanaquis Fienola – Astrologin und Inskriptorin in Diensten des Iridet
Agniet Cercel – Kommandantin der Wache
Ludoghi Kaineto – Leutnant der Wache
Rimbon Beldipassi – Emporkömmling
Orrucio Amananto – allgegenwärtiger Gentleman

VRASZENIANER

Grey Serrado – Hauptmann der Wache
Kolya (Jakoslav) Serrado – Greys Bruder
Koszar Yureski Andrejek – Anführer der Stadnem Anduske
Idusza Nadjulskaya Polojny – Radikale aus den Reihen der Stadnem Anduske
Dalisva Mladoskaya Korzetsu – Enkelin des Kiraly-Clananführers
Mevieny Plemaskaya Straveši – eine Szorsa
Ivrina Lenskaya – Rens Mutter, eine Ausgestoßene

DIE STRASSE

Derossi Vargo – Verbrecherboss und geschäftstüchtiger Unternehmer
Nikory – einer von Vargos Leutnants
Pavlin Ranieri – Schutzmann der Wache
Arkady Bones – Anführerin des größten Knotens in Fleischmarkt
Dvaran – Wirt des *Glotzenden Karpfen*
Oksana Ryvček – Duellantin

Tess – Rens Schwester
Sedge – Rens Bruder
Ondrakja – ehemalige Anführerin der Finger

FREMDE

Kaius Sifigno – alias Kaius Rex alias der Tyrann, Eroberer von Nadežra
Varuni – soll eine Investition in Vargo beschützen

Der Rabe – ein Gesetzloser

Glossar

Advokat: Individuum mit der Lizenz, Geschäfte innerhalb des Privilegienhauses zu tätigen, im Allgemeinen im Auftrag eines Adelshauses.

Alta/Altan: Titel für Adlige, die ihr Haus nicht leiten.

Argentet: Einer der fünf Sitze im Cinquerat; wird mit »Eure Eleganz« angesprochen. Argentet ist für alle kulturellen Belange der Stadt zuständig, darunter Theater, Feste und die Zensur von Schriftstücken.

Aža: Eine Droge aus pulverisierten Samenkörnern. Zwar wird sie allgemein als Halluzinogen angesehen, doch die Vraszenianer glauben, Aža würde es ihnen ermöglichen, Ažerais' Traum zu erblicken.

Ažerais' Traum: Dieser Ort, von den Inskriptoren als »Reich der Gedanken« bezeichnet, ist ein vielschichtiges Spiegelbild der wachen Welt, und zwar sowohl ihrer Vergangenheit als auch dem, wie sie sich metaphorisch in der Gegenwart ausdrücken lässt.

Ča: Titel bei der Anrede von Vraszenianern.

Caerulet: Einer der fünf Sitze im Cinquerat, wird mit »Euer Gnaden« angesprochen. Caerulet ist zuständig für die militärischen Angelegenheiten der Stadt, darunter die Gefängnisse, Befestigungen und die Wache.

Cinquerat: Der Rat aus fünf Mitgliedern regiert Nadežra seit dem Tod des Tyrannen. Jeder Sitz hat einen eigenen Verantwortungsbereich. Siehe *Argentet, Fulvet, Prasinet, Caerulet* und *Iridet*.

Clan: Vraszenianer werden traditionell in sieben Clans unterteilt: die Anoškin, die Dvornik, die Ižranyi, die Kiraly, die Meszaros, die Stretsko und die Varadi. Die Ižranyi sind vor Jahrhunderten durch eine übernatürliche Katastrophe ausgestorben. Jeder Clan besteht aus mehreren Kretse.

Durchdringung: Eine Form der handwerksbasierten Magie, die Objekte effektiver werden lässt: Eine durchdrungene Klinge schneidet besser, wird nicht stumpf und rostet nicht, während ein durchdrungener Mantel wärmer, wasserdichter oder verhüllender ist. Es ist zudem möglich, wenngleich weitaus schwieriger, eine Darbietung zu durchdringen.

Era/Eret: Titel für jene, die ein Adelshaus leiten.

Fest des verschleiernden Wassers: Ein jährlich im Frühling stattfindendes Fest in Nadežra, wenn der Nebel die Stadt etwa eine Woche lang einhüllt.

Fulvet: Einer der fünf Sitze im Cinquerat, wird mit »Euer Ehren« angesprochen. Fulvet ist für die städtischen Belange verantwortlich, darunter den Grundbesitz, öffentliche Bauarbeiten und die Justiz.

Gesichter und Masken: Laut der vraszenianischen Religion findet sich die göttliche Dualität, die vielen Glaubensrichtungen gemein ist, in einer einzigen Gottheit, die einen gütigen Aspekt (das Gesicht) und einen böswilligen Aspekt (die Maske) besitzt.

Großer Traum: Ein heiliges Ereignis für Vraszenianer, bei dem sich die Quelle von Ažerais in der wachen Welt manifestiert. Dies geschieht nur alle sieben Jahre während des Fests des verschleiernden Wassers.

Illi: Das Numen, das in der Numinatria sowohl mit 0 als auch 10 assoziiert wird. Es repräsentiert Anfänge, Enden, die Ewigkeit, die Seele und das Selbst des Inskriptors.

Inskriptor: Anwender der Numinatria.

Iridet: Einer der fünf Sitze im Cinquerat, wird mit »Euer Heiligkeit« angesprochen. Iridet ist zuständig für die religiösen Belange der Stadt wie die Tempel, Numinatria und die Pilgerfahrt des großen Traums.

Kaius Sifigno/Kaius Rex: Siehe *Tyrann*.

Kanina: Der »Ahnentanz« der Vraszenianer zu bestimmten Gelegenheiten wie Geburten, Hochzeiten und Todesfällen. Wird er gut genug dargeboten, kann er die Götter der Vorfahren der Tänzer aus Ažerais' Traum herbeirufen.

Knoten: Begriff aus dem vraszenianischen Brauchtum, der eine Straßenbande in Nadežra beschreibt. Die Mitglieder zeigen ihre Zugehörigkeit mit einem verknoteten Talisman, sind jedoch nicht verpflichtet, ihn offen zu tragen.

Koszenie: Ein vraszenianischer Schal, der die mütterlichen und väterlichen Vorfahren eines Individuums im Muster der

Stickerei aufführt. Man trägt ihn üblicherweise zu besonderen Gelegenheiten wie bei der Aufführung der Kanina.

Kretse: (sing. Kureč) Vraszenianische Abstammungslinie, Untergruppe eines Clans. Der dritte Teil eines traditionellen vraszenianischen Namens kennzeichnet den Kureč, dem das Individuum angehört.

Lihoše: (sing. Lihosz) Vraszenianischer Begriff für eine Person, die als weiblich geboren wurde, jedoch eine männliche Rolle übernimmt, um seinen Kureč anzuführen. Lihoše-Patronyme enden im Plural und geschlechtsneutralen »-ske«. Ihr Gegenpart sind die Rimaše, die männlich geboren wurden, jedoch die weibliche Rolle übernehmen und Szorsa werden.

Meda/Mede: Titel für die Mitglieder der Deltahäuser.

Muster: In der vraszenianischen Kultur ist »Muster« ein Begriff für das Schicksal und die Verbundenheit der Dinge. Es wird als Geschenk der Ahnengöttin Ažerais angesehen und kann durch die Interpretation eines Musterdecks verstanden werden.

Musterdeck: Ein Deck, das momentan aus sechzig Karten besteht, die in drei Farben, auch Fäden genannt, aufgeteilt werden. Der Spinnfaden repräsentiert das »innere Selbst« (die Gedanken und den Geist), der Wollfaden das »äußere Selbst« (gesellschaftliche Beziehungen) und der durchtrennte Faden das »körperliche Selbst« (den Körper und die materielle Welt). Jeder Faden enthält sowohl freie als auch Aspektkarten, wobei Letztere auf den wichtigsten Gesichtern und Masken aus der vraszenianischen Religion beruhen.

Nacht der Glocken: Ein jährlich stattfindendes Fest, das den Tod des Tyrannen feiert und die Zeremonie der Unterzeichnung des Abkommens beinhaltet.

Ninat: Das Numen, das in der Numinatria mit der 9 assoziiert wird. Es repräsentiert Tod, Befreiung, Vollendung, Vergötterung und die Grenze zwischen dem Weltlichen und dem Unendlichen.

Noctat: Das Numen, das in der Numinatria mit der 8 assoziiert wird. Es repräsentiert Gefühl, Sexualität, Fortpflanzung, Ehrlichkeit, Erlösung und Buße.

Numina: (sing. Numen) Die Numina sind eine Reihe von Zahlen von 0–10, die in der Numinatria zum Kanalisieren magischer Kräfte verwendet werden. Sie bestehen aus Illi (sowohl 0 als auch 10), Uniat, Tuat, Tricat, Quarat, Quinat, Sessat, Sebat, Noctat und Ninat. Jedes Numen steht in besonderer Beziehung zu Konzepten wie Familie oder Tod und wird zudem mit Göttern, Farben, Metallen, geometrischen Figuren etc. assoziiert.

Numinatria: Eine Form der Magie, die auf heiliger Geometrie basiert. Auf diese Weise entstandene Werke werden Numinata (sg. Numinat) genannt. Bei der Numinatria wird die Macht der ultimativen Gottheit namens Lumen kanalisiert, die sich in den Numina manifestiert. Um zu wirken, muss ein Numinat einen Fokus besitzen, durch den es die Macht des Lumen bezieht; die meisten Fokusse beinhalten den Namen eines Gottes, der in der uralten Enthaxn-Schrift festgehalten wird.

Prasinet: Einer der fünf Sitze im Cinquerat, wird mit »Eure Barmherzigkeit« angesprochen. Prasinet ist zuständig für die wirtschaftlichen Angelegenheiten der Stadt, wozu die Steuern, Handelsrouten und Gilden gehören.

Prismatium: Ein schillerndes Metall, das mithilfe der Numinatria hergestellt und mit Sebat assoziiert wird.

Privilegienhaus: Der Sitz der Regierung von Nadežra, in dem sich auch die Büros des Cinquerats befinden.

Quarat: Das Numen, das in der Numinatria mit der 4 assoziiert wird. Es repräsentiert Natur, Nahrung, Wachstum, Wohlstand und Glück.

Quelle von Ažerais: Das heilige Gebiet, um das man die Stadt Nadežra errichtet hat. Die Quelle existiert in Ažerais' Traum und manifestiert sich nur während des großen Traums in der wachen Welt. Wenn man von ihrem Wasser trinkt, erhält man das wahre Verständnis des Musters.

Quinat: Das Numen, das in der Numinatria mit der 5 assoziiert wird. Es repräsentiert Macht, Exzellenz, Führung, Heilung und Erneuerung.

Sebat: Das Numen, das in der Numinatria mit der 7 assoziiert wird. Es repräsentiert Handwerkskunst, Reinheit, Abgeschiedenheit, Verwandlung und Perfektion im Imperfekten.

Seele: In der vraszenianischen Kosmologie besteht die Seele aus drei Teilen: der Dlakani oder »persönlichen« Seele, der Szekani oder »verknoteten« Seele und der Čekani oder »körperlichen« Seele. Nach dem Tod gelangt die Dlakani ins Paradies oder in die Hölle, die Szekani lebt in Ažerais' Traum weiter, und die Čekani wird wiedergeboren. In der Liganti-

Kosmologie steigt die Seele durch die Numina zum Lumen auf, um zur Wiedergeburt wieder herabzusteigen.

Sessat: Das Numen, das in der Numinatria mit der 6 assoziiert wird. Es repräsentiert Ordnung, Stillstand, Institutionen, Schlichtheit und Freundschaft.

Sonne/Erde: Gegensätzliche Begriffe, die in der Liganti-Kultur für viele Zwecke verwendet werden. Die Sonnenstunden erstecken sich von 6 bis 18 Uhr, die Erdstunden von 18 bis 6 Uhr. Sonnenhänder sind Rechtshänder, Erdhänder Linkshänder. In Sonnenrichtung und in Erdrichtung bedeutet im Uhrzeigersinn oder gegen den Uhrzeigersinn oder, wenn es um Menschen geht, dass ein Mann weiblich oder eine Frau männlich geboren wurde.

Szorsa: Deuterin des Musterdecks.

Tricat: Das Numen, das in der Numinatria mit der 3 assoziiert wird. Es repräsentiert Stabilität, Familie, Gemeinschaft, Vollendung, Starrheit und Versöhnung.

Tuat: Das Numen, das in der Numinatria mit der 2 assoziiert wird. Es repräsentiert das Andere, Dualität, Kommunikation, Gegensatz und das Lineal des Inskriptors.

Tyrann: Kaius Sifigno, auch Kaius Rex genannt. Dieser Liganti-Kommandant eroberte ganz Vraszan, doch laut den Legenden endete sein Eroberungszug, weil er seinen diversen Lastern erlag. Der Tyrann galt als untötbar, starb jedoch den Gerüchten zufolge an einer Geschlechtskrankheit. Sein Tod wird während der Nacht der Glocken gefeiert.

Uniat: Das Numen, das in der Numinatria mit der 1 assoziiert wird. Es repräsentiert den Körper, Selbsterkenntnis, Erleuchtung, Zurückhaltung und die Kreide des Inskriptors.

Vraszan: Der Name der Region und des lockeren Bunds aus Stadtstaaten, dem Nadežra früher angehörte.

Wache: Die Wache hält Recht und Ordnung in Nadežra aufrecht und trägt den Spitznamen »Falken« nach ihrem Emblem. Sie ist von der Armee des Stadtstaats unabhängig, überwacht die Stadt und wird von einem Hochkommandanten angeführt, der Caerulet unterstellt ist. Ihr Hauptquartier befindet sich im Horst.

Zeremonie der Unterzeichnung des Abkommens: Ein Ritual im Gedenken an die Unterzeichnung des Friedensabkommens, das den Krieg zwischen den Stadtstaaten Vraszan und Nadežra beendete, wobei Letzterer unter die Kontrolle der Liganti-Adligen fiel. An der Zeremonie nehmen die Ziemetse und die Mitglieder des Cinquerats teil, und sie findet einmal im Jahr während der Nacht der Glocken statt.

Ziemetse: (sing. ziemič) Die Anführer der vraszenianischen Clans, auch »Clanälteste« genannt. Jeder trägt einen Titel, der dem Namen des jeweiligen Clans entlehnt ist: Anoškinič, Dvornič, Kiralič, Meszarič, Stretskojič, Varadič und (früher) Ižranjič.

Über die Autorinnen

M. A. Carrick ist das gemeinsame Pseudonym von Marie Brennan (Autorin von *Lady Trents Memoiren*) und Alyc Helms (Autorin der *Abenteuer von Mr Mystic*). Die beiden haben sich 2000 bei archäoligischen Ausgrabungen in Wales und Irland kennengelernt – die auch einen Ausflug nach Carrickmacross beinhaltete – und ihre Freundschaft im Laufe zweier Jahrzehnte dank ihrer Liebe zur Anthropologie, zum Schreiben und zum Spielen weiter ausgebaut. Sie leben in der San Francisco Bay Area.

MASTER AND COMMANDER TRIFFT AUF GAME OF THRONES UND PIRATES OF THE CARIBBEAN.

GREG KEYES: DER BASILISKEN-THRON
Roman, ISBN 978-3-8332-4397-4

Rasante High-Fantasy mit Kämpfen auf hoher See und der ungewöhnlichen Geschichte einer klugen jungen Frau, die sich den perfiden Bedrohungen eines kaiserlichen Hofes stellt. Doch der Schlüssel zum Sieg über einen magiebegabten Feind könnte bei einem dreisten Schurken und der Sklavin eines Wahnsinnigen liegen. Jahrhundertelang haben die Herrscher auf dem Basilisken-Thron alle Kontinente beherrscht und die menschlichen Bewohner brutal versklavt. Doch nun, nach endlosen Kriegen, haben die drei menschlichen Reiche Ophion, Velesa und Modjal die grausamen Drehhu in ihr Kernland zurückgedrängt und sich zu einem letzten, massiven Angriff zusammengeschlossen, um sie für immer zu besiegen. Dies wurde schon einmal versucht, aber die höllischen Waffen und die dunkle Magie der Drehhu haben diese immer vor eine Niederlage beschützt. Dies könnte sich nun ändern, denn jetzt verfügen auch die Menschen über eine Geheimwaffe. Doch der Preis dafür ist sehr hoch. Das Schicksal des Basilisken-Throns liegt nun in den Händen einer jungen Frau …

Jetzt neu im Buchhandel

PANINI BOOKS
www.paninibooks.de

Der neue Roman von Bestseller-Autorin Shannon Chakraborty
(Die Daevabad-Trilogie)

SHANNON CHAKRABORTY:
DIE ABENTEUER DER PIRATIN
AMINA AL-SIRAFI
Roman, ISBN 978-3-8332-4396-7

Amina al-Sirafi könnte eigentlich zufrieden sein. Nach einer bewegten und skandalösen Karriere als eine der berüchtigtsten Piraten des Indischen Ozeans hat sie hinterhältige Schurken, rachsüchtige Handelsfürsten, mehrere Ehemänner und einen echten Dämon überlebt, um sich nun in ruhigere Fahrwasser zu begeben. Doch als sie von der sagenhaft reichen Mutter eines ehemaligen Besatzungsmitglieds aufgespürt wird, bekommt sie einen Job angeboten, den kein wahrer Bandit ablehnen könnte: Sie soll die entführte Tochter ihres Kameraden für eine mehr als fürstliche Belohnung zurückholen. Soll sie die Chance, ein letztes Abenteuer mit ihrer Crew zu erleben, einem alten Freund zu helfen und ein Vermögen zu gewinnen, das die Zukunft ihrer Familie für immer sichern könnte einfach ignorieren? Sie wäre keine echte Piratin, wenn sie dies täte …

Eine Saga über Magie und Chaos auf hoher See; eine packende Geschichte über Piraten und Zauberer, verbotene Artefakte und uralte Geheimnisse und über eine Frau, die fest entschlossen ist, ihre letzte Chance auf Ruhm zu ergreifen – und zur Legende zu werden.

Jetzt neu im Buchhandel

panini BOOKS
www.paninibooks.de

Die bewegte Entstehungsgeschichte
der gefeierten HBO-Serie

GAME OF THRONES
House of the Dragon.

**HOUSE OF THE DRAGON –
DIE ENTSTEHUNG EINER DYNASTIE**
49,– €, ISBN 978-3-8332-4287-8

Basierend auf Feuer und Blut aus der Feder des visionären Autors George R. R. Martin zeichnet House of the Dragon die alles verändernden Ereignisse bis zum Untergang des Hauses Targaryen nach. Adaptiert von den beiden Showrunnern Ryan Condal und Miguel Sapochnik greift die Serie auf einen atemberaubend frischen Ansatz zurück, der die Zuschauer zweihundert Jahre vor die Ereignisse aus Game of Thrones reisen lässt. Dank der Mitwirkung vieler Produktionsbeteiligter wie Condal, Sapochnik und George R. R. Martin schildert dieser Band die bemerkenswerte Entstehungsgeschichte, beginnend mit den ersten Drehbuchentwürfen bis hin zu den epischen internationalen Dreharbeiten.
Illustriert mit einer Fülle an Konzeptzeichnungen und vielen Einblicken hinter die Kulissen ist dieses Buch zu House of the Dragon der ultimative Begleiter für jeden Fan dieser außergewöhnlichen Saga.

JETZT NEU IM BUCHHANDEL

PANINI BOOKS
www.paninibooks.de

Copyright © 2023 Home Box Office, Inc.

NEUE Phantastik-Highlights
VON PANINI

KIERSTEN WHITE:
DAS DUNKLE IN MIR
Roman, 480 Seiten,
ISBN 978-3-8332-4483-4

MAIYA IBRAHIM:
GEWÜRZSTRASSE
Roman, 496 Seiten,
ISBN 978-3-8332-4481-0

SARAH UNDERWOOD:
LÜGEN, DIE WIR DEM MEER SINGEN
Roman, 528 Seiten,
ISBN 978-3-8332-4484-1

ALEXANDRA ROWLAND:
DER GESCHMACK VON GOLD UND EISEN
Roman, 608 Seiten,
ISBN 978-3-8332-4482-7

Jetzt neu im Buchhandel

PANINI BOOKS
www.paninibooks.de